U0153903

溫庭筠〈菩薩蠻〉詞研究

吳宏一 著

國立清華大學出版社
中華民國九十八年九月

溫庭筠〈菩薩蠻〉詞研究

【上篇】

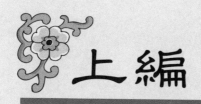

上編

第一章 緒論

一、研究旨趣

　　這是筆者多年來一直想要完成的，一本研究溫庭筠〈菩薩蠻〉詞的專書，也是一本有關詞學研究方法的示例的論著。

　　為什麼討論詞學的研究方法，筆者要以溫庭筠的〈菩薩蠻〉詞為例呢？這是因為：溫庭筠是詞史上第一個有詞集傳世的詞家，也是詞史上第一本詞選集《花間集》中最稱量多質佳的代表詞人，宋人黃昇已推之為「《花間

集》之冠」，^{（註1）}陳振孫亦推之為「近世倚聲填詞之祖」^{（註2）}；而其〈菩薩蠻〉詞十四首，不但被視為代表作，稱美一時，流聲千載，而且其辭句之難以求確解、結構之是否為聯章、內容之有無真寄託等等問題，歷來都一再引起詞學研究者熱烈而多樣的討論。因此，筆者以為透過這些問題的討論，可以幫助初學者或詞學的愛好者，進一步認識詞學的研究方法。

二、溫庭筠詞的研究

溫庭筠，本名岐，或作廷筠、庭雲，字飛卿。太原祁（今山西祁縣）人。《舊唐書》有傳，《新唐書》傳附於〈溫大雅傳〉後。事迹另詳溫庭皓〈唐國子助教溫庭筠墓志〉、《唐詩紀事》及《唐才子傳》等，近人夏承燾的《溫飛卿繫年》及今人陳尚君的〈溫庭筠早年事迹考辨〉等等論著，對溫氏生平亦各所考述，可以參考。^{（註3）}溫庭

---

1. 黃昇《唐宋諸賢絕妙詞選》卷一：「溫庭筠詞極流麗，宜為《花間集》之冠。」後來王士禎在《花草蒙拾》中也推溫氏為「花間鼻祖」。
2. 陳振孫《直齋書錄解題》卷二十一：「《花間集》十卷，……其詞自溫飛卿而下十八人，凡五百首。此近世倚聲填詞之祖也。」溫庭筠居《花間集》之首，自可當之無愧。
3. 溫庭筠生平傳記資料，請自行參閱劉昫《舊唐書》卷一九〇下、宋祁《新唐書》卷九一本傳，計有功《唐詩紀事》卷五十四、傅璇琮《唐才子傳校箋》卷八，以及夏承燾《唐宋詞人年譜・溫飛卿繫年》（上海：上海古籍出版社，1979）、陳尚君〈溫庭筠早年事迹考辨〉（《中華文史論叢》1981年第2輯）、陳尚君《唐代文學論叢》（北京：中國社會科學出版社，1997）、萬雲駿《溫庭筠評傳》（濟南：山東教育出版社，1983）等書。此不贅引。

筠的卒年，據宋人陳思《寶刻叢編》卷八的記載：「〈唐
國子助教溫庭筠墓誌〉，弟庭皓撰，咸通七年」，可以確
定為唐懿宗咸通七年（公元八六六）。又據《全唐文》有
咸通七年十月六日溫庭筠〈榜國子監〉一文^{（註4）}，則其
卒必在是年十月六日之後。其生年一作唐德宗貞元十七年
（公元八〇一），一作唐憲宗元和七年（公元八一二），
尚待考定。^{（註5）}

溫庭筠乃唐初宰相溫彥博的後裔，才思敏捷，少年
即負盛名，能八叉手而成八韻，故時號「溫八叉」；又因
長於詩賦，與李商隱齊名，並稱「溫、李」，駢文則與
李商隱、段成式鼎足而三，因三人皆排行十六，故號為
「三十六體」；詞開風氣之先，為《花間集》晚唐五代諸
家之冠，而與韋莊並稱「溫、韋」。凡此皆可徵見其才藝
之出眾及唐代文學史上之地位。

就詞而論，溫庭筠「能逐絃吹之音，為側艷之詞」，
應歌而作，創調於諸大家未起之先，講究聲調，嚴守格
律，詞之發展，自此之後，乃有句式參差之長短句，而與
齊言聲詩分道並馳。他不但是《花間》詞人的代表，同時
也是後世婉約詞派的宗師。溫詞之成就，蓋有可觀者焉。
以下分別從幾方面來加以說明：

（一）以著名文士而肆力於詞，大量創作，足以鼓動風氣。

詞起於何時，爭訟已久。如果視詞為音樂文學，可
以被之管絃，配樂歌唱，那麼根據《舊唐書·音樂志》：

4. 見《全唐文》卷786，題一作〈榜進士邵謁詩榜〉。
5. 參閱注3所引諸書。

「開元以來，歌者雜用胡夷里巷之曲。」等等的記載，它
應當起於初盛唐之際。[註6]一般研究者都同意，中唐白居
易、劉禹錫以〈憶江南〉曲拍為句相唱和的時候，詞體已
告確定，而在此之前，必然有一段醞釀的過程。加上時代
比他們稍早的張志和、韋應物、戴叔倫、王建等人，已有
〈漁父〉、〈調笑令〉等作品傳世，甚至初盛唐詩人，如
沈佺期已有〈迴波樂〉、張說已有〈蘇摩遮〉、王維已有
〈陽關曲〉、李白已有〈清平調〉、〈菩薩蠻〉、〈憶秦
娥〉[註7]等等，因此詞的起始，即使不溯及隋唐之際，也
不會晚於盛唐。

宋人鮦陽居士《復雅歌詞·序》有云：

> 迄於開元、天寶間，君臣相與為淫樂，而明宗
> 猶溺於夷音，天下薰然成俗。於時才子始依樂
> 工拍彈之聲，被之以辭。句之長短，各隨曲
> 度，而愈失古之「聲依詠」之理也。溫、李之
> 徒，率然抒一時情致，流於淫艷猥褻不可聞之
> 語。[註8]

---

6. 詞之起源，或僅就句式之參差、韻律之錯落求之，故有上推《詩
   經》、古歌謠及六朝樂府小詩者，茲不取。請參閱劉慶雲《詞話十
   論》第一章〈緣起說〉（長沙：岳麓書社，1990）。
7. 以上詞例請參閱史雙元編《唐五代詞紀事會評》（合肥：黃山書社，
   1995）等書。此不贅引。
8. 《復雅歌詞》凡五十卷，北宋末年編成。鮦陽居士，生平不詳。〈序〉
   見祝穆《新編古今事文類聚·續集》卷二十四引。明人吳訥《文章辨
   體序說》談「近代詞曲」時，即多引用此序之語。

銅陽居士主張詞須雅正，因此斥溫、李之作「流於淫艷猥褻」，這一點自可商榷，但他認為詞乃依聲被辭而生，起於盛唐之君臣相應和，則極有見地。從白居易、劉禹錫開始，一直到溫庭筠之前，雖然這種依聲填辭的風氣，在文人騷客之間，逐漸流行，但多止於往來唱酬時，偶於尊前花間信手拈弄寫就，或流落天涯時，偶採俚調俗曲投足踏歌而成，初不經意，數量既少，格局亦未開展。而且，他們依調而歌的作品，如〈竹枝〉、〈楊柳枝〉、〈新添聲楊柳枝〉、〈踏歌詞〉、〈浪淘沙〉等等，也多未脫近體絕句、齊言歌詩的形式，因此，在溫庭筠之前，詞與歌詩實無二致。

溫庭筠是晚唐的著名文士，不但才藝出眾，通曉音律，「有弦即彈，有孔即吹」^{（註9）}，而且工於詩賦，長於駢文，可惜恃才傲物，多遭非議，於是一生蹭蹬不達。他既失意於仕途，遂寄情於聲歌。段成式〈嘲飛卿七首〉中，即說他「多少風流詞句裏，愁中空詠早環詩」。所謂「徒負不羈之才，罕有適時之用」^{（註10）}，因而他肆力於詞，一種被薄為末道小技的新體詩歌。他不像其他晚唐名家，只重視詩賦駢文；他不避俚俗，把工於詩賦、長於駢文的才情，用來從事民間歌詩的創作。傳世的作品，光是《花間集》一書所收，即有六十六首。數量既多，質地亦佳，其於詞體之提倡，其於後學之影響，自可開一代風氣無疑。

---

9. 見孫光憲《北夢瑣言》卷二十所引沈徽之言。
10. 見孫光憲《北夢瑣言》卷四。

（二）以閨思艷情入詞，開婉約之風，蔚為後世詞壇的主流。

　　溫庭筠早負盛名，原以詩賦稱工，《新唐書》本傳就說他苦心硯席，才思清麗，詩與李商隱並稱「溫、李」，此於前文已略言及。我們披閱其詩集，可以發現其詩作以樂府、律詩為多。前者多寫閨思艷情，詞華藻麗；後者則多懷古傷時，風格清拔俊朗。古人論詩，喜歡站在詩教的立場，主張詩須關係人倫日用、政教風化，因此往往崇盛唐而貶六朝，尚清拔而斥綺靡，也因此溫庭筠懷古傷時之律詩，如〈蘇武廟〉、〈過陳琳墓〉、〈經五丈原〉、〈商山早行〉等篇，後人或許之為「含不盡之意，見於言外」[註11]，或許之為「調多清逸，語多閑婉」[註12]；然而其詠閨思艷情之樂府，則因沿六朝徐陵、庾信餘習，每為後人所譏，例如顧璘評之為「全無興象」、「句法刻俗」[註13]，賀裳評之為「能瑰麗而不能澹遠」、「能尖新而不能雅正」[註14]，鄭燮甚至斥之為「艷冶蕩逸之調」[註15]。

　　所謂「艷冶蕩逸之詞」，和上文所引銅陽居士說的

---

11. 歐陽修《六一詩話》有云：聖俞嘗語余曰：「詩家雖率意，而造語亦難。若意新語工，得前人所未道者，斯為善也。必能狀難寫之景，如在目前；含不盡之意，見於言外，然後為至矣。」……又若溫庭筠「雞聲茅店月，人迹板橋霜」、賈島「怪禽啼曠野，落日恐行人」，則道路辛苦，羈旅愁思，豈不見於言外乎！

12. 見許學夷《詩源辨體》卷三十。

13. 此顧璘語。見顧氏《批點唐音》卷十五。據陳增杰《唐人律詩箋注集評》（杭州：浙江古籍出版社，2003年）頁900引。

14. 此賀裳語，見《載酒園詩話又編》，據郭紹虞《清詩話續編》頁372。

15. 見鄭燮〈與江賓谷、江禹九書〉。同註13。

「淫艷猥褻不可聞之語」，意思一樣，都指溫庭筠的詩歌作品，不夠雅正，這自然與溫氏所作多詠閨思艷情的題材有關。在古人心目中，寫這一類題材，除了像盛唐王昌齡等少數詩人之外，作品本身已有限制，格局太小，不容易有什麼「興象」可言。加以溫庭筠之為人，本來就屬於古人所謂「文人無行」之流，像《舊唐書》就說他「士行塵雜，不修邊幅。能逐絃吹之音，為側艷之詞」，同時還說他與李商隱並稱，「而俱無特操，恃才詭激」，這些都是對其人品的貶抑之詞。因此，溫庭筠的這類描寫閨思艷情、作兒女語的作品，更容易以人廢言，被人譏笑。

　　不過，時代會變遷，觀念也會改變。就詩而言，固如上述，但對倚聲而歌的詞而言，溫氏這種描寫閨思艷情的題材，卻是後世詞人所公認的詞家本色。古人有云：「詩莊詞媚」，又說：詞「別是一家」^{（註16）}，因此二者風格判然有別，詩宜莊重，而詞則不妨側媚。朱彝尊〈陳緯雲紅鹽詞序〉早就說過：「善言詞者，假閨房兒女子之言，通之於《離騷》、《變雅》之義，此尤不得志於時者所宜寄情焉耳。」^{（註17）}王國維也說：「詞之為體，要眇宜修，能言詩之所不能言，而不能盡言詩之所能言。詩之境闊，詞之言長。」^{（註18）}蓋皆指此而言。因此，溫庭筠以閨思艷情

---

16. 「詩莊詞媚」一語，見王又華《古今詞論》引李東琪之言。「別是一家」之說，見李清照《詞論》。俱見《詞話叢編》（北京：中華書局，1986）。
17. 見朱彝尊《曝書亭集》卷四十。該卷〈紫雲詞序〉亦云：「詞則宜於宴嬉逸樂，以歌詠太平」。
18. 見王國維《人間詞話·未刊稿》第十三則。

入詩，固然多遭非議，但以之入詞，卻正是詞家的當行本色。

在溫庭筠之前，文人墨客偶然倚聲填詞，形式不脫齊言歌詩、近體絕句，內容題材也不離山水田園、風土人情，或宮怨、邊塞之類，到了溫庭筠，他卻大量的以閨思艷情入詞，而且與他所擅長的詩賦寫作技巧結合在一起，把自己所擅長的律詩和樂府結合起來。陸機《文賦》有云：「詩緣情而綺靡，賦體物而瀏亮」，溫氏就在「緣情」、「體物」之餘，寓情於景，作細膩之刻畫，精緻之描摹，不但其作品巍然為後世詞人所宗，而且也為後世的詞壇開了婉約清麗一派，相沿成習，蔚為詞壇的主流。

（三）倚聲創調，使詞在形式上自成其體製，而與詩判然有
　　　別，可以分庭抗禮。

詞，在唐五代一稱「曲子」或「曲子詞」，不但有曲調，而且有歌詞。其曲詞之構成，不外二種：一為「由樂以定詞」，一為「選詞以配樂」。[註19] 前者先有曲調，後有歌詞；後者先有文字，後有音樂。上文引述銅陽居士《復雅歌詞・序》所說的：「於時才士始依樂工拍彈之聲，被之以辭。句之長短，各隨曲度」，指的就是「由樂以定詞」，是說從盛唐開始，文人雅士倚聲填詞，「句之長短，各隨曲度」。因此，句式長短不整齊的歌詞才開始出現，而與以前流行的齊言歌詩，逐漸有了分別，最後發展成兩種不同的詩歌體製。另外的一種，是指用名人已成

---

19. 見元稹〈樂府古題序〉，《元氏長慶集》卷二十三。

之詩,來配合流傳的「胡夷里巷之曲」吟詠歌唱,「旗亭畫壁」的故事,就是指此而言。[註20]初盛唐一些詩人的名篇佳作,常被樂工配樂而歌,甚至中晚唐之際,也還有這種情況。被採來配樂而歌的詩篇,通常是近體絕句。

王驥德《曲律》卷一即云:

> 入唐而以絕句為曲,如〈清平〉、〈鬱輪〉、〈涼州〉、〈水調〉之類。然不盡其變,而於是始創為〈憶秦娥〉、〈菩薩蠻〉等曲。蓋太白、飛卿實其作俑。

這是說明唐人起先猶「以絕句為曲」,後來才倚聲填詞,受到音樂曲調本身的影響,「句之長短,各隨曲度」,因此,詞在形式體製上,逐漸脫離了近體絕句、齊言聲詩的句式,由整齊而走向長短不一,變成名符其實的「長短句」。王驥德所說的「太白、飛卿實其作俑」,是說李白和溫庭筠應即此一形式體製轉向的創始者。因此後來常有人談詞的創始,把李白與溫庭筠相提並論。然而,李白是否確為〈菩薩蠻・平林漠漠〉、〈憶秦娥・簫聲咽〉二詞之作者,歷來爭議不已,迄無定論。筆者以為即使二詞確是李白所作,也不過寥寥之數,亦與溫庭筠之專力為詞、大量寫作,不可同日而語。

溫庭筠詞今存之於《花間集》者,已有六十六首,

---

20. 參閱薛用弱《集異記》。宋人蔡居厚《蔡寬夫詩話》亦云:「大抵唐人歌曲,本不隨聲為長短句,多是五言或七言詩,歌者取其辭與和聲相疊成音耳。」

所用詞調凡十八種之多。這些詞調雖然大多見於崔令欽的《教坊記》，但形諸文字以為歌詞，則多自溫庭筠始。所以吳梅《詞學通論》以為溫庭筠所用的詞調，很多是出於他自己的創製。吳梅是這樣說的：

> 至其所創各體，如〈歸國遙〉、〈定西蕃〉、〈南歌子〉、〈河瀆神〉、〈遐方怨〉、〈訴衷情〉、〈思帝鄉〉、〈河傳〉、〈蕃女怨〉、〈荷葉盃〉等，雖亦就詩中變化而出，然參差緩急，首首有法度可循，與詩之句調，絕不相類。所謂「解其聲故能製其調」也。（註21）

後來，夏承燾在〈唐宋詞字聲之演變〉一文中，更有進一步的闡述：

> 詞之初起，若劉、白之〈竹枝〉、〈望江南〉，王建之〈三臺〉、〈調笑〉，本蛻自唐絕，與詩同科。至飛卿以側艷之體，逐管絃之音，始多為拗句，嚴於依聲。往往有同調數首，字字從同；凡在詩句中可不拘平仄者，溫詞皆一律謹守不渝。……
>
> 蓋六朝詩人好用雙聲疊韻，盛唐猶沿其風；洎後平仄行而雙疊廢，乃復於平仄之中，出變化為拗體；其肆奇於詞句，則始於飛卿。（註22）

---

21. 見吳梅《詞學通論》（上海：商務印書館，1933年）。
22. 見夏承燾《唐宋詞論叢》（杭州：浙江古籍出版社，1997）。

可見溫庭筠不但能「逐絃吹之音」，倚聲填詞，而且能在創製新詞之餘，講究聲調，嚴守格律。至此詞在形式體製上，始自有其特色，而可與詩分道並馳。^{（註23）}

三、溫庭筠在詞史上的地位

要談這個問題，應該先從溫庭筠有詞集傳世談起。

前人有云：「詩詞一理」^{（註24）}，那通常是就藝術功能及寫作方法等層面來說的，事實上，在古人的心目中，詩詞的地位大不相同。詩可與文、賦等量齊觀，詞則常常被薄為末道小技，不登大雅之堂。我們看《舊唐書》、《新唐書》等書介紹溫庭筠的生平著述，只提到他的詩賦駢文，可以與某某人並稱，偏偏沒有提到其詞之成就，即可思過半矣。

溫庭筠的著述，據《新唐書・藝文志》、《唐才子傳》、《唐詩紀事》、《宋史・藝文志》的記載，計有：《握蘭集》三卷、《金荃集》十卷、《詩集》五卷、《漢南真稿》十卷、《乾饌子》三卷、《採茶錄》一卷、《記

---

23. 王力《漢語詩律學》《詩詞格律》等書，比較詩詞體製之異，說詞具有三要素，一為長短不齊的句式，二為律化的平仄，三為固定的字數。合此三者而成為詞，與詩確然有所區別。唯此尚未考慮真正的音樂曲度在內。

24. 詩詞一理，係宋元之際常見之詞學觀點。例如宋人林景熙〈胡汲古樂府序〉云：「樂府，詩之變也。詩發乎情，止乎禮義，美化厚俗，胥此焉寄？豈一變為樂府，乃遽與詩異哉？」元劉將孫〈胡以實詩詞序〉云：「詩詞與文同一機軸」。俱見《宋金元文論選》（北京：人民文學出版社，1984年）。清人陳廷焯《白雨齋詞話》卷一則已逕言「詩詞一理」。

室備要》三卷、《學海》三十卷等等[註25]，真可謂著述宏富。其中，《握蘭》、《金荃》二集，舊傳即溫氏之詞集名。《金荃》，一作《金荃》[註26]。丁丙《善本書室藏書志》卷四十即云：

> 唐自大中後，詩衰而倚聲作，至庭筠始有專集，名《握蘭》、《金荃》。飛卿詞繼太白之後，開延巳之先，為倚聲家鼻祖。

看起來，《握蘭》、《金荃》都像是詞集的名稱。然而，《新唐書》所著錄《金荃集》共有十卷之數，而編成於後蜀廣政年間的《花間集》，歐陽烱序文中提到時，卻未標明卷數；後來清康熙年間，顧嗣立補輯明末曾益所編注的《溫飛卿詩集》，所作〈後記〉亦云：「今所見宋刻，止《金荃集》七卷，《別集》一卷，《金荃詞》一卷」。俱可見此書卷數前後不一，而且《金荃集》亦未必是詞集之專名。顧氏所說的宋本《金荃詞》一卷，更不知何據。

關於這個問題，鄭文焯的〈溫飛卿詞集考〉，認為唐宋舊志所稱的《金荃集》，「固合詩詞而言，詞即附於詩末。後人別出之以名其詞，非舊編也。」[註27]不過，這也只是推測之詞，所以後來頗有些人不表同意。曾昭岷《溫

---

25. 除上述之外，尚有與段成式、余知古合撰的《漢上題襟集》等等。
26. 荃一作荃。《莊子·外物》：「荃者所以在魚」，成玄英疏：「荃，魚筍也。以竹為之，故字從竹，亦有從草者。」諸家引錄，或作荃，或作荃，不必強求其同。
27. 見龍沐勛輯《大鶴山人詞話》附錄。《詞話叢編》（北京：中華書局，1986）。

韋馮詞新校・前言》曾經彙整諸家之說，如此總結：

> 舊傳詞之有專集名，始自溫庭筠《握蘭》、
> 《金荃》。《握蘭》、《金荃》，疑當是詩文
> 集名。而《金荃》又為詞集名矣。然此顧氏所
> 見之宋本《金荃詞》一卷，既未見於藏書家著
> 錄，也未聞有流傳，是可疑也。（註28）

事實上，究竟有沒有顧嗣立所說的宋本《金荃詞》一卷，
固然值得注意，而歐陽炯《花間集・敘》中所說的「近代
溫飛卿復有《金荃集》」那句話，更值得注意。歐陽炯序
文中，在此句之前，說的是「在明皇朝，則有李太白應制
〈清平樂〉詞四首」。稱李白〈清平樂〉為「四首」，與
稱溫庭筠《金荃集》之為「集」，二者截然不同。另外，
孫光憲的《北夢瑣言》卷四，也曾經說過溫氏「詞有《金
荃集》，蓋取其香而軟也。」筆者以為這都已足以證明：
在五代後蜀時代，溫庭筠已有詞集在四川境內流傳，否則
趙崇祚編《花間集》時，不會選入六十六首這麼多的作
品，而歐陽炯作序文時，也不會特別提到「近代溫飛卿復
有《金荃集》」。至於溫庭筠之詞，當時怎麼會流傳到四
川境內，當然可能跟他之曾經入蜀，以及他的孫子溫顥之
曾經仕蜀等等有關。

　　以上談溫庭筠是詞史上第一個有詞集傳世的詞家，底
下談溫庭筠在詞史上地位的轉變。

---

28. 見曾昭岷《溫韋馮詞新校》（上海：上海古籍出版社，1988年）。

這可以分幾個階段來比較說明。

（一）第一階段：晚唐五代以迄宋元

上文說過，古人重詩文而薄詞為末道小技，所以唐宋兩代的歷史文獻，提到溫庭筠時，往往論其詩而略其詞。而且，在這些資料中，可以看到溫庭筠一方面被肯定為長於詩賦、才思敏捷，而與李商隱並稱「溫、李」，另一方面卻被批評為士行塵雜，有才無行。同樣的，從五代以迄宋元的詞學資料中，溫庭筠也一方面被肯定為詞風流麗、造語工巧，而與韋莊合稱「溫、韋」，另一方面卻被批評為恃才傲物，士行有缺。

溫庭筠被批評為恃才傲物，士行有缺，從晚唐五代以來，就一直見之於各種史乘筆記之中。像孫光憲的《北夢瑣言》一書，卷四、卷十、卷二十都記載了不少有關溫氏「德行無取」、「貌陋，時號鍾馗」、「不稱才名」等等的譏誚之語。從長相到品行，皆在批評之列。孫光憲是五代著名的文人，著有《續通曆》、《蠶書》、《荊臺集》、《樂府歌集》等書，詞作也被選入《花間集》，他對溫庭筠的事迹及批評，應該都言之有據，而非無的放矢。茲節錄卷四若干文字為例如下：

> 才思艷麗，工於小賦。每入試，押官韻作賦，凡八叉手而八韻成。多為鄰鋪假手，號曰救數人也。而士行有缺，縉紳薄之。
> 宣宗愛唱〈菩薩蠻〉詞，令狐相國假其新撰密進之，戒令勿他泄，而遽言於人，由是疏之。溫亦有言云：「中書堂內坐將軍」，譏相國無學也。

就因為他恃才傲物，喜歡譏訶權貴，多犯忌諱，所以屢困場屋，坎壈以終。在五代兩宋的相關資料中，溫庭筠的形象，幾乎被定格於此。

相較於對他品行的批評，從五代以迄宋元之間，論者對於溫庭筠的詞作，大多給予肯定。不過，多數是在肯定其流麗精巧之餘，不忘略為貶抑一二句。像上文引過的，孫光憲《北夢瑣言》就說溫詞《金荃集》之命名，「蓋取其香而軟也」。「香而軟」這三個字，就是典型的代表。

趙崇祚所編的《花間集》，共收錄溫詞十八調六十六首，居全書之冠。據歐陽烱「大蜀廣政三年夏四月」所撰的序文，知該書係「集近來詩客曲子詞五百首」而成，所選的十八詞家，如溫庭筠、韋莊、孫光憲等等，俱為當時著名的詩客文士。至於選集此書的目的，歐陽烱的序文說得很明白，是：「庶使西園英哲，用資羽蓋之歡；南國嬋娟，休唱蓮舟之引。」可見是用來供宴遊之助，無關古人所注重的經世濟民、人倫日用。南宋初年的晁謙之，在《花間集・跋》中就一語道破，說此書「皆唐末才士長短句，情真而調逸，思深而言婉。嗟呼！雖文之靡，無補於世，亦可謂工矣。」[註29]溫庭筠是《花間集》的代表作家，以上所說的這些評語，當然適用於他的身上。

「雖文之靡，無補於世，亦可謂工矣。」晁謙之的這個評語，和其他宋人如黃昇《唐宋諸賢絕妙詞選》所說的：「溫庭筠詞極流麗，宜為《花間集》之冠」，可以合

---

29. 見施蟄存主編《詞籍序跋萃編》頁632，（北京：中國社會科學出版社，1994年12月）。晁謙之此跋，作於紹興十八年二月二日。

觀並讀；和胡仔《苕溪漁隱叢話》所說的：「庭筠工於造語，極為綺靡。《花間集》可見矣。」[註30]也可以合觀並讀。這些例子，在在都可以看出來，溫庭筠詞在他們的心目中，雖工巧卻柔靡。

陸游有《花間集·跋》二則，常被談詞者引用，其中一則云：

> 唐自大中後，詩家日趨淺薄。其間傑出者，亦不復有前輩閎妙渾厚之作，久而自厭，然梏於俗尚，不能拔出。會有倚聲作詞者，本欲酒間易曉，頗擺落故態，適與六朝跌宕意氣差近。此集所載是也。故歷唐季五代，詩愈卑而倚聲輒簡古可愛。[註31]

又、陸氏《渭南文集》卷二十七中，又有〈跋金奩集〉一則云：

> 飛卿〈南鄉子〉八闋，語意工妙，殆可追配劉夢得〈竹枝〉，信一時傑作也。[註32]

這兩段文字，都很容易被解釋為：陸游稱賞《花間

---

30. 見胡仔《苕溪漁隱叢話·後集》卷十七。亦可參閱《詞話叢編》中之《苕溪漁隱詞話》。

31. 同注29，頁632。陸游此跋，作於開禧元年十二月。後人轉相引述，多節錄之語。

32. 此外，陸游《渭南文集》卷十四〈徐大用樂府序〉亦云：「溫飛卿作〈南鄉〉九闋，高勝不減夢得〈竹枝〉，迄今無深賞音者。」陸氏所見溫詞〈南鄉子〉，究竟是八或九闋，不得而知。今《花間集》歐陽烱有〈南鄉子〉八闋，不知是否陸游誤記為溫氏之作。朱祖謀〈書金奩集鮑跋後〉就說：「〈南鄉子〉本歐陽烱作，放翁目為溫詞，可見標題飛卿，由來已古。」

集》及溫庭筠詞，但筆者的看法，稍有不同。從字面上
看來，確是如此，但仔細尋繹其語氣，則其間仍然似有
憾焉。如果「大中後」的詩家不是日趨淺薄，詩風仍然
渾厚，則「本欲酒間易曉，頗擺落故態」之「倚聲作詞
者」，是否能與比肩，則不無疑問。尤其陸游稱讚溫詞
〈南鄉子〉八闋，「語意工妙」，可是接著卻說是「殆可
追配劉夢得〈竹枝〉」詞，言下之意，則仍有不如後者之
意。再看北宋楊繪《本事曲子》的一段話：

> 近世謂小詞始於溫飛卿，然王建、白居易前於
> 飛卿久矣。王建有〈宮中三台〉、〈宮中調
> 笑〉，樂天有〈謝秋娘〉，咸在本集，與今小
> 詞同。^{（註33）}

這也是明顯的表示：詞非起於溫庭筠，在溫氏之前，已有
王建、白居易等人。事實上，這也反映了宋人對於溫庭
筠詞，只承認其語意工妙，還不肯承認溫氏在詞史上居
於創始的地位。也因此，南宋末年張炎《詞源》卷下，說
詞之「末句最當留意，有有餘不盡之意始佳。當以唐《花
間集》中韋莊、溫飛卿為則。」雖然開始以溫、韋並稱，
但卻置溫於韋後。以張炎的學識，不可能不知道溫、韋年
輩的先後，何況《花間集》本來就列溫庭筠於前。箇中消
息，殊可玩味。

---

33. 據高承《事物紀原》卷二引。《文淵閣四庫全書》本。《本事曲
　　子》一作《時賢本事曲子集》。

(二)第二階段：明至清初

　　明代詞學衰落，一般論文談藝者，以復古相尚，被古人薄為末技小道的詞，自然不為時人所重。前後七子主張「文必秦漢，詩必盛唐」[註34]，所謂「文許先秦上，詩卑正始還」[註35]，盛唐以後的詩，已在擯棄之列，更何況是不登大雅之堂的詞？因此，在明代論溫庭筠詞的資料中，有不少鄙薄非議之聲。

　　歸納起來，明人之評價溫詞之基調，起先是論雅俗、辨正變，後來則是溯源流，推創始。

　　前者如王世貞《藝苑卮言》云：「《花間》以小語致巧」，「即詞號稱詩餘，然而詩人不為也。」何者？蓋以「其婉孌而近情也」、「柔靡而近俗也」。他不但批評「溫、韋艷而促」，而且把溫庭筠、韋莊、蘇軾、黃庭堅、辛棄疾等人作品，列為「詞之變體」，而把李氏晏氏父子、柳永、張先、周邦彥、秦觀、李清照等人，列為「詞之正宗」[註36]。這跟後來胡應麟《詩藪》卷四所說的：「溫、韋雖藻麗，而氣頗傷促，意不勝辭。」如出一轍。皆可看出明代擬古派文人站在傳統以雅正論詩的立場，對於詞的鄙夷態度。

　　不過，儘管如此，我們仍然可以看出，他們喜歡把溫、韋相提並論，同時不否認他們的詞，有「藻麗」、

---

34. 參閱吳宏一《清代詩學初探》第一章第四節的討論（台北：學生書局，1986年1月再版本）。
35. 見王世貞〈哭李于鱗一百二十韻〉一詩。同注34。
36. 見王世貞《藝苑卮言》論詞之語。收入《詞話叢編》（北京：中華書局，1986年）。

「婉孌」等等「以小語取巧」的特色。而且，擬古派的復古思潮儘管盛行，但也不至於千人一腔，席捲整個文壇。萬物本來就一正一反，七子派過求雅正、重詩文而輕詞曲的結果，必然會引起反動。晚明公安、竟陵諸人，就揭竿而起，標榜性靈，以為詩歌乃緣情之作，不應過度講求政教功能，因此詩何必盛唐以上，文何必秦漢之前。他們認為文學的發展，自有其演變的規律，詩詞的遞嬗，是自然的趨勢，不能強求其同；詞曲小說也自有其價值，不可一筆抹殺。這種反擬古的思潮，愈到明末，愈為明顯。我們可以從《花間集》、《草堂詩餘》等詞籍在明末的一再被翻刻整理，看到箇中消息。[註37]

晚明文壇巨子湯顯祖，在萬曆年間曾經評點《花間集》，並且寫了一篇《花間集·敘》。開頭是這樣說的：

> 自《三百篇》降而為騷、賦，騷、賦不便入樂；降而古樂府，古樂府不入俗；降而以絕句為樂府，絕句少宛轉；則又降而為詞。……余於《牡丹亭》亭夢之暇，結習不忘，試取（《花間集》）而點次之，評騭之，期世之有志風雅者，與《詩餘》互賞。[註38]

這跟同時溫博《花間集·補敘》所說的：

> 夫《三百篇》變而騷、賦，騷、賦變而古樂府，古樂府變而詞，詞變而曲。余初讀詩

---

37. 見施蟄存《詞籍序跋萃編》卷八（北京：中國社會科學出版社，1994年）。

> 至小詞，嘗廢卷嘆曰：「嗟哉！靡靡乎！
> 豈風會之始然邪？即師涓所弗道者。已而睹
> 范希文〈蘇幕遮〉、司馬君實〈西江月〉、
> 朱晦翁〈水調歌頭〉等篇，始知大儒故所不
> 廢。何者？眾女娥眉，芳蘭杜若，騷人之
> 意，各有托也。然古今詞選，無慮數家，而
> 《花間》、《草堂》二集，最著者也。（註38）

意見幾乎完全相同。可以看出晚明的論詞趨向，一方面以
文學自然演變的規律來說明詞的繼詩而起，應運而生，另
一方面特別標榜《花間集》，認為它與當時頗為流行的
《草堂詩餘》，皆有可觀之處。

這種論詞推溯源流的看法，自然會令人在就詞論詞
之餘，注意到誰是詞體的創始者，注意到溫庭筠在《花間
集》及詞史上的地位。所以湯顯祖在所評《花間集》中，
會拿溫庭筠和李白的詞來作比較，並且推李白為詞家鼻
祖：

> 荾《花間》者，額以溫飛卿〈菩薩蠻〉十四
> 首，而李翰林一首為詞家鼻祖，以生不同時，
> 不得例入。今讀之，李如藐姑仙子，已脫盡人
> 間烟火氣；溫如芙蓉浴碧，楊柳挹青。意中之
> 意，言外之言，無不巧雋而妙入，珠璧相耀，
> 正自不妨並美。

---

38. 以上二段引文，皆據施蟄存《詞籍序跋萃編》，同注37。文中《詩
    餘》指《草堂詩餘》。

胡應麟也才會在《少室山房筆叢正集》卷二十五討論〈菩薩蠻・平林漠漠〉、〈憶秦娥・簫聲咽〉二詞，究竟是不是李白所作，或者是晚唐人所偽托。很明顯的，不論是比較溫、李或溫、韋，甚至是比較溫與白、劉，他們都具有文學史的眼光，注意到詞的創始者和詞家的不同特色。

這種情形，到了清初順、康年間，更有進一步的發展。我們可以發現明人論詞，有的喜歡遠溯李白之作，拿來和溫庭筠比較，有的喜歡以溫、韋並稱，卻斥其藻麗柔弱。清初卻不然。他們也溯源流，也論正變，但看法不一樣。像王士禛在《花草蒙拾》中，就駁斥了上述王世貞論詞之正宗變體的說法：

> 弇州謂蘇、黃、稼軒為詞之變體，是也。謂溫、韋為詞之變體，非也。夫溫、韋視晏、李、秦、周，譬賦有〈高唐〉、〈神女〉，而後有〈長門〉、〈洛神〉；詩有古詩、錄別，而後有建安、黃初、三唐也。謂之正始則可，謂之變體則不可。（註39）

這是標舉溫、韋之詞，由「變體」而轉為「正始」，大大提昇了溫庭筠和韋莊的地位。以王士禛當時領袖文壇的聲望，他的這種看法，自然有其不可忽視的影響力。與他同時的孫金礪，在《十五家詞・序》中就說，最喜歡溫、韋

---

39. 王士禛《花草蒙拾》亦收入《詞話叢編》，見注36。《花草蒙拾》又有一則云：「溫、李齊名，然溫實不及李。李不作詞，而溫為花間鼻祖，豈亦同能不如獨勝之意耶？」按、此則中之「李」指李商隱，與他文之「李」指白或李後主不同。

等《花間》詞人,「雖風格不同,機杼各妙,」謂作者不可不參互其體[註40],而王氏詞友彭孫遹不但在《曠野詞‧序》中,說溫、韋之詞,「率皆以穠至之景寫哀怨之情,稱美一時,流聲千載」[註41],而且還在《詞統源流》中,說詞之長短錯落,係源於《三百篇》,而「飛卿之詞,極長短錯落之致矣。而出辭都雅,尤有怨悱不亂之遺意。」最後還特別強調論詞者必以溫氏為大宗,而為萬世不祧之俎豆。[註42]

　　同樣用文學流變的眼光來論詞,明清二代竟然可以有這樣的不同。

(三)第三階段:清代中葉張惠言以後

　　溫庭筠在詞史上的地位,隨著朝代的更迭而逐漸提高。宋元以前,論者在肯定其詞流麗工妙之外,常常談論他的「士行塵雜」;到了明末清初,大家雖然批評他的詞風婉麗柔弱,但已注意到他在詞史上應居於創始或先導的地位;特別是到了張惠言之後,隨著常州詞派的崛起,溫庭筠的地位,更被張惠言、周濟、陳廷焯等人先後推轂,地位日崇,幾乎可與屈原比美。

　　張惠言等人論詞,鬯言寄託,推尊詞體,以為詞應與詩賦同類而諷誦,故取「意內言外」之語,以論詞人託興君國之義。他不但與其弟張琦合編《詞選》一書,取溫庭

---

40. 見孫默《十五家詞》卷首,《文淵閣四庫全書》。
41. 見彭孫遹《松桂堂全集》卷三十七。同注40。並請參閱吳宏一《清代詞學四論》(台北:聯經出版公司,1990年)。
42. 彭氏《詞統源流》,見《叢書集成初編》第2677冊(上海:商務印書館,民國26年)。

筠等人之作為典範，而且常在評語中，對諸家詞作多所指發，比附《風》、《騷》之旨。例如他在評溫庭筠的〈菩薩蠻〉第一首時，便說：「此感士不遇也。篇法彷彿〈長門賦〉，而用節節逆敘。」又說「照花」四句，有〈離騷〉「初服」之意。尤其是《詞選·敘》中，在論述唐之詞人「並有述造」時，還特別強調：「溫庭筠最高，其言深美閎約」，遠在李白、韋應物、王建、白居易、劉禹錫等人之上。這和明代以前的評論者，是迥然不同的。

以張惠言為首的常州詞派，自清中葉以後，一直籠罩詞壇，至清末民初而未衰。張惠言主寄託以尊詞體，後起者亦以此為能事。其中以周濟與陳廷焯最具代表性。周濟在推衍張惠言詞學主張之餘，對於《花間》詞人，特別是韋莊，也多所推轂。例如他在《介存齋論詞雜著》中，就曾經這樣說：

> 臬文曰：「飛卿之詞，深美閎約。」信然。飛卿醞釀最深，故其言不怒不懾，備剛柔之氣。針縷之密，南宋人始露痕迹。《花間》極有渾厚氣象，如飛卿則神理超越，不復可以迹象求矣。然細繹之，正字字有脈絡。

又：

> 詞有高下之別，有輕重之別。飛卿下語鎮紙，端己揭響入雲，可謂極兩者之能事。

可見他除了推衍張惠言之說以外，還能為前人批評溫詞流

麗工巧之言，以及溫、韋何以並稱的問題，做了很好的詮釋。

周濟之後，陳廷焯對於溫庭筠之詞，更是推崇備至。茲節錄其《白雨齋詞話》數則，以見一斑：

> 飛卿短古，深得屈子之妙。詞亦從楚《騷》中來，所以獨絕千古，難乎為繼。（卷七）
>
> 千古得《騷》之妙者，惟陳王之詩，飛卿之詞，為能得其神，而不襲其貌。
>
> 飛卿詞大半托詞帷房，極其婉雅，而規模自覺宏遠。
>
> 熟讀溫、韋詞，則意境自厚。（以上卷九）
>
> 溫、韋創古者也。晏、歐繼溫、韋之後，面目未變，神理全非，異乎溫、韋者也。蘇、辛、周、秦之於溫、韋，貌變而神不變，聲色大開，本原則一。南宗諸名家，大旨亦不悖於溫、韋，而各立門戶，別有千古。（卷十）

不但處處以屈原比擬，說溫詞深得《楚辭》香草美人之旨，「托詞帷房，極其婉雅」，規模宏遠，「意境自厚」，而且最後一則，幾乎把所有後世名家都歸在溫、韋的影響之下，認為他們之於溫、韋，止各取其一端而已。推舉至此，真可謂無以復加矣。

陳廷焯之後，衍常州派之餘緒，標榜溫詞者，不乏其人，其見解亦大多不出上述諸賢之範圍。例如吳梅《詞學通論》就曾引申陳氏之言：

> 唐至溫飛卿，始專力於詞。其詞全祖《風》
> 《騷》，不僅在瑰麗見長。陳亦峰曰：「所謂
> 沈鬱者，意在筆先，神餘言外，寫怨夫思婦之
> 懷，寓孽子孤臣之感。凡交情之冷淡，身世之
> 飄零，皆可於一草一木發之。而發之又必若
> 隱若現，欲露不露，反復纏綿，終不許一語
> 道破。匪獨體格之高，亦見性情之厚。」此數
> 語，惟飛卿足以當之。

就因為陳廷焯說得好，而吳梅用來推闡溫詞時，把字面上
的「怨夫思婦之懷」，說是寓有「孽子孤臣之感」，又把
一向被視為藻麗的詞句，說是「若隱若現，欲露不露」、
「終不許一語道破」，因而使後來的讀者，對溫詞不敢一
語道破，於詞句必求其深解，於詞旨必求其深意。也因
此，討論溫庭筠詞的相關問題，很容易見仁見智。(註43)清
末民初以來，讀溫詞者，歧解日多，可能與此有關。

　　不過，推闡者固有之，反對者亦隨之而有。例如李冰
若《栩莊漫記》即對常州詞派表示異議：

> 張氏《詞選》，欲推尊詞體，故奉飛卿為大
> 師，而謂其接迹《風》、《騷》，懸為極軌。
> 以說經家法，深解溫詞，實則論人論世，全不
> 相符。

又說：

---

43. 本節所論各點，並請參閱拙著《常州派詞學研究》（台北：嘉新文
　　化基金會，1970年）。

> 少日誦溫尉詞，愛其麗詞綺思，正如王、謝子
> 弟，吐屬風流。嗣見張、陳評語，推許過當，
> 直以上接靈均，千古獨絕，殊不謂然也。飛卿
> 為人，具詳舊史，綜觀其詩詞，亦不過一失意
> 文人而已，寧有悲天憫人之懷抱？昔朱子謂
> 《離騷》不都是怨君，嘗嘆為知言。以無行之
> 飛卿，何足以仰企屈子？其詞之艷麗處，正是
> 晚唐詩風，故但覺鏤金錯彩，炫人眼目，而乏
> 深情遠韻。（註44）

李冰若對溫詞的批評，和常州派大相逕庭。何者為
是，亟宜考辨。這不但涉及字義、句義的問題，同時更涉

44.《栩莊漫記》原見於李冰若《花間集評注》引錄，起先一般讀
者都不知道該書即為李氏所著。詹安泰〈溫詞管窺〉（1964
年）一文（《藝林叢錄》〔香港：香港商務印書館，第四
編〕才揭示李冰若曾托名《栩莊漫記》以申己說。不過，
學者仍多存疑。例如張以仁〈溫飛卿詞舊說商榷〉（《臺
大中文學報》第三期〔1989年〕）文中就曾經加注說明：
「《栩莊漫記》，不知作者何人，詹安泰謂即《花間集評注》之作
者李冰若，……按詹、李既為舊識，且《栩莊漫記》除《花間集評
注》引錄外，更不見於他處，則詹氏之言應可信從。……唯學界至
今仍有疑議：一則冰若親友故舊非止一人，何別無知其事者？二則
《漫記》如係李氏自撰，何須別托他名，且無片語交代？拙文因仍
舊稱，稍作說明，以俟新證。」
宏一案、葉嘉瑩迦陵師《迦陵論詞叢稿》（上海：上海古籍出版
社，1980年）書中〈溫庭筠詞概說〉一文，頁36，注2已經有如下一
段補充說明：
「此處所引《栩莊漫記》對溫詞之評語，及後文所引《栩莊漫記》
語，均見李冰若《花間集評注》，未著作者姓名。迄一九七九年嘉
瑩回國在北大教課時，得遇陳貽焮教授，承告云李冰若為其岳父，
《栩莊漫記》實為李氏未刊之作。」

及詞中是否真有寄託的問題。

四、溫庭筠的〈菩薩蠻〉詞

溫庭筠傳世的詞作，《花間集》收錄六十六首，其中〈菩薩蠻〉十四首。此外，見諸《尊前集》、《草堂詩餘》、《溫飛卿詩集》、《歷代詩餘》、《詞律·拾遺》等書者，各有一二首，然多重複或有疑義，故多不被採計。例如《尊前集》收〈菩薩蠻〉五首，其中「玉纖彈處真珠落」一首，未見於《花間集》，然而歷來研究者，以為此首詞意鄙俗，不類飛卿之筆，而且《尊前集》原本有注云：「一作袁國傳」，足證《尊前集》必有別本作者不題溫氏。因此，歷來討論溫庭筠〈菩薩蠻〉詞的人，對這一首多置而不論，還是認為《花間集》所錄者最為可靠。（註45）〈菩薩蠻〉是唐五代以來非常流行的曲調，很多著名的詞家都曾經為之倚聲填詞，但它的來歷則說法不一。唐人蘇鶚《杜陽雜編》說它起於唐宣宗大中年間，係外國傳入的舞曲。宋人王灼《碧雞漫志》引述該書時，曾說：

---

45. 施蟄存〈讀溫飛卿詞札記〉（《中華文史論叢》第八輯，上海：上海古籍出版社，1978）云：　王國維輯《金荃詞》一卷，共七十首。除《花間集》所載六十六首外，從《尊前集》補得一首，從《草堂詩餘》補得一首，從詩集補得二首。《尊前集》收飛卿〈菩薩蠻〉五首，其四首已見于《花間集》，惟「玉纖彈處真珠落」一首為諸本所無。此詞鄙俗，不類飛卿筆，可疑也。《草堂詩餘》一首，即詩集中之〈春曉曲〉，原是仄韻七律，宋以人〈木蘭花〉調歌之，遂混入詩餘。所謂從詩集補得之二首，即《雲溪友議》所載〈新添聲楊柳枝〉，……此四首，余以為決不在《金荃集》中，不當輯入。今日所可見之溫飛卿詞，盡于《花間集》所收六十六首矣。

〈菩薩蠻〉，《南部新書》及《杜陽雜編》
云：大中初，女蠻國入貢，危髻金冠，纓絡被
體，號「菩薩蠻隊」。遂製此曲。當時倡優李
可及作「菩薩蠻隊舞」，文士亦往往聲其詞。
大中，廼宣宗紀號也。^(註46)

又引述孫光憲的《北夢瑣言》云：

宣宗愛唱〈菩薩蠻〉詞。令狐相國假溫飛卿新
撰密進之，戒之勿泄，而遽言於人。由是疏
之。

這說明了兩點：(1)〈菩薩蠻〉係唐宣宗大中年間，由女蠻
國所傳入，(2) 因為唐宣宗愛唱〈菩薩蠻〉詞，所以當朝相
國令狐綯把溫庭筠代作的新詞偷偷呈獻皇上，告誡不得泄
漏消息，可是溫庭筠卻「遽言於人」。

關於第一點，核對其他的文獻資料，是有疑問的。崔
令欽的《教坊記》，著錄了不少流行於開元、天寶間的曲
調，〈菩薩蠻〉已在其中，假使〈菩薩蠻〉真的在大中初
年才傳入中國，那麼，崔令欽的《教坊記》為什麼會著錄
它呢？而且，明人楊慎的《升庵詩話》卷十，還有一段有
關〈菩薩蠻〉的記載：

唐詞有〈菩薩蠻〉，不知其義。按小說，開
元中南詔入貢，危髻金冠，瓔珞被體，故

---

46. 《南部新書》為宋人錢易撰。其中庚卷云溫氏有詞戲令狐綯云：「自
從元老登庸後，天下諸胡悉帶令」。固可與蘇鶚《杜陽雜編》合
讀。

號「菩薩鬘」，因以製曲。佛經戒律云：
「香油塗身，華鬘被首」是也。白樂天〈蠻
子朝〉詩曰：「花鬘抖擻龍蛇動」，是其
證也。今曲名「鬘」作「蠻」，非也。

楊慎的說法，不知有何依據，但他說〈菩薩蠻〉的曲調，
係起於「開元中南詔入貢」，則與崔令欽《教坊記》的記
載，頗相契合。說句題外話，如果〈菩薩蠻〉曲調真的在
盛唐開元年間已經流行，那麼〈菩薩蠻・平林漠漠〉那一
首詞，自然可以是盛唐人所作，雖然這和此詞是否為李白
所作，是兩回事。

關於第二個問題，令狐綯假手溫庭筠新填的〈菩薩
蠻〉詞，究竟有多少首？和今存的十四首有沒有關係？孫
光憲《北夢瑣言》只說「令狐相國假飛卿新撰密進之」，
並未明言多少首。因為這涉及下文第三章所要討論的，溫
氏〈菩薩蠻〉十四首究竟是不是聯章之作的問題，所以不
能不在此先作考辨，以為引論。

上文說《花間集》所錄溫氏〈菩薩蠻〉詞共十四首，
這十四首之間有什麼聯繫關係，是不是一時一地之作，都
原是無案可稽的。如果《尊前集》所錄的那首「玉纖彈處
真珠落」也計算在內，那麼現在傳世的溫庭筠〈菩薩蠻〉
詞應該是十五首。這十五首之間，又有什麼聯繫關係呢？
是組詞或聯章，或只是編選者信手雜錄而已？

另外，清人吳衡照《蓮子居詩話》卷一，又有另一種
說法，以為溫氏的〈菩薩蠻〉詞，原有二十首。他說：

> 飛卿〈菩薩蠻〉二十首，以《全唐詩》校之，
> 逸其四之一，未審《金荃詞》所載何如也。

他這幾句話常被引用，事實上是言之有據的。張宗橚所輯《詞林紀事》卷一即云：

> 《樂府紀聞》：「宣宗愛唱〈菩薩蠻〉，令狐綯假溫庭筠手，撰二十闋以進，戒勿泄，而遽言於人。且曰：『中書堂內坐將軍』，以譏其無學也。由是疏之。」橚按、飛卿〈菩薩蠻〉詞，《花間集》選十四首，《全唐詩》所載十五首，俱不滿二十首之數。

可見這種說法係出之於宋人李祉的《樂府紀聞》。至於《樂府紀聞》有何根據，則不得而知。

因此，歸納起來，溫庭筠〈菩薩蠻〉詞數量的問題，共有三種。第一種說法是二十首，這說的是當初令狐綯「假溫飛卿新撰密進之」的總數，而非傳世的總數。而且這種說法，始自宋人李祉《樂府紀聞》，究竟有無根據，尚待查考。筆者一向以為：這會不會如曾昭岷所言，是北宋人輯溫氏《金荃集》時，錄已經「亂增亂改」之《尊前集》不載之溫詞十五首，並注云：「五首已見《尊前集》」，李祉等人因此而誤計呢？[註47]事實上，《尊前

---

47. 朱祖謀《彊村叢書》本《金奩集》卷末，有〈書金奩集鮑跋後〉云：「蓋宋人雜取《花間集》中溫、韋諸家詞，各分宮調，以供歌唱。並意欲為《尊前》之續，故〈菩薩蠻〉注云：「五首已見《尊前集》。」此亦即前人所以評《尊前集》有亂增亂改者之故。

集》固然原為唐末選本，但後來流傳時，曾經被竄改增收，非原始面目。曾昭岷就稱之為「亂增亂改」。因此，二十首之說，目前只能存疑待考。

第二種說法，說是十五首，其實也只是一種假設。是在《花間集》所錄的十四首之上，加上《尊前集》所錄的「玉纖彈處真珠落」那一首。這個說法的問題所在，是假設太多，無法落實。上文說過，歷來談詞者因為此首詞意鄙俗，不類飛卿筆法，加上《尊前集》有別的版本注云：「一作袁國傳」，所以大多不視為溫氏之作。不過，也有人仍然為了視溫氏〈菩薩蠻〉十四首為聯章之作，另外提出一種解釋。例如張以仁在〈溫庭筠菩薩蠻詞的聯章性〉一文中就這樣說：

> 《花間》未錄，不能作為非溫詞之證。但十四首全錄而獨漏此首，卻也是非常奇怪的事，除非編者已知此詞並非溫氏之作。而此詞文不雅馴，卻是眾所公認的。雖然《全唐詩》、《歷代詩餘》、劉毓盤《唐五代宋遼金元名家詞輯》、王國維《唐五代二十一家詞輯》、盧冀野《溫飛卿及其詞錄》，皆據《尊前》登錄，恐怕存遺的意思多，一般說來，多不認為它是溫氏筆墨。或者它可能是十四詞從宮廷流傳到民間之後增添上去的。十四詞連串了一個傷感的愛情故事，這首詞，卻像是這個故事的引子，用以營造氣氛，以導聽眾進入情況。《尊前集》把它排在第一首，或者就是民間傳唱的次序。從文字上看，有效顰之嫌，這個袁姓作

> 者，是不第文士呢？還是樂師？王灼也不併這
> 首計數，自有他的見識。這樣看來，十四詞似
> 乎是獻詞的全貌，它們前後排次的順序也應該
> 是原式未變。爾後，學者多言溫氏〈菩薩蠻〉
> 有逸詞，如吳衡照《蓮子居詞話》卷一謂：
> 「飛卿〈菩薩蠻〉詞二十首，以《全唐詩》校
> 之，逸其四之一。」也是從這裡出來的誤解。
> 《全唐詩》卷八九一錄溫氏〈菩薩蠻〉詞但
> 十五首，多出來的也只有這首。^{（註48）}

他所以不憚其煩的解說此詞的來歷，主要的是因為他要把
《花間集》所錄的十四首，看成是溫氏〈菩薩蠻〉詞的全
部，易言之，乃全係聯章之作，而非率意雜錄而成。因
此，他可以同意「玉纖彈處真珠落」此詞未必為溫氏所
作，而假定其為十四首詞的引子。可惜他文中用了「可能
是」、「像是」、「或者就是」、「應該是」很多假設性
的文字，減少說服力。因此，第二種說法恐怕很難成立。

　　第三種說法，自然是根據《花間集》而來。《花間
集》所錄晚唐五代十八家五百首詞作，理所當然，不會
是十八家全部的作品。但所錄溫庭筠〈菩薩蠻〉詞十四
首，究竟是不是溫氏一時一地之作，或該詞調作品的全
部，則歷來頗有爭論。張惠言開始視此十四首為聯章之
作以後，不少論詞者附議其說，紛紛對溫詞索求其字句
之微言大義，強解其篇章之組織結構，因而贊同者有之，

---

48. 見張氏《花間詞論集》（台北：中央研究院中國文哲研究所，1996
年）。

反對者亦有之。贊同者不止周濟、陳廷焯等常州派後繼
者，像民初鄭文焯〈溫飛卿詞集考〉云：「誠以衛尉弘基
去晚唐未遠，詞客清芬，猶承光誦，宜其甄採高制，於飛
卿所得獨多，或即出於原集之末卷，學者得此，無俟他求
已。」[註49] 反對者亦不止王國維之「興到之作，有何命
意，皆被皋文深文羅織」[註50]，像汪東《唐宋詞選‧評
語》亦云：「未必皆一時作，故辭意有複重。張皋文比而
釋之，以為前後映帶，自成章節，此則求之過深，轉不免
於附會穿鑿之病已」[註51]。也就是因為如此，所以下面將
分別就三個方面，來探討有關溫庭筠〈菩薩蠻〉詞的辭句
詮釋、形式結構以及內容寄託等等的問題。

---

49. 見龍沐勛輯《大鶴山人詞話》附錄。《詞話叢編》（北京：中華書
　　局，1986）。
50. 見《人間詞話‧未刊稿》第二十九則。
51. 汪東《唐宋詞選‧評語》原刊《詞學》第二輯（1983），頁76-80。
　　曾昭岷《溫韋馮新校》曾多所轉引。

第二章

「小山重疊金明滅」相關問題辨析

一、從不同的評價說起

上文說過，溫庭筠是晚唐詩詞名家，詩與李商隱齊名，詞則與韋莊並稱。就詞而言，溫庭筠精通音律，才思敏捷，「能逐絃吹之音，為側艷之詞」，不僅最能代表花間詞人的特色，而且對後世的婉約詞人，影響也最大。黃昇《花庵詞選》早就稱之為「詞極流麗，宜為花間之冠。」^{（註1）}斯為的論，後人轉相引用，洵非虛語。

---

1. 黃昇之語，後人轉相引用。例如俞陛雲（俞平伯父親）《唐五代兩宋詞選釋》云：「飛卿詞極流麗，為《花間集》之冠。〈菩薩蠻〉十四首，尤為精湛之作。」即引用黃昇之語而未曾注明。

　　又，上文也說過，舊傳溫庭筠有詞集傳世，可惜早已亡佚，後人雖迭有輯錄，但真偽間出。[註2]因此，《花間集》所錄的六十六首作品，應該是溫庭筠詞最可靠的資料。

　　在溫庭筠的六十六首詞作中，〈菩薩蠻〉十四首，不僅為開篇之什，而且也最為後人所矚目，一向引起極為廣泛而熱烈的討論。稱美者如湯顯祖就說這十四首作品「如芙蓉浴碧，楊柳挹青，意中之意，言外之言，無不巧雋而妙入。」[註3]如張惠言說：「其言深美閎約」，並逐首加以評點；[註4]如陳廷焯在《白雨齋詞話》卷一云：「飛卿〈菩薩蠻〉十四章，全是變化楚騷，古今之極軌也。」又說：「此種詞，第自寫性情，不必求勝人，已成絕響。」認為後人蓋已無能為繼，對溫詞可謂推崇備至。

　　稱美者固然不勝枚舉，貶抑者也不乏其人。例如胡應麟曾詆之如「北里名娼」[註5]；如李冰若在《栩莊漫記》中說：「飛卿慣用金鷓鴣、金鸂鶒、金鳳凰、金翡翠諸字以表富麗，其實無非繡金耳。十四首中既累見之，何才儉若此！本欲假以形容艷麗，乃徒彰其俗劣，正如小家碧玉

---

2. 參閱曾昭岷校訂：《溫韋馮詞新校》（上海：上海古籍出版社，1988年初版），前言，頁11-12。
3. 參閱湯顯祖評本《花間集》卷一。
4. 參閱張惠言《詞選》。張惠言視溫庭筠〈菩薩蠻〉十四首為連章之作，前後呼應，故於第一首下評曰：「篇法彷彿〈長門賦〉，而用節節逆敘。」又說溫氏所要寄託的是「感士不遇」之情。可謂推崇備至。
5. 汪東《唐宋詞選》評溫庭筠云：「詩與義山並稱，持校其詞，品猶差下。……若明人胡應麟氏既以李不如溫，又評溫如北里名娼，李如狹邪浪子，斯則未免輕詆古人，適自章其門戶之隘而已。」

初入綺羅叢中，祇能識此數事，便矜羨不已也。」又說：
「〈菩薩蠻〉十四首中，全首無生硬字句而復饒綺怨者，
當推南園滿地、夜來皓月二闋。餘有佳句而無章，非全璧
也。」[註6]對溫詞可謂詆諆已甚。

　　從以上的論述中，可以看到溫庭筠的〈菩薩蠻〉十四
首，引起後人多麼熱烈的討論和紛歧的看法。尤其是〈菩
薩蠻〉第一首，更是眾說紛紜。張惠言《詞選》說：

> 此章從夢曉後領起。「懶起」二字，含後文情
> 事。「照花」四句，〈離騷〉「初服」之意。

不但認為此首領起以下各章，而且還比附〈離騷〉，認為
有寄託之意。至於像劉永濟《唐五代兩宋詞簡析》所說
的：

> 此則十四首之一。……全首以人物之態度、動
> 作、衣飾、器物作客觀之描寫，而所寫之人之
> 心情乃自然呈現，此種心情，又因夢見離人而
> 起者，雖詞中不曾明言，而離愁別恨已縈繞筆
> 底，分明可見，讀之動人。此庭筠表達藝術之
> 高也。

以及唐圭璋在《唐宋詞簡析》中所說的：

> 此首寫閨怨，章法極密，層次極清。……末句
> 言更換新繡之羅衣，忽覩衣上有鷓鴣雙雙，遂

6.《栩莊漫記》為李冰若所著，已於本書第一章注44中有所說明。

興孤獨之哀與膏沐誰容之感。有此收束，振起
全篇。上文之所以懶畫眉、遲梳洗者，皆因有
此一段怨情蘊蓄於中也。

則又著眼於詞中的表現技巧。周濟《介存齋論詞雜著》曾
云：「飛卿醞釀最深」，「鍼縷之密，南宋人始露痕迹。
《花間》極有渾厚之象，如飛卿則神理超越，不復可以迹
象求之矣。然細繹之，正字字有脈絡。」[註7] 劉、唐之
言，無異為周濟作了最好的注解。

另外，同樣對這一首作品，李冰若《栩莊漫記》卻肆
加批評，與張惠言等人大異其趣。他說：

「小山」，當即屏山，猶言屏山之金碧晃靈
也。此種雕飾太過之句，已開吳夢窗堆砌晦澀
之逕。「新貼繡羅襦」二句，用十字止說得襦
上繡鷓鴣而已。統觀全詞意，詼之則為盛年獨
處，顧影自憐；抑之則侈陳服飾，搔首弄姿。
「初服」之意，蒙所不解。

任中敏在《詞曲通義》中，也對張惠言等人之言加以
駁斥：

常州派謂溫庭筠之〈菩薩蠻〉與〈離騷〉同一
宗旨。但考溫氏並無與屈原之身世，而此詞又

---

7. 後來如陳廷焯所說的：「飛卿詞大半託詞帷房，極其婉雅，而規模自
　　覺宏遠。周、秦、蘇、姜、史輩，雖姿態百變，亦不能越其範圍。本
　　原所在，不容以形迹勝也。」見《白雨齋詞話》（臺北：臺灣開明書
　　店，1954年），卷七，頁10。此亦推衍周濟之說。

　　　無切實之本事，則「新帖繡羅襦，雙雙金鷓
　　　鴣」，絕非〈離騷〉「初服」之意，僅不過因
　　　鷓鴣之雙飛，製襦之人乃興起自身孤獨之感
　　　耳。

除了以上所述兩種對立的看法之外，也有人作調和之論。
像曾昭岷、劉尊明就這樣說：

　　　此首既為溫詞開篇之什，亦可謂溫詞典範之
　　　作。然歷代之評賞，見仁見智，頗為紛歧，
　　　焦點集中於是否有比興依據，否認有忠愛纏
　　　綿之思，以為不過侈陳服飾，描摹美人圖而
　　　已。至於藝術表現，或譽之為章法綿密，冷靜
　　　蘊藉；或貶之為縷金錯采，堆砌晦澀。公平論
　　　之，此詞表面上所寫，不過一女子晨起梳妝之
　　　動態過程，及其慵散無聊、孤獨幽怨而又自矜
　　　自持、要眇宜修之纏綿情懷，其深層裏是否有
　　　所托寓，似乎很難斷然以「有」、「無」二字
　　　論定，但聯繫溫庭筠累舉不第、坎壈終生之遭
　　　遇，說其中一定程度也流露了人懷才不遇之
　　　感，應屬可信的。就藝術表現而言，色彩濃
　　　艷，過於雕飾，固為溫詞之弊端，然描寫精
　　　美，刻畫細微，於客觀冷靜敘寫中，含委婉蘊
　　　藉之情思，正為溫詞之特色也。（註8）

這一段話說得比較全面，分別從比興寄託和藝術表現兩方

---

8. 見劉揚忠、喬力、王兆鵬主編：《唐宋詞精華分卷》（北京：朝華出
　　版社，1991年初版），頁20。

面，來對溫氏這首〈菩薩蠻〉不同的批評，作調和之論。說歷代評賞此詞的焦點，集中在是否有比興寄託上面，這話是不錯的，起碼清末民初以前，確實如此。但是，從民國以來到現在的幾十年間，學者對此詞的藝術表現所涉及的種種問題，似乎更為關心，討論相當廣泛而熱烈。譬如說，有關此詞字句的解釋，和前後結構的關係，說法就極為紛歧。日本學者中原健二〈溫庭筠詞的修辭〉一文，（註9）就蒐集了中國歷代不同的說法，加以歸納分類，並且對溫庭筠〈菩薩蠻〉第一首的詞句解釋，這樣下結論說：

> 這首詞吟詠了女性晨妝的情景。第二句以下的
> 解釋不成問題。解釋不一的是第一句。因為
> 「小山重疊」指甚麼不清楚，所以「金明滅」
> 也就不能了然。

事實上，牽一髮而動全身，第一句的解釋既然不一致，第二句以下的解釋，恐怕也就沒有不隨之變動的道理。這種字句詮釋的問題，看似微不足道，無關宏旨，但藝術表現技巧的高低和內容之是否別有寄託，莫不由此而定。

所以，我們的討論，就先從詞句的解釋開始。

二、「小山重疊金明滅」的四種解釋

---

9. 參閱王水照等編：《日本學者中國詞學論文集》（上海：上海古籍出版社，1991年初版），頁124。該文由邵毅平譯成中文，原文則刊於《東方學》第65輯（昭和58年1月）。

為了討論的方便，先把溫庭筠〈菩薩蠻〉第一首抄錄於下：

小山重疊金明滅，鬢雲欲度香腮雪。懶起畫蛾
眉，弄妝梳洗遲。照花前後鏡，花面交相映。
新帖繡羅襦，雙雙金鷓鴣。
（據南宋紹興十八年刻本《花間集》）

根據冒廣生〈花間集校記〉（註10）及曾昭岷〈金荃詞
校〉（註11），除了明代雪艷亭活字本《花間集》「香」作
「春」，《詞苑英華》本《唐宋諸賢絕妙詞選》（即《花
庵詞選》）「帖」作「著」、「繡」作「綺」之外，各本
之間沒有甚麼字句上的差異。至於近年來有些選本「帖」
或作「貼」，那是因為帖貼二字古實可通、以俗代正的緣
故。（註12）關於此詞字句的解釋，最有爭議的是第一句「小
山重疊金明滅」，上文引用日本學者中原健二的話，已經

---

10. 見《同聲月刊》第2卷第2號（1942年2月出版）。該文後來收入《冒
鶴亭詞曲論文集》（上海：上海古籍出版社，1992年8月初版）。
11. 參閱曾昭岷《溫韋馮詞新校》頁7。同注2。
12. 張以仁〈溫飛卿詞舊說商榷續〉（《中國文哲研究集刊》創刊號
〔1991年3月〕）文中有云：
「帖」字，近人注本有作「貼」者。今一般用法，帖服熨帖字作
「帖」，黏黍字作「貼」，二字古實可通。段玉裁則以「貼」為
「帖」之俗字。
又說：
又此「帖」字亦有作「著」者：王力《古代漢語》云：「一本作
『著』」，然未言所據者何本。作「著」淺白易懂，或因而改易，
非原貌如此。《花間》各本無作「著」者。
按、張氏或未查《詞苑英華》本《唐宋諸賢絕妙詞選》，致有此
論。

說明了。據我所蒐得的資料，早在一九四五年，浦江清
已經把歷來的注解加以歸納，並且舉溫氏詩詞以為例證。
他是這樣說的：

> 「小山」可以有三種解釋：一謂屏山，其另一
> 首「枕上屏山掩」可證。「金明滅」指屏山彩
> 畫。二謂枕，其另一首「山枕隱穠妝，綠檀金
> 鳳凰」可證。「金明滅」指枕上金漆。三謂
> 眉額，飛卿〈遐方怨〉云：「宿妝眉殘粉山
> 橫」，又本詞另一首「蕊黃無限當山額」。
> 「金明滅」指額上所傅之蕊黃。飛卿〈偶游〉
> 詩：「額黃無限夕陽山」是也。三說皆可通，
> 此是飛卿用語晦澀處。^{（註13）}

浦江清歸納歷來的注解，以為首句「小山重疊金明滅」，
可以並指屏山、山枕和眉額三者，而且說「三說皆可
通」，因為在溫詞中都可找到例證。浦江清的這一看法，
影響後來學者很大，但他「可能」忽略了三種解釋之外，
還有另一種解釋。這第四種解釋，是把「小山重疊金明
滅」解釋為對髮飾的描寫。這種解釋，一般人都以為是
從沈從文《中國古代服飾研究》^{（註14）}以後才開始有的說

---

13. 浦江清〈溫庭筠「菩薩蠻」箋釋〉一文，原刊於《國文月刊》第35
　　至38期（1945年5至9月）。後來收入《浦江清文錄》一書（北京：
　　人民文學出版社，1958年10月）。日本學者中原健二、青山宏等人
　　及不少中國學者多以為浦氏此文始見於《浦江清文錄》，而定其撰
　　作年代為1958年。此涉及學術觀點創見誰先誰後的問題，不可不
　　辨。
14. 沈從文《中國古代服飾研究》（香港：商務印書館，1981年9月）。

法，但實際上在沈氏之前，應已有人提過。像華連圃《花間集注》（一九三五年初版）注解此詞時，除了把「小山」句解作「屏山」之外，還特別這樣說：

> 一說，「小山」，謂髮也。言雲鬢高聳如小山之重疊也。陳陶詩：「低叢小鬢膩鬟鬢，碧牙鏤掌山參差。」陸游詩：「遠山何所似？鬟鬢千髻綠。」皆其證。金，鈿鉺之屬。[註15]

不過華連圃的這另一說，很少人注意到；也或者浦江清雖然注意到了，卻以為在溫庭筠其他詞作中，找不到相關的例證，因而不予採用。不管怎樣說，「小山重疊金明滅」這一句的解釋，最少有以上的四種可能。以下，我們就夾議夾敘的逐項討論。

先說第一種解釋的屏山之說。

最早以屏山來解釋「小山重疊金明滅」的，是清代的許昂霄。他在《詞綜偶評》中，就說：「小山，蓋指屏山而言。」[註16] 民國以後，主張這種說法的人，不勝枚舉。同樣在一九三五年，上海開明書店出版李冰若的《花間集評注》，書中《栩莊漫記》即云：

> 「小山」當即屏山，猶言屏山之金碧晃靈也。

---

15. 華連圃《花間集注》原由長沙商務印書館印行，1935年即已問世，此後幾次再版。1983年以「華鍾彥」之名，又將此書交鄭州中州書畫社出版。
16. 見許昂霄《詞綜偶評》，《詞話叢編》增訂本，頁1547。

而長沙商務印書館出版的華連圃《花間集注》書中也說：

> 小山，屏山也。金，日光也。屏山之上日光動盪，故明滅也。溫庭筠〈郭處士擊甌歌〉：「晴碧煙滋重疊山，羅屏午掩桃花月」，又〈歸國遙〉：「曉屏山斷續」，皆其證。

說法都和許昂霄一樣，至於「屏山」究竟指甚麼而言，也都沒有明確的解釋。一九四七年上海開明書店出版俞平伯的《讀詞偶得》，[註17] 他除了引用許昂霄的說法之外，還說：「金明滅三字，狀初日生輝與畫屏相映」，很明確的指出「屏山」就是畫屏。俞平伯還說「日華與美人連文」，古代不乏其例，顯然他們都把「金」解作初昇的陽光了。但是「小山重疊」的「重疊」該怎麼講呢？他們卻都未曾論及。易言之，「重疊」自是形容「小山」之詞，但「小山」究竟是指屏風本身或屏風上的「畫」呢？

一九五二年七月初版的鄭因百師《詞選》，對此句有了如下的解釋：

> 小山為小山屏之簡稱，亦即屏山。古代屏與牀榻相連，屏上多畫金碧山水，亦有逕作山字形者。

因百師的解釋，顯而易見，是把「小山」一方面解釋為牀

---

17. 筆者所見之最早版本為1947年8月修訂初版。據書前緣起，此書初印於1934年。

旁屏風上的金碧山水畫，一方面又解釋為山字形的屏風，認為兩種說法都可以講得通。

我們知道，屏風是古代居室建築中常見的一種家具，可作擋風、遮蔽和裝飾之用。古代的屏風，大致可分為座屏和圍屏兩種。座屏有底座，不能折疊，通常放在室內入口處，形狀有山字形的，也有其他的形狀，或為多扇併裝，或為單扇插屏；圍屏又稱折屏，是多扇鉸接聯立、可以折疊的屏風，放置時曲曲折折，通常與床榻相連。鄭因百師所說的「屏與牀榻相連」，其實俞平伯在《讀詞偶得》中解釋此詞次句時，也已經說過，意思一樣。他們都以為「小山」句所說的屏風，應指後者圍屏而言。

問題是：古代的屏風，常以木頭為骨架，中間鑲板或蒙以絹帛，屏面上往往有彩繪等種種裝飾，有的用刺繡，有的用鑲嵌、磨漆或雕刻等等不同的材料。用繪畫（不管畫的是山水或花鳥或其他）作裝飾，固然稱為「畫屏」，其他的裝飾，不管是繡是雕是漆是鑲，也都可以泛稱為「畫屏」。因百師所說的「屏上多畫金碧山水」，自是扣緊「小山重疊金明滅」來說。但如此一來，「金碧山水」與「金明滅」的「金」有沒有關係呢？而且，所謂「逐作山字形」的屏風，「小山重疊金明滅」所要描寫的，是屏風本身的形狀和顏色，或者還是仍指屏面上的山水裝飾和初升的朝陽？

因百師的解釋，其實比起前人來，是比較具體明確的，但一旦坐實來講解，卻不免衍生新的問題。一九五八

年葉迦陵師在〈溫庭筠詞概說〉文中，^(註18)解說此句時，揉合了俞平伯和因百師的說法，說得比較圓融：

> 「小山」自是牀頭之屏山，然不曰「小屏」而曰
> 「小山」者，「屏」字淺直，「山」字較有藝
> 術之距離，且能喚起人對屏山之高低曲折之想像
> 也。「金明滅」三字寫朝日初升與畫屏之金碧相
> 映生輝。

雖然說得比較圓融，問題還是存在的。「金明滅」的「金」字，究竟是指初升的朝陽，或「畫屏之金碧」，或兼指二者？進一步說，「畫屏之金碧」，是指屏面上的金碧山水呢？或畫屏的顏色？或是其他的甚麼東西？

　　問題很難解決，因為語言文字有其一定的限制。即使大前提都同意「小山」句是指屏風而言，小前提一落實來解釋字句，還是難免見仁見智。有時候即使是同一個人，前後的看法也會發生變化的。例如俞平伯在上述《讀詞偶得》中，說：「金明滅三字，狀初日生輝與畫屏相映」，到了一九六二年他編注的《唐宋詞選》（一九七八年重印時，易名為《唐宋詞選釋》），同樣注解「金明滅」三個字，他卻已經改成這樣說：

> 承上「屏山」，指初日光輝映著金色畫屏。
> 或釋為「額黃」、「金釵」，恐未是。

---

18. 葉嘉瑩的〈溫庭筠詞概說〉一文，首先發表於《淡江學報》第一期
　　（1958年8月）。後來又先後收入《迦陵談詞》（台北：純文學出版
　　社，1970年）《迦陵論詞叢稿》（上海：上海古籍出版社，1980年）
　　等書中。部分文字曾經增訂過。

顯然已經把「金明滅」的「金」字，當成畫屏的顏色了。其實，所謂「金色畫屏」或上述所謂「畫屏之金碧」，到底是繡是雕是漆是鑲，或只是彩繪，是無法確定的；到底是屏風本身的顏色或屏面上山水畫的顏色，也是無法確定的。更何況早已有人主張「金」是初升的陽光呢？

因此，我們可以看到幾十年來，學者在注解此詞首句時，紛紛擾擾，反反覆覆，提出個人的相當主觀的一些意見。茲將同樣是主張「小山」句解作畫屏的，依發表年代的先後，略舉若干例如下：

> 佘雪曼〈溫飛卿詠美人詞〉：「小山即屏山，也就是帷屏。古時的帷屏，或繡山水，或繡花鳥，往往安置在牀榻的前面。金明滅是說帷屏上的圖案用金線繡成的，當晨光從窗口射到帷屏時，有金線的發光，無金線的沈滅。」（《佘雪曼詞學演講稿》，香港雪曼藝文院印行，1955）

> 胡國瑞〈論溫庭筠詞的藝術風格〉：「在小山重疊而金色明滅的畫屏圍著的繡榻上。」（《文學遺產增刊》第六輯，北京作家出版社，1958）又：「小山，為床榻圍屏上的畫景，金為塗在屏風上的顏色。」（《唐宋詞鑑賞辭典》）

> 劉永濟《唐五代兩宋詞簡析》：「小山，枕屏上所畫之景。金明滅，屏上之金碧山水因日久剝落，故或明或暗。」（上海古籍出版社，

1981）

唐圭璋《唐宋詞簡釋》：「首句寫繡屏掩映。」（上海古籍出版社，1981）

唐圭璋、潘君昭、曹濟平《唐宋詞選注》：「小山指屏風。金明滅，金色的陽光照在屏風上，忽明忽暗，閃爍不定。」（北京出版社，1982）

王達津〈讀溫庭筠菩薩蠻二首〉說小山乃「畫着或刻有金碧山水」的枕屏，「一早太陽光射在屏風重疊的山巒上，金光閃爍，忽明忽暗，顯出山的凸凹來。」（《唐代文學論叢》第二輯，陝西人民出版社，1982）

鄧喬彬〈飛卿詞藝術平議〉：「『小山』指屏風，『重疊』寫出了曲折，『金明滅』三字則將初日東升、流光四照、畫屏溢彩、金碧生輝、或明或暗的情景，作了側重於印象的形容。」（《社會科學戰線》第四期，1984）

袁行霈〈溫詞藝術研究——兼論溫韋詞風之差異〉：「『山』指屏風，一方面是因為屏風的形狀像山，另一方面是因為屏風上通常畫著山的圖案。這樣，就可以看出『重疊』二字的巧妙，『重疊』也可以從兩方面理解，一方面是形容小屏重疊曲折，另一方面是形容屏上所畫的山勢重疊。因為屏風是由幾扇組成的，當它半開半掩曲折地立著時，就更增強了山勢的重疊感。……『金明滅』是指山的色感和光

感。」（《學術月刊》1986年2月號）

曹克明〈怨情沈沈，思緒綿綿——溫庭筠菩薩蠻簡析〉：「小山，指屏帳；重疊，指屏帳上的畫；金明滅，指朝光照射在屏帳上的光和屏帳上的彩明暗相間。」（《文史知識》1988年第9期）

惠淇源《婉約詞》：「小山，指屏風上雕畫的小山。金明滅，金光閃燿的樣子。」（安徽文藝出版社，1989）

吳小如〈說溫庭筠菩薩蠻「小山重疊金明滅」〉：「『小山』乃屏上所繪之金碧圖案。當其受到日光照射，自然熠燿生光，明滅不定。」（《文史知識》1991年9期）

楊海明《唐宋詞縱橫談》：「日光已經透過紗窗照射在金碧繪畫的圍屏上面。」（蘇州大學出版社，1994）

以上所舉，僅是筆者所蒐集的主張屏山之說的一部分資料而已。其他像鍾應梅《蕊園說詞》（1968）、盧元駿《詞選注》（1970）、陳弘治《唐宋詞名作評析》（1977）、呂新民等《唐宋名家詞譯析》（1983）、顧學頡等《唐宋詞鑑賞集》（1983）、王熙元等《詞曲選注（1985）、沈祥源等《花間集新注》（1987）、陳如江《唐宋五十名家詞論》（1992）等等，也都主張屏山之說，因為所說的多

沿襲俞平伯、鄭因百等人的觀點，[註19] 所以也就略而不列。

　　在上面所列舉的例子中，可以看出來：絕大多數的學者，都將「小山重疊」解作枕旁的屏風，或屏風上的山水「畫」，至於是繪是繡是雕是漆，則說法不一；「金明滅」三字，句式全部讀作上一下二，「金——明滅」，而「金」字則或作「日光」解，或作屏山上的裝飾解，或熔二者於一爐，說日光與金碧山水互相輝映。其中說得最圓融周到的是袁行霈。不過，在所有主張屏山之說的學者中，在承先啟後的影響上，在說明採用的理由上，仍然以葉迦陵師的說法最值得注意。她曾數度發表採用屏山之說的理由，上面列舉時，為了節省篇幅，未曾引錄，可是在介紹完四種解釋之後，下節將會比較四種解釋的是非得失，屆時當再進一步析論，這裏也就暫時略而不提了。

　　以上所說，是「小山重疊金明滅」的第一種解釋，所謂屏山之說。接著，我們來介紹第二種解釋的所謂山枕之說。

　　非常奇怪的是，浦江清歸納歷來對「小山重疊金明滅」的解釋，說第二種可能的解釋是山枕，並舉溫氏另一首〈菩薩蠻〉的「山枕隱穠妝，綠檀金鳳凰」為證。但是，在浦江清之前，我們卻找不到誰有同樣的說法。據我個人的推測，浦江清因為熟讀《花間集》，發現不少描寫「山枕」的例子，用來解釋此句時頗為妥切，所以也就標

---

19. 例如陳弘治的《唐宋詞名作評析》、王熙元等人《詞曲選》等書，注解「小山」一詞，幾乎一字不改照抄鄭因百師《詞選》原文。

舉了這一種說法。

　　古代的枕頭，和我們現在看到的不一樣，有很多是用瓷、竹、木、藤等材料製成的。隋唐以迄兩宋，最流行的是瓷枕。瓷枕較高，而且堅硬，睡覺時可以保持頭飾不變形，因此為婦女所樂用。瓷枕的形狀有長方形、雲頭形、八方形等很多種，通常枕面上有彩釉繪製的各種圖案和銘字。就現存的瓷枕中，唐代的青瓷脈枕、宋代的青白瓷童子荷葉枕、青白瓷臥女枕等，都是著名的精品。所以，和屏山、畫屏一樣，不管枕頭的形狀像山，或枕面上有小山重疊的圖案裝飾，都可以稱之為「山枕」。《花間集》中提到山枕的作品相當不少，而且在閨房之中，繡榻之上，它和此次句所寫的鬢髮香腮，是最接近的。因此，假設第一種解釋所謂屏山之說能夠成立，那麼，把「小山重疊金明滅」解釋為對山枕的描寫，也沒有不能成立的理由。

　　第三種解釋，是所謂眉額或眉山之說。

　　最早以眉額來解釋溫詞「小山重疊金明滅」的，是明代的楊慎。楊慎在《詞品》卷二中有以下的一段話：

> 後周天元帝令宮人黃眉黑妝，其風流於後世。虞世南詠袁寶兒云：「學畫鴉黃半未成。」此煬帝時事也，至唐猶然。……溫庭筠詞：「小山重疊金明滅」，又：「蕊黃無限當山額」，又：「撲蕊添黃子，呵花滿翠鬟」，又：「臉上金霞細，眉間翠鈿深」。……今黃妝久廢，汴蜀妓女以金箔飛額上，亦其遺意也。[註20]

---

20. 見《詞話叢編》增訂本，頁446。李冰若《花間集評注》溫庭筠〈菩薩蠻〉第三首評語中的所謂額妝、眉妝、面妝，可與楊慎之說合看。

他引用虞世南的詩句所說的「鴉黃」，是一種黃色的染料，隋唐時婦女多用來作面飾，用時蘸水畫在額上即可。再從他引用溫詞「蕊黃無限當山額」、「臉上金霞細」等句來看，可以推知他以為「小山重疊金明滅」指的是眉額之間的黃妝。

　　古代婦女重視面部妝飾，額黃、花鈿、眉黛、朱粉、口脂、妝靨等等，都是唐代婦女常見的梳妝打扮。甚至有的用金箔剪刻成花紋或星點貼在額上或兩眉之間[註21]。主張眉額之說的人，大抵是把「金明滅」和這種打扮聯想在一起的。

　　至於畫眉，那是古代婦女最常見的一種面飾。畫眉時用的顏料叫「黛」，所以也稱眉黛。唐代婦女的裝扮，喜歡爭奇鬥勝，因而畫眉黛時，形狀也花樣百出。據《佩文韻府》引《海錄碎事》云：「唐玄宗命畫工畫十眉圖，有鴛鴦眉、小山眉、五岳眉、三峰眉、垂珠眉、月棱眉、分梢眉、涵烟眉、拂雲眉、倒暈眉等。」[註22]其中的「小山眉」與溫詞「小山重疊金明滅」的「小山」不但契合無間，就是「五岳眉」、「三峰眉」也與「小山重疊」關係密切。或許就因為如此，歷來注解「小山」句的人，援此以為說的，頗為不少。

　　一九六二年夏承燾、盛弢青選注的《唐宋詞選》，對「小山」句這樣注解：

---

21. 參閱沈從文《中國古代服飾研究》及陳茂同《中國歷代衣冠服飾制》等書。
22. 十眉圖之說，亦見於《香艷叢書》（上海：中國圖書公司，1914年）。古人說，上有所好，下必有甚焉者。唐玄宗既然有此好尚，則當時流行之廣、影響之大，可想而知。

> 唐代好畫眉，有一種叫小山眉。隔夜的眉黛有深
> 淺，好像山峰重疊。唐代婦女喜歡在額上塗黃
> 色，叫額黃。隔了一夜，黃色有明暗，所以說金
> 明滅。

配合全詞來看，夏承燾等人的看法是：詞中遲起的婦女，因
為昨夜枕上悠哉悠哉，輾轉反側，所以隔夜起床時，宿妝已
殘，眉黛塗亂了，額黃塗亂了。他的這種看法，到了一九八
〇年寫《唐宋詞欣賞》時，就說得更詳細：

> 開頭兩句是寫她褪了色走了樣的眉暈、額黃和亂
> 髮，是隔夜的殘妝。

> 小山是指眉毛（唐明皇造出十種女子畫眉的式
> 樣，有遠山畫、三峰眉等。小山眉是十種眉樣
> 之一）。小山重疊即指眉暈褪色。金是指額黃
> （在額上塗黃色叫額黃；這是六朝以來婦女的習
> 尚）。金明滅是說褪了色的額黃有明有暗。

後來主張眉額之說的，大多承襲了這樣的觀點。像王
延齡選注的《唐宋詞九十首》[註23]、劉斯翰選注的《溫庭
筠詩詞選》[註24]等等，都可以說，不出夏承燾的範圍。其
中一九八六年史雙元的〈「小山重疊金明滅」新說〉一文，
[註25]才進一步提出了一些新的見解。

---

23. 王延齡注解「小山」指眉，並說：「重疊，古時婦女貼額黃（一種金
黃色的脂粉），然後畫眉，所以說重疊。金明滅，額黃有明有暗，已
經不勻淨了。」
24. 劉氏《溫庭筠詩詞選》（香港：三聯書店，1986年）。此後主張此說
的也頗為不少，如吳熊和等人主編《唐五代詞三百首》（長沙：岳麓
書社，1994年）即是。
25. 見《光明日報・文學遺產》第715期（1986年9月23日）。

　　史雙元舉了元稹、李賀的詩句和溫庭筠的詞句為證，說明唐代婦女在雙頰即靨上撲粉施色，其色或朱或黃，其形則或作圓點，或如花蕊，或散如星點，也就是所謂妝靨。他並且以溫庭筠〈歸國遙〉第二首「粉心黃蕊花靨，黛眉山兩點」，同樣也以眉山與妝靨對舉，來證明此詞的「小山」指眉，「金」指妝靨。他這樣說：

> 飛卿之詞，追求感官愉悅；詞中往往嵌金鑲玉，指代鋪陳。「小山重疊金明滅」這一句，即是徑以「小山」代眉，以「金」代指星靨，以求形象鮮明，色澤濃艷。詞的上片寫的是美人殘妝；新睡覺來，眉妝已殘，粉山隱約，重疊漫衍，頰上金星亦已剝落，明滅模糊。第二句寫雲鬟鬆散，偷度香腮。兩句本一氣貫成，寫面部嬌慵之態。

更值得注意的是，史雙元以為溫庭筠此詞，係自庾信的〈鏡賦〉演化而來。〈鏡賦〉前半寫美人殘妝：「宿鬟尚卷，殘妝已薄。無復唇珠，才餘眉萼。靨上星稀，黃中月落。」後半寫美人對鏡照花：「暫設妝奩，還抽鏡匣」、「量鬢鬟之長短，度安花之相去」、「梳頭新罷照著衣」。可見溫詞立意結構皆從此賦而出，不過寫得更穠密而已。

　　史氏之論，是主張眉額之說中，最客觀具體，最有說服力的。除此之外，有不少學者是一面反對屏山之說，一面標舉眉額或眉山之說的。為了節省篇幅，這一部分也併

入下節一起討論。（註26）

　　最後的第四種解釋，也就是所謂髮飾之說。

　　唐代婦女的髮飾，可謂千姿百態，豐富多彩。據段成式《髻鬟品》及《新唐書‧五行志》等書的記載，唐代婦女的髮髻樣式有很多種，例如半翻髻、回鶻髻、倭墮髻、高髻、椎髻等等，一般說來，都梳得很高，甚至飾以假髻；並在這些髻鬟之上，插上花朵或各種簪釵，有時是金步搖，有時是幾把金銀玉犀製成的小梳子。這種時代風尚，有人以為可以用來解釋溫詞「小山重疊金明滅」，所以近年來也頗有人主張這樣的說法。

　　上文說過，最早提出這種可能的解釋的，應是華連圃，不過一般討論者引以為據的，卻是沈從文的《中國古代服飾研究》。（註27）沈氏書中有云：

> 中晚唐詩，婦女髮髻效法吐蕃，作蠻鬟椎髻式樣，或上部如一棒錐，側向一邊，加上花釵梳子點綴其間。

> 唐代婦女喜於髮髻上插幾把小小梳子，當成裝飾，講究的用金銀犀玉或牙等材料；露出半月形梳背，有的多到十來把的。

---

26. 這裏補充說明，在1962年夏承燾之前，已經有人主張眉額之說。像日本學者中田勇次郎用日文譯注張惠言《詞選》（昭和17年，即1942年，日本弘文堂書房印行）一書中，已經注明「小山重疊」為「眉之化妝」，「金」為「花鈿裝飾之類」。不過，此書鮮為中國學者所知。

27. 見沈從文《中國古代服飾研究》（香港：商務印書館，1981年9月）頁273。

> 「小山重疊金明滅」，即對於當時婦女髮間金
> 背小梳而詠。……所形容的，也正是當時婦女
> 頭上金銀牙玉小梳背在頭髮間重疊閃爍情形。

這些話，後來就成為主張髮飾之說者最常引用的資料。
徐匋（1983）、李誼（1986）、黃進德（1993）等人
的論著，[註28] 都是從這樣的觀點來看溫詞的。其他的問
題，我們也併入下節一起討論。

　　以上的四種說法，若僅就「小山重疊」一詞而言，可
稱為屏山（山屏）、枕山（山枕）、眉山（山眉）、髻鬟
（髮飾），但若就「小山重疊金明滅」整句而論，則稱為
屏山、枕山、眉額、髮飾之說，應該是較為周全妥當的。
下面的討論，引用到上述的四種說法時，大致是根據這樣
的原則，為了行文的方便，不再一一註明。

三、四種說法的檢討

　　以上歸納了歷來有關「小山重疊金明滅」的四種說
法。這四種說法，究竟何者為是，或者說哪一種說法較為
可取，只要看上述歷來學者解釋上的紛歧，即可明白不容
易下斷語。有人說，文學非同於其他學科，本來就容易流

---

28. 徐匋〈「畫屏金鷓鴣」與「和淚試嚴妝」——從溫庭筠、馮延巳兩
　　首小詞談起〉，見《文史知識》第7期（1983年）。
　　李誼《花間集注釋》（成都：四川文藝出版社，1986年）。
　　黃進德《唐五代詞選集》（上海：上海古籍出版社，1993年）。
　　其他如蕭繼宗《評點校注花間集》（台北：學生書局，1981年修訂
　　版）、徐培均《唐宋詞小令精華》（鄭州：中州古籍出版社，1994
　　年）等書，也有類似主張，不贅引。

於主觀，因此難免會有見仁見智的事情發生，大可不必定
於一尊。可是，文學的創作可以是主觀的，偏勝的，文學
的鑑賞、批評和研究，則不應如此。文學作品的鑑賞，雖
然往往出於個人的感發，但如果想要「奇文共欣賞」，仍
然要經過「疑義相與析」的階段才可以。至於文學的批評
與研究，則更應該是經過合乎邏輯的思考和推論，而非出
於一己的臆測妄斷和胡思亂想。否則，就不是見其仁見其
智，而是見其妄見其愚了。

　　因此，要討論以上的四種解釋，哪一種說法較為可取
時，我以為至少要考慮到下面的幾個問題：

　　1. 不同的說法有無並存而不相悖的可能？

　　2. 即使可以並存而相悖，是否仍然可以推斷何者最為
　　　可取？

　　3. 贊成或反對的理由為何？依據何在？

　　首先，我們來討論第一個問題，「小山」句的四種解
釋，有無並存而不相悖的可能？答案是有學者抱持這樣的
想法。例如中原健二在〈溫庭筠詞的修辭〉[註29]一文中，
除了引用浦江清認為「三說皆可通」的三種解釋之外，還
這樣補充說：

> 進言之，「小山重疊」也許也可以解釋為頭髮
> 高高盤起的樣子。在這種場合，「金」也許指
> 簪的材料，也許指翠鈿。「小山」句可以作如
> 上各種解釋，且各說都具有各自的說服力。因

---

29. 參閱王水照等編：《日本學者中國詞學論文集》（上海：上海古籍
　　出版社，1991年初版）。

　　　　而，要將此句的解釋限定為一個，恐怕是不可
　　　　能的。

　　易而言之，中原健二以為上述的四種解釋，都「有各自的
說服力」，言之成理，持之有故，因而可以並存而不必偏
廢。

　　除了像中原健二兼取四說、浦江清兼取三說的例子以
外，兼取兩種說法的也不少，例如華連圃、徐育民等人皆
是。（註30）

　　就研究的立場來說，這樣不明確的答案，有時候是不
能令人滿意的。古人有云：「實事求是，莫作調人。」假
設有人問：即使四種說法都言之成理，持之有故，但總有
一種說法是最為可取或較為可取的吧？對於這樣的質疑，
我們該怎樣回答？這就回到我們上面所設問的第二個和第
三個問題了。

　　在相關的文獻資料中，我們可以看到頗多學者是只取
一種說法的，但為甚麼擇取此一說法而捨去其他的說法，
理由何在，則大多數付之闕如，沒有加以說明，甚至有的
只是剿襲前人成說或「隨心所欲」而已。當然也有一些論
著，說出贊成或反對的理由，但往往三言兩語，只說出結
論，而不肯金針度人。像上文引過的俞平伯《唐宋詞選
釋》中，就對「小山重疊金明滅」此句這樣注解：

---

30. 華連圃（即華鍾彥）的說法，已見上述。徐育民著有《唐五代詞評
　　析》（太原：山西人民出版社，1987年），解說溫詞此句時，以為
　　畫屏、眉額二說皆可成立。見該書頁121、122。
　　其他兼取二說者不少，不贅舉。

> （小山）近有兩說，或以為「眉山」，或以為
> 「屏山」。許昂霄《詞綜偶評》：「小山，蓋
> 指屏山而言」，說是。若「眉山」不得云「重
> 疊」。
>
> （重疊金明滅）指初日輝映著金色畫屏。或釋
> 為「額黃」、「金釵」，恐未是。

為甚麼「若眉山不得云重疊」？為甚麼「釋為額黃、金
釵」就「恐未是」呢？俞平伯是未作進一步說明的。這種
情形，在相關的論著中，特別是在選注類的著作中，可謂
比比而是。

在涉及此一論題的資料裏，主張某一種說法、反對其
他說法，理由說得具體充分的，也不是沒有。下面我們就
鉤稽一些比較有代表性的例子，來加以比較、析論。

葉迦陵師是浦江清以後，談論這個問題最值得注意
的學者。她在一九五八年所撰寫的〈溫庭筠詞概說〉一文
中，已經說明了「小山」何以解作「屏山」的道理，不曰
「小屏」而曰「小山」者，是因為「屏」字淺直，「山」
字較有藝術之距離，且能喚起人對屏山之高低曲折的想
像。關於這些，上節引文中已經說明了，這裏不再重複。
這裏要引錄的，是她在該文中還有以下的一段話：

> 「重疊」二字自是形容曲折之屏山，然「疊」
> 字入聲，與下「滅」字相呼應，復間雜以
> 「山」、「重」、「金」、「明」諸平聲字，
> 其音節促而多變，則山屏之曲折、日光之閃
> 爍，皆可自此一句之音節中體會得到矣。

從表現藝術甚至從音節來論溫詞，迦陵師可謂是開風氣之先。[註31]一九八二年，迦陵師對此詞首句又有了進一步的分析和說明[註32]：

> 第一種可能是山眉，韋莊的一首〈荷葉盃〉寫有「一雙愁黛遠山眉」的句子，「遠山」是美人眉毛的形狀，「黛」是眉毛的顏色，「愁」是那女子眉毛的表情。因此有人把「小山重疊金明滅」中的「小山」看作山眉。
>
> 第二種可能是山枕。《花間集》中有顧敻的好幾首〈甘州子〉詞，他說「山枕上，幾點淚痕新」，又說：「山枕上，私語口脂香」，古代的枕頭是硬的，中部凹下，兩端凸起，故曰山枕。
>
> 第三種可能是山屏，即折疊的屏風，高低起伏像山的形狀。溫飛卿另一首〈菩薩蠻〉有這樣一句：「無言勻睡臉，枕上屏山掩。」所以也可能是山屏。
>
> 最近有人提出第四種可能，認為是古代女子頭上用於裝飾的插梳像小山的樣子，但我並沒有在晚唐五代詞人作品中找到以小山形容插梳的例證，而前三種可能則是唐宋詞人常用的術語。

---

31. 在葉嘉瑩之前，雖然也偶然有人提及，但多過於簡略。至於像唐圭璋、潘君昭合撰的〈論溫韋詞〉（《南京師範學院學報》第1期〔1962年〕）雖然也提到一些，但已在葉師此文之後。

32. 見葉嘉瑩：《唐宋名家詞賞析1》（台北：大安出版社，1988年），頁17-19。據書前前言，知引文撰作時間實乃1982年在四川大學之演講，由川大繆元朗根據錄音整理。

接著，她說明了主張屏山之說的理由：

> 一般人認為山眉和山枕的可能性大，因為緊接著
> 的一句是「鬢雲欲度香腮雪」，是女子面部的特
> 寫，是說她的頭髮要拂過她的面頰，而「山眉」
> 與香腮雪比較接近。但我以為不是山眉，原因是
> 詞中說「小山重疊金明滅」，女子的眉毛一般不
> 用金色裝飾，所以眉毛上不應有金色明滅的隱
> 現，而且山眉怎麼會「重疊」呢？我還有一個道
> 理證明它不是山眉，因為這首詞下面還有「懶起
> 畫蛾眉，弄妝梳洗遲」的句子，在這裏又寫「蛾
> 眉」，溫飛卿是不會有這種重複的。
>
> 我也以為並不是山枕，因為古人的枕頭是不會重
> 疊的。
>
> 我的意見應該是山屏，不過也有人認為那放在門
> 口的屏風不是離「鬢雲欲度香腮雪」太遠了嗎？
> 這是以現代的習慣衡量古代，古人的床前枕畔有
> 一個很小的屏風，只遮面部，像溫詞中的「無言
> 勻睡臉，枕上屏山掩」（《菩薩蠻》）以及「鴛
> 枕映屏山。月明三五夜，對芳顏。」（《南歌
> 之》）可以為證。所以我以為「小山」應是山
> 屏。

到了一九八七年，她在《中國詞學的現代觀》一書中，
又說：[註33]

---

33. 見葉嘉瑩：《中國詞學的現代觀》（台北：大安出版社，1988年），
　　頁92、93。按、此文實於1987年1月19日刊於《光明日報・文學遺
　　產》。

此句中之「小山」實在乃是一個並不合於一般語言慣例系統的符號，它所傳達的不是一種認知，而是一種感官印象。……若循此而推求，則此句之「小山」之指，原可有下列幾種可能：其一是可以指「山眉」，……其二是可以指「山枕」，……其三是可以指「山屏」……。有時這種感官印象所指向的多義，也可以有同時並存的可能。……但就本文現在所討論的「小山」一句而言，則私意以為似惟有「山屏」之義始能適用，其他二義則都有不盡適用之處。

先以「山眉」而言，其不適用之處就有以下兩點：第一，「小山」如指「山眉」而言，則與以下「重疊金明滅」之敘寫不能盡合；第二，「小山」如指「山眉」而言，則與此詞第三句「懶起畫蛾眉」之亦寫「眉」者相重複，這是「小山」之所以不能被指認為「山眉」的緣故。

再以「山枕」而言，則其主要的不適用之處，乃在於「山枕」之不能「重疊」，這是「小山」之所以不能指認為「山枕」的緣故。

至於「小山」之做「屏山」解，則不僅有前所舉之溫庭筠〈南歌子〉詞之「鴛枕映屏山」為證，而且溫氏在另一首〈菩薩蠻〉詞中，也曾寫有「無言勻睡臉，枕上屏山掩」之句。都是以「屏山」與「枕」相連敘寫，而且也都寫枕上女子之容顏。即以前舉之「鴛枕映屏山」而

言，下面所承接的便也正是「月明三五夜，對芳顏」之句，這種種敘寫都與溫詞此「小山」一句及下一句對女子容顏之「鬢雲欲度香腮雪」的敘寫之呼應承接的寫法，可以互為印證。而且「重疊」正可以狀「屏山」折疊之形狀。「金明滅」則正為對「屏山」上所裝飾之金碧珠鈿之光彩閃爍之形容，是則「小山」之指床頭之屏山，殆無可疑。

歸納迦陵師前後的論點，約可分為下列幾項來說明：

1. 前後說法一致，只是繁簡詳略不同而已。她以為眉山、枕山、屏山三種說法都有溫詞其他作品可以互相印證，唯獨髮飾一說無例可援，因此她後來對髮飾一說，已經擯棄不談了。

2. 在三種可能的解釋中，她認為最適用於此詞的，是屏山之說。為甚麼贊成此說而不採用眉山、枕山之說，她都分別說明了理由。

3. 她對「小山重疊金明滅」的句式，是讀作上二下五的。

以下就依照她所贊成或反對的理由，把其他學者的意見合在一起討論，來辨析這幾種解釋，究竟誰是誰非。

先說屏山之說。

葉迦陵師主張這種說法，從她的論敘觀點來看，她是先受到俞平伯、鄭因百師的啟發，而有所闡釋，最後則化用了西方理論來加以分析。她所說的「屏山」或「山屏」，實際上比較傾向於指屏風本身而言，而非像一般學者較為傾向於把「小山」句解釋為屏風上的裝飾。當然，屏風上的裝飾，

不管是繪是繡是雕是漆，仍然只是整體屏風的一部分；但這是有所不同的。因此我們可以看到迦陵師在解說中，要一再強調屏風的形狀。還有一點值得注意，她最初解釋此句「金明滅」三字為「寫朝日初升與畫屏之金碧相映生輝」，後來已經明確的指出是對屏山上「所裝飾之金碧珠鈿之光彩閃爍之形容」。

　　她以為「小山」句係寫牀前枕畔的小屏風，最主要的理由是：

1. 古人屏榻相連，「重疊」正可以狀「屏山」折疊之形。

2. 溫庭筠其他詞作中，亦常把「屏山」與「枕」相連敘寫，正可與此詞前二句先寫屏山、次寫女子容顏合看。

3. 溫詞此句不曰「屏」而曰「山」者，是因為屏字淺直，山字較有藝術之距離。就音節上言，此句促而多變，亦較能形容山屏之曲折。

　　基本上，葉迦陵師說的都是贊成的理由，只有一九八二年討論此句時，[註34]說過「有人認為那放在門口的屏風」，離第二句「鬢雲欲度香腮雪」太遠。但或許這是她的設問代答，不過要強調「小山」屏風是在床前枕畔而已。

　　除了葉迦陵師之外，主張屏山之說者大有人在，上節中已經引述了不少學者的意見，此不贅。能夠在迦陵師的

---

34. 見葉嘉瑩：《唐宋名家詞賞析1》（台北：大安出版社，1988年）。參閱注32。

說法之外，補充說理由的，有陳志明和錢鴻瑛二人。

陳志明先是引述了俞平伯主屏山而反眉山的說法，然後說：

> 我以為還不妨從藝術表現的角度作點補充說明。首句應是寫環境，寫那睡女的床頭。詞人的目光隨著投射進來的熹微晨光，首先見到的是那女子床頭的繡障，再由繡障而見人，……。如果把「小山」釋為「眉山」（眉額），第一眼就注意到眉部，來個細部大特寫，然後方轉而寫到頭髮、臉面，從形象塑造、意境創造的角度來看，恐怕是很難說得通的。故「小山」當以指「屏山」為是。由「小山」釋為屏山，又可連類而及解開「金明滅」。「金」，不當根據作者另一首〈菩薩蠻〉中的「蕊黃無限當山額」而釋為畫眉作金色，而應是屏山用「壓金線」的方法繡成，各部分受光的情況又不一致的緣故。(註35)

錢鴻瑛在《唐宋名家詞精解》書中則說：

> 筆者認為釋「小山」為「眉妝」確實是有根有據、言之鑿鑿的。晚唐五代此妝確乎盛行，且詞中亦有寫小山妝的。問題在於本詞中是否應

---

35. 陳志明文，見《百家唐宋詞新話》（成都：四川文藝出版社，1989年），頁18。
   按、陳氏解釋「金明滅」，說同佘雪曼，參閱本文第二節。

作如此解？其人物形象作此解後是否妥當？試想，此句若按此解，則為一個眉黛有深有淺、額上黃色忽明忽滅的婦女形象，這能帶給人以美感嗎？釋其眉慮鎖、髮縷微掩眉端額黃而隱現明滅，則不但毫無美感，且有些可怖了。這和下文的「香腮雪」、「花面交相映」等美麗的容態相協調嗎？和整個藝術形象相統一嗎？和全詞艷麗的情調相和諧嗎？無疑，釋「小山」為屏山是更為妥貼的。……一般的屏風，都是六扇相連，故云「小山重疊」。當然，「重疊」還可理解為兼指屏風上所繪的山勢重疊。……

屏風本身的造型和裝飾有不同的種類，本詞似指紅木泥金漆畫屏，以泥金勾勒出一幅金碧山水圖。「金明滅」，金，光線的色彩；明滅，閃動之意。這句寫朝陽透過窗戶，映照於以泥金繪飾的曲折屏風上，形成明暗閃爍的光線變化。金色光線的變化表示照射時間並非瞬間。這句以景色起筆，色澤明麗。因圍屏乃置於床頭前，故以美景引出以下床上的美人^{（註36）}。

陳志明和錢鴻瑛都從藝術表現的角度，來說明「小山」句宜作屏山而不宜作眉山解釋的理由。和葉迦陵師一樣，他們都花了不少筆墨來論述解作眉山的缺點，幾乎可以說，他們贊成屏山之說的理由，是站在反對眉山之說的

---

36. 錢鴻瑛：《唐宋名家詞精解》（太原：山西教育出版社，1994年），頁21、22。

基礎上。為甚麼先寫屏山，由繡障而見人，就比由眉而髮而臉好呢？為甚麼先寫眉額殘妝就毫無美感呢？他們所說的，都還是一些主觀的感受。假設我們站在眉山之說的立場，能對他們所質疑的問題，作合理的解釋，似乎他們也就沒有一定要反對眉山之說的理由了。至於錢鴻瑛說本詞所寫，「似指紅木泥金漆畫屏」等等的話，固然不無可能，但太落實來講，都和上節介紹屏山諸說時所說的一樣膠柱鼓瑟。

因此，葉迦陵師所說的幾點理由，仍然最有討論的必要。對於她所持的理由，我們也可以站在相反的立場來提出疑問：

1. 「小山」即使作屏山解，為甚麼「重疊」一定是形容屏風折疊的形狀？「山」本來就很少只有單峰的形狀，往往重峰疊嶺，換言之，山的形狀本來就是「重疊」的。甲骨文、金文中的「山」字，正是「象山峰並立之形」。因此，多扇鉸聯的屏風固然像「小山重疊」，即使畫屏上的山水裝飾，不管是繪是刻是雕是漆，只要畫的是山水，也很少有不作「重疊」的道理。至於此句若作別的解釋，有更合理的說法，這又另當別論了。

2. 既然溫庭筠其他的詞如「鴛枕映屏山」等首，常把「屏山」與「枕」相連敘寫，則山枕更近美人容顏，不是更應該主張枕山之說嗎？古代枕上有圖案有畫，「小山重疊」應是慣見之裝飾。

3. 關於「山」比「屏」較有藝術距離之說，我個人可

以接受，但這仍然是訴之於個人的感受，並無客觀
之依據。下面引兩家說法為證。傅庚生、傅光編的
《百家唐宋詞新話》一書[註37]中，艾治平對葉迦陵
師的屏字淺直、山字較有藝術距離的說法，評曰：
「其實這是求深反淺」；[註38]傅光也對俞平伯所
主張的屏山之說，評曰：「此解恐非」，並且說：
「若一句說屏風，一句說頭面，上下不能銜接。」
[註39]他們的說法，雖然沒有具體充分的理由，但也
足以說明屏山之說，並不一定能確立無疑。

另外，潘慎對屏山之說也多所質疑。他特別標明對葉
迦陵師和胡國瑞的說法，有不同的意見：

> 如果「小山」是實指床頭屏風或床榻圍屏上的
> 畫景，那麼它所提供的信息有如下四種。……

他所說的四種理解，文字很長，意見也相當主觀，讀者可
以自行檢閱，這裏不再抄錄，但他有一段文字是值得參考
的：

> 「小山」之所以被理解為「床頭之屏山」和

---

37. 見傅庚生、傅光編《百家唐宋詞新話》（成都：四川文藝出版社，
    1989年）。
38. 同上注。艾治平說有人延伸許昂霄等人的屏山之說，曰：「小山自
    是床頭之屏山，然不曰小屏而曰小山者，屏字淺直，山字較有藝術
    之距離……」，顯係針對葉迦陵師而發。
39. 同注37。傅光與艾治平等人皆主張眉山之說，以為屏山之說不足
    取。

「床榻圍屏上的畫景」，主要是對「重疊」「金
明滅」的所指，以及對有些詞中的「屏山」一
語，作了一般坐實的解釋，同時又忽略了此句和
全篇的關係而造成的。^{（註40）}

他的這個意見，其實周汝昌也早有相類似的看法。周汝昌除
了與眾不同的把「重疊」一詞，「重」字主張「聲平而義
去」，「疊」字「相當於蹙眉之蹙字義」外，還特別這樣注
解首句：

舊解多以小山為「屏」，其實未允。此由(1)不知
全詞脈絡，誤以首句與下無內在聯繫；(2)不知
「小山」為眉樣專詞，誤以為此乃「小山屏」之
簡化。又不知「疊」乃眉蹙之義，遂將「重疊」
解為重重疊疊。然「小山屏」者，譯為今言，
謂「小小的山樣屏風」也，故「山屏」即「屏
山」，為連詞，而「小」為狀詞；「小」可省減
而「山屏」不可割裂而止用「山」字。既以「小
山」為屏，又以「金明滅」為日光照映不定之
狀，不但「屏」「日」全無著落，章法脈絡亦不
可尋矣。^{（註41）}

---

40. 見潘慎主編：《唐五代詞鑑賞辭典》（北京：燕山出版社，1991
年），頁206。

41. 見周汝昌、宛敏灝等人主編：《唐宋詞鑑賞辭典》（上海：上海辭書
出版社，1988年），上冊，頁41。
周汝昌對「重疊」一詞的新解，頗有人不表贊同，像上文引述錢鴻瑛
的話中，就對此「釋其眉蹙鎖」的解釋，認為有些「可怖」。但有些
人如傅璇琮主編、吳彬、馮統一選注的《唐宋詞卷》（杭州：浙江文
藝出版社，1994年），就採用其說，說「金明滅」的「金」指額黃，
而「明滅」係「形容小山眉一再皺起，牽動眉間額黃忽明忽暗，閃爍
不定。」

　　周汝昌說解釋此句，不可不顧「章法脈絡」，和潘慎所說的有些人「忽略了此句和全篇的關係」，意見是一致的。後來萬文武在《溫庭筠辨析》[註42]、王新霞在《花間詞派選集》[註43]中，對「小山」句的解釋，都考慮到此句和下文的關係，或許都與注意到這個問題有關。他們的說法，在下文討論眉山之說時，還會談到，這裏就不作評述了。

　　上文說過，討論此一問題的學者，在討論屏山之說時，往往和眉山之說相提並論。因此，底下照道理說，應該接著討論眉山之說，但山枕之說實際上與屏山之說關係更為密切，所以下面我們仍然先談山枕之說。

　　山枕之說，歷來談論它的人很少，能夠說明贊成或反對理由的人，尤為少見。因此葉迦陵師說的不贊成此說的意見，是特別值得注意的。

　　葉迦陵師引了一些實例，先說明在唐五代詞中，是有一些描寫山枕的作品，雖然如此，她卻認為山枕之說不適用於「小山重疊金明滅」這首詞。理由是：古代的枕頭是硬的，中部凹下，兩端凸起，而且更重要的是它「不會重疊」。

　　這個理由，實際上有商榷的必要。第一、古代的枕頭製造的材料有瓷、陶、木、竹等好多種，形狀也有很多種，

42. 萬文武《溫庭筠辨析》一書（西安：陝西人民出版社，1992年初版）。上編考辨溫氏生平，下編為〈菩薩蠻〉辨析，所參考材料不多，但對溫氏非薄行無檢之徒，則多所闡發。
43. 王新霞《花間詞派選集》一書（北京：北京師範學院出版社，1993年初版）。書中對「小山」句介紹眉額、屏風、髮梳三說，而認為關照全篇脈絡，仍以眉額之說為是。說見下文。

所謂中部凹下，兩端凸起，只是一種較為常見的而已；第二、在現存的唐宋瓷枕中，我們可以看到上面有彩繪製的多種圖案和銘字[註44]。假設圖案畫景是山水，那麼說「小山重疊」寫的是山枕，也是可以成立的。至於「金明滅」的「金」，歷來有一些學者看死了「金」的含義，以為「金」一定是指黃金或金黃色的東西，事實上，古人所說的「金」，可以泛指五金或金屬之類的東西。因此，假設「小山重疊」寫的真是古代婦女睡覺時保持頭飾可以不變形的瓷枕，那麼「金明滅」的「金」，說是初升的陽光也可以，說是朝陽與瓷枕上的裝飾相映生輝也未嘗不可。

　　簡單的說，只要不把「山枕」看成是枕頭本身，而是瓷枕一類枕上的畫景，那麼「小山重疊金明滅」解釋為「山枕」和解釋為「山屏」（屏風上的畫景），道理都一樣，沒有說解作「山屏」就對而解作「山枕」就錯的道理。

　　我們從葉迦陵師的話中，可以推知她解「小山」為屏風本身的形狀，用以解「山枕」之說時，她也以為是指枕頭本身，所以她不表贊同。假設「小山重疊」寫的是枕上的畫景，那麼她一再舉以為證的溫庭筠〈南歌子〉「鴛枕映屏山。月明三五夜，對芳顏」，「對芳顏」的究竟是「鴛枕」好呢？或「屏山」好？

　　接著，我們來談眉山或所謂眉額之說。

───────────

44. 香港中文大學文物館數年前曾主辦過古代瓷枕展，可以看到古代瓷枕形製的多樣。其實溫庭筠〈菩薩蠻〉第十四首所說的「山枕隱穠妝，綠檀金鳳凰」，寫的就是指綠檀製成的山枕上，有金鳳凰的圖案。

　　「眉山」是扣緊「小山」一詞來說的，「眉額」則涵蓋「小山重疊金明滅」整句而言。葉迦陵師因為把「小山重疊金明滅」的句式，讀作上二下五，以為「重疊金明滅」蓋修飾形容「小山」之用，所以她討論這一種說法時，說的都是山眉或眉山。她以為眉山之說不適用於此詞的主要理由是：

1. 女子的眉毛一般不用金色裝飾，所以眉毛上不應有金色明滅的隱現。
2. 「山眉」怎麼會「重疊」？
3. 若作山眉解，則與下文「懶起畫蛾眉」二句同樣寫眉者犯重複之弊。

　　第一二兩項也可以用她在《中國詞學的現代觀》的話來概括：「小山」如指「山眉」而言，則與以下「重疊金明滅」之敘寫不能盡合。

　　關於第一點，所謂女子眉毛一般不用金色裝飾的問題。首先要釐清「眉毛」是指眉毛本身，它和眉黛或眉黃的意義並不相同。一般女子的畫眉，是用眉黛。《釋名·釋首飾》就說：「黛，代也；滅眉毛去之，以此畫代其處也。」可見有的婦女畫眉前，將原來的眉毛剃去，然後才塗上「黛」，畫上各種形狀，以使眉目更加分明，容貌更加出色。上節曾經引用過楊慎、史雙元等人的話，可以證明古人（或者更確切的說，唐代婦女）在畫眉時，除了用青黑色的「黛」之外，還用黃色顏料及其他裝飾。因此，所謂女子眉毛一般不用金色裝飾的說法，恐怕不能成立。

　　李冰若在《花間集評注》溫庭筠第三首〈菩薩蠻〉

下，也有一段話說：

> 《西神脞說》：婦人勻面，古惟施朱傅粉而
> 已。六朝乃兼尚黃。《幽怪錄》，云：「神女
> 智瓊額黃。」梁簡文帝詩：「同安鬟裏撥，
> 異作額間黃。」溫庭筠詩：「額黃無限夕陽
> 山。」又詞：「蕊黃無限當山額。」牛嶠詞：
> 「額黃侵髮膩。」此額妝也。

> 北周靜帝令宮人黃眉墨妝。溫詩：「柳風吹盡
> 眉間黃。」張泌詞：「依約殘眉理舊黃。」此
> 眉妝也。

> 段成式《酉陽雜俎》所載，有黃星靨。……
> 溫詞：「臉上金霞細。」又：「粉心黃蕊花
> 靨。」……此則面妝也。

可見溫庭筠所處的時代，婦女額上眉上面上，都有塗黃為
飾者。也因此，「小山重疊金明滅」一句，若解作眉額，
不管是指眉黛或眉黃，都可謂有根有據。同時，借山喻
眉，在中國古典文學作品中，比比而是，例子不勝其數。
這些對主張眉額之說的人，都是有利的資料。

　　這裏還想補充說明一點。葉迦陵師把「小山重疊金
明滅」斷成上二下五，有時候又好像讀作上四下三。不管
哪一種讀法，「金明滅」三字，她都是讀作上一下二「金
──明滅」的；而這也是絕大多數學者的讀法。「金」指
陽光也好，指屏上裝飾也好，指枕上裝飾也好，甚至像夏
承燾說是指「額黃」也好，它和「明滅」二字都是逗開

的。我個人以為若將此句作「眉額」解，其實也不妨考慮此句讀法，可以讀作二二二一，即「小山——重疊——金明——滅」。這跟上述那種讀法二二一二，自然不同；但溫庭筠的十四首〈菩薩蠻〉中，兩種讀法都有的。像第二首首句「水精簾裏頗黎枕」，應該讀作「水精——簾裏——頗黎——枕」，第三首首句的「蕊黃無限當山額」，應該讀作「蕊黃——無限——當——山額」。假設這種說法可以成立，那麼，「金明滅」的「金明」，一樣可以是指額黃或眉黃等裝飾物。上節引過夏承燾《唐宋詞欣賞》注解「金明滅」的話。他說「金」是指額黃，「金明滅是說褪了色的額黃有明有暗」，我們不免質疑「褪了色」何從而來，是不是涉上文而作如此推衍呢？我們不敢說。但是「金明滅」若讀作「金明——滅」，說是額黃褪了色或塗掉了，倒是順理而成章。

有沒有人會質疑「金明」成不成詞呢？其實不用擔心。元師嚴〈庚午三月五日朱尚書席上醉歌〉中就有這樣的句子：「妙舞清歌如有神，翠爛金明各回首。」

至於葉迦陵師不主眉額之說的第二個理由，說是既為山眉，則不得云「重疊」。這跟她把「小山」坐實作眉毛解有關。若是眉毛本身，自無「重疊」之理，但若解作眉黛或眉黃，則「重疊」自是形容眉妝已殘。經過一夜的輾轉反側，「宿妝已殘粉山橫」，塗抹殆盡的「山眉」重重疊疊，是情理中事，應該沒有說不通的道理。

最後一點，葉迦陵師以為「小山」若作山眉解，則與

下文「懶起畫蛾眉」二句，犯重複之病。這其實也牽涉到了此詞章法和全篇脈絡的問題。

周汝昌說讀此詞應該注意「章法脈絡」（已見上引），看法似乎和葉迦陵師一樣，但他主張的是眉額之說，所以推論和結論都和葉迦陵師有所不同。不過，他並沒有特別聲明反對誰的說法。潘慎就不一樣了。他有一段話顯然是針對葉迦陵師而發的：

> 至於「小山」解作「眉山」以後會和「畫蛾眉」有相重複之嫌，拙見以為不但不重複，而且也是必要的。因為「小山重疊」是現象，而「畫蛾眉」是動作，只有眉黛弄糊了才要重畫，剛好前後照應。更為重要的是此詞共八句，前六句的描寫全部環繞着一個「妝」字開展鋪敘的，層次非常分明。眉黛壞了（小山重疊），額黃脫落了（金明滅），頭髮蓬鬆得快垂到臉頰（鬢雲欲度香腮雪——雪，形容臉蛋的白嫩），儘管懶洋洋的，還得起來梳妝（懶起畫蛾眉——畫蛾眉是以局部代表整個梳妝），梳妝完畢後就對着鏡子檢查一番，……完全順理成章，步驟不亂。如果「小山」句是寫圍屏，與全詞大有「風馬牛」之感。（註45）

潘慎的這段話，和後來萬文武所說的：「眉妝擦損了，頭髮散亂了，於是……『懶』字和『遲』字不就有了

---

45. 見潘慎主編：《唐五代詞鑑賞辭典》（北京：燕山出版社，1991年）。

精神內容，神形皆足了嗎？」[註46]以及王新霞所說的為何採取眉額之說的理由：

> 因這一句解為對女子眉暈褪色、面帶殘妝的描寫，與下文的「懶起畫蛾眉」聯繫最緊密，正好引出「弄妝梳洗遲」的結論。
>
> 一首詞就是一個整體，上下文之間，不可能全無關係。此詞開頭兩句與後兩句之間本有內在的聯繫，這就是「小山」句寫女子眉妝褪色，引出了下文「懶起畫蛾眉」，而「鬢雲」句寫女子鬢髮散落，則與「弄妝梳洗遲」相呼應。[註47]

都可說是若合符契，對「小山」句解作眉額時與下文的脈絡關係，作了簡要的說明。

　　以上是站在贊同眉額之說的立場，來對相反的意見作澄清和解釋；上面引過的陳志明和錢鴻瑛的意見，[註48]則是站在反對眉額之說的立場，來說明他們所以採取屏山之說的理由。比較起來，陳志明和錢鴻瑛的意見，是比較主觀，比較沒有說服力。

　　最後，我們來討論髮飾之說。

　　髮飾之說雖然較為晚起，但近年來頗有些人加以引

---

46. 見萬文武《溫庭筠辨析》（西安：陝西人民出版社，1992年初版）。
47. 見王新霞《花間詞派選集》（北京：北京師範學院出版社，1993年初版）。
48. 參閱上文及註35、註36所引陳志明、錢鴻瑛之語。

用，甚至捨棄其他三種解釋而專主此說。葉迦陵師對於此說，所謂「古代女子頭上用於裝飾的插梳像小山的樣子」，不予採用，主要的理由是：沒有在晚唐五代詞人作品中找到例證。她甚至後來對此說置而不論。

除了葉迦陵師之外，張以仁在〈溫飛卿詞舊說商榷〉一文中也有類似的說法：

> 「小山」一詞，舊說紛紜，不煩贅引，惟近年沈從文氏別有新解，謂係狀婦人髮髻間裝飾用之小梳梳背，其說云……。李誼《花間集注釋》頗以其說為勝。然前人詩文詞賦既無以「小山」狀梳者，而插滿頭小梳，盛妝以眠，似亦不合情理。且下文「鬢雲欲度香腮雪」，係狀雲鬢蓬鬆垂拂之態，亦顯示其人曾卸妝就寢，故不取沈氏之說。（註49）

是不是真的沒有其他例證呢？這一點我們需要作進一步的說明。

華連圃在《花間集注》書中，除了注解溫庭筠此詞「小山」句說：「一說：小山，謂髮也。言雲鬢高聳，如小山之重疊也。」之外，在注解毛熙震〈女冠子〉第二首「小山妝」句時，也這樣說：

> 小山妝，謂雲鬢高聳，如小山也。見一卷〈菩薩

---

49. 見張以仁〈溫飛卿詞舊說商榷〉（《臺大中文學報》第三期〔1989年〕）。

蠻〉註。(註50)

要是此注沒錯，那麼在唐五代詞中就有例證了。可惜，華氏解釋溫庭筠〈菩薩蠻〉「小山」一詞，「髮飾」只是「屏山」之外的另「一說」而已。而且毛熙震〈與女冠子〉第二首，開頭是這樣寫的：「修蛾慢臉，不語檀心一點。小山妝。蟬鬢低含綠，羅衣澹拂黃。……」小山妝，是不是就像華氏所言，是指雲鬢高聳像小山，也大有商榷餘地。像周汝昌對毛熙震這首〈女冠子〉，就是這樣注解的：

> 「修蛾慢臉（臉，古義，專指眼部），
> 不語檀心一點（檀心，眉間額妝，雙關
> 語），小山妝。」正指小山眉而言。(註51)

要是照周汝昌所說，則毛熙震的「小山妝」，不但不是描寫髮飾高聳，反而是眉額之說的另一佐證了。

因此，在唐五代詩詞中，髮飾之說有沒有例證，尚待論定。但有一點可以確定的是：即使有例證，也是少之又少。

此外，張以仁所說的「滿頭小梳，盛妝以眠，似亦不合情理」及「其人曾卸妝就寢」之論，頗可採信；但從庾信〈鏡賦〉所說的「宿鬟尚卷，殘妝已薄」等句的描寫，以及從溫庭筠〈菩薩蠻〉「臥時留薄妝」以及馮延巳〈菩薩蠻〉的「嬌鬟堆枕釵橫鳳，溶溶春水楊花夢」等等例子來看，古代婦女在懷人念遠、困倚孤眠的時候，和衣而臥，未及卸妝

---

50. 見華連圃《花間集注》。參閱注15。
51. 見周汝昌、宛敏灝等人主編：《唐宋詞鑑賞辭典》（上海：上海辭書出版社，1988年）。

而已就寢，也並非不可能之事。溫庭筠詞就有一首〈歸國
謠〉這樣描寫夢醒後的殘妝：「香玉，翠鳳金釵垂簏簌。鈿
筐交勝金粟，越羅春水淥。畫堂照簾殘燭，夢餘更漏促。謝
娘無限心曲，曉屏山斷續。」顯然入夢前是未及卸妝的。

　　在主張髮飾之說者中，常宗豪的〈「飛卿下語鎮紙」
解〉（註52），說溫氏此詞起頭二句，是用「逆起」的筆法，
而有一段很奇特的說法：

> 按語意說是該先說「懶起」、「弄妝」，那麼
> 「小山重疊」和「鬢雲欲度」自然是妝成之美
> 了。這弄妝梳洗後的「小山」便捨髻鬟莫屬了。
> ……「金明滅」三字自然也是指髻鬟之間的釵鈿
> 簪飾耀目生輝的意思了。

他把「小山重疊」和「鬢雲欲度」二句，都說成了「妝成之

52. 常宗豪〈「飛卿下語鎮紙」解〉，《中興大學文史學報》第14期
　　（1984年）。此文觀點及所引例證，有不少地方值得商榷。例如他說
　　讀了張惠言《詞選》對此詞的評語，及譚獻「起步」的話之後，才恍
　　然大悟「小山重疊金明滅」的這首〈菩薩蠻〉，是用逆起的筆法。實
　　際上，這是他誤解了張、譚二人的話。張惠言此詞評語所說的「篇法
　　彷彿長門賦，而用節節逆敘。」是就全部的溫詞十四首〈菩薩蠻〉而
　　言的；而譚獻評此詞在「懶起」句旁的批語「起步」，是承張惠言的
　　「懶起二字，含後文情事」而來。張惠言之意，顯係指「懶起」二字
　　以下各句，皆描寫弄妝梳洗之事，即下片所寫之簪花、照鏡、穿衣，
　　亦與此二字關係密切，因此才說「含後文情事」。關於張惠言評說溫
　　庭筠〈菩薩蠻〉的研究論文，如張以仁〈溫庭筠菩薩蠻詞張惠言說試
　　疏〉（《中國文哲研究集刊》第2期〔1992年〕），如鄔國平等《清
　　代文學批評史》（上海：上海古籍出版社，1995年），都有很好的意
　　見，讀者可以自行檢閱。常氏該文可商榷者，不僅此者。

美」。把「小山重疊」解作髻鬟重疊，華連圃早就說過，不
足為奇；但把「鬢雲欲度香腮雪」解釋為「妝成之美」，與
歷來幾乎所有解說此詞者的看法，卻大有逕庭。歷來解說者
都以為「鬢雲」此句形容雲鬟蓬散垂拂之態，否則「欲度」
二字就難以解釋，可是常氏卻解為「妝成之美」。因為要如
此曲解，自然也就把開頭二句說是用逆起的筆法了[註53]。

　　其實，以鬢喻山，即以髻鬟比喻遠山，在古典詩詞中，
可以找到很多例子；但這只是說明二者可以相比喻形容，而
不是說有以鬢喻山的例子，就可證明溫詞此句「小山」即
寫髻鬟。我們應該想到：古人髻鬟或髮飾固然有重疊如小山
者，但不是也有很多資料，或者說有更多資料，可以證明古
人的眉額妝扮、畫屏甚至枕頭的裝飾，也有形狀像「小山重
疊」的嗎？為甚麼眉山、屏山和枕山之說都不足取，而偏偏
髮或髻鬟之說就可取呢？這是值得我們考慮的問題。

四、從內證與外證談研究方法

　　從以上的論述分析中，我們看到歷來對「小山重疊金明
滅」的四種解釋，都各有其成立的理由，也各有其在立論上
為人所質疑的缺點。在入主出奴之間，我們究竟應該怎樣來
判斷哪一種說法最為可取呢？

　　葉迦陵師在《中國詞學的現代觀》一書中，談到溫
庭筠〈菩薩蠻〉詞「所傳達的多種信息及其判斷之準則」

---

53. 參閱上注。

時，（註54）曾說按照語言慣例，「小山」可以指現實中山水的小山，那是一種認知，但溫詞所說的「小山」，所傳達的並非認知，而是一種感官印象。感官印象可以有其指向的多義性，因此「小山」的歷來多種解釋，「也可以有同時並存的可能」。然後她說：「只不過對這種感官之印象欲加以認知之詮釋時，也應考慮到種種語序與結構之因素，及歷史文化之背景，而並不可隨便臆測妄加指說」，所以她才對溫詞的「小山」句，詳加說明。事實上，筆者在上面辨析討論的文字中，也正朝這些方面而努力。

　　我一向以為要解決文學作品中字句意義及其相關的種種問題，一定要注意到該作品的內證和外證兩個方面，才比較容易有客觀公正的結論。內證方面，包括對字義詞義的詮釋，並且應該從章法篇法或所謂語序結構來看作品文字的前後關係；外證方面，包括作者該作品以外的其他作品，以及作者同時代的名家作品、時代風尚和生活習俗，以便互相印證。這近於葉迦陵師所說的「歷史文化之背景」。對於溫庭筠〈菩薩蠻〉「小山重疊金明滅」詞句的解釋及其相關問題，我亦作如是觀。現在即從這兩方面來作進一步的說明，以補上節的不足。

　　先從內證來說，文學作品（尤其是詩詞之類）的解讀，在注釋詮說的時候，最容易犯的毛病，就是遇到難解的詞語或詞句時，往往只是查查參考書，未曾慎思明辨，就斷章取義，忽略了字外有句，句外有章，章外有篇，全

---

54. 見《中國詞學的現代觀》第二部分〈迦陵隨筆〉中第八章〈溫庭筠《菩薩蠻》詞所傳達的多種信息及其判斷之準則〉，頁92-94。

文有其關節脈絡，因而輕加臆測。張以仁在〈溫飛卿詞舊說商榷〉中所說的：「前賢時彥注解詩詞，往往合一己之想像為之，陳義不免紛繁歧出，使讀者莫衷一是，皆蹈主觀之病也。」說的就是這一類的弊病。

　　在歷來對溫庭筠「小山重疊金明滅」的四種可能的解釋中，假使把第一句獨立起來看，不管後文的話，那麼四種解釋不但都可能，而且也都可通。但是，若是配合第二句「鬢雲欲度香腮雪」一起來看，那麼，屏山與枕山之說，是把第一句解作「身外之物」，是描寫居室的陳設環境，第二句才寫到閨婦的身上；而主張眉額與髮飾之說的人，則認為前兩句都已經把寫作焦點集中到閨婦身上。試看此詞第三句「懶起畫蛾眉」以下，所寫的畫眉、弄妝梳洗、照鏡簪花、穿衣，皆與女主人翁的梳妝有關，易言之，句句不離閨婦身上，則從寫作的觀點或表現的藝術上看，後者主張眉額與髮飾之說，似乎較為渾然一體或前後一致。再從章法或詞句的前後呼應的觀點來看，第一句「小山重疊金明滅」若指眉額而言，則與第三句「懶起畫蛾眉」前後承應，恰似第二句鬢雲已殘與第四句可以前後呼應。假使把「小山」句解作屏山、枕山，那麼不但第一句的描寫與第三句無涉，而且與其他各句也都沒有緊密的關係。第一句若作髮飾之說，不管是指髻鬟簪鈿或插梳，也同樣與第三句不能前後承應，而且，這種說法幾乎是找不到例證的。關於這一點，等一下說到作品的外證時，我還有其他的說明。

　　張惠言《詞選》所說的：「此章從夢曉後領起。」是說開頭二句。溫庭筠〈更漏子〉第六首有云：「眉翠薄，鬢

雲殘。夜長衾枕寒。」正寫漫漫長夜中，獨坐畫堂的愁思閨
婦眉薄鬢殘的情景。半夜時猶且如此，早晨夢曉後，更可想
像得到：小山眉黛塗亂了，變成重重疊疊，額黃也塗抹殆
盡，加上鬢雲已殘，有些都快要披垂散拂到雪白的臉頰了。
這不也正是「小山重疊金明滅」以下二句的描寫嗎？張惠言
接着所說的：「懶起二字，含後文情事。」是說從第三句以
下所有的描寫，都與此有關。「懶起」承上二句，點明昨夜
夜半，因為懷人念遠，所以不得好眠，也因此遲遲起床；下
啟以後各句：它不但與第四句「弄妝梳洗遲」的「遲」字，
互為呼應，而且下片所寫的種種情狀，莫不是起床後弄妝梳
洗的過程^{（註55）}。也因此，譚獻說「懶起」是夢曉後梳妝的
「起步」。這是不難理解的。從這裏也可以看出來，就溫詞
〈菩薩蠻〉第一首的全文來看，把「小山重疊金明滅」解為
眉額的描寫，是較為可取的。

　　在反對眉額之說者中，陳志明所說的理由，說如果把
「小山」釋為「眉山」（眉額），第一眼就注意到眉部，
來一個細部大特寫，然後方轉而寫到頭髮臉面，從形象
塑造、意境創造的角度來看，恐怕說不通。陳志明的這種
說法，用「理論」壓人，沒有具體的根據，才「恐怕說不
通」。請看溫庭筠〈菩薩蠻〉第三首，開頭不就是「蕊黃
無限當山額」嗎？第一眼就來個眉額大特寫，然後才寫到
「翠釵金作股」等等；同樣的，韋莊〈江城子〉第二首一開
頭也就寫「髻鬟狼藉黛眉長」，也一樣先寫頭部眉部，在形

---

55. 周汝昌說此詞：「通體一氣，精整無隻字雜言，所寫只是一件事，若
　　為之擬一題目增入，便是『梳妝』二字。領會此二字，一切迎刃而
　　解。」參閱注41。

象塑造、意境創造上有何說不通之處？

　　至於錢鴻瑛反對眉額之說的理由，給人一種矛盾的印象。她一方面承認釋「小山」為「眉山」，「確實是有根有據、言之鑿鑿的」，但另一方面她卻說若按此解，「則為一個眉黛有深有淺、額上黃色忽明忽滅的婦女形象，這能帶給人以美感嗎？」「不但毫無美感，且有些可怖了」。這顯然是訴之於主觀的感受了。我們可以解釋的是：就因為第一句寫眉黛已薄，所以第三句才重「畫蛾眉」啊。或許錢鴻瑛愛美成性，不忍見到美人「眉翠薄，鬢雲殘」的景象，但《花間集》中寫到美人殘妝的作品不少，像剛剛才引過的韋莊詞句：「鬢鬟狼藉黛眉長」，不是也同樣描寫這種情景嗎？錢鴻瑛又作何解？

　　葉迦陵師不贊成把「小山」解作眉山的理由，是認為若作此解，則與第三句有重複之嫌。這其實是見仁見智的問題。溫庭筠〈菩薩蠻〉第十一首有句云：「雨後卻斜陽」，又有句云：「時節欲黃昏」，「斜陽」、「黃昏」有沒有重複呢？假設沒有，「小山重疊」解作眉妝，和第三句的「畫蛾眉」，也可以不視為重複。韋莊〈菩薩蠻〉第四首上片有云：「勸君今夜須沉醉，尊前莫話明朝事」，下片又說：「須愁春漏短，莫訴金盃滿」，葉迦陵師解說此詞時，並不以為「勸君今夜須沉醉」與「莫訴金盃滿」二句有重複之病。同樣的，韋莊〈菩薩蠻〉第五首上片：「洛陽城裏春光好，洛陽才子他鄉老。柳暗魏王堤，此時心轉迷。」葉迦陵師在解說此詞時，也說這四句是「兩兩對比的呼應」，換言之，就是認為第一句和第三

句相承，第二句和第四句相應（註56）。這和溫庭筠〈菩薩蠻〉第一首上片「小山重疊金明滅」四句，在詞句的前後呼應上，所用的表現手法，可謂如出一轍。

因此，就作品本身來看，以眉額之說解釋「小山重疊金明滅」，是四種解釋之中最為可取的說法。

其次，再從外證方面來說。

一般說來，每一位作家都有他自己的語言習慣，每一個時代也都有它自己的語言風貌，隨着時代環境的變遷，這些語言習慣和風貌，會逐漸顯現出它們獨特的地方來。因此，我們要研究作家的作品，都應該先回到那位作家所生存的時空去，認識他的時代環境，進而從語言習慣等方面，去找出他與眾不同的特色。像我們要討論溫庭筠的「小山重疊金明滅」，不但要像上面從內證方面去熟讀細品作品本身，還應該要知道晚唐五代的時代風尚，以及作者其他作品中所具有的語言習慣。事實上，歷來對「小山重疊金明滅」的四種解釋，多少都注意到這些，否則，從不知傳統文化為何物的某些現代人的觀點，把「小山」句釋為眉山、屏山、枕山或髮飾，恐怕都非常難以理解；而假使我上面對此一問題的辨析討論，有度越他人之處，也可以說是正由於我比一般人更注意作家的語言習慣、時代風尚，以及一些相關的歷史文化的常識。

基於上述的看法，茲將《花間集》中可資作為「小山」句幾種解釋的例證，擇要臚列於後，以見一斑：

（一）可作眉額之說例證者：

---

56. 參閱《唐宋名家詞賞析1》一書，頁78-82。同註32。

溫庭筠〈菩薩蠻〉其三：

「蕊黃無限當山額，宿妝隱笑紗窗隔。」

溫庭筠〈菩薩蠻〉其五：

「妝殘舊眉薄」。其十三：

「眉黛遠山綠。」

溫庭筠〈歸國謠〉其二：

「粉心黃蕊花靨，黛眉山兩點」。

溫庭筠〈遐方怨〉其二：

「宿妝眉淺粉山橫。約鬟鸞鏡裏，繡羅輕」。

溫庭筠〈玉蝴蝶〉：

「芙蓉凋嫩臉，楊柳墮新眉。」

（宏一案：二句言眉臉宿妝已殘。）

溫庭筠〈更漏子〉其四：

「眉翠薄，鬢雲殘。夜長衾枕寒」。

韋莊〈荷葉盃〉其一：

「一雙愁黛遠山眉，不忍更思惟」。

韋莊〈謁金門〉其一：

「遠山眉黛綠」。

顧敻〈遐方怨〉：

「嫩紅雙臉似花明，兩修眉黛遠山橫。」

孫光憲〈酒泉子〉其三：

「玉纖澹拂眉山小，鏡中嗔共照」。

魏承斑〈菩薩蠻〉其一：

「羅裙薄薄秋波染，眉間畫得山兩點」。

毛熙震〈南歌子〉其一：

「遠山愁黛碧，橫波慢臉明」。

（二）可作屏山之說例證者：

溫庭筠〈菩薩蠻〉其十一：

「無言勻睡臉，枕上屏山掩」。

溫庭筠〈歸國謠〉其一：

「謝娘無限心曲，曉屏山斷續」。

溫庭筠〈酒泉子〉其二：

「日映紗窗，金鴨小屏山碧」。

溫庭筠〈南歌子〉其五：

「鴛枕映屏山。月明三五夜，對芳顏」。

溫庭筠〈河瀆神〉其三：

「楚山如畫烟開」。

顧敻〈玉樓春〉其四：

「拂水雙飛來去燕，曲檻小屏山六扇」。

顧敻〈醉公子〉其一：

「枕倚小山屏，金鋪向晚扃」。

毛熙震〈菩薩蠻〉其二：

「寂寞對屏山，相思醉夢間」。

毛熙震〈酒泉子〉其一：

「暮天屏上春山碧，映香烟霧隔」。

李珣〈菩薩蠻〉其二：

「凝思倚屏山，淚流紅臉斑」。

（三）可作枕山之說例證者：

溫庭筠〈菩薩蠻〉其十四：

「山枕隱穠妝，綠檀金鳳凰」。

溫庭筠〈更漏子〉其三：

「山枕膩，錦衾寒。覺來更漏殘。」

韋莊〈酒泉子〉：「綠雲傾，金枕膩。畫屏深」。

牛嶠〈應天長〉其二：

「玉釵橫，山枕膩。寶帳鴛鴦春睡美」。

牛嶠〈菩薩蠻〉其七：

「玉樓冰簟鴛鴦錦，粉融香汗流山枕」。

顧敻〈甘州子〉

其一：「山枕上，私語口脂香」。

其二：「山枕上，幾點淚痕新」。

其三：「山枕上，長是怯晨鐘」。

其四：「山枕上，翠鈿鎮眉心」。

其五：「山枕上，鐙背臉波橫」。

顧敻〈酒泉子〉其五：

「淚侵山枕濕，銀燈背帳夢方酣。雁飛南」。

顧敻〈獻衷心〉：

「金閨裏，山枕上，始應知」。

魏承班〈訴衷情〉其二：

「新睡覺，步香階。山枕印紅腮」。

閻選〈浣溪沙〉：「倚屏山枕惹香塵」。

（四）可作髮飾之說例證者：

恰如葉迦陵師所言，此說在《花間集》中，沒有明確的例證。雖然像毛熙震〈女冠子〉的「小山妝」，有人釋為雲鬟高聳如小山，但有人不以為然。關於這些，上節已有討論，茲不贅。

從以上臚列的例證中，可以看出來：

（一）在四種解釋「小山重疊金明滅」的說法中，眉額、屏山、枕山等前三種說法，無論是溫庭筠的其他詞作，或同時代的詞家作品，都可以找到不少例證，唯獨髮飾一說沒有明確可的例證。因此，前三說都可以說得通。

（二）在眉額、屏山、枕山三種說法中，屏枕連寫的例子，如「枕上屏山掩」、「鴛枕映屏山」、「枕倚小山屏」、「倚屏山枕若香塵」等等皆是，值得我們考慮：假設屏山之說可以成立，那麼枕山之說也沒有說不通的道理。

（三）眉額之說的例證中，像溫庭筠的〈遐方怨〉第二首：

花半坼，雨初晴。未卷珠簾，夢殘惆悵聞曉鶯。宿妝眉淺粉山橫。約鬟鸞鏡裏，繡羅

輕。

或者孫光憲的〈酒泉子〉第三首下片：

玉纖澹拂眉山小，鏡中嗔共照。翠連娟，紅縹緲。早妝時。

所寫的情景，正可與「小山重疊金明滅」一詞合讀並看。溫詞〈遐方怨〉前四句點明美人春眠慵起；「宿妝眉淺粉山橫」，正是「小山重疊金明滅」眉妝已殘的另一種寫法；「約鬟鸞鏡裏，繡羅輕」二句，也正與「照花前後鏡」以下四句所寫的照鏡簪花穿衣，同一旨趣。而孫光憲的「玉纖澹拂眉小」，是說美人以玉指淺拂小山蛾眉；「鏡中嗔共照」，是寫美人照鏡時的嬌態；「翠連娟，紅縹緲」，是寫畫眉、簪花，^{（註57）}而最後一句「早妝時」則補充說明以上的描寫，全係閨婦早妝的情景。這些描寫，也都和溫氏「小山重疊金明滅」一詞若合符契。因此，從種種外證來看，眉額之說應該是最可取的說法。

五、結語

歸納以上的分析討論，可得以下幾點結論：

（一）歷來有關溫庭筠〈菩薩蠻〉「小山重疊金明滅」的

---

57. 華連圃解釋此二句，曰：「連娟，細曲貌，謂畫眉也。」「縹緲，輕還貌，謂簪花也。」見《花間集註》（鄭州：中州書畫社出版，1983年），卷八，頁229-230。

詮譯，可以歸納為屏山、枕山、眉額和髮飾四種說
法。

（二）四種說法之中，有人專主一說而捨棄其他，有人則
認為某幾種說法可以並存，入主出奴，不一而足。
觀其論點，都尚有商榷餘地。

（三）從作品本身的內證來看，屏山、枕山二說，寫居室
陳設，屬「身外之物」，與第二句以下所寫全是閨
婦身上的梳妝打扮，終隔一層；從溫庭筠的其他詞
作及同時名家的作品等等外證來看，眉額、屏山、
枕山三說的例證都不少見，唯獨髮飾一說沒有明確
的例證。

（四）綜合各種論證辨析，有關「小山重疊金明滅」的幾
種說法，應以眉額之說最為可取。

　　上文說過，溫庭筠的〈菩薩蠻〉十四首，是詞中名
篇，尤其是開篇「小山重疊金明滅」這一首，更是眾所矚
目，除了上述中、日本學者對它有所論述評騭之外，其他
像美國的Baxter Glen William（註58）、韓國的李東鄉、鄭憲哲
（註59）等人，也都曾對它有所譯介或評析，可見它的流傳，
既久且廣，但遺憾的是，有關它的一些問題，卻迄今仍然

---

58. Baxter, Glen William, Hua-Chien Chi: *Songs of Tenth-Century China: A Study of the First Tz'u Anthology* （Thesis-Harvard University, 1952），p.317.
59. 李東鄉〈溫庭筠詞試論〉，韓國《中國文學》第四輯，1977年。
　　鄭憲哲《花間集試論》，韓國漢城大學，1979年。
　　鄭憲哲〈花間集考〉，韓國《中國文學》第六輯，1979年。

　　眾說紛紜，莫衷一是。筆者有感於此，特以該詞第一句「小山重疊金明滅」的詮釋為例，將其相關的種種問題，作一較為周密詳細的辨析。希望在分析討論的過程中，筆者的評論態度和研究方法，對於文學的鑑賞、批評和研究工作者，都或多或少有所助益。

第三章

〈菩薩蠻〉十四首的篇章結構

一、引言

　　《花間集》收錄溫庭筠詞六十六首，其中的〈菩薩蠻〉十四首，不僅是開篇之什，而且也最為後人所矚目。第二章〈溫庭筠《菩薩蠻》「小山重疊金明滅」相關問題辨析〉[註1] 是以第一首的詞句解釋為例，析論歷來詮釋者不同的說法，本章則擬探討〈菩薩蠻〉十四首之間篇章

---

1. 曾發表於《中文學刊》（香港中文大學中國語言及文學系），第一期（1997年），頁121-50。

結構的關係。易言之，本章所欲探究者，是溫庭筠〈菩薩蠻〉十四首究竟是組詞或聯章詞的問題。

在討論之前，有一點要說明的是，溫庭筠的〈菩薩蠻〉，除了《花間集》所著錄的十四首之外，《尊前集》另收錄「玉纖彈處真珠落」一首。唯此詞前人多所存疑，鮮與十四首相提並論，恰如曾昭岷《溫韋馮詞新校》書中所云：「此詞鄙俗，與前十四闋不類，且為《花間集》所遺；《尊前》原本注云：『一作袁國傳』，亦為尚有別本不作溫詞之證。是可疑也。」[註2]加上本文所論，是以《花間集》所著錄的十四首為中心，因此不把「玉纖彈處真珠落」一首列入討論的範圍。

二、張惠言《詞選》的批語

首先將溫庭筠〈菩薩蠻〉十四首視為詞意相貫、結構完整的，是清代常州詞派的創始者張惠言。[註3]張惠言和他弟弟張琦合編的《詞選》，選了溫庭筠詞十八首；〈菩薩蠻〉十四首，即在其中。為了討論的方便，下面先迻錄溫氏〈菩薩蠻〉十四首及張惠言所批注的意見：

（一）小山重疊金明滅，鬢雲欲度香腮雪。懶起
　　　畫蛾眉，弄妝梳洗遲。　　　照花前後鏡，

---

2. 曾昭岷《溫韋馮詞新校》（上海：上海古籍出版社，1988年），頁25-26。

3. 參閱吳宏一：《常州派詞學研究》（臺北：嘉新水泥公司文化基金會，1970年）。此書後來收入《清代詞學四論》（臺北：聯經出版事業公司，1990年），頁69-268。本文論及常州詞派部分，請參閱該書。

花面交相映。新帖繡羅襦，雙雙金鷓鴣。

張惠言云：「此感士不遇也。篇法彷彿〈長門賦〉，而用節節逆敘。此章從夢曉後領起，『懶起』二字，含後文情事。『照花』四句，〈離騷〉『初服』之意。」

（二）水精簾裏頗黎枕，暖香惹夢鴛鴦錦。江上柳如煙，雁飛殘月天。　藕絲秋色淺，人勝參差剪。雙鬢隔香紅，玉釵頭上風。

張惠言云：「『夢』字提；『江上』以下，略敘夢境。『人勝』參差，『玉釵』香隔，言夢亦不得到也。『江上柳如煙』是關絡。」

（三）蕊黃無限當山額，宿妝隱笑紗窗隔。相見牡丹時，暫來還別離。　翠釵金作股，釵上蝶雙舞。心事竟誰知，月明花滿枝。

張惠言云：「提起。以下三章，本入夢之情」

（四）翠翹金縷雙鸂鶒，水紋細起春池碧。池上海棠梨，雨晴紅滿枝。　繡衫遮笑靨，煙草黏飛蝶。青瑣對芳菲，玉關音信稀。

（五）杏花含露團香雪，綠楊陌上多離別。燈在月朧明，覺來聞曉鶯。　玉鉤褰翠幕，妝殘舊眉薄。春夢正關情，鏡中蟬鬢輕。

張惠言云：「結。」

（六）玉樓明月長相憶，柳絲裊娜春無力。門外

草萋萋，送君聞馬嘶。　畫羅金翡翠，香
燭銷成淚。花落子規啼，綠窗殘夢迷。
張惠言云：「『玉樓明月長相憶』，又
提。『柳絲裊娜』，送君之時，故『江上
柳如煙』，夢中情境亦爾。七章『闌外垂
絲柳』、八章『綠楊滿院』、九章『楊柳
色依依』、十章『楊柳又如絲』，皆本此
『柳絲裊娜』言之，明相憶之久也。」

（七）鳳凰相對盤金縷，牡丹一夜經微雨。明鏡
　　　照新妝，鬢輕雙臉長。　畫樓相望久，闌
　　　外垂絲柳。音信不歸來，社前雙燕回。

（八）牡丹花謝鶯聲歇，綠楊滿院中庭月。相憶
　　　夢難成，背窗燈半明。　翠鈿金壓臉，寂
　　　寞香閨掩。人遠淚闌干，燕飛春又殘。
　　　張惠言云：「『相憶夢難成』，正是『殘
　　　夢迷』情事。」

（九）滿宮明月梨花白，故人萬里關山隔。金雁
　　　一雙飛，淚痕霑繡衣。　小園芳草綠，家
　　　住越溪曲。楊柳色依依，燕歸君不歸。

（十）寶函鈿雀金鸂鶒，沈香閣上吳山碧。楊柳
　　　又如絲，驛橋春雨時。　畫樓音信斷，芳
　　　草江南岸。鸞鏡與花枝，此情誰得知。
　　　張惠言云：「『鸞鏡』二句，結。與『心
　　　事竟誰知』相應。」

（十一）南園滿地堆輕絮，愁聞一霎雨。雨清明後
　　　　卻斜陽，杏花零落香。　無言勻睡臉，枕

上屏山掩。時節欲黃昏，無聊獨倚門。

張惠言云：「此下乃敘夢。此章言昏。」

（十二）夜來皓月才當午，重簾悄悄無人語。深處
麝煙長，臥時留薄妝。　當年還自惜，往
事那堪憶。花露月明殘，錦衾知曉寒。

張惠言云：「此自臥時至曉，所謂『相憶
夢難成』也。」

（十三）雨晴夜合玲瓏日，萬枝香裊紅絲拂。閑夢
憶金堂，滿庭萱草長。　繡簾垂簏簌，眉
黛遠山綠。春水渡溪橋，憑闌魂欲消。

張惠言云：「此章正寫夢。垂簾、憑闌，
皆夢中情事，正應『人勝參差』三句。」

（十四）竹風輕動庭除冷，珠簾月上玲瓏影。山枕
隱濃妝，綠檀金鳳凰。　兩蛾愁黛淺，故
國吳宮遠。春恨正關情，畫樓殘點聲。

張惠言云：「此言夢醒。『春恨正關情』
與五章『春夢正關情』相對雙鎖。『青
瑣』、『金堂』、『故國』、『吳國』，
略露寓意。」

從以上的資料看，可以發現張惠言把溫庭筠的〈菩薩
蠻〉十四首，視為內容前後呼應的作品。他的看法，綜而言
之，約有下列幾點：

（一）張惠言視十四首為一有機的整體，就內容詞意而
言，是不容分割的。第一首底下的批注之語，「此
感士不遇也。篇法彷彿〈長門賦〉，而用節節逆

敘」，是就全篇來說的，這和第十四首批注中所
說的，「『青瑣』、『金堂』、『故國』、『吳
國』，略露寓意」，一前一後，正好首尾呼應。他
把十四首視為一整篇，認為每一首猶如篇中之章，
表面上雖然寫的是閨婦傷春之辭，但實際上「篇法
彷彿〈長門賦〉，而用節節逆敘」，正想如〈長門
賦〉那樣，藉思婦之口，緣情以發義，託物以興
辭，表現張惠言所認為的「感士不遇」的主題。

（二）張惠言的批注之語，有的是就篇法說的，有的是就
章法說的。像上則所引的第一首批注之語，「此感
士不遇也」數語，是就全篇十四首的題旨而言；而
「此章從夢曉後領起」以下各句，則是針對第一首
的章法而言。前者說的是章與章之間的關係，後
者則僅就獨立的各章而言。前人有言：「章法有
數首之章法，有一首之章法。」[註4]前者說的是
篇法，後者說的才是本文所謂的章法。有人將二
者混為一談，[註5]諒係一時失察所致。

（三）張惠言固然認為十四首為一整篇，每一首各為篇中
之一章，但析而觀之，除了第一首和第十四首一起
一結、前後呼應之外，還可分為幾組：第二首到第

---

4. 此王士禎《然鐙記聞》論詩之語。參閱後文。
5. 像常宗豪〈「飛卿下語鎮紙」解〉，《中興大學文史學報》第十四期
（1984年），頁9-14；曹中孚析論溫庭筠〈菩薩蠻〉第一首，載傅庚
生、傅光（編）：《百家唐宋詞新話》（成都：四川文藝出版社，
1989年），頁16-17。二者都誤解了張惠言的原意，把篇旨和章法混為
一談。

五首為一組，第六首到第十首為一組，第十一首到
第十三首為一組。這從張氏的批注中不難看出來。
可見他對十四首的篇章結構非常注意，這是前人論
溫詞時往往忽略的問題。

（四）從張惠言的批注之語中，可以看出來他對十四首
中的若干詞語，例如「夢」、「楊」、「雙」、
「月」等等，特別留意。或許可以這樣說，張惠言
對十四首的篇章結構，無論篇法或章法，都與此若
干詞語深相關聯。

張惠言在《詞選‧序》中，曾經稱許溫庭筠「其言深
美閎約」，在唐代詞人中成就最高，不但認為〈菩薩蠻〉
十四首有「感士不遇」之意，而且也認為溫庭筠的另外三
首〈更漏子〉，「亦〈菩薩蠻〉之意」。換句話說，也同
十四首一樣，有託興君國之思。可見張惠言之論詞，真是
閟言比興，專主寄託，因此一般詞人的緣情之作，常常被
他賦予了深刻的政治意涵和歷史意義。這樣的做法，好處
是可以「尊體」，提高詞的地位，不再被視為末技小道，
而可與詩文分庭抗禮；但壞處是他所指實的作品，往往沒
有確實可靠的證據，因此難免穿鑿附會之譏。[註6]也因
此，從清代嘉慶年間以後，張惠言的詞學觀點，引起後人
熱烈而廣泛的討論。尤其是他對溫庭筠〈菩薩蠻〉十四首
的批注，更成為詞學中一個爭議未決的話題。像姜亮夫在
《詞選箋注‧自序》中，評張氏《詞選》之失時，即云張
氏每以漢儒注經之法解詞：

6. 參閱吳宏一：《常州派詞學研究》，頁114-87。

> 張氏每於詞尾小注數語，皆勉強附會，以為憂
> 國思君之作。夫宋人尚自以詞為小道，作家未
> 必即有此心胸，今一例以憂國思君出之，多見
> 其不為經典所縛也？[註7]

這是批評張氏之注溫詞，有難免牽強附會處；而周汝昌於
此則有不同的看法：

> 〈菩薩蠻〉十四首乃是詞史上的一段豐碑。雍
> 容綺繡，罕見同儔，影響後來至為深遠。蓋曲
> 子詞本是民間俗唱與樂工俚曲，士大夫偶一拈
> 弄，不過花間酒畔，信手消閑，不以正宗文學
> 視之。至飛卿此等精撰，始有意與刻意為之，
> 詞之為體，方得升格，文人精意遂兼入填詞，
> 詞與詩篇分庭抗禮，爭華並秀。[註8]

文中雖然沒有提到張惠言，但其說法深受張氏影響，自不
待言。因此，我們要談溫庭筠〈菩薩蠻〉十四首的篇章
結構，不能不從張惠言的批注說起。上文說過，張惠言
的詞學觀點，引起後人熱烈而廣泛的討論，以下就分別從
贊同者和反對者兩方面來加以說明。

三、張惠言批注意見的贊同者

先說贊同者。
贊同者中，繼張惠言之後，能為「尊體」寄託之說張

---

7. 見《詞選箋注》（臺北：廣文書局，1980年），頁1-2。
8. 《唐宋詞鑑賞辭典》（上海：上海辭書出版社，1988年），頁40。

目的，是周濟。他在《介存齋論詞雜著》中，曾經援引張
氏之言，對溫詞推崇備至：

> 皋文曰：「飛卿之詞深美閎約。」信然。
> 鍼縷之密，南宋人始露痕迹，《花間》極有渾
> 厚之象。如飛卿則神理超越，不復可以迹象求
> 之矣。然細繹之，正字字有脈絡。

不但完全贊同張惠言的說法，而且還為張惠言對溫詞的批
注，作了周到完滿的解釋。溫庭筠詞因為「神理超越」，
「不復可以迹象求之」，所以一般人對於他的「深美閎
約」、「渾厚之象」，無從體會；然而，在「渾厚之象」
的背後，周濟以為只要「細繹之」，就可以發現溫氏之
詞，「正字字有脈絡」。張惠言的批注之語，正為溫詞
「字字有脈絡」的「鍼縷之密」，勾勒出來。

　　周濟不但在尊詞體、重寄託方面，像潘曾瑋〈周氏詞
辨序〉所說的「辨說多主張氏之言」，[註9] 而且還進一步
提出了「非寄託不入，專寄託不出」等等主張，[註10] 修正
補充了張惠言詞論上的一些缺失，不愧是常州詞派的一位
健將。

　　同樣的，常州詞派的後繼者陳廷焯，也對張惠言的主
張一再加以推闡。他在《白雨齋詞話》中有云：

> 張氏〔惠言〕《詞選》，可稱精當。識見之
> 超，有過於竹垞十倍者。古今選本，以此為

9.　周濟：《詞辨》（臺北：廣文書局，1962年），頁1-2。因附譚獻評
　　語，書名易為《譚評詞辨》。
10.　參閱吳宏一：《常州派詞學研究》，頁128-36。

> 最。……總之，小疵不能盡免，於詞中大段，
> 卻有體會，溫韋宗風，一燈不滅，賴有此耳。
> （卷一）

> 張皋文《詞選》一編，掃靡曼之浮音，接風騷
> 之真脈。……具冠古之識者，亦可嫌自負哉！
> （卷四）

　　從這些評論中，可以看出陳廷焯對張氏《詞選》的評價之高。一方面稱許它去取精當，「古今選本，以此為最」，遠勝於朱彝尊的《詞綜》；一方面推崇張惠言「具冠古之識」，其識見何止超過朱彝尊十倍。因此，他認為張惠言的《詞選》，可以「掃靡曼之浮音，接風騷之真脈」。

　　我們知道，朱彝尊是浙西詞派的宗師，他的《詞綜》，所選詞家詞作，一以雅正為依歸，反對《草堂詩餘》以來那種「柔情曼聲」的作品，因此汪森在《詞綜·序》中就說，希望此書刊行之後，可以「一洗《草堂》之陋，而倚聲者知所宗矣」。不過，朱彝尊等浙派中人的詞學主張，卻有一些前後矛盾的地方。像朱彝尊在〈陳緯雲紅鹽詞序〉中既說：「善言詞者，假閨房兒女子之言，通之於〈離騷〉、變雅之義，此尤不得志於時者所宜寄情焉。」[註11] 在〈紫雲詞序〉中卻又說：「詞則宜於宴嬉

---

11. 朱彝尊：《曝書亭集》（臺北：臺灣商務印書館，1968年），卷四十，頁661-62。

逸樂，以歌詠太平。」^(註12)像這種前後矛盾的意見，自
然容易啟人疑寶。加上浙派中人，在提倡南宋慢詞、推舉
姜夔、張炎之餘，往往醉心於句琢字練、研聲刔律，因此
難免有傷氣格。也因此，在張惠言乘勢而起，重比興，主
寄託，建立常州詞派以後，浙派的聲勢也就逐漸消沈了。
陳廷焯將朱彝尊和張惠言二人合論比較，用意是顯而可見
的。

　　上述陳廷焯《白雨齋詞話》的引文中，所謂「溫韋
宗風，一燈不滅」，所謂「接風騷之真脈」，都可以從張
惠言對溫庭筠〈菩薩蠻〉十四首的批注中，體會到它們所
蘊含的意義。張惠言在第一首批注中所說的「此感士不遇
也」、「『照花』四句，〈離騷〉『初服』之意」，正是
以比興寄託之說，來解釋溫庭筠一向被視為「側豔之詞」
的作品。張惠言如此，陳廷焯在推闡時，更是如此。所
以，我們在《白雨齋詞話》中，常常可以看到類似下述的
意見：

　　飛卿詞，全祖〈離騷〉，所以獨絕千古。〈菩
　　薩蠻〉、〈更漏子〉諸闋，已臻絕詣，後來無
　　能為繼。

　　所謂沈鬱者，意在筆先，神餘言外。寫怨夫思
　　婦之懷，寓孽子孤臣之感，凡交情之冷淡，身

12. 同上注；參閱吳宏一：〈朱彝尊文學批評研究〉，載鄭因百先生
　　八十壽慶論文集編委會（主編）：《文史論文集》（臺北：臺灣商
　　務印書館，1985年），頁839-74。

世之飄零，皆可於一草一木發之。而發之又必
若隱若見，欲露不露，反復纏綿，終不許一語
道破。匪獨體格之高，亦見性情之厚。飛卿
詞，如「懶起畫娥眉，弄妝梳洗遲」，……皆
含深意。此種詞，第自寫性情，不必求勝人，
已成絕響。

飛卿〈菩薩蠻〉十四章，全是變化楚騷，古今
之極軌也。徒賞其芊麗，誤矣！（以上俱見卷
一）

飛卿詞，大半託詞帷房，極其婉雅，而規模自
覺宏遠。周、秦、蘇、辛、姜、史輩，雖姿態
百變，亦不能越其範圍。本原所在，不容以形
迹勝也。（卷七）

像這種推戴張惠言之說的例子，書中還有不少。我們可以
這樣說，在晚清的常州派後繼者之中，陳廷焯對於溫庭筠
祖述楚騷這一點，闡釋得最為詳盡。另外，對於張惠言所
說的「深美閎約」和周濟所說的「如飛卿則神理超越，不
復可以迹象求之矣」，他也以「沈鬱」之說，所謂「意在
筆先，神餘言外」，所謂「託詞帷房」、「規模自覺宏
遠」、「不容以形迹勝也」等等話語，來加以發揮。至於
對張惠言逐首批注溫庭筠〈菩薩蠻〉十四首，在章法方面
的意見，陳廷焯則甚少措意其間。因此，在推闡張氏之說
的貢獻上，陳廷焯的成就，在於篇旨，而非章法。

　　在篇章結構方面，能夠推闡張惠言之說的，是時代略
前於陳廷焯的譚獻。

　　譚獻對於溫庭筠〈菩薩蠻〉十四首的篇章結構，看法與張惠言若合符契。像溫氏〈菩薩蠻〉第一首，張惠言批注云：「此感士不遇也。」又說：「此章從夢境後領起，『懶起』二字，含後文情事。」譚獻在他所批的《詞辨》卷一中，即有批語云：「以士不遇賦讀之最確。」而且在「懶起」句旁，批曰：「起步。」所謂「起步」者，意思和張惠言所說的，「『懶起』二字，含後文情事」是一樣的。係指「懶起」二字以下的所有描寫，弄妝梳洗的過程，包括簪花、照鏡、穿衣等等，皆承應「懶起」二字而來。兩相比對，二者說法之相似，不言而喻。

　　又如第二首「江上柳如煙」句下，張惠言如是云：「『江上』以下，略敘夢境。……『江上柳如煙』是關絡。」譚獻在《譚評詞辨》中，也就在「江上」句旁，批曰：「觸起。」

　　其他如第六首起句「玉樓明月長相憶」句下，張惠言批曰：「又提。」譚獻也同樣評曰：「提。」第十首末句下，張惠言批曰：「結。」譚獻也就評云：「頓。」從這些地方可以看出：譚獻站在周濟細繹溫詞「正字字有脈絡」的理論基礎上，遠承遙應張惠言之說，對溫庭筠〈菩薩蠻〉的篇章結構，提出了一些意見。可惜的是，他著墨不多，稍欠系統，而且不出張惠言的範圍，所以他的成就，不像陳廷焯那樣受到後人的重視。

　　民國以來，沿襲張惠言以迄陳廷焯等人說法的學者，也不乏其人。大抵說來，民國以前的學者，在陳述觀點時，但求金針度人，往往三言兩語，甚至片言隻字，就概

括了自己所欲陳述的意見，所以在批評溫庭筠詞時，可以只用一個「起」字或「結」字，就算下了結論，其他如推論的過程等等，都留待讀者自己去想像去推演。民國以後的學者在說明意見時，則務求詳盡，不但內容形式都兼顧，而且唯恐他人不能了解自己的意思，所以在分析作品時，往往長篇累牘。也因此，民國以來贊同張惠言之說的學者，他們的意見，我們在這裏是無法多予轉錄具引的。下面只引錄其中一小部分，以概其餘。

像俞平伯《讀詞偶得・詩餘閒評》中，曾經在評溫氏〈菩薩蠻〉第二首時，這樣說：

> 飛卿之詞，每截取可以調和的諸印象而雜置一處，聽其自然融合，在讀者心眼中仁者見仁，智者見智，不必問其脈絡神理如何如何，而脈絡神理按之則儼然自在。

> 即以此言，簾內之情濃如斯，江上之芊眠如彼，千載以下，無論識與不識，解與不解，都知是好言語矣。

> 點「人勝」一名自非泛泛筆，正關合「雁飛殘月天」句。蓋「人歸落雁後，思發在花前」，固薛道衡〈人日〉詩也，不特有韶華過隙之感，深閨遙怨亦即於藕斷絲連中輕輕逗出。通篇如縟繡繁絃，惑人耳目，悲愁深隱，幾似無迹可求，此其所以為唐五代詞。自南唐以降，

雖風流大暢而古意漸失，溫韋標格，不復作矣。（註13）

像唐圭璋在《唐宋詞簡釋》中，評第一首「小山重疊金明滅」時，說「此首寫閨怨，章法極密，層次極清」，評第十首「寶函鈿雀金鸂鶒」時也說：

起句寫人妝飾之美，次句寫人登臨所見春山之美，亦「春日凝妝上翠樓」之起法。「楊柳」兩句承上，寫春水之美，仿佛畫境。曉來登高騁望，觸目春山春水，又不能已於興感。一「又」字，傳驚歎之神，且見相別之久，相憶之深。換頭，說明人去信斷。末兩句，自傷苦憶之情，無人得知。以美豔如花之人，而獨處淒寂，其幽怨深矣。「此情」句，千迴百轉，哀思洋溢。（註14）

拿來和張惠言、周濟、陳廷焯等人的說法相對照，即可發現頗多相通之處。例如周濟說過：「《花間》極有渾厚之象。如飛卿則神理超越，不復可以迹象求之矣。」俞平伯就說：「幾似無迹可求，此其所以為唐五代詞。自南唐以降，雖風流大暢而古意漸失，溫韋標格，不復作矣。」像陳廷焯《白雨齋詞評》評第十首有云：「只一又字，有多

---

13. 俞平伯：《讀詞偶得》修訂本（上海：開明書店，1947年），頁13-20。據書前緣起，此書初版於1934年。亦收入俞氏《論詩詞曲雜著》（上海：上海古籍出版社，1983年），頁504-5。
14. 唐圭璋：《唐宋詞簡釋》（上海：上海古籍出版社，1981年），頁3-6。

少眼淚。」^{（註15）}唐圭璋也說：「一『又』字，傳驚歎之神，且見相別之久，相憶之深。」這些例子，都足以說明常州詞派對後來論詞者影響之深遠。不過，這裏也應該指出，民國以來的學者，對溫庭筠〈菩薩蠻〉十四首的批評，大多數僅就獨立的各章來立論，說的是「一章之章法」，很少能把十四首合為一整篇來看待。能夠將十四首合為一篇，檢討張惠言之說，論其篇法而有見地的，據筆者所知，最具代表性的，是張以仁。

張以仁先後發表了〈試從密處說溫詞〉、〈溫飛卿詞舊說商榷〉、〈溫飛卿詞舊說商榷續〉、〈溫飛卿菩薩蠻詞張惠言說試疏〉、〈溫庭筠菩薩蠻詞的聯章性〉等文，^{（註16）}對溫詞和張惠言等人的批注，頗有一些抉隱發微的見解。他推闡張惠言的說法，以為「結體嚴密，為飛卿詞特色之一」，一方面從各章的內容結構條析縷分，檢討舊說；一方面承沿張惠言之說，把十四首視為一整體的聯章之作。他說：

> 溫飛卿〈菩薩蠻〉詞十四首，清代學者張惠言以「感士不遇」說之，謂其有寄託，後世學者頗有不以為然者。張氏之說，見於所編注《詞選》一書，凡十一條。學者每截取其中片斷以

---

15. 此則評語不見於《白雨齋詞話》，此係據李冰若《花間集評注》（臺北：鼎文書局，1974年，頁21）轉引。此書原於1935年由上海開明書店初版。
16. 張氏諸文，先後發表於《臺大中文學報》、《中國文哲研究集刊》等，今已彙集成書。見《花間詞論集》（臺北：中央研究院中國文哲研究所，1996年）。

為議論，罕作整體之闡述深討，不免有誤解臆
測斷章取義之嫌。甚者或多方譏誚，或張皇舊
說，人云亦云，吠聲吠影者亦自有之，能舉證
緣實以求者百不得一。

就因為如此，所以他特別為張惠言之說，作了疏解。他以
為：

大體言之，臬文之說，措語雖嫌簡略，闡述或
欠周致，然樞要已得，楨幹俱在矣。惜枝葉之
剪裁，未遑顧及，而周介存、陳廷焯輩，雖張
皇其說，亦罕為之增飾說明。（註17）

他的疏解對張惠言之說，確實有導源竟委之功。例如
他評析第一章張惠言所云「此感士不遇也……」諸語時，
就歸納了三點意見，加以說明。茲撮其要如下：

（一）「感士不遇」，即士不遇而興感之意，為十四詞之
　　　主旨。此十四詞，表面寫一失戀女子，實則即寫不
　　　遇文人，亦即溫氏自發之怨艾。此類感慨，詩中固
　　　比比皆是，詞作中亦同樣出現，實不足為異。

（二）十四詞各守其分，猶篇中之有章節，綜為一體，是
　　　謂「篇法」。各章（即各首）之安排，有如司馬相
　　　如之〈長門賦〉。此十四章所寫，實多有與該賦類
　　　似之處，故云「篇法彷彿〈長門賦〉」。

---

17. 張以仁：〈溫飛卿菩薩蠻詞張惠言說試疏〉、〈溫庭筠菩薩蠻詞的
　　聯章性〉，載《花間詞論集》，頁107-20，121-50。

（三）此章寫一佳人曉夢新覺梳洗妝扮之過程。其中「懶起」二字，皋文謂「含後文情事」，實暗示飛卿心灰意冷之情。此蓋飛卿作詞時心聲基調，呈現於首章，表示往事如夢，而今夢覺。以下諸章則寫夢境，縷陳舊恨，故皋文云「節節逆敘」也。[註18]

　　由此可見，他完全站在張惠言的立場上，來為張惠言的說法作詳細的疏解。以上第一章部分，說的是篇旨；從第二章以下，他疏解的重點，則多在「字字有脈絡」的修辭藝術和篇章結構方面。例如他在評析張惠言對第二首的批語「『夢』字提」時，特別注意到溫詞中的若干字眼：

　　「提」謂提綱，猶前注之「領起」。皋文以此「夢」字鎖緊一、二兩章之關係，亦聯繫全篇關鍵詞之一。另一關鍵詞即「柳」，詳第六首皋文之注。蓋「柳」象徵別離，又係離別時實景，故經常出現於以後諸章，此為首見，是以皋文云「『江上柳如煙』是關絡」。「關絡」亦即余所謂關鍵詞。

又於第十首張惠言評語下，特加長篇按語分析溫詞的章法，並進一步說明「柳」字在溫詞中的作用。節錄如下：

　　按、第六章皋文云：「『玉樓明月長相憶』，又提」，第十章：「『鸞鏡』二句，結」。一提一結，是此五詞又成一段落。

────────────

18. 同上注。

第六章已指出該詞之「柳」與此組七八九十諸章之關係。強調五詞之緊密組合，其意甚明。

且諸章之「柳」，又遙與第二章相呼應。……是臬文不僅仔細各章間之關係，亦未忽略各段落之聯繫。又前文論及臬文所舉關鍵詞，「柳」是其一。於第六章之注，可詳其牽縮作用。

在類似上引的疏解後，張以仁以為溫庭筠的〈菩薩蠻〉十四首，「首尾相應，環連璧合」，雖然對張惠言的批注之語，並非全部肯定，但結論仍是：「頗同意其『感士不遇』之主旨，而視十四詞為聯章體。」[註19] 張以仁為張惠言之說所作的疏解，既「入乎其內」，又「出乎其外」，既站在張惠言的立場，為之委曲求全加以疏解，但在疏解之後，卻又指出張惠言之說，有可議之處，其中比較值得注意的有兩點：

（一）他以為張惠言以「逆敘」解讀溫詞，有商榷餘地。因為「飛卿為詞，最重層次，佈局井然平正」，他「曾順敘聯繫諸詞題旨，咸能通暢無礙」。[註20]

19. 同上注。
20. 張以仁文中又說：「〈菩薩蠻〉諸詞既上呈御覽，自以順敘手法為得體。余曾順敘聯繫諸詞題旨，咸能通暢無礙。」所論頗可商榷：（一）今所見溫氏〈菩薩蠻〉諸詞，是否即當日上呈御覽之作，已不可確考，張以仁以為十四首即為當日獻詞，其實並無充分的證據；（二）上呈御覽之詞，是否宜以順敘，大有可議；否則，司馬相如〈長門賦〉之篇法，豈可如張惠言所云「節節逆敘」？（三）以順敘解釋十四首，既能暢通無礙，那又何必為張惠言「節節逆敘」之說，曲加疏解？

（二）他以為張惠言之說溫詞，「另有生硬欠妥處」。例如
　　第一首批語說「照花」四句有〈離騷〉「初服」之
　　意，似未慮及「雙雙金鷓鴣」一語之內涵，「試問彼
　　雙棲之鳥與『初服』何關？」又如以第十三首為正寫
　　夢境，「時在白日」，[註21]「第十四章夢醒，則在
　　凌晨，二者時間實難唧接」。

　　張以仁的這些質疑，自有其道理，但前後對照來看，
卻不免令人感到疑惑。既然如第十四首描寫的時間不能唧
接，何以前文又說「順敘聯繫諸詞題旨，咸能通暢無礙」
呢？而且，既然「飛卿為詞，最重層次，佈局井然平正」，
「順敘聯繫諸詞題旨，咸能通暢無礙」，那麼他何必花費那
樣大的氣力，來為張惠言「節節順逆」的篇法，作詳盡明確
而委曲求全的解說？而且還「視十四詞為聯章體」？

四、張惠言批注意見的反對者

　　以上所論述的，是張惠言之說贊同者的意見，以下介紹
的是反對者的看法。

　　一般學者多以為李冰若最先對張惠言之說，提出反對的
意見。事實上，在李冰若之前，像丁紹儀、謝章鋌、王國維
等人，都早已有所針砭。像丁紹儀《聽秋聲館詞話》卷十九
即云：

---

21. 溫庭筠〈菩薩蠻〉第十三首，首句「雨晴夜合玲瓏日」，「日」字，
　　朱彊村本《尊前集》等作「月」。張以仁所據版本作「日」，故如是
　　云。

> 嘉慶間填詞家咸推吾郡張皋文太史，專主比興，
> 所選詞自五季迄同時朋從，僅四百餘闋，矜嚴已
> 甚！顧學之者非平即晦。蓋詞固不尚尖豔，亦不
> 宜過求純正。如彈古瑟，誰復耐聽？

謝章鋌在《賭棋山莊詞話》中也說：「皋文之說不可棄，亦
不可泥也。」王國維在《人間詞話》中，更直斥張氏之非：

> 固哉！皋文之為詞也。飛卿〈菩薩蠻〉、永叔
> 〈蝶戀花〉、子瞻〈卜算子〉，皆興到之作，有
> 何命意？皆被皋文深文羅織。

這樣的看法，民國以後的學者也不乏其例。像任訥的《詞曲
通義》就說：

> 常州詞派謂溫庭筠之〈菩薩蠻〉與〈離騷〉同一
> 宗旨，但考溫氏並無屈原之身世，而此詞又無
> 切實之本事，則「新貼繡羅襦，雙雙金鷓鴣」，
> 絕非〈離騷〉初服之意，僅不過因鷓鴣之雙飛，
> 製襦之人乃興起自身孤獨之感耳，與上文弄妝遲
> 懶，花面交映之旨實一貫，此就全詞之措辭，可
> 以定其意境者也。[註22]

雖然他們大都是就「命意」來論張惠言專主寄託之失，
但所論與篇章結構仍然有關。在筆者所能看到的資料
中，真正能就篇章結構方面來批評張惠言的，是李冰若的
〈栩莊漫記〉。

---

22. 任訥《詞曲通義》（香港：商務印書館，1964年），頁27。

　　〈栩莊漫記〉是李冰若的論詞著作，附刊於他所評注的《花間集》中，並未單獨印行。李氏有云：

> 溫尉〈菩薩蠻〉十四首，中多綺豔之句，信為名作。特當日所進為二十章，今已缺數首。此十四闋是否即為當日進呈之詞，抑為平日雜作，均不可考。觀其詞意，亦不相貫，而張氏謂仿佛〈長門賦〉，節節逆敘，嘗就所評研索再四，無論以順序逆敘推求，正復多所抵牾也。（註23）

從這一段話中，可以看出李冰若反對的理由，主要有兩點：

（一）根據文獻資料如《樂府紀聞》、《花草粹編》等書的記載，唐宣宗愛唱〈菩薩蠻〉，所以令狐綯曾經把溫庭筠所寫的二十首〈菩薩蠻〉，進呈宣宗。今所見僅止十四首，當非全貌。進言之，今所見十四首，是否即當日進呈之詞，或平日雜手漫成之作，均已不可考。

（二）十四首之詞意，前後並不相貫，無論是順序或逆敘，皆無從推求篇章之間的必然關係，故張惠言所謂「仿佛〈長門賦〉」、「節節逆敘」諸語，俱不可信。

　　李冰若的意見雖然語氣稍為激切，但態度不失客觀，自有其道理。因此，後來沿用此說的學者不少。例如汪東

---

23. 見李冰若《花間集評注》，頁12-13。

即云：

> 《北夢瑣言》云：「宣宗愛唱〈菩薩蠻〉
> 詞，令狐相國假飛卿新撰密進之。」蓋其時新聲流播，
> 上下咸好斯制，而飛卿遂以擅場。然集中十餘首
> 未必皆一時作，故辭意有復重。張皋文比而釋
> 之，以為前後映帶，自成章節，此則求之過深，
> 轉不免於附會穿鑿之病已。^{（註24）}

像蕭繼宗在他評點校注的《花間集》中說得更激切：

> 〈菩薩蠻〉十四首，未必飛卿一時之作，不
> 過以同調相從，彙結於此，實無次第關連。
> 且飛卿此詞，未必止於十四，趙氏亦止就存
> 者編錄耳。而張皋文以「聯章詩」眼光，勉
> 強鉤合，若自成首尾者。繪影繪聲，加枝添
> 葉，一若飛卿身上之三尸蟲，能為作者說明
> 心曲，而又不敢真正明說，可笑孰甚！^{（註25）}

批評的重點，仍然不出李冰若的範圍。上述張以仁所謂「或
多方譏誚，或張皇舊說」，指的應即就李冰若、蕭繼宗等人

---

24. 汪東：〈唐宋詞選·評語〉，載《詞學》第二輯（1983年），頁76-
    80。汪東年輩與李冰若相當。比李冰若晚的學者，如施蟄存〈讀溫
    飛卿詞札記〉亦云：「至于張皋文以十四首為不可分割之一篇，比之
    為屈原之〈離騷〉，一篇之中，三復致意。陳亦峰亦云：『飛卿〈菩
    薩蠻〉十四章，全是變化楚騷，古今之極軌也。』飛卿有知，聞此高
    論，恐亦不敢承受。」（《中華文史論叢》，上海：上海古籍出版
    社，第八輯，1978年，頁279）。
25. 蕭繼宗（評點校注）：《花間集》（臺北：臺灣學生書局，1981年修
    訂版），頁25。

的批評而言。

　　歸結上述贊同者和反對者的意見，我們可以獲得以下三點結論：

（一）溫庭筠〈菩薩蠻〉十四首，是否當日進呈宣宗之詞，已不可考；即使是當日進呈之詞，原有二十首，今只存十四首（加上《尊前集》所收一首，亦不過十五首而已），已非全貌。如此而欲說其內容辭意前後相承，首尾相應，實不可能。

（二）十四首的詞意，李冰若、蕭繼宗等人，以為無論是順序或逆敘，都「不相貫」，「實無次第關連」；而張以仁則以為無論是順序或逆敘，大抵都講得通，可謂「首尾相應，環連璧合」。蕭繼宗說張惠言以「聯章詩」眼光，勉強鉤合溫詞；張以仁則委曲求全為張惠言說作疏解，確認十四首為聯章詞。可見二者主要的不同，有一部分來自對「聯章」的認識。

（三）溫庭筠的〈菩薩蠻〉十四首和張惠言的批注之語，引起後人廣泛而熱烈的討論。由此固然可見常州詞派對後世詞學的影響之大，但有些批評觀念尚有待我們作進一步的分析。溫庭筠〈菩薩蠻〉十四首究竟是否聯章詞的問題，就是其一。

五、聯章詞與組詞的分別

　　談到聯章詞，必須先釐清它和組詞之間的差異。這就像聯章詩和組詩有所分別一樣。吳小如《詩詞札叢》裏，有一段話說得好：

> 在古代總集、別集或選集中，往往一題之下，列有若干首詩或詞，現在有人稱為「組詩」或「組詞」。這一組組的詩詞，又大抵分為兩種情況。一種屬於聯章性質，其先後排列次序不可任意錯亂顛倒。如曹植的〈贈白馬王彪〉和李白的〈陪族叔刑部侍郎曄及中書賈舍人至游洞庭五首〉以及《花間集》中韋莊的五首〈菩薩蠻〉，和《東坡詞》中題為〈徐門石潭謝雨道上作〉的五首〈浣溪沙〉，我看都不能任意取捨，隨便顛倒次序。因為它們的排列先後有連貫性。

> 另一種，如《文選·古詩十九首》和李白的〈古風五十九首〉，則非一時一地之作（〈古詩十九首〉更非一人之作），前人已有定評，自然沒有先後聯屬關係。溫庭筠寫的十四首〈菩薩蠻〉和六首〈更漏子〉，似都應屬於後一類。（註26）

　　吳小如不但指出聯章詞和組詞之間的異同，而且更進一步的指出：溫庭筠的〈菩薩蠻〉十四首，應該算是組詞，而非聯章詞。

---

26. 吳小如：《詩詞札叢》（北京：北京出版社，1988年），頁166。

　　從吳小如的話看來，聯章詩和組詩、聯章詞和組詞之間的共同點是：在一個總題之下的辭意相關之作。二者的不同只是比較起來，聯章之作更有先後次序必須聯屬、不可任意割捨顛倒的限制。因此，談聯章詩詞，特別要注意到它們的形式結構。

　　為了說明的方便，我們先從古人有關聯章詩的資料說起。請看下列資料：

　　詩一題一首，自為起合無論。其一題數首者，則合數首為起合，易而置之便不可。蓋起句在前者，而合句在後首故也。（胡震亨《唐音癸籤》）

　　為詩須有章法、句法、字法。章法有數首之章法，有一首之章法。總是起結血脈要通，否則痿痺不仁，且近攢湊也。（王士禎《然鐙記聞》）

　　凡一題數首者，皆須詞意相副，無有缺漏枝贅，其先後亦不可紊也。……尋其首尾，如貫珠然。（趙執信《談龍錄》）

　　一首有一首章法，一題數首，又合數首為章法。有起有結，有倫序，有照應。若闕一不得，增一不得，乃見體裁。（沈德潛《說詩晬語》）

　　以上所引，都可以看出明清學者對一題數首的辭意相關之作，特別強調要講求章法，認為一題一首自有一首自

為起合的章法；一題數首時，則合數首為一篇，另有其起結的章法（正確說來，應是篇法），先後次序不可紊亂，「易而置之便不可」，須「有倫序，有照應」，「起結血脈要通」，「尋其首尾，如貫珠然」。否則，只能歸之組詩，而非聯章矣。

　　例如杜甫的〈秋野五首〉，仇兆鰲《杜詩詳注》評云：

> 前三章，敘日間景事。第四章，則自日而晚。末一章，則自晚而夜矣。凡杜詩連敘數首，必有層次安頓。

即指出作品中的時間順序，說明其前後相屬的道理。又如杜甫的〈秋興八首〉，仇兆鰲《杜詩詳注》亦引王嗣奭之言：

> 〈秋興〉八章，以第一起興，而後章俱發隱衷，或起下，或承上，或互發，或遙應，總是一篇文字。首章發興四句，便影時事，見喪亂凋殘景象。後四句，乃其悲秋心事。此一首便包括後七首，而「故園心」，乃畫龍點睛處。

又引陳廷敬之言：

> 〈秋興八首〉，命意煉句之妙，自不必言，即以章法論，分之如駭雞之犀，四面皆見，合之如常山之陣，首尾互應。

這些例子，都指出作品中的章法之妙。^{（註27）}古人常說，詩詞一理，因此，我們在談聯章詞時，應像上述前人在談聯章詩一樣，在論命意煉句之妙以外，特別注意到篇章之間的形式結構。

　　在詞學論著中，首先標舉「聯章」以論詞者，據筆者所知，應推陳廷焯。陳廷焯在《詞則・閑情集》卷一中，曾經批評和凝的〈江城子〉五首：「五詞不少俚淺處，取其章法清晰，為後世聯章之祖。」但何謂聯章，則未作進一步說明。不過，只要我們檢讀和凝的〈江城子〉原作，所謂聯章的意義，卻是清晰可辨的。茲錄和凝〈江城子〉五首如下：

> 初夜含嬌入洞房。理殘妝，柳眉長。翡翠屏中，親爇玉爐香。整頓金鈿呼小玉，排紅燭，待潘郎。

> 竹裏風生月上門。理秦箏，對雲屏。輕撥朱絃，恐亂馬嘶聲。含恨含嬌獨自語，今夜約，太遲生。

> 斗轉星移玉漏頻。已三更，對棲鶯。歷歷花

---

27. 以上論述聯章詩及杜甫詩例部分，參閱趙偉漢：〈杜甫入蜀以後的聯章詩〉，載香港中文大學中文系（主編）：《問學初集》（1994年），頁1-18。趙氏此文係由筆者指導撰寫，完稿於1987年。杜甫聯章詩例，除上引之外，如仇兆鰲《杜詩詳注》評〈陪鄭廣文游何將軍山林十首〉，注引趙汸云：「凡一題而數首者，須首尾布置，有起有結，各章各有主意，無繁複不倫之失，乃是家數。觀此十章及後五章，可見。」又引王嗣奭云：「合觀十首，分明一篇游記。有首有尾，中景或賦景，或寫情，經緯錯綜，曲折變化，用正出奇，不可方物。」俱可與本文參照。

間，似有馬蹄聲。含笑整衣開繡戶，斜斂手，
下階迎。

迎得郎來入繡闈。語相思，連理枝。鬢亂釵
垂，梳墮印山眉。婭姹含情嬌不語，纖玉手，
撫郎衣。

帳裏鴛鴦交頸情。恨雞聲，天已明。愁見階
前，還是說歸程。臨上馬時期後會，待梅綻，
月初生。^(註28)

這五首詞在同一詞調之下，聯綴在一起，描寫男女歡會的
經過，從理妝、等待、出迎、歡聚到送別，井然有序，時
間的順序非常清晰，其為聯章詞，應無疑問。吳熊和《唐
宋詞通論》中說：

　　〈江城子〉五首，歷敘從理妝、等待到平明送
　　別間的男女歡會，顯然是受了敦煌曲中這類民
　　間聯章曲式的影響。（註29）

潘慎也說：

　　五首詞章法清晰，層次分明，寫一個女子在與
　　情人幽會，從等待開始，繼相會，最後送別，
　　感情逐一展開，時間壓縮在一個晚上，每首一
　　更，雖然沒有像〈五更轉〉那樣每首標明更

---

28. 此五首，今《花間集》未收，此據《尊前集》（臺北：世界書局，
　　民國47年〔1958〕），卷下，頁25。
29. 吳熊和：《唐宋詞通論》（杭州：浙江古籍出版社，1985年），頁
　　180。

次，但從詞的時間遞進上看，也是十分明確的。
（註30）

都指出五首詞的時間順序，不容次序顛倒。而且，他們都還特別指出，這樣的表現方式和當時的民間曲調有關。他們之所以有這樣的說法，顯然是受了任訥的影響。

　　1931年上海商務印書館出版了任訥的《詞曲通義》，書中論詞的體製，將詞分為「尋常散詞」、「聯章詞」、「大遍」、「成套詞」和「雜劇詞」五種。又說聯章詞可分為一題聯章和分題聯章等類，甚至可以用來演述故事。（註31）任訥於此除了列表簡單說明之外，並沒有完整詳明的文字敘述；因此，他所謂的聯章詞，其確實的涵義，我們不得而知。

　　1943年重慶正中書局出版了余毅恆的《詞筌》，書中對任訥的分類，分別作了解說：

　　所謂一題聯章，即只詠一題，而以數首詞相聯，
　　如宋曾慥《樂府雅詞》所載之〈九張機〉，九首
　　相聯，而只詠一事也。

　　所謂分題聯章者，指用一調而分詠四時八景，如
　　潘閬之〈憶餘杭〉。

　　所謂演故事者，於北宋時樂坊常用一曲連歌之，
　　有每詞演一事者，及多詞演一事者之別。其每詞

---

30. 潘慎（主編）：《唐五代詞鑑賞辭典》（北京：燕山出版社，1991年），頁294。
31. 任訥《詞曲通義》，1931年上海商務印書館初版，此據香港商務印書館1964年重刊本。

> 演一事者，如〈伊州遍〉之類；其多詞演一事
> 者，係以歌舞相兼，謂之傳踏，亦謂之纏達，
> 如宋趙令畤之十首〈蝶戀花〉是也。

可見他的一切舉例說明，全為解釋任訥的分類。後來學者
如吳丈蜀的《詞學概說》，對聯章詞的解釋，幾乎沿襲了
余氏的說法。^{（註32）}不過，他們對聯章詞的定義，仍然沒有
明確的界說。余氏後來的《詞筌》增訂本，說明文字雖然
已有不同，但事實上主榦未改，只是參酌了一些後來學者
的意見而已。^{（註33）}

　　1954年上海文藝出版社出版了任二北（訥）的《敦煌
曲初探》，書中多次提到聯章詞，並分為普通聯章、定格
聯章和和聲聯章等類。書中有云：

> 聯章之名，雖就辭訂，實則其樂亦為同曲度者
> 若干之相聯，……而在一套聯章中，其各單位
> （有以十餘首為一單位者）辭之句法必劃一。

> 普通聯章之認定，須詳玩原辭內容，確實貫串
> 者。若僅憑其前後相次、措辭彷彿有關，便為
> 聯繫，則失卻意義。

這是說明聯章詞，不能忽略樂調曲度以及句法劃一等因

---

32. 吳丈蜀《詞學概說》（北京：中華書局，1983年），頁25。
33. 余毅恆《詞筌》1943年初版於重慶正中書局，幾經翻印，增訂本
　　1991年由臺北正中書局刊行。增訂本第三章第二節論聯章詞部分，
　　說明文字較初版本詳明，顯已參考了後來一些學者的意見。

素，同時必須注意內容題意要確實貫串，不僅形式上前後相次而已。任氏所謂「措辭彷彿有關」一語，最堪玩味。他所說的「彷彿有關」，事實上就是說「無關」，指內容題意不能確實貫串而言。這是讀者不能掉以輕心的。

　　1957年浙江人民出版社出版了夏承燾、吳熊和合著的《怎樣讀唐宋詞》，書中對聯章詞有如是的界說：「詞中的聯章體，就是由兩首以上同調或不同調的詞聯合組成，歌詠同一事物或一類性質相同的事物，有的還演述故事。」書中並分聯章詞為同調聯章和異調聯章。同調聯章又可分為數首合詠一事（如歐陽修〈采桑子〉十一首，合詠潁州西湖）、數首分詠數事（如牛希濟〈臨江仙〉七首，分詠巫山神女、謝真人、簫史、二妃、宓妃、漢水神女、君山湘君等七仙女）、數首合演故事（如和凝〈江城子〉五首）。異調聯章則如李綱的〈水龍吟〉等七首，用了〈水龍吟〉、〈喜遷鶯〉、〈念奴嬌〉和〈雨霖鈴〉四個詞調，歌詠歷史上著名的戰爭。

　　由此可見夏承燾、吳熊和二人，已把聯章詞擴大到不必同一個詞調，這是與任訥不同之處。事實上，夏承燾他們所說的同調聯章三大類，和任訥等人還是大抵相同；但他們所說的異調聯章，則近乎任氏所謂「前後相次、措辭彷彿有關」，只能算是組詞，而非聯章了。

　　不過，夏承燾、吳熊和的這些說法，頗為後來一些學者所採用，像詹安泰的《詹安泰詞學論稿》、余毅恆的《詞筌》增訂本，都襲用了他們的觀點。^{（註34）}

　　1980年上海古籍出版社出版了龍沐勛的《詞曲概論》，

---

34. 詹安泰：《詹安泰詞學論稿》（廣州：廣東人民出版社，1984年），頁94-96。余毅恆部分，見上注。

書中仍然主張聯章詞必須是用同一個詞牌：「還有一種聯章體，用同一個詞牌，重疊幾次來描寫一椿故事或一段情景，好像宋人的鼓子詞。」（註35）

歸結以上諸家的論述，我非常同意林麗儀的看法。
（註36）她以為所謂聯章詞，必須同時具備以下三要素：
（一）詞調相同；（二）內容相關；（三）章法結構連貫。

就第一點來說，因為詞原來是可以被諸管絃，配樂歌唱，所以用同一個詞調，「辭之句法」自然容易趨於「劃一」，而音調曲度也自然容易趨於協和。尤其是歌詠本意的詞牌，內容辭意也自然相關了。假設要補充的話，只能在「詞調相同」之外，加上「或曲度相近」而已。

就第二點來說，任氏所謂「原辭內容確實貫串者」，「確實貫串」四字，特別重要，不可忽略。蓋詞調相同或曲度相近，為組詞與聯章詞共同的條件；而詞調相同，內容辭意也容易相關。因此，嚴格說來，內容前後「相關」者，止為組詞；前後「確實貫串」者，始為聯章。

王奕清《歷代詞話》曾引述沈際飛之言：

> 唐詞多述本意，有調無題。如〈臨江仙〉賦水媛江妃也，〈天仙子〉賦天台仙子也，〈河瀆神〉賦祠廟也，〈小重山〉賦宮詞也，〈思越人〉賦西子也。有謂此亦詞之末端者。唐人因調而製詞，故命名多屬本意。後人填詞以從調，故賦詠

---

35. 龍沐勛：《詞曲概論》（上海：上海古籍出版社，1980年），頁15。此書係龍氏遺稿，經富壽蓀整理而成。著成年代自在此前。
36. 林麗儀：〈花間集聯章詞研究〉，香港中文大學中文系學位論文（1996年）。此論文係由筆者指導撰寫。

可離原唱也。^{（註37）}

緣調而作的詞，歌詠本意，內容自然相關，這是明顯的道理。任氏在《敦煌曲初探》中，即曾比較敦煌曲中的〈天仙子〉和《花間集》中和凝的〈天仙子〉有何不同：

> 燕語鶯啼驚覺夢，羞見鸞臺雙舞鳳。天仙別後
> 信難通，無人共，花滿洞，羞把同心千遍弄。
> （敦煌曲）
>
> 柳色披衫金縷鳳，纖手輕拈紅豆弄。翠娥雙臉正
> 含情，桃花洞，瑤臺夢，一片春愁誰與共。
> （和凝）

結論是：「此二辭，曲調同，取材同，韻同，寫法同。」^{（註38）}因此，就第二點來說，如果把歌詠本意的詞若干首，組合在一起，或如任氏所云，「僅憑其前後相次、措辭彷彿有關」，便認作聯章詞，真的便「失卻意義」了。因此，夏承燾、吳熊和所舉牛希濟〈臨江仙〉七首分詠七仙女等例子，除取調相同、取材相同之外，前後並無確實貫串的關係，任意取其一二或顛倒次序閱讀，都於詞意沒有影響；聯合在一起，也看不出全體即篇章之間有何必然的關聯，所以只能視為組詞，而非聯章。同樣的道理，《花間集》中歐陽炯〈南鄉子〉八首、李珣〈南鄉子〉十首，歌詠南方風土，但各首之間只是「措辭彷彿有關」，並無確實貫串、前後相

---

37. 唐圭璋（主編）：《詞話叢編》，增訂本（北京：中華書局，1986年），第二十八分冊，頁1116。
38. 任訥：《敦煌曲初探》，頁330。

屬的聯繫，也不必視為聯章。

就第三點而言，它和第二點互相關係，互相限制。第二點重點在內容主題相貫串，第三點則重點在形式結構相聯屬。所謂有起有結，所謂一題數首，又合數首為起合，無疑的都在強調章法或篇法的結構，必須前後照應，緊密結合。上文已多所論述，茲不贅。

六、溫詞〈菩薩蠻〉十四首應是組詞而非聯章之作

以上析論聯章詞和組詞的不同，說聯章詞必須同時具備三個要素，一是詞調相同（至少是曲度相近），二是內容相關（即辭意相貫），三是結構嚴密（即起結得法）。現在即以此觀點，回來討論溫庭筠的〈菩薩蠻〉十四首和張惠言的說法。

溫庭筠的〈菩薩蠻〉十四首，究竟是組詞或聯章詞的問題，和張惠言《詞選》的批注，息息相關。十四首同一詞牌，詞調相同；內容表面上皆寫一失戀女子的傷春之感、念遠之情，也應無異議，所以說它們是組詞，自然也應無問題。但是，十四首是否像張惠言所說的那樣，寄託「感士不遇」之意，而且「篇法彷彿〈長門賦〉，而用節節逆敘」，換句話說，章法嚴密，是聯章之作；則眾說紛紜，言人人殊。

討論這個問題，可以從兩方面來考慮。

先從同意十四首為聯章詞的方面來說。除了上文臚陳張惠言以迄張以仁的說法之外，我們可以考慮的至少有三點：（一）《花間集》或唐五代詞中，有沒有聯章詞？（二）溫

庭筠詞中，除了〈菩薩蠻〉十四首之外，有沒有其他的作品被視為聯章之作？（三）同意十四首為聯章詞的說法中，哪些最值得注意？有沒有可以補充說明的地方？

　　就第一點說，是不成問題的。上述和凝的〈江城子〉五首，即是一例。《花間集》中，像韋莊的〈菩薩蠻〉五首、〈女冠子〉二首，都被視為聯章詞，而鮮有疑義。（註39）

　　就第二點說，溫庭筠傳世的詞作中，除了〈菩薩蠻〉十四首之外，他的〈南歌子〉七首，胡國瑞在〈論溫庭筠詞的藝術風格中〉就說：「這七首詞前後一貫，寫一對青年男女從追慕而相思而歡合而又相思。其中除第五首兼寫男女雙方外，其餘每二首為一對，一首寫男子而另一首寫女子。」（註40）言下即有視為聯章之意。

以上兩點，雖然不能直接證明溫氏〈菩薩蠻〉十四首亦為聯章詞，但卻可從旁佐證十四首有成為聯章之可能。

　　就第三點而言，張惠言的逐首批注，是論各章之章法，第一首和第十四首，一論起法，一論結法，可謂首尾相應，如貫珠然。假設他的說法可以成立，十四首自然是聯章詞無疑。後來推闡此說的張以仁，盡力為張惠言辯解，並指出溫詞中的「夢」、「柳」等字，為破解此一問題的關鍵詞。其

---

39. 韋莊〈菩薩蠻〉五首，鄭因百師《詞選》評云：「此五章一氣流轉，語意聯貫，選家每任意割裂，殊有未妥。」（臺北：中華叢書委員會，1952初版；臺北：中國文化大學，1982年重排本，頁7）俞平伯《讀詞偶得》亦云：「此詞凡五首，實一篇之五節耳。」（頁21）皆視為聯章之作。至於韋莊〈女冠子〉二首，夏承燾《唐宋詞欣賞》有云：「前一首寫去年今日分別時情狀，後一首寫夢景，前後相關，是詞中的聯章體。」（臺北：文津出版社，1983年，頁27）
40. 《文學遺產增刊》（北京：作家出版社），第六輯（1958年），頁190。

文清麗流暢，辯說無礙，可謂是推闡張惠言說的一篇力作。

可惜的是，上述三點，除了第一點之外，第二點和第三點都還有商榷的餘地。這將併入後文一起討論。

再從不同意十四首為聯章詞的方面來說。

上文第四節末尾，我們曾經歸納前人有關的看法，認為溫庭筠的〈菩薩蠻〉十四首，是否當日進呈宣宗之作，已不可考；即使是當日進呈之作，原有二十首，今止存十餘首，已非全貌。既非全貌，而欲說其內容辭意前後相承，首尾相應，實不可能。除此之外，我們可以補充說明的，還有下列幾點：

（一）上面說溫庭筠〈南歌子〉七首，有人以為「前後一貫」，可謂聯章詞；但我們仔細檢讀尋繹，並不如胡國瑞所說的那樣，「每二首為一對」。反而有如任二北所說的，不過是「前後相次、措辭彷彿有關」而已。說是組詞，應無疑問；必謂聯章，恐有爭議。〈菩薩蠻〉十四首若不能確證為一時一地之作，^{（註41）}亦不妨作如此觀。

（二）張惠言論詞，重比興，主寄託，難免牽強附會之失。例如《花間集》收錄韋莊〈菩薩蠻〉五首，論者多以為係聯章之作，而張惠言《詞選》卻只選錄其中四

---

41. 吳梅《詞學通論》嘗云：「今所傳〈菩薩蠻〉諸作，固非一時一境所為，…張皋文謂皆感士不遇之作，蓋就其寄託深遠者言之。」（臺北：臺灣商務印書館，1965年，頁54）所謂「非一時一境所為」，不知何據。然欲證其為一時一地所作，更是談何容易。

首，而捨去其第四首「勸君今夜須沈醉」一闋。而且還逐首論其章法，附會史實，真的如俞平伯所謂「削趾適履」。^{（註42）}施蟄存〈讀韋莊詞札記〉辯之甚詳，^{（註43）}可以參考。譚獻為常州詞派後勁，其論詞主張「作者未必是，讀者何必不是」，^{（註44）}足為張惠言說詞之一證。

（三）陳廷焯以和凝〈江城子〉五首為「聯章之始」，言下之意，不視溫庭筠〈菩薩蠻〉十四首為聯章詞，確然可知。此與其推崇溫詞、張皇張惠言之說，並無關係。

（四）張以仁一面推闡張惠言之說，一面卻指出其說有「生硬欠妥處」，而且以為張惠言以「逆敘」說十四首，「亦可商榷」。特別是他所指出的論章法上的缺失：第一首以〈離騷〉「初服」之意，來解釋「照花」四句，此與末句「雙雙金鷓鴣」何關？又如第十三首，張惠言以為「此章正寫夢」，時當白日，而

---

42. 俞平伯《讀詞偶得》說張惠言《詞選》、周濟《詞辨》選錄韋莊〈菩薩蠻〉五首，刪去第四首，是任意去取，削趾適履。並且說：「惟皋文仍有可笑處，既曰篇章，則固宜就原詞上探作者之意，斯可耳。今則不然，先割裂之而後言篇法章法，則此等篇法章法即使成立，是作者的呢？還是選家的呢？豈非混而不清？豈非削趾適履？故任意割裂已誤，任意割裂以後再言篇章如何的神妙，乃屬誤中之誤。」（頁22）足見張惠言等常州詞人之說詞，每有臆斷逞說之失。

43. 施蟄存〈讀韋莊詞札記〉，見《詞學》第一輯（1981年），頁191。文中對張惠言割裂原作而鬯言章法，以及誤以江南為蜀等等疏失，頗多指摘。

44. 參閱吳宏一：《常州派詞學研究》，頁205-10。

第十四首，「此言夢醒」，則在凌晨時分。二者時間實難啣接。張以仁所指出的，有的是一章章法上的缺失，有的是章與章間章法上的缺失。而且，他還說以順敘來解讀十四首，也能通暢無礙。如此而欲推闡張惠言之說，恐怕結果適得其反。

（五）張以仁論十四首章法結構時，特別標舉了「夢」與「柳」等字，以為張惠言的批注中，如第六首已經說明此等關鍵詞，在全篇詞中起了牽綰作用，使十四首之間，更能緊密組合。這些話看似有理，但能不能成立，尚有待緣實舉證。譬如說，十四首之中，除了「夢」、「柳」二字之外，「雙」、「月」、「鏡」、「花」、「枝」等詞語，亦不少見，其於詞中之作用又是如何？張以仁雖然在〈溫庭筠菩薩蠻詞的聯章性〉等文中，已作若干的補充，但仍然缺乏說服力。

（六）張惠言的批注之語，非常注意十四首中的時間先後，例如第一首說「此章從夢曉後領起」，第十一首說「此章言黃昏」，第十二首說「此自臥時至曉」，第十四首說「此言夢醒」，這和他所說的「節節逆敘」，究竟有甚麼樣的關係？如果把這些批注順序排列起來，說十四首是採用「順敘」的寫法，又有何不可？能不能講得通？

（七）上文曾引任訥《詞曲通義》批評常州詞派張惠言等人的話，說「溫氏並無屈原之身世，而此詞又無切實之本事」，所以溫氏〈菩薩蠻〉，「絕非〈離

騷〉初服之意」。這些說法，雖然有點強人所難，但對於主張十四首聯章的人來說，仍然有值得參考的地方。凡事緣實以求，多舉例證，或許更有說服力。

基於以上的認識，我以為溫庭筠的〈菩薩蠻〉十四首，只能說是組詞，而不能視為聯章之作。

第四章
從詩的比興到詞的寄託

一、先從比興談起

歷來評論詩詞的學者，往往喜歡以比興寄託論詩談詞，常在詮釋作品、欣賞意境之餘，求其言外之意。就詞而言，特別是從清代張惠言之後，更喜歡比附風騷，鄙言寄託，認為詞與詩同源而一理，甚至認為詩詞與騷賦大有相通之處。一九六九年我在碩士論文《常州派詞學研究》第三章中，曾經對此多所論析，也曾引起一些回響。近年來，討論比興寄託與詩詞的關係，以及常州派詞學的論

著，頗不少見，也各有見地。（註1）可是，對於比興、寄

1. 《常州派詞學研究》係筆者碩士論文，完稿於1969年6月，翌年6月由台北嘉新文化基金會獎助出版。後來收入台北聯經出版事業公司出版拙著《清代詞學四論》一書中。近年來討論相關論題者，除了張宏生《清代詞學的建構》、孫克強《清代詞學》等書之外，略舉數例如下：

沈祖棻：〈清代詞論家的比興說〉，《宋詞賞析》，上海：上海古籍出版社，1980年3月。

詹安泰：〈論寄託〉，《宋詞散論》，廣州：廣東人民出版社，1980年11月。

陳新璋：〈古代詩詞比興手法的運用與評論〉，《華南師院學報》（社會科學版）1982年第1期。

楊成孚：〈論中國古代詩詞的「男女比君臣」〉，《南開大學學報》1992年第6期。

其他一些探討常州詞派的專著，更不乏相關的論述，例如1998年以後出版的論著，手邊即有：

曹濟平、何淡：〈歷史地辯證地認識常州詞派——兼評常州派尊體是「虛假」、「歪曲」說〉，《中國韻文學刊》1998年第1期。

紀玲妹：〈論清代常州詞派女詞人的家族性特徵及其原因〉，《聊城師院學報》2000年第6期。

遲寶東：〈常州士風與嘉道詞風——試論常州派詞學思想形成的文化動因〉，《天津社會科學》2001年第2期

陳水雲：〈常州詞派與近代詞學中的解釋學思想〉，《求是學刊》2002年第5期。

鄧新華：〈論常州詞派「比興寄托」的說詞方式〉，《寧夏大學學報》（人文社會科學版）2002年第03期

黃志浩：〈論常州詞派的比興理論〉，《江南大學學報》（人文社會科學版）2002年第4期。

黃志浩：〈論常州派詞統的形成〉，《南京師大學報》（社會科學版）2003年第5期。

黃志浩：〈論常州派詞學與經學之關係〉，《文學評論》2004年第1期。

徐楓：《嘉道年間的常州詞派》，台北：雲龍出版社，2002年6月。

董俊珏：〈張惠言研究〉，蘇州大學碩士學位論文，2003年。

朱德慈、鍾振振：〈季世愁吟，詞壇結響——常州詞派的現實關懷與裂變史程〉，《南京師範大學文學院學報》，2003年第10期。

託二者的來歷分際，以及張惠言移之論詞的得失，論者則多不能溯其源而竟其委，因此尚不能饜足我心。也因此，我在寫成第二章〈溫庭筠菩薩蠻「小山重疊金明滅」相關問題辨析〉[註2]、第三章〈溫庭筠菩薩蠻十四首的篇章結構〉[註3]之後，擬以張惠言解說溫庭筠菩薩蠻詞為例，對詞與比興寄託的問題，作進一步的探討，並且對他以寄託說詞的理論來歷以及為何標舉、如何標舉溫庭筠詞的問題，提出自己的一些看法。

要談這個問題，我以為必須先從比興談起。

一般人一談比興，馬上就聯想到《詩經》中的賦比興，它們與風雅頌各成一組，合稱「六義」。用唐朝孔穎達《毛詩正義》的說法，「風雅頌者，詩篇之異體；賦比興者，詩文之異辭」、「賦比興是詩之所用，風雅頌是詩之成形」。換言之，賦比興都是詩人用以表情達意的修辭手法。表達方式雖有不同，其為寫作技巧則無疑問。從漢儒鄭眾、鄭玄開始，我們可以看到古人已對賦比興的定義加以界說，賦是直接鋪陳，比興則皆附托外物。鄭眾所說的：「比者，比方於物」、「興者，托事於物」，言簡而意賅，後來的注家很少能夠脫出此一範圍。鄭玄雖然說過這樣的話：

　　比，見今之失，不敢斥言，取比類以言之；

---

2. 曾刊於香港中文大學《中文學刊》，第一期（1997年6月），頁121-50。

3. 曾刊於香港中文大學《中國文化研究所學報》，新第七期（1998年），頁269-90。

興，見今之美，嫌於媚諛，取善事以喻勸之。
（註4）

看似善惡殊態，美刺分途，比是「以惡類惡」，興是「以美擬美」，（註5）但後來學者卻多以為鄭玄所言，是互文見義，比興應該都兼含美刺而言。事實上，從漢儒以下，學者所以常常要對比興加以區分，可以說，也正因為比興難以分辨，一般人常加以混用之故。（註6）尤其是用之於評析實際作品的時候。

清儒姚際恆在《詩經通論》卷前的〈詩經論旨〉裏，就曾經這樣說：「古今說《詩》者多不同，人各一義，則各為其興比賦。」他並舉例說，〈卷耳〉一詩，舊說多以為賦，他則根據《左傳》的相關資料，斷之為比；〈野有

---

4. 以上參閱《毛詩正義》卷1、《周禮注疏》卷23，《十三經注疏》本。
5. 語見唐人成伯瑜《毛詩指說》，《四庫全書》本。梁朝劉勰《文心雕龍‧比興》有云：「比者，附也；興者，起也。附理者切類以指事，起情者依微以擬議。起情故興體以立，附理故比例以生。比則蓄憤以斥言，興則環譬以托諷。蓋隨時之義不一，故詩人之志有二也。」蓋可同參。
6. 筆者曾經參考古今學者的各種說法，比較比興的不同：
比、興雖然都涉及了兩個事物之間的關係，但比者重在形象上直接的關聯，而興者則側重內在的間接的關聯。比，是並列關係，是心中已有主意，而另外選擇形象相似的事物，來作喻體，來作比方，因此是以物喻物，是「切類以指事」；興，則是前後關係，是由眼前的事物引起對另一事物的回憶或感觸，喻體和本體不必有密切的關係，因此是觸物起情，是「依微以擬議」。也因此，興在詩中的作用，往往是在篇章的發端，先起個頭，先營造一種環境氣氛，然後起發人心，引出正文，這也就是朱熹所謂「先言他物以引起所詠之辭」的意思。
請參閱拙著《詩經與楚辭》（台北：台灣書店，1998），頁111。

死麕〉一詩，舊說多以為興，他以為「無故以麕為興，必無此理」，於是根據古代的贄禮來解說，而斷之為賦。可見在評析實際作品的時候，不但比興難以細為分別，就連興比賦的關係也容易混淆。

因此，我們必須注意到所謂比興，在歷經流傳的過程中，有其不同的含義。質言之，比興蓋有經學上之意義，有文學上之意義。

比興在經學上之意義，自以《詩經》為代表。《詩經》所標榜的溫柔敦厚的詩教，所謂「在心為志，發言為詩」，所謂「發乎情，止乎禮義」，所謂「經夫婦，成孝敬，厚人倫，美教化，移風俗」等等，歷代說詩者，幾乎無不奉為圭臬。尤其經過孔子整理編訂以後，《詩經》更有其興觀群怨的實用功能：可以涵泳性情，以為修齊之用；可以嫻習辭令，以為應對之用；可以通曉世事，以為從政之用。^{（註7）}不過，閱讀《詩經》的人，起先都難免有困惑，特別是閱讀〈國風〉的時候，都會疑問像〈關雎〉這樣歌詠愛情的詩篇，為什麼要解釋為文王之化、后妃之德？很多詩篇從字面上看，據文直尋本義，可以說與當時現實政治社會、倫理道德並無關係，為什麼歷代說詩者卻往往比附史實、曲加解釋？

這當然與《詩經》被採為教本，被尊之為經有關。被採為教本，當然要說它足為常法，是恆久之至道，不刊之鴻教。因此，《尚書》所說的「詩言志，歌永言」，〈毛

---

7. 同上注，並參閱拙著《白話詩經》前言（台北：聯經出版事業公司，1993）。

詩序〉所說的「詩者，心之所之也」等等的話，都不止是抒發情志而已，而是「思無邪」，與人倫日用政教風化有關了。也因此，《詩經・淇奧》篇的「如切如瑳，如琢如磨」，本來說的是治玉，孔子卻用來教導學生做學問的工夫；〈碩人〉篇的「巧笑倩兮，美目盼兮」等句，本來是形容麗質天生的美人，孔子卻斷章取義，取其末句來比方作畫，說先有素底，然後才會有畫，是一步一步進展的。事實上，作畫還只是比方，孔子要說的是文明。人先是樸野的，後來才發展了文明；文明並非與生俱來，而是必須修養而得。子夏能夠體會這種根據本義推衍引申出來的言外之意，所以孔子稱讚他說「始可與言詩已矣」。[註8]

可是，要體會這種推衍引申的言外之意，並非人人所能，否則孔子就不必單獨稱讚子夏了。因此，對讀《詩》的學生，需要加以教導。比興亦即因此而起。不管它們是「體」是「辭」，都與托附外物有關。《周禮・春官・大師》中說太師以「六詩」教國子，《禮記・學記》說：「不學博依，不能安詩」，都說明了誦習《詩經》、認識體用的重要。誦習，不止是讀誦吟詠，更重要的是要能善加應用。換句話說，要懂得詩篇的本義，更要懂得別人引用這些詩篇或詩句時，有什麼言外之意。從《左傳》、《國語》等古代文獻可以看出來，春秋時代流行賦詩言志的風氣，大致都是從詩篇裏斷章取義，就當時的環境作感情的表白或政治的暗示。而這些都必須靠聽者或讀者「善體會之」。要「善體會之」，就得從認識比興開始。能夠

---

8. 同上注，並請參閱《論語・八佾》及朱自清《詩言志辨》。

了解比興的表現技巧，如何比方於物，如何託事於物，才可以興觀群怨，不致「無以言」，不至於「使於四方，不能專對」。[註9]

在經書中，就比興而言，《周易》與《詩經》的關係至為密切。清代戴震在〈詩比義述序〉中就把《周易》的「引而信之，觸類而長之」，和《詩經》的比興相提並論。[註10] 章學誠《文史通義·易教下》在析論戰國時代人文時也說：「《易》象雖包六藝，與《詩》之比興，尤為表裏」，「深於比興，即深於取象者也」。我們知道，《周易》教人知類取象，正是要我們懂得觸類引申的道理。這和春秋時代賦詩言志、斷章取義的道理是相通的，和孟子「以意逆志」「知人論世」的主張，也是相通的。不但沒有牴觸，而且可以互相發明。清儒章學誠說得好：

> 《易》之象也，《詩》之興也，變化而不可方物矣；《禮》之官也，《春秋》之例也，謹嚴而不可假借矣。夫子曰：天下同歸而殊途，一致而百慮。君子之於六藝，一以貫之始可矣。物相雜而謂文，事得比而有其類。知事物名義之雜出而比處也，非文不足以達之，非類不足以通之。六藝之文，可以一言盡也。……故學者之要，貴於知類。[註11]

這段話說學者讀六藝之文，貴乎知類，亦正足以說明：學

---

9. 參閱拙著《詩經與楚辭》（台北：台灣書店，1998）。
10. 見《戴震集》上編，上海古籍出版社。
11. 見章學誠《文史通義》，卷1，中華書局。

《詩》者必須長於諷喻，深於比興，才可以觸類旁通，才可以從男女之情聯想到君臣之義，從眼前的草木風露之狀，聯想到古今的賢人才士之悲。

　　比興在經學上的意義，有如上述，其要點在於透過情志的感發，依類推求，去發揮它倫理上政教上的意義。這是在經書的崇高地位確立之後，由漢儒推轂發展而成的。恰巧也在漢代，以屈原為主的《楚辭》，受到帝王公卿、辭人才子的愛好，因此常有人把《詩經》和《楚辭》相提並論。像淮南王劉安就說〈離騷〉兼有〈風〉〈雅〉之長；像劉向、揚雄也將《詩》、《騷》並舉，《漢書·藝文志》更說《楚辭》繼《詩》而起，「咸有惻隱古詩之義」。後來如朱熹在《楚辭集注》中，都還這樣說：

> 賦則直陳其事，比則取物為比，興則托物興詞，其所以分者，又以其屬辭命意之不同而別之也。……不特《詩》也，楚人之詞，亦以是而求之，則其寓情草木、托意男女，以極游觀之適者，變風之流也；其敘事陳情，感今懷古，不忘乎君臣之義者，變雅之類也。……

可見在後人心目中，《楚辭》騷人之歌與《詩經》的變風變雅，蓋有相通之處，因此漢魏以後的詩人常合此二者以論詩，也因此，形成了中國文學中的所謂風騷傳統。它可以藉詩歌來興觀群怨，抒寫懷才不遇的哀怨和憂時憫世的情懷；可以運用香草美人引類譬喻的修辭技巧，來寄託幽憤難言的懷抱，也可以通過詩歌來反映世風民情，了解政

治得失以及偉大作家的憂患意識。^(註12)這就是比興在文學上的意義。它是從經學上的比興發展出來的，但它和經學上的比興同中有異。經學的比興，重在教導讀者善於引申類比，應用到實際的政治社會之中，「邇之事父，遠之事君」，「使於四方」，可以「專對」；而文學上的比興，則往往僅視為一種藝術的技巧，審美的評價，未必真有實用的目的或政教的功能。經學上的比興，主要是對《詩經》而發，是從讀者的觀點立論的；而文學上的比興，則將《詩經》和《楚辭》的比興寄託融和在一起，應用到漢魏以下的文學作品中，特別是以抒情詠物為主的詩歌作品，既從讀者的觀點來鑑賞批評，也同時從創作者的立場來談論問題。不管是鑑賞或創作，都同樣主張：用委婉含蓄的手法，來寄託有關美頌或諷刺的寓意。^(註13)

　　五代徐衍《風騷要式》曾說：「美頌不可情奢，情奢則輕浮見矣；諷刺不可怒張，怒張則筋骨露矣。」換言之，文學上的比興，貴在含蓄不露，有言外之意。為了達到此一目的，最常見的技巧，即是寓情草木，託意男女。像初唐陳子昂的〈感遇〉第二首：

> 蘭若生春夏，芊蔚何青青。幽獨空林色，朱蕤
> 冒紫莖。遲遲白日晚，裊裊秋風生。歲華竟搖
> 落，芳意竟何成。

12. 參閱拙著《詩經與楚辭》（台北：台灣書店，1998），頁225。
13. 像元人陶宗儀《南山輟耕錄》卷九引盧摯《文章宗旨》即云「大凡作詩，須用《三百篇》與《離騷》。言不關於世教，義不存於比興，詩亦徒作。」即是就創作者而言。

作者全用比興，以蘭若之逢秋搖落、芳意未成，來比自己的淹留遲暮，理想落空。又如張九齡〈感遇〉第十首：

> 漢上有游女，求思安可得。袖中一札書，欲寄
> 雙飛翼。冥冥愁不見，耿耿徒緘憶。紫蘭秀空
> 谿，皓露奪幽色。馨香歲欲晚，感嘆情何極。
> 白雲在南山，日暮長太息。

蓋以幽蘭比喻自己，而以《詩經‧漢廣》之「游女」比喻唐皇。此猶《楚辭》中慣見之以芳草比自己，以美人比楚王。所以高棅的《唐詩品彙》評之曰：「雅正沖澹，體合風騷」，唐汝詢的《唐詩解》也評之為：「風騷之遺韻」。

這樣的寫作技巧，這樣的表現形式，經過歷代作家的再三沿用承襲，使得某些詞彙，有如語碼，變成了大家習見慣用之典故，同時也使得某些事物，在中國古代的詩歌傳統中，有其一定的多樣的象徵意義。不止幽蘭、游女引申為「香草美人」而已。因此，我們看到「桃之夭夭」，就會聯想到新婚之女子；看到「呦呦鹿鳴」，就會聯想到君臣之相得；看到「楊柳依依」的「楊柳」，就會聯想到相思或離別；看到「浮雲蔽白日」的「浮雲」，就會聯想到遊子或小人。這些詞彙，這些事物，在它們字面上原有的意義之外，都各有其象徵意義，而且在歷史悠久的中國文學傳承中，已經變成了眾所周知的詩歌傳統。

張惠言《詞選》中說溫庭筠的〈菩薩蠻〉十四首，像第一首「小山重疊金明滅」表面上描寫女子遲起弄妝，實際上卻有「感才不遇」之意，其理論根源即在於此。

而陳廷焯《白雨齋詞話》所云：「十三國變風，二十五篇楚辭，忠厚之至，亦沈鬱之至，詞之源也。」又說：「《風》《騷》有比興之義，本無比興之名，後人指實其名，已落次乘。作詩詞者，不可不知。」這些都是我們在談論詞學中比興時應該注意到的問題。

二、詩詞的遞嬗與比興之旨

中國的詩歌傳統，淵遠而流長，上古歌謠、《詩經》、《楚辭》，以迄「同祖風騷」的漢魏六朝詩，一脈相承，暫且不說，光是有唐一代，即可說是名家輩出，佳作如林。所謂「前水復後水，古今相續流」，在承先啟後方面，有了空前的繁榮與成就。他們有的提倡風騷正聲，有的標榜漢魏風骨，有的以復古為革新，無不標舉比興，奉風騷為正統，亦無不為中國詩壇添加光彩。然而，「詩到元和體變新」，從中晚唐開始，韓愈、白居易等人，或尚險怪，或主淺俗，固然在內容上仍舊主張載道明理，或補察時政、洩導人情，但在形式體製上，為了另闢新境，難免夸力追新，或為了語語明白，難免過於淺俗。這跟古人所謂比興之旨，已有距離，上文所引《風騷要式》說的「筋骨露」和「輕浮見」，正指此二者之流弊而言。韓愈、白居易等人提倡的這種風氣，卻影響後來的宋詩很大，因此後來有所謂唐宋詩的門戶之爭。

皮錫瑞在《詩經通論》中，曾經援引焦循「詩不言理而言情」的主張，對唐宋詩的不同，提出他的看法：

> 詩婉曲不直言，故能感人，焦氏所言，甚得其
> 旨。《三百篇》後，得風雅之旨者，惟屈子
> 《楚辭》。……
>
> 其後唐之詩人，猶通比興，至宋乃漸失其旨。
> 然失之於詩，而得之於詞，猶詩教之遺也。

這一段話中，除了將《詩經》、《楚辭》相提並論之外，還有兩點意見特別值得我們注意：一是說唐詩猶存比興，宋詩則否；二是說宋詩雖失比興之旨，宋詞則得詩教之遺。皮錫瑞的這一段話，牽涉到唐宋詩詞遞嬗的問題，值得注意。下面我們就根據他所說的兩點來略加申論。

先說第一點。歷來談論唐宋詩異同的人，幾乎都有共識，一致以為：唐詩以情韻見長，重興象風神，貴蘊藉空靈，而宋詩則主議論，重理致，以窮奇夸新相尚。就像沈德潛《清詩別裁·凡例》說的：「唐詩蘊蓄，宋詩發露。蘊蓄則韻流言外，發露則意盡言中。」前者符合比興之旨，後者則已無言外之意。難怪從南宋以來，標舉風雅、尊唐黜宋的學者文人，紛紛以此來評斷高下。像南宋張戒《歲寒堂詩話》卷上就曾這樣說：「自漢魏以來，詩妙於子建，成於李杜，而壞於蘇黃」。為什麼說「壞於蘇黃」呢？張戒的說法是：「蘇黃用事押韻之工，至矣盡矣，然究其實，乃詩人中一害，使後生只知用事押韻之為詩，而不知詠物之為工、言志之為本也。風雅自此掃地矣。」換句話說，宋詩已失去唐代以前詩人的比興之旨了。

其實，宋詩與唐詩的分道揚鑣，是詩歌求新求變的必然結果。蔣士銓《忠雅堂詩集》卷十三〈辯詩〉就說：

「宋人生唐後，開闢真難為」。客觀說來，宋詩自有其不可抹殺的成就，可是，對於厚古薄今的人來說，對於主張維護風騷傳統的人來說，宋詩過於發露，畢竟缺少蘊藉含蓄、有餘不盡的情味。朱筠〈古詩十九首總說〉中，有這樣的一段話：

> 詩有性情，興觀群怨是也；詩有寄託，事父事君是也；詩有比興，鳥獸草木是也。言志之格律，盡於此三者矣。後人詠懷寄託，不免偏有所著。〈十九首〉包涵萬有，磕著即是。凡五倫道理，莫不畢該，卻不入理障，不落言詮，此所以獨高千古也。[註14]

不止〈古詩十九首〉，可以說漢魏以迄唐代的詩歌，所以受到推崇，其故在此，而宋詩所以受到黜斥，其故亦在此。宋詩並不是不講性情，而是講得太直截，因此才入了理障，落了言詮。或許可以這樣說：宋詩也寫性情，但它太直截寫出事父事君的終極內容，而沒有採用經由鳥獸草木等等表達的藝術技巧。簡言之，有寄託之實質，而無比興之技巧。

請看宋理學家邵雍的〈詩畫吟〉：

詩者人之志，言者心之聲。志因言而發，聲因律而成。多識於鳥獸，豈止毛與翎；多識於草木，豈止枝與莖？不有風雅頌，何由知功名？

---

14. 見《古詩十九首集釋》，中華書局。

不有賦比興，何由知廢興？[註15]

詩中提到了言志之說，提到了鳥獸草木，甚至提到了功名廢興，可是，它們只有事理的說明，而無藝術的表現，對讀者自然缺少詩歌應有的感染力。

這樣說，也並不意味着宋人不講求比興，不講求寄託，而是他們把這些前人寫進詩中的，大都寫進詞中去了。陸游《渭南文集》卷三十〈跋花間集〉有云：「唐自大中後，詩家日趣淺薄，其間傑出者，亦不復有前輩閎妙渾厚之作，久而自厭，然梏於時尚，不能拔出。會有倚聲填詞者，本欲酒間易曉，頗擺落故態，適與六朝跌宕意氣差近，此集所載是也，故歷唐季五代，詩愈卑而倚聲者輒簡古可愛。」從中我們可以看到唐宋詩詞遞嬗的消息，而這也就牽涉到上述皮錫瑞所說的第二點。

鄭文焯評《花間集》曾云：

宋人詩好處，便是唐詞。然飛卿〈楊柳枝〉八首，終為詩中振絕，蘇黃不能到也。唐人以餘力為詞，而骨氣奇高，文藻溫麗。有宋一代學人，嫥志於此，駸駸入古，畢竟不能脫唐五代之窠臼，其道亦難矣。[註16]

陸鎣的《問花樓詞話·自序》亦云：

---

15. 見《伊川擊壤集》，四部叢刊。
16. 據龍沐勛《唐宋名家詞選》溫庭筠〈楊柳枝〉評語附錄引。

> 詞雖小道，范文正、歐陽文忠嘗樂為之；考亭大
> 儒亦間有作。蓋古人之流連光景，託物起興，有
> 宜詩者，有宜詞者。^{（註17）}

這是說宋代連大文人、大儒者都寫留連光景的詞，用來託物起興。言下固有詞為小道的觀念，但也透露了詞與詩可以分庭抗禮的消息。所謂「有宜詩者，有宜詞者」，正說明了詞有別於詩，為後來詞的尊體之說，埋下了伏筆。

上述引文中，說朱熹（考亭）於詞「亦間有作」，他有《晦庵詞》傳世，當然也算詞人了，但他卻在〈答楊宋卿書〉中說，詩可觀其志而不必論工拙：

> 熹聞詩者，志之所之也，在心為志，發言為詩。
> 然則詩者豈復有工拙哉！亦視其志之所向者高下
> 如何耳。^{（註18）}

顯然在他心目中，詩是用來觀其志向，有其實用目的或政教的功能，而非用來抒情詠物。要抒情詠物，可以填詞。詩不必論工拙，詞則不妨論格律之精粗、用韻屬對比事遣辭之優劣。明白宋人這種比較普遍的想法，才能了解歐陽修等人的詞作，為什麼會被時人視為「鄙褻之語」，也才能了解尹覺〈題坦庵詞〉為什麼這樣說：

> 詞，古詩流也。吟詠性情，莫工於詞。臨淄、
> 六一，當代文伯，其樂府猶有憐景泥情之偏，豈

---

17. 見唐圭璋《詞話叢編》本。張炎《詞源》云：「簸弄風月，陶寫性
　　情，詞婉於詩」，可以合看。
18. 見朱熹《朱文公文集》卷39。

　　情之所鍾，不能自已於言耶？^{（註19）}

　　所謂「憐景泥情之偏」，正一語道破《花間集》以來詞的美感本質。寫景不出花間園亭，寫情不離閨中尊前，這種「閨房兒女子」之言，原是晚唐五代詞的主要特色，也是北宋初期詞的主流。這種充斥傷春悲秋、懷人念遠的作品，當然一時之間不能被傳統士大夫接受，因此儘管有詩人騷客，甚至有大作家大文人逐絃吹之音，為側艷之詞，但仍然普遍被視為末技小道，難登大雅之堂。可是，隨著詞體的發展，形式體製上由小令衍為長調慢詞，詞不但可以抒情，也逐漸可以用來鋪敘事物；內容情意方面，也由花間尊前擴及宇宙人生和現實生活。尤其是蘇軾、辛棄疾等豪放詞人的先後崛起，更使詞與詩合流，真的由伶工之詞一變而為士大夫之詞，做到了「無事不可言，無意不可入」的地步。到這時候，詞與詩幾乎已無差別。於是，又有人覺得詩詞仍然應該有所差別，宋詩既然朝著理致、議論的方向發展，詞則在抒情之餘，應該守著格律的要求和音樂的限制。也因此，南北宋詞同流而分派，呈現了紛繁多樣的風格面貌。到這時候，也才開始有人檢討唐五代詞是否僅僅是「閨房兒女子」之言了。像陸游〈跋花間集〉中就曾經質疑說當時「天下岌岌，生民救死不暇，士大夫乃流宕如此？」

　　談論宋詞的人，常常引用到朱彝尊《詞綜·發凡》裏的一段話：「詞至南宋始極其工，至宋季而始極其變」

---

19. 見《宋六十名家詞》趙師俠《坦庵詞》部分。

（註20），而且每有不同的詮釋。不管如何詮釋，我始終覺得
這是朱彝尊的深造有得之言。南宋以後，才逐漸有不少人
在談詞的時候，比附風騷，求其言外之旨。尤其是到了南
宋末年的時候。

　　試舉二例，略加說明。

　　像黃昇《花庵詞選》卷二即引鮦陽居士評蘇軾〈卜算
子〉一詞所說的：

> 「缺月」，刺微明也。「漏斷」，暗時也。
> 「幽人」，不得志也。「獨往來」，無助也。
> 「驚鴻」，賢人不安也。「回頭」，愛君不忘
> 也。「無人省」，君不察也。「揀盡寒枝不肯
> 棲」，不安於高位也。「寂寞吳江冷」，非所
> 安也。
>
> 此與〈考槃〉詩相似。

逐句推求言外之意，很明顯是把詩的比興美刺之說，用之
於詞，求其寄託的意涵了。

　　像周密《浩然齋雅談》卷下也說：

> 張直夫嘗為〈詞敘〉云：靡麗不失為國風之
> 正，閑雅不失為騷雅之賦，摹擬《玉臺》不失

---

20. 朱彝尊《曝書亭集》卷40〈陳緯雲紅塩詞序〉云：「詞雖小技，昔
　　之通儒鉅公往往為之。……善言詞者，假閨房兒女子之言，通之於
　　《離騷》變雅之義，此尤不得志於時者所宜寄情焉耳。」亦可供讀
　　者參考。見筆者〈朱彝尊文學批評研究〉，《清代文學批評論集》
　　（台北：聯經出版事業公司，1998。）

為齊梁之工，則情為性用，未聞為道之累。

這是在推尊詞體，在提高詞的地位，認為詞雖然或靡麗，或閑雅，或摹擬《玉臺新詠》，卻仍然得到風騷古詩之遺緒。

不僅如此，我們還可以從南宋末年一些詞人如張炎、王沂孫等詞家的作品中，特別是詠物詞中，看到這些崇尚清空雅正、重視音樂格律的詞人，如何附託外物，取譬寫情，以淒涼之音，寫飄零之感。他們以實際的創作，來證明詞可與詩等量齊觀，甚至可以取代詩作為吟詠情性之具，講比興，主寄託，可以上接風騷，為後來清代張惠言、周濟、陳廷焯等人的寄託說，開創了先河。

三、張惠言何以標舉溫庭筠詞

上節引述皮錫瑞之言，說明宋詞主比興，較之宋詩，能得詩教之遺。事實上，就張惠言而言，他以為要談論詩詞的遞嬗，應該推而上之。他在《詞選·敘》中有言：

詞者，蓋出唐之詩人，採樂府之音，以製新律，因繫其詞，故曰詞。

又說：

自唐之詞人李白為首，其後韋應物，王建、韓翊、白居易、劉禹錫、皇甫松、司空圖、韓偓，並有述造，而溫庭筠最高，其言深美閎約。

可見他認為詩詞的遞嬗，是在唐朝，時代以李白為首，成就則以溫庭筠最高。歷來論詞之起源者，或主張源於《詩經》，或主張源於上古歌謠，或主張源於南朝樂府……，不一而足。上述說法的缺點在於：忽略詞之音樂特質，而視之為一般的詩歌作品。因此只從字句之參差、韻律之有無，或者詩歌之起源去看問題。這就好像推論某家族的來歷，都說是軒轅黃帝的後裔，或「隴西成紀」、「太原」、「瑯琊」之流，太過於廣泛。張惠言沒有直接說明詞起源於何時，但是從「李白為首」這句話看來，他應該是認為起於盛唐才對。這個說法，核對詞為音樂文學，必須配合時代音樂因素來考慮它的起源，是比較客觀可從的。因為初盛唐之際，古樂淪亡殆盡，詞為新興詩體，蓋不能不取諸開元天寶以來「胡夷里巷之曲」。不過，李白傳世的詞作，數量不多，而且比較著名的〈菩薩蠻‧平林漠漠煙如織〉、〈憶秦娥‧簫聲咽〉二首，究竟是否偽托之作，也有爭議，[註21]因此，唐之詞人雖然以李白為首，卻不便奉之為典範。而自韋應物以下，一直到韓偓等人，也同樣詞作數量不多，皆屬偶然之作，非以詞鳴。白居易、劉禹錫雖留意民間歌曲，有倚聲填詞之作，如〈竹枝〉，〈楊柳枝〉、〈憶江南〉等等，但多限於詠風土、敘人情而已，與風騷比興之旨，終隔一塵。因此，從《詞選‧敘》中，我

21. 〈菩薩蠻‧平林漠漠煙如織〉、〈憶秦娥‧簫聲咽〉二詞，究竟是否李白所作，至今爭論未休。在張惠言之前，如明代胡應麟《少室山房筆叢》已疑二詞為他人嫁名之贋作。

們可以看到張惠言特別標舉了溫庭筠。這是非常值得我
們注意的事。

在張惠言看來，唐代的詞人中，最值得標舉的，是
「其言深美閎約」的溫庭筠。「深美閎約」四字，該如何
定義，可能言人人殊，但是可以確定，它一定不違比興之
旨，不憒奢，不怒張，有言外之意。在張惠言的心目中，
溫庭筠詞當然具備了這個好處。但是，有這個好處的，豈
只溫庭筠一人。因此我們可以推測張惠言所以特別推崇溫
庭筠詞，應該還有第一章已經說過的下列幾個客觀因素：

（一）溫庭筠不但是晚唐著名的詩賦大家，而且專力於
　　　詞，作品之豐，為唐人之冠。根據《新唐書》等資
　　　料的記載，他曾著有《握蘭集》三卷，《金荃集》
　　　十卷^{（註22）}，雖然今已亡佚，但仍有六十六首作品，
　　　保存在趙崇祚所編的《花間集》中，足見其浸淫詞
　　　學之深及其詞作之多。

（二）詞，原是配樂之歌辭，出自樂工歌伎之手。溫庭
　　　筠精於音律，能逐絃吹之音，為側艷之詞，大量
　　　創製，因而一時風行。後蜀趙崇祚在溫庭筠卒後
　　　七八十年，編選《花間集》時，還能收到這麼多作
　　　品，蓋可見其詞風行的一斑。^{（註23）}宋代詞人李之儀
　　　〈跋吳思道小詞〉即云，後來詞家「遂因其聲之長
　　　短句，而以意填之，始一變以成音律。」

22.《握蘭集》、《全荃集》、舊傳為溫氏詞集名，然今人多有疑之
　　者。見本書第一章及曾昭岷《溫韋馮詞新校・前言》。
23. 溫庭筠卒於咸通七年（公元866年），而趙崇祚編《花間集》，成於
　　孟昶廣政三年（公元940年）。

（三）溫庭筠工於煉字造句，善於描摹刻劃，卻「旨取溫柔，詞歸蘊藉」，往往從女性觀點落筆，寫閨房陳設、男女之情，愈勾勒愈見渾厚，幽微含蓄之中，似有言外不盡之意，可謂為文人寫女性之文人詞立典範。於是開創了婉約一派，成為中國詞史上的一大主流。

（四）雖然溫庭筠生卒年代比李白等人晚，但他是《花間集》中年輩最早，也是作品入選最多的詞家，同時也最能代表《花間》詞人的特色，而《花間集》在詞史上之地位，猶如《詩經》之在中國詩史上之地位，因此，像黃昇《唐宋諸賢絕妙詞選》卷一，固然一方面稱李白的〈菩薩蠻〉、〈憶秦娥〉二詞為「百代詞曲之祖」，另一方面卻也不能不承認：「溫庭筠詞極流麗，宜為《花間集》之冠。」同樣的，湯顯祖在評《花間集》時，一方面說：「嘗考唐調所始」，必以李白為開山，但也不能不把溫庭筠和李白相提並論，說是「珠璧相耀，正自不妨並美」。而且，據高承《事物記原》卷二所引，北宋楊繪《本事曲子》已經有「近世謂小詞起於溫飛卿」之語，其他像陳振孫的《直齋書錄解題》卷二十一，於《花間集》下有云：「其詞自溫飛卿而下十八人，凡五百首，此近世倚聲填詞之祖也。」像張炎的《詞源》卷下也這樣說：「詞之難於令曲，如詩之難於絕句，……當以唐《花間集》中韋莊、溫飛卿為則。」可見溫庭筠詞在後人心目中，

自有其不可否認的崇高地位。因此，張惠言在他與其弟合編的《詞選》中，特別標舉溫庭筠，選錄其作最多，共十八首，成為唐代詞人中的最高典範。常州詞派後勁陳廷焯《白雨齋詞話》卷一有云：「唐代詞人，自以飛卿為冠。太白〈菩薩蠻〉、〈憶秦娥〉兩闋，自是高調，未臻無上妙諦。皇甫子奇〈夢江南〉、〈竹枝〉諸篇，合者可寄飛卿廡下，亦不能為之亞也。」其推闡張惠言之用意，就說得更清楚了。當然，在詞史上，溫庭筠詞以藻麗見長，被稱為艷科，多側艷之作，難免會遭人非議。像銅陽居士《復雅歌詞·序》即云：

溫、李之徒，率然抒一時情致，流為淫艷猥褻不可聞之語。[註24]

這樣的批評，是否矯枉過正，貶抑太過，有待論定。不過，自宋代以來，這樣的論調實不多見。絕大多數的評論，都是認為溫庭筠只是託詞閨帷而已。因此，張惠言以說經家法，用風騷比興來解釋溫庭筠詞，就古人來說，一點也不意外。

或許，有人會從論世知人來看，以為溫庭筠「士行塵雜」，並無屈原之身世懷抱，充其量，不過是一失意之文人而已，為什麼張惠言等人要極力推崇？也或許，有人會以為在溫庭筠所遭逢的那個晚唐時代環境，可謂擾攘不安，為什麼溫庭筠可以枉拋心力作詞人，寫那麼多極其流麗的側艷之作？

---

24. 此據祝穆《新編古今事文類聚·續集》卷23引。

　　要回答這些問題，實在不容易。因為人心不同，遭遇不同，很難以己度人，也很難以今律古。文人自古多愁善感，在動盪變亂的年代，在黨派傾軋的時代，被批評為「士行塵雜」的文人，未必就無屈原忠君愛國或淑世濟民的懷抱。溫庭筠如此，馮延巳等人又何嘗不是如此？更何況揆諸中外史實，靡靡之音，往往起於衰亂之世。《舊唐書‧音樂志》即曾引杜淹對唐太宗云：「前代興亡，實由於樂。陳將亡也，為〈玉樹後庭花〉；齊將亡也，而為〈伴侶曲〉，行路聞之，莫不悲泣，所謂亡國之音也。」多愁善感的文人，處於此間，當然不可能沒有牢騷埋怨。溫庭筠曾有詩云：「今日愛才非昔日，莫拋心力作詞人」，又云：「詞客有靈應識我，霸才無主始憐君」，足見他當時真的鬱鬱不得志，頗有投筆自悔之意。有人說，詞原本出自樂工歌伎之手，溫庭筠與李商隱在詩壇上並稱「溫李」，其詩受人推崇，自無疑問，以這樣的詩壇名家，來從事當時被薄為末技小道的倚聲填詞，真可謂是「男人而作閨音」矣[註25]。

　　所謂「男人而作閨音」，就古人而言，可能是貶詞，但如果拿來說明為什麼古代男性詞人，多從女性的觀點來寫作，或許更可以解釋：為什麼詞可以「假閨房之語，通風騷之義」。而上面所說的問題，也似乎可以在這裏找到

25. 「男人而作閨音」此一觀念，取自葉迦陵師論詞之語，見迦陵師近年論詞著作。如與繆鉞合著《詞學古今談》中〈論詞學中之困惑與《花間詞》之女性敘寫及其影響〉一文，即稱中國文學有借異性聲音以自我表達之傳統，並且說屈原在〈離騷〉中已「假託女性之怨情來喻寫男性詩人自己不得知遇的悲慨」。

答案。

歷代絕大多數的詞家是男性，可是當他們在倚聲填詞時，卻絕大多數從女性的觀點來落筆，或者用女性的口吻，來寫傷春悲秋和懷人念遠的相思怨別之情。不管他們是否代人言情，或為歌伎填詞，其結果是令讀者看了，往往會以為字面上的意義之外，一定還有甚麼作者未曾明言的暗示。換句話說，表面上寫的是閨幃兒女子之情，可是要表達的卻可能是賢人才士幽約怨悱不能自言之悲。這對於習慣風騷傳統、熟悉比興作用的古人來說，可謂順理而成章，絲毫無足為怪。特別是在動盪變亂的時代，黨爭激烈的時代，為了不觸犯禁忌，為了保全性命，藉閨房之言，隱約其辭，以達其幽約怨悱之情，讀者自可心領神會，何待明言。

張惠言對於溫庭筠的身世襟抱，了解多少，我們無從得知，但可確定的是，他讀溫庭筠詞時，一定以為有言外之意，認為藻麗含蓄之言，可通風騷之義，這也就是他《詞選‧敘》中所說的「興於微言，以相感動」，「低回要眇，以喻其致」。他說這種幽悱之詞，跟「《詩》之比興，變風之義，騷人之歌」，是相近的。而且，這種作品，因為「其文小，其聲哀，放者為之，或跌蕩靡麗，雜以昌狂俳優，然要其至者，莫不惻隱盱愉，感物而發，觸類條鬯，各有所歸，非苟為雕琢曼辭而已」。因此，中晚唐以後的詩歌發展，或流於險怪，或流於淺俗，以文入詩，以詩說理，至兩宋而蔚為風氣，相較於此，張惠言寧可選取「其文小，其聲哀」以情為主的這類詞作。其中，

被推為《花間》鼻祖的溫庭筠，「其言深美閎約」，「非
苟為雕琢曼辭」，當然是首選，而被推為學詞者的典範
了。

　　以上說明張惠言所以標舉溫庭筠詞的原因。底下想從
另一個角度，來說明古代小說戲曲對張惠言以寄託說詞的
影響。

四、寄託說與詞學以外的相關資料

　　歷來研究常州詞學的人，往往只注意詞學有關的資
料，頂多注意到常州詞派相關的詩文資料，很少涉及其
他。可是，就一個時代環境或文學思潮而言，它們和政
治、經濟、社會等等，是互相關係，互相影響的，同樣的
道理，詩歌和散文、小說、戲劇等等各種文類或文體之
間，也是互相關係，互相影響的。對於前者，我在《常州
派詞學研究》中，早已多所論述，近年來大陸不少青年學
者尤多闡發，這裏不擬贅引申論；對於後者，除了注意到
常州派詞學和經史之學（張惠言精於經學中的《易》、
《禮》，周濟精於晉史等等）以及陽湖派古文理論的因緣
之外，對於常州詞學和古代小說戲曲之間的關係，筆者所
知，似乎至今尚無人問津。

　　中國小說的發展，至唐朝而告成熟，所謂「作意好
奇」，是指表現手法而言；如果就內容題材而言，那麼，
唐代傳奇比起以前那些「談因果、明鬼神」的六朝小說，
可以說是大異其趣。神奇怪異的色彩雖然還有，但是現實

性人間性的題材卻大大增加了。更值得注意的是，從盛唐以後，中晚唐開始，描寫現實人生、反映當時社會的作品，越來越多，而且有些還與政治直接有關。例如牛肅《紀聞》的〈吳保安〉，文中的吳保安、郭仲翔、楊安居等人，全都史有其人；像白行簡的〈李娃傳〉、元稹的〈鶯鶯傳〉，都同樣反映了當時進士娼妓戀愛的實況，而韋瓘的〈周秦行紀〉，更被指為牛李黨爭時，用來誣陷牛僧孺之作，其他李黨用來醜化牛黨的，還有〈牛羊日曆〉、〈續牛羊日曆〉等等。這些作品，和張惠言標舉溫庭筠詞，有什麼關係呢？有的。這些傳奇作家，為了表現史才、議論和詩詞的才華，往往在記敘故事時，夾雜了一些詩詞。這種寫法，轉相沿用，影響了宋元以後的話本、章回小說。它們不但可以描寫物態、刻劃人物，而且可以貫串故事情節，暗示人物命運，甚至可以點醒題旨，寓有政教功能。下面試舉宋人小說〈碾玉觀音〉等篇為例，略加說明，以概其餘。

　　馮夢龍《警世通言》卷八〈崔待詔生死冤家〉，原注：「宋人小說題作『碾玉觀音』」，足見這篇小說原是宋人之作。故事說的是：宋朝咸安郡王（韓世忠）府中，藝匠崔寧和養娘璩秀秀二人，因觸犯法禁而先後殉情的愛情悲劇。觀其情節，二人愛情悲劇之所以造成，皆因排軍郭立揭發二人隱私之故。然而細讀本文，卻又可以發現郭排軍實乃憨直漢子，並非存心陷害，因而此一愛情悲劇，似乎應歸咎於命運的安排，而非有人撥弄其間。故事開始之先，說話人先引了十一首「春歸詞」，前三首都是「鷗

鷓天」，分別歌詠孟仲季三春的景致，然後說花殘春歸，是誰帶走的呢？再分別引用王安石、蘇軾、秦觀等人的詩詞，來說明這春天的歸去，不是東風斷送的，也不是春雨、柳絮、蝴蝶、黃鶯、燕子等等唧走帶去的，而是：九十日春光已過，春自歸去。換句話說，崔寧、璩秀秀的愛情悲劇，不是郭排軍造成的，也不是咸安郡王等人造成的，而是命運本身的安排。這樣說來，這些詩詞在文章中起了暗示的作用，而不是無謂的點綴。

　　同樣的，《警世通言》卷七〈陳可常端陽仙化〉，也有人以為即是宋人小說「菩薩蠻」。它記敘陳義得道成仙的故事。文中的情節，常用詩詞來貫串，特別是〈菩薩蠻〉這個詞牌，連用了好幾次。這些詩詞和故事情節是同時推展的，「菩薩蠻」詞更是全文貫串情節、點醒題目的重心。

　　這樣的情況，在古代的小說中並不少見。從《三國演義》到《紅樓夢》等等，書中的詩詞，很少只是流連光景、吟風弄月而已。它們往往有絃外之音，言外之意，甚至有規勸教化的寓意。因此，我們可以了解：被傳統文人薄為末技小道的詞，事實上，在民間或通俗文學中，卻有其不可抹殺的地位，也有其政教上或倫理上的功能和作用。筆者還應該特別補充說明，溫庭筠不但是晚唐詩詞大家，而且他的《乾饌子》，也是唐傳奇中的名著，書中的〈華州參軍〉，與宋代話本小說〈碾玉觀音〉，情節頗有暗合處。而張惠言除了經學、古文、詞學之外，對於民間習俗如風水勘輿之學，也頗有研究，現在中國科學院圖書

館和上海圖書館都還藏有他所注的《青囊天玉通義》稿本，我們從中可以窺見一些消息。筆者深信張惠言在以寄託說詞時，不可能完全不受此影響。

至於古代戲曲的影響，主要有兩點：

（一）古代戲曲在演出時，角色的扮演，常有「裝旦」之事。所謂「裝旦」，就是由男性來扮演婦人角色的意思。這種事例，唐代早已有之。像《樂府雜錄》即云：「咸通以來，即有范傳康、上官唐卿、呂敬遷三人，弄假婦人。」弄假婦人，即裝旦之意。明清二代，這種情況，更為普遍。[註26]上文說過，溫庭筠以後，絕大多數的婉約派詞人，雖是男性作家，卻慣用女性的觀點來寫作，這種男人而作閨音的現象，和古代戲劇的「裝旦」，非常近似，在表現藝術上，蓋有同工異曲之妙。如有不同，應該是詞家在作閨音的背後，另有寄託，另有弦外之音，有待知音人去尋索品味。

不但如此，明清女性戲曲作家中，像明末葉小紈的《鴛鴦夢》，梁小玉的《合元記》，張令儀的《乾坤圈》、王筠的《繁華夢》等等，不但有女扮男裝的情節，而且不甘於「雌伏」，表現了「巾幗翻多丈夫志」，有的女劇家還化身為劇中人物，而以男性聲音口吻來扮演劇中男性的角色。明末清初葉小紈的《鴛鴦夢》中三才子：昭綦成、蕙百芳、瓊龍雕，實即

---

26. 參閱胡忌著《宋金雜劇本》（上海：古典文學出版社，1957年4月）第二、三章。

葉氏三姐妹，紈紈（昭齊）、小紈（蕙綢）、小鸞（瓊章）之化名。[註27]同樣的，在明清俗文學中，如女性彈詞小說，也常寫女英雄女扮男裝的故事。王筠生當乾嘉間，其《繁華夢》完稿於乾隆三十三年，而於乾隆四十三年出版，比張惠言略早，劇中第二齣〈獨嘆〉中尚有〈鷓鴣天〉云：「懷壯志，欲沖天，木蘭崇嘏事無緣」之句。這些都是值得我們思索的現象。

（二）宋元以後，雜戲和小說、淫詞之類的民間出版品，常在朝廷頒布的禁書之列，像《元史・刑法志》就說：「諸民間子弟不務生業，輒於城市、坊鎮，演習詞話，教習雜戲，聚眾淫謔，並禁治之。」所謂「詞話」，蓋指「平話」一類的說書而言，而所謂「雜戲」，應該包括院本、雜劇之類。[註28]這些民間文學作品或演藝活動，本來都被視為末技小道，不登大雅之堂，但是，由於受到社會大眾的歡迎，所以朝廷也不能不加注意。明代對於小說、戲劇的觀念改變，肇因於此；清朝幾乎每一位皇帝都曾頒令禁止淫詞小說，也莫不因此之故。凡此皆可徵見戲曲小說的「感人也易」、「入人也深」、「化人也神」、「及人也廣」。

---

27. 參閱徐扶明《元明清戲曲探索》頁65-280〈明清女劇作家和作初探〉一文。（杭州：浙江古籍出版社，1986年7月。）
28. 參閱胡忌著《宋金雜劇本》（上海：古典文學出版社，1957年4月）。

戲曲和小說的影響，既然如此之大，而有些戲曲故事、小說情節、有時候看起來似乎借古諷今，甚至直接將時事納入其中，實在對當時的政治、社會或文學不無刺激、影響。例如吳偉業的傳奇名著《秣陵春》，主要是寫南唐大臣徐鉉之子徐適，與臨淮將軍黃濟之女黃展娘的愛情故事。通過南唐李後主死後，遺民與官員後裔的「相對說興亡」，來寄託亡國之思。表面上寫的是南唐，實際上寫的是明朝。愈是朝政腐敗、黨爭劇烈的時代，這種情況愈明顯，反應愈激烈。例如明末清初，由於內憂外患紛至沓來，反映時事的戲劇一時風起雲湧，像《鳴鳳記》寫反對嚴嵩，《清忠譜》寫反對閹黨，《大刀記》寫抗拒倭寇，《蜀鵑啼》寫農民起義[註29]，在在反映了當時的政治狀況與社會現實。這時候，人們可以發現，原本被視為末技小道的戲曲小說，竟然可以跟政治社會如此緊密結合在一起，也可以產生如此強大的政教功能和社會影響，自然會改換另一種眼光來看待它們。同樣常被傳統文人視為末技小道的詞，在被張惠言《詞選‧敘》感嘆：「自宋之亡而正聲絕，元之末而規矩隳」的時候，試問張惠言可能會如何振衰起敝？張惠言的做法，應該是編錄《詞選》二卷，「義有幽隱，並為指發」，標舉溫庭筠等人，托附比興

---

29. 參閱徐扶明著《元明清戲曲探索》頁237-245〈明末清初時期的時事劇〉一文。（杭州：浙江古籍出版社，1986年7月。）

之義，「塞其下流，導其淵源」，「無使風雅之士，懲乎鄙俗之音，不敢與詩賦之流，同類而諷誦之也」。

五、張惠言以寄託說溫庭筠詞的緣由

張惠言推尊溫庭筠，以為「其言深美閎約」，在所編《詞選》中選錄了溫詞十八首，並且逐首加以評點。其中十四首是〈菩薩蠻〉。為了討論的方便，茲再抄錄其評語如下：

第一首（小山重疊金明滅）
此感士不遇也，篇法彷彿〈長門賦〉，而用節節逆敘。
此章從夢曉後領起。
「懶起」二字，含後文情事。
「照花」四句，〈離騷〉「初服」之意。

第二首（水精簾裏頗黎枕）
「夢」字提。
「江上」以下，略敘夢境。人勝參差，玉釵香隔，言夢亦不得到也。「江上柳如煙」是關絡。

第三首（蕊黃無限當山額）
提起。
以下三章，本入夢之情。

第四首（翠翹金縷雙鸂鶒）

第五首（杏花含露團香雪）

第六首（玉樓明月長相憶）

「玉樓明月長相憶」又提。

「柳絲裊娜」，送君之時。故「江上柳如
煙」，夢中情境亦爾。七章「闌外垂絲
柳」，八章「綠楊滿院」，九章「楊柳色依
依」，十章「楊柳又如絲」，皆本此「柳絲
裊娜」言之，明相憶之久也。

第七首（鳳凰相對盤金縷）

第八首（牡丹花謝鶯聲歇）

「相憶夢難成」，正是「殘夢迷」情事。

第九首（滿宮明月梨花白）

第十首（寶函鈿雀金鸂鶒）

「鸞鏡」二句，結。與「心事竟誰知」相
應。

第十一首（南園滿地堆輕絮）

此下乃敘夢。此章言黃昏。

第十二首（夜來皓月才當午）

此自臥時至曉，所謂「相憶夢難成」也。

第十三首（雨晴夜合玲瓏日）

此章正寫夢。垂簾、憑欄，皆夢中情事，正
應「人勝參差」句。

第十四首（竹風輕動庭除冷）

此言夢醒。「春恨正關情」與五章「春夢正

關情」相對雙鎖。

「青瑣」、「金堂」、「故國吳宮」略露寓
意。

　　我們可以明顯看出來，張惠言之評溫庭筠〈菩薩蠻〉，
主要著眼於謀篇和命意二者，現在歸納成下列幾點，提出來
討論：

（一）張惠言係採用古代小說戲曲慣用之評點方式，來看待
　　　溫庭筠的十四首〈菩薩蠻〉。他把它們看成一個有機
　　　的組合，環環相扣，前後呼應，好像小說戲曲中的故
　　　事情節一般，勾出字眼和警句，來記敘一位失意女子
　　　夢曉前後的情境。從第一首到第十四首，說是「篇法
　　　彷彿〈長門賦〉，而用節節逆敘」。第一首「夢曉
　　　後」寫起；第二首「夢字提」；第三首至第五首，寫
　　　「入夢之情」；第六首至第十首為一組，而以「玉樓
　　　明月長相憶」領起，認為第七、八、九、十各首所寫
　　　的「垂絲」、「綠楊」、「楊柳」等等，皆與第六首
　　　的「柳絲裊娜」有關，而且呼應第二首的「江上柳如
　　　煙」，係寫「送君之時」，俱屬「夢中情境」。另
　　　外，張惠言還特別指出，第八首的「相憶夢難成」，
　　　呼應第六首的「綠窗殘夢迷」，而第十首的「鸞鏡與
　　　花枝，此情誰得知」二句，亦與第三首的「心事竟誰
　　　知」相呼應。然後，第十一至第十四首是另一組，說
　　　「此下乃敘夢」，第十一首寫黃昏，第十二首寫「自
　　　臥時至曉」，第十三首「正寫夢」，第十四首寫「夢

醒」。張惠言仍然特別強調，第十二首呼應第八首的「相憶夢難成」，第十三首寫夢中情事，正呼應第二首的「人勝參差剪」以下三句，而第十四首的「春恨正關情」，與第五首的「春夢正關情」更是「相對雙鎖」，若合符契。最後，張惠言把第四首的「青瑣」、第十三首的「金堂」和第十四首的「故國吳宮」勾勒出來，以為是作者「略露寓意」。

顯而易見，張惠言把這十四詞絤合在一起，看成是一組前後緊相呼應的作品，所以他從詞中所使用的語言文字，去尋找它們起承轉合之間的關係。這種關係，可以是組詞，也可以是聯章詞。從以上的歸納說明中，不難看出張惠言視之為聯章詞。我們看他所舉的例句，似乎也言之成理，但是只要冷靜分析，卻又不難發現它們大多語焉不詳，缺乏事證，有些評語不但是斷章取義，而且前後之間頗多矛盾。例如：既然篇法有如〈長門賦〉，而用「節節逆敘」，那麼，為什麼在第三首至第五首寫「入夢之情」之後，和第十一首至第十三首仍然「敘夢」之前，說第六首至第十首是藉「柳絲裊娜」寫送君之時，以「明相憶之久」呢？第十二首既然寫「自臥時至曉」，既然「夢難成」了，怎麼第十三首又「正寫夢」呢？辭意不但隔斷了，而且也不全是「節節逆敘」了。又譬如：我們尋繹詞中的行文語氣，請問第一首「照花」以下四句，與〈離騷〉「初服」究竟有何關係？第十一首已明言「無言勻睡臉」，醒後倚門，看到「南園滿地堆

輕絮，愁聞一霎清明雨」，怎麼會是「敘夢」呢？所以，張惠言之解說，實在大有商榷餘地。第三章〈溫庭筠菩薩蠻十四首的篇章結構〉，已經多所辦析（註30），此不贅論。

不過，溫庭筠的〈菩薩蠻〉十四首，即使嚴格說來，不是聯章之作，卻也不妨礙張惠言如此的解析。因為古人早有「詩無達詁」的說法，本文第一節談詩之比興時，也一再說明觸類引申的必要，因此，張惠言即使是強作解事，理論上他仍然可以自圓其說。後來譚獻所說的「作者未必是，讀者何必不是」，就是為此而發。（註31）

（二）按照張惠言的解析，這十四首〈菩薩蠻〉所要表達的主題，自然就是「感士不遇也」。表面上寫的是失意的女子，實際上要表達的卻是賢人君子的懷才不遇之情。他不但藉第一首的「照花前後鏡」四句，說是有〈離騷〉「初服」之意，而且還在末尾第十四首評語的最後，說詞中的「青瑣」、「金堂」、「故國吳宮」，可以略窺作者的「寓意」。

---

30. 請參閱本書第三章第六節。
31. 張惠言是常州詞派的開創者，他的許多詞學主張和詞學見解，對後來的論詞者影響很大。不過，他的詞論大多過於簡略，說理欠周，語焉而不詳，同時過於附比風騷之義，難免有穿鑿之失。幸而常州詞派的後起者，自董士錫、周濟以迄陳廷焯及晚清四大詞家等等，莫不在理論上為張惠言求求全補闕的努力，因而常州詞派自嘉道以後，領袖詞壇，至清末民初而未替。關於這些，拙著《常州派詞學研究》第三章及第四章已有論述，後來研究者轉相沿用，亦頗有闡幽發明處，因不在本文討論範圍之內，故不贅論。

所謂〈離騷〉「初服」之意，是指用屈原〈離騷〉「進不入以離尤兮，退將復修吾初服」的典故。意思是說自己竭盡忠誠，想為世所用，可是卻不見納，深恐遭罪遇禍，因此打算退隱，重新整理當初清潔無瑕的衣服。言外頗有窮則獨善其身之意。在張惠言看來，溫庭筠的這十四首〈菩薩蠻〉詞，和屈原〈離騷〉的表現手法完全一樣，係藉服飾陳設之美，來寫襟抱志行之高；藉男女之情，來寫君臣之義。雖然工於造語，頗為綺麗，但真的是情真而調逸，思深而語婉。這自然就是張惠言《詞選·敘》中所說的「騷人之歌」了。

同樣的道理，詞中一再提到的楊柳、明月，還有「青瑣」、「金堂」、「故國吳宮」等等，寫的都是傷離怨別之辭，念遠懷舊之情，也就是上文所說的詩歌語碼，是風騷傳統中慣用習見的詞彙，常予讀者多層的聯想。例如「楊柳」暗示離別，「明月」點明所思之人，而「青瑣」、「金堂」、「故國吳宮」等等，也都各有寓意，與第九首的「家住越溪曲」等句合而觀之，筆者一直以為很容易令人想起吳越爭霸時代的西施，令人不禁興起「知他故宮何處」的聯想。這也就是張惠言《詞選·敘》中所說的「變風之義」了。風、雅有正有變，據〈毛詩序〉說，王道衰，禮義廢，政教失而後有變風變雅，這跟〈國風·二南〉之詩，雖亦多屬閨幃之作，但其詞正，其音和，是不相

同的。因此所謂變風變雅，多寓有刺譏或託諭，是必然的。溫庭筠的〈菩薩蠻〉十四首，既然所寫皆託諸閨幃失意之言，則其近於變風之義，自無疑問。不特〈菩薩蠻〉十四首如此，張惠言《詞選》中評點溫庭筠的另外三首〈更漏子〉，也同樣說是：「此三首，亦〈菩薩蠻〉之意。」可見在張惠言心目中，溫庭筠的詞風本就如此。更進一步說，不僅溫庭筠詞風如此，其他絕大多數的婉約派詞家又何嘗不是如此？明代陳子龍〈三子詩餘序〉早就說過：「夫風騷之旨，皆本言情。言情之作，必託於閨幨之際」，旨哉斯言。

事實上，從字面上看，將溫庭筠詞中所寫，與騷人之歌聯想在一起，顯然是附會之辭，也顯然有故作推尊之意。當然有人可能不同意。像第一首，任中敏《詞曲通義》中就說：「考溫氏並無與屈原之身世，而此詞又無切實之本事，則『新貼繡羅襦，雙雙金鷓鴣』，絕非〈離騷〉『初服』之意，僅不過因鷓鴣之雙飛，製襦之人乃興起自身孤獨之感耳。」^{（註32）}這樣的意見，應該是比較客觀的。

但是，上文也說過，中國古代的詩歌傳統，從孔子

---

32. 見任中敏《詞曲通義》，上海：商務印書館，民國二十年（1931）。李冰若〈栩莊漫記〉也有相同的意見，見李氏《花間集評注》。

開始，說經者早就鼓勵讀者要深於比興，推求言外之意，而漢魏以下，詩人同祖風騷，又莫不認同寓情草木、託意男女的寫作技巧，因此，張惠言首先以此比附溫庭筠詞，即使有失之附會處，古人恐怕也大多不以為意。這也就是本文在討論之前，何以要先談詩之比興與理論根源的原因。

（三）我們從相關資料裏，可以推論而知，張惠言所以會說溫庭筠〈菩薩蠻〉詞「感士不遇也」，「有〈離騷〉『初服』之意」的原因，主要是為了要推尊詞體。因為在很多古人心目中，詞和小說、戲曲一樣，都是末技小道，不登大雅之堂，所以張惠言要「塞其下流，導其淵源」，標舉溫庭筠等人之詞，說他們的作品雖是閨幃之言，卻可通於風騷之義，讓詞的地位可以提昇，可以「與詩賦之流，同類而諷誦」。比興或寄託，都只是手段，尊體才是目的。

我們也可以從相關資料比對中，推知張惠言與弟弟張琦合編《詞選》並加以評點的原因，是為了課徒之用，同時也是為了指導詞創作的方向。

嘉慶元年（西元一七九六）的秋天，張惠言到安徽歙縣，問鄭氏易禮之學於金榜，住在江村江承之家。早在乾隆五十年（西元一七八五），張惠言就曾經客居歙縣巖鎮，教授於金榜之家，這一次算是舊地重遊。而他的弟弟張琦，和董士錫、周濟等人，此時也恰巧先後來歙縣作客，更恰巧的是，他

們和金榜家的晚輩金應珪、金式玉，以及東主江進之
等人，都對詞學和詞的創作非常有興趣，時常互相切
劘。例如據吳德旋所撰〈晉卿董君傳〉，董士錫時方
十六，已學為詞，所作〈菩薩蠻〉六首，皆擬溫庭筠
之作。因為這個緣故，嘉慶二年的八月，張惠言兄弟
二人，就編成《詞選》二卷，選錄唐宋詞四十四家
一百十六首，做為課徒之用。當時也正是張惠言肆力
《易》學的時期，他的〈周易虞氏義序〉、〈虞氏易
禮序〉、〈周易鄭荀義序〉、〈周易別錄序〉、〈易
緯略義序〉等文，都著成於該年，而翌年他的《圖儀
禮》十八卷、《易義》三十九卷等書，也大功告成。
（註33）也因為這個緣故，我們在《詞選》的序文和評
點中，可以看到了張惠言以《易》論詞的影子。像他
《詞選‧敘》中的「枝而不物」一句，歷來多不知如
何作解，事實上，這些「枝」、「物」的詞語，都來
自《周易》，所謂「中心疑者其辭枝」，所謂「言有
物」者是。

另外，我們也可以從《詞選》一書看出來，張惠言
為了「塞其下流，導其淵源」，所選的詞家詞作，
去取甚嚴，而且他的評語，處處比附風騷，務使閨
房之言，通乎風騷之義，把側艷之詞，都附會為身

---

33. 見拙著《常州派詞學研究》附錄〈常州派詞學年表〉。同注1。

世之感、家國之悲了。^{（註34）}把作者生平事迹和社會背景應用到詞作的詮評中，固然有時候會失之穿鑿，強作解事，但無疑的，它可以提高原本被視為末技小道的側艷之詞的地位。

明乎此，我們也就可以了解張惠言之所以選詞評詞，除了供人閱讀鑑賞，做為課徒之用的教材之外，它還有用來指導填詞作詞的實用價值。它讓創作者在倚聲填詞的時候，不輕視自己，不薄詞為末技小道，要注意寓情草木，託意男女，多求比興之旨。因為它本來就可以與詩賦之流，同類而諷誦。

常州填詞風氣一向興盛，據光緒二十二年繆荃孫所編《國朝常州詞錄》三十一卷，即收錄常州詞人四百九十家，詞共三千一百一十首。其中張惠言的家族及其友人的詞作，佔有重要的地位。例如張惠言的《茗柯詞》，張琦的《立山詞》，周濟的《介存齋詞》，董士錫的《齊物論齋詞》等等，都不乏膾炙人口的名篇。即如張琦妻子湯瑤卿及其四個女兒：張䌾英、張綸英、張綸英、張紈英，甚至張紈英的四個女兒，王采苹、王采蘩、王采藻，王采藍等等，也無不以詞聞名。上文說過，張惠言和張琦兄弟二人在嘉慶元年寄居歙縣的時候，江氏及金氏的

---

34. 例如張氏《詞選》評馮延巳三闋「蝶戀花」即云：「三詞忠愛纏綿，宛然騷辨之義。延巳為人，專蔽嫉妒，又敢為大言。此詞蓋以排間異己者，其君所以信而弗疑也。」

子弟，也都是喜歡填詞的，在這樣的環境之中，說他們兄弟所編的《詞選》，加上一些指導性的評語，不止為鑑賞，同時也為創作，應該是合乎情理的推測。據筆者訪查，目前上海圖書館藏有張惠言選錄的《集古詩腋》八冊稿本，書中所選名家名作，係依詩體、聯句、韻目等分類編輯而成，顯然是供作詩者參改之用。拿這個來與《詞選》合觀，便可以確信張惠言評選古人的詩詞，實有借鑑古人而用之於創作的意圖。

六、結語

最後，我必須對本章標題作一補充說明。所謂「從詩的比興到詞的寄託」，並不是說比興專屬於詩，而寄託專屬於詞。比興和寄託要嚴格區分，自然意義有別，但通常它們是被混用的。筆者早在《常州派詞學研究》一書中，討論張惠言的《詞選・敘》所謂「詩之比興，變風之義、騷人之歌」時，就這樣說過：

> 所謂騷人之歌，與變風之義一樣，也指比興而言。如果勉強要加以區別的話，那麼，可以這樣說：比興指的是明喻與暗喻的手法，而變風之義與騷人之歌，指的是用比興手法所表現的作品的內涵。

我目前仍然以為二者一樣可以混用，但「變風之義」

和「騷人之歌」所表現的作品內涵，則在於強調它們有言外之意。就如上文所引朱筠所說，係指「事父事君」而言，與身世之感或家國之悲有關。大抵言之，一般學者論詩時喜用比興，論詞時喜用寄託。張惠民《宋代詞學審美思想》一書中有云：「在創作方法上，詩主比興而詞主寄託。其實詞學中之寄託說，本質上正是詩學中比興創作方法的深化和發展，最終才形成自己的美學特色。」基本上，我同意這樣的看法。但是，我在這裏要特別指出來，比興、寄託並不是《詩經》、《楚辭》所獨有，《詩經》以前的上古歌謠，應該已經具備了這些古今詩歌所共有的形式技巧和感發功能。所謂「歌詠所興，宜自有生民始也」，相傳夏啟時已有〈九歌〉、〈九辯〉，商湯時已有〈晨露〉、〈桑林〉等等樂章，它們都一樣如〈禮記‧樂記〉所說，生於人心而可以通倫理，但因為《詩經》被儒家採為教本，尊之為經，每一篇詩往往被比附史實，而《楚辭》也因為屈原之志遠行廉，善用香草美人等譬喻，因此被後人視為比興、寄託之祖。在常州詞派以寄託說詞的理論中，張惠言和張琦合編的《詞選》評語，或者如張琦《宛鄰書屋古詩錄》中的評語[註35]，雖

---

35. 張琦與其兄張惠言合編《詞選》，其地位為何，鮮有人論及。然觀其《宛鄰書屋古詩錄》十二卷，如卷二〈古詩十九首〉評第一首「行行重行行」云：「此逐臣之辭」；評「涉江采芙蓉」一首云：「〈離騷〉滋蘭樹蕙之旨」；評「迢迢牽牛星」一首云「忠臣見疏於君之辭」：皆多寓情草木、託意男女。又卷十二，評庾信擬詠懷十四首，亦多比附史實，如：「此言侯景之禍」「此哀梁武」「此指元帝江陵之敗」「此應指蕭詧」等等，可見與《詞選》的評語，如出一轍。或許《詞選》之評語，多出其手，亦未可知。

然都罔言「意內言外」，都藉寓情草木，託意男女，來附會史實或作者生平事迹，但是，他們都只是偶而提到「比興」，卻罕及「寄託」一詞。大量用「寄託」來做為詞學主張的，其實是後來的周濟等人。像周濟的「從有寄託入，從無寄託出」，以及陳廷焯的「寄託不厚，感人不深」等等（註36），都是大家熟悉的例子。就因為到了周濟、陳廷焯以後，常州派的詞學理論，越來越完整，影響越來越大，所以以「寄託」說詞的說法，與常州派詞學逐漸合而為一。也因此後人一談到常州詞派，就聯想到寄託說；一談到寄託說，就聯想到常州派。事實上，常州詞派以寄託說詞的理論根源，是從變風之義和騷人之歌來的，質言之，是從風騷傳統的「比興」來的。這也就是本文所以要先從比興談起的緣故。

---

36. 請參閱拙著《常州派詞學研究》。

第五章　餘論

一、總結上文要點

　　以上三章，分別就辭句詮釋、形式結構和內容寄託等三方面，來析論溫庭筠的十四首〈菩薩蠻〉詞。第二章雖然只以〈菩薩蠻〉第一首「小山重疊金明滅」為例，但討論時已經觸及其他各首，希望讀者能夠舉一反三，同時，在討論的過程中，讀者也可以發現溫庭筠的詞作，從字句的解釋到全篇的題旨，歷來的說法頗為紛歧，讀者頗難求確解於其間；第三章談的是十四首的組織結構，究竟是組

詞或聯章，雖然側重在篇章之間，也就是每一首與後面一首之間的關係，但在比較說明的時候，已經涉及每一首詞的辭句內容及其前後是否相承應的問題；第四章從詩的比興說起，說到張惠言以寄託說詞的緣由，雖然看起來範圍很廣泛，但實際上一切的探析，都是以張惠言之說為重心。可以這樣說，溫庭筠的詞，在辭句的解釋上所以難求確解，在篇章的結構上所以值得分析，在內容的寄託上所以應該考究，都與張惠言之以寄託解釋溫庭筠詞，有至為密切的關係。

在張惠言以前，對於溫庭筠詞，大家都說是清麗工妙，辭句的解釋離不開《花間》詞人傷春悲秋、懷人念遠的範圍；十四首之外，還有二十首等不同的說法，大家也不會去注意十四首詞的前後各章之間，是否辭義相關或互相連貫；其寓情於景的描寫，讀者更不會去求什麼比興之旨、風騷之義。可是在張惠言以「感士不遇」來加以解說之後，經過常州詞派周濟、陳廷焯等人的一再推轂，說什麼「神理超越，不復可以跡象求矣。然細繹之，正字字有脈絡」，說什麼「意在筆先，神在言外。寫怨夫思婦之懷，寓孽子孤臣之感。凡交情之冷淡，身世之飄零，皆可於一草一木發之。而發之又必若隱若現，欲露不露，反覆纏綿，終不許一語道破」，這種理論轉相闡述的結果，清末民初的一些讀溫詞者，開始覺得詞中的綺怨之辭，必定寓有「孽子孤臣之感」，覺得詞之勝境，應在可解不可解之間，不但不可以跡象求，「終不許一語道破」，而且，在「字字有脈絡」之外，開始進而求其「神理超越」處，

因此往往把溫詞擬之於屈子之辭，比附變風騷人之義。以上三章所析論的，就是要說明這些問題的癥結所在。

《左傳‧襄公二十五年》上說：「文以足言，言以足志。」事實上，文難以盡言，而言也難以盡意。筆者對於溫庭筠〈菩薩蠻〉詞的看法，當然不止於寫在這本書裏的這些文字，對於溫庭筠其人其詞的看法，當然又比寫出來的多很多。第一章緒論開頭已經說過，這本書固然是筆者近年來研究溫庭筠詞的一些心得，同時也是為討論詞學方法而作。底下即擬就此略作說明。

清末以前，中國古典文學之愛好者，每多講會心之鑑賞而較少作客觀之研究，到民國初年以後，才開始有學者逐漸注意到文學的研究方法。例如民國四年（一九一五年）王國維在《宋元戲曲考》的序文中，[註1]開始注意到歷史的考據方法。他認為從事文學作品的研究，必須用心蒐集資料，「凡諸材料，皆余所蒐集，其所說明，亦大抵余之所創獲也」，不但要親自蒐集資料，同時還要「思究其淵源，明其變化之跡」，寫出來的也應該是自己的研究心得，此即所謂歷史的考據方法。這和胡適〈研究國故的方法〉中所主張的考證方法，[註2]是相呼應的。

又例如鄭振鐸在一九二七年六月《小說月報》十七卷號外所發表的〈研究中國文學的新途徑〉一文，[註3]他

1. 該書原名《宋元戲曲考》，後改《宋元戲曲史》。1915年版，係由上海商務印書館出版。
2. 收入《胡適作品集》（台北：遠流出版公司，1986）。
3. 今收入《鄭振鐸古典文學論文集》（上海：上海古籍出版社，1984）。

先強調文學研究不是文學鑑賞，他這樣說：「文學評論的作者，尤其是以前的，往往不曾用這個歸納的研究法，然而卻仍不失一般讀者的贊許；那是因為作者美麗的才華，或因為作者的懇摯動人的講述。有許多文學評論，都不過是文學的鑑賞，或不過它的自身可當做文學作品，而不能稱作文學的研究的。」他在強調「鑑賞不是研究」之後，特別強調研究該走的兩條新路，一是「歸納的考察」，一是「進化的觀念」。所謂「歸納的考察」，他舉倍根（Bacon）、奈端（I. Newton）和達爾文（Darwin）為例，來說明他們的發明，都是「經過了千辛萬苦，搜集了種種的證據，而把他們歸納了起來，得到了一個結果，方才把他們寫出」，「他們不輕信，他們信的便是真實的證據；他們不輕下定論，他們下的定論，便是集合了許多證據的歸納的結果。」這種「歸納的考察」和上述的「歷史的考據方法」也是相呼應的。

又例如張希之在一九三五年由北平文化學社所出版的《文學史方法論》一書中，[註4]說明「方法論」的重點，包括下列幾點：（一）對於過去現在文學作品的認識與敘述；（二）由確定的敘述，研究其產生及變遷的原因；（三）由分析的研究，而推得一般的法則；（四）把握住一般的法則，來實踐完成歷史的使命。

注意到這些要點，才稱得上文學研究。這跟上述王國

---

4. 見王鍾陵主編《文學方法論卷》（石家莊：河北教育出版社，2001）。該書討論重點有三：一、方法論，二、範圍論，三、史的觀察。

維、鄭振鐸等人的說法，也是相呼應的。

　　筆者愛好中國古典詩詞有年，並非先讀了上述這些學者的論著，才應用他們的理論主張來詮釋所談的作品，也不是套用誰的理論方法來研究所談的作家，而是對喜愛的作家作品反複閱讀，涵泳玩味之餘，覺得自己體會出來的一些心得，和後來談到的這些中外文史論著，恰好有契合處，有可以互相發明處，因此覺得應該把它們寫出來，給同好或初學者參考。筆者相信本書以上各章，析論溫庭筠詞所使用的研究方法，為什麼採取「眉山」之說，為什麼主張「十四首」是組詞，以及附錄所蒐集的資料初編，從資料的蒐集、歸納、分析、比較到推論，應該都符合上述「歷史的考證方法」和「歸納的考察」。所以我樂意在忙碌之中，前後花了幾年時間來完成這一本自詡為詞學研究方法示例的著作。我相信，研究任何詞學問題，對作品字句辭義的了解、形式結構、修辭技巧以至內容題旨的探求，都是不可或缺的要素。換句話說，對於第二章所談的內證和外證，都要下工夫。

　　當然，限於時間和才力，筆者目前所能完成的，就是眼前的這些微薄的成果。我非常希望將來還有機會，能對這些問題作補充或修訂。不過，在第二章到第四章分別先予發表的幾年時間裏，我已經有一些不能不抒發的感慨和不能不補充的意見。我願意簡述於下，以供讀者參考，並策勵自己。

二、感想和心得

先從有關第二章辭句解釋的問題說起。

第二章討論「小山重疊金明滅」的相關問題，曾經把歷來不同的說法，歸納為四種：一為「眉山」之說，二為「屏山」之說，三為「枕山」之說，四為「髮飾」之說。「眉山」之說的「眉山」，當然可以換成「山眉」、「畫眉」、「眉黛」等等，都不是指眉毛本身；同樣的道理，「屏山」可以說成「山屏」、「畫屏」等等，「枕山」可以說成「山枕」、「函枕」等等。「屏山」和「枕山」的「山」，都是呼應「小山重疊」而來，指形同小山的感覺或印象。但有些讀者失之輕心，不細看原文，不知道古人如何畫眉塗黃，不明白古代屏風常與床榻相連，更不曉得中古時期流行瓷枕等事，竟然把實際的眉毛和眉黛之說混為一談，把現在沒有畫飾的新款屏風和畫屏之說混為一談，把今天通用的棉枕和山枕之說混為一談，因而有了一些令人惋惜的誤會。蔡嵩雲《柯亭詞論》說過：「看人詞極難，看作家之詞尤難。非有真賞之眼光，不易發見其真意。」不但「有原意本淺，而視之過深者」、「有原意本深，而視之過淺者」，而且更嚴重的是：

> 至於學識敷淺，則看詞見解失真，信口雌黃，何異扣槃捫燭，目碔砆為寶玉，認駏驉作駕駒，更不值識者一哂矣。偏見多蔽，陋見多謬，時人論詞，多有犯此病者。（註5）

---

5. 蔡嵩雲《柯亭詞論》，收入唐圭璋《詞話叢編》（北京：中華書局，1986）。

這些話真是於我心有戚戚焉。舉例來說，有一位在大學教「詞選」的朋友，就曾經告訴我，說有某研究生曾利用電腦上網查「小山」及「小山重疊」，皆未見有將「小山」作「眉毛」解者。聽了以後，真是覺得哭笑不得。這跟筆者曾經參與一篇碩士論文口試，該生研究《詩經》而以朱熹為主要研究對象之一，竟然不知《詩集傳》而但引《四書集注》及坊間所謂《詩經讀本》，同樣令人咋舌吃驚。現代人讀古代文學或文獻資料，如果不下基本工夫，只知道利用工具書或電腦查資料，都難免會鬧笑話，如果因之而併湊成文，更容易出問題。我希望這本書的讀者，不是這種人。即使是這種人，也要懂得虛心改進，不要妄下斷語。

上文引《柯亭詞論》，說到有「原意本淺，而視之過深者」，其實蔡嵩雲即曾以張惠言之說溫詞為例，這樣說：「如飛卿〈菩薩蠻〉本無甚深意，張皋文則以為感士不遇，為後人所譏是也」。當然溫詞有沒有深意，可以討論，但是像常州詞派這種求之過深的弊病，在研究溫詞——尤其是研究〈菩薩蠻〉十四首的人來說，是確實存在的。不止存在於以寄託說詞的內容情意方面，而且也存在於字句的詮釋上。例如，〈菩薩蠻〉第二首「人勝參差剪」一句，即有不少注解者，因為古代有人日剪紙為勝的習俗（見《荊楚歲時記》），因而把這首作品定為人日（正月七日）所作，以為寫的是「初春情事」。尤其是俞平伯《讀詞偶得》引薛道衡〈人日〉詩「人歸落雁後，思發在花前」，來點明句中「人勝」一詞之後，說者遞相引

用，似乎成為定論。論鑑賞，這樣「美麗的才華」和「懇
摯動人的講述」，自然很有感染讀者的力量，但是就研究
而言，像吳世昌在《詞林新話》卷二中所提出來的問題，
我們也不能不加考慮。他說：

> 或以飛卿〈菩薩蠻〉為立春或人日之景，僅憑
> 「人勝」一語。人日為正月初七，月是上弦，
> 何得稱「殘月」？「殘月」者團圓以後下弦之
> 月也。又首句用「頗黎枕」，即指明夏景。
> ……「藕絲秋色淺」，此言薄紗之衣。人日豈
> 能衣藕絲薄衣？……至於「人勝」，隨時可用
> 為妝飾，不必人日或立春日也。且人日或立春
> 日，花亦少有。或以為此詞大意從薛道衡〈人
> 日詩〉「人歸落雁後，思發在花前」脫化。其
> 實「雁飛」與「落雁」亦無涉。若見一「雁」
> 字便引做證據，則可引千百條、立千百個不同
> 之解說矣。[註6]

吳世昌的口氣，或許有點咄咄逼人，但他所提的問題，卻
非常值得研究者參考。如果把溫氏〈菩薩蠻〉十四首視為
組詞，各首獨立，當然沒有各首之間節令時序是否前後相
承的問題；但如果視十四首為聯章之作，根據「人勝」一
詞，將此章定為人日初春時作，那麼和底下各章所寫的時
令順序，就必須相扣合了。詹安泰在〈關於古典詩詞的藝
術技巧的一些理解〉中有云：

---

6. 見吳世昌《詞林新話》（北京：北京出版社，2000）。

> 分析一篇文藝作品，主要的應該從作品本身出
> 發，就作品本身具有的思想力量和藝術力量及
> 其對後來的影響，給予一定的評價。因此，對
> 作品本身的真正理解，便具有頭等重要的意
> 義。如果對作品本身沒有經過認真玩索、體
> 會，獲得真正的理解，即進行分析，就可能有
> 歪曲，甚至於全不對頭。（註7）

這些話語重心長，值得大家深思。對於溫詞字句辭義的詮釋，正當作如是觀。

以上談的是字句辭義詮釋的問題。其實不止字句辭義的解釋有問題，在形式結構方面，也有不少讀者容易先入為主，存有成見。像張惠言以聯章談溫氏〈菩薩蠻〉十四首，我發現信者恆信之，不信者恆不信，大多不肯虛心檢討相關的論證。本書第三章所論述的，重在討論章與章，即各首之間是否先後相承的關係，對同一首之中，各句之間的互相聯繫則較少著墨。現在擬舉第十首「寶函鈿雀金鸂鶒」一章為例，來略作補充說明。

這一首作品在章句結構上，頗有特色。筆者以為它基本上是以兩句為一組，環環相扣，前後相呼應，和後來周邦彥的〈玉樓春・桃溪不作從容住〉一樣，都是大開大闔之筆。開頭「寶函鈿雀金鸂鶒，沉香閣上吳山碧」兩句為一組，不管歷來解釋「寶函」為枕函、金飾或香爐，也不管歷來把「沉香閣」解釋為樓閣或櫃架之類，都可以說

---

7. 見詹安泰《詹安泰詞學論集》（汕頭：汕頭大學出版社，1997）頁107。

寫的是室內的陳設。這和第三、四兩句所描寫的「楊柳又如絲，驛橋春雨時」全寫室外的景物，是不同的。「楊柳又如絲」二句，點明昔日驛橋相送之日，亦正是楊柳如絲之時，而今春雨綿綿，「楊柳又如絲」矣，可是王孫卻久出不歸。故畫樓中人，見室外景物，實不勝物是人非之感。前者寫室內陳設，後者寫室外景物。下片緊扣上片，換頭二句，各有所承。第五句「畫樓音信斷」承上文第一、二句而來，寫室內，而且點出閨婦思遠「音信斷」的主題；第六句「芳草江南岸」承上文第三、四句而來，寫室外，而且點出「芳草」萋萋、王孫未歸的寓意。第七句「鸞鏡與花枝」一句，更宜細看。「鸞鏡」不但與「花枝」相對，而且又各有所承。「鸞鏡」一語，注家都引劉敬叔《異苑》中鸞鳥對鏡見影則鳴的故事，來說明顧影自憐的相思之意。鸞鏡自是懸於室內之物，與描寫室內上片第一、二句及「畫樓音信斷」前後呼應，也互相對照，暗示音信雖斷而相思未已。「花枝」一語，自是形容室外春日花柳之美，不但與上文第三、四兩句及「芳草江南岸」互相呼應，點明節令，年年春光依舊，而且於句中與「鸞鏡」相對，暗示室外春光雖年年相似，而鏡中多情思婦則一年老似一年。末句「此情誰得知」正以此作結，語極婉而情極深。從組織結構上來說，這真是所謂大開大闔之筆。

我希望讀者能參考後面附錄的合注彙評，自己去探索溫氏〈菩薩蠻〉每一首詞的組織結構。我相信溫氏〈菩薩蠻〉十四首，不但各章之間的關係值得探索，即同一首同

一章之中，字句之間的關係，也大有探索的餘地。周濟所說的「細繹之，正字字有脈絡」，應是深造有得之言。

除此之外，溫庭筠詞在形式結構上，也還有其他可作更進一步研究的地方。例如《舊唐書》等傳記資料，都說溫庭筠知曉音律，「能逐絃吹之音，為側艷之詞」，可見他對協律用韻的能力是不容懷疑的。現在談詞的音律曲度，雖然舊譜已經喪失，不能被之管絃，無從欣賞原作的韻律之美，但是我們從平仄陰陽等等詩詞格律來歸納分析溫氏詞作，仍然可以看出他對格調音律的講究。例如今存的〈菩薩蠻〉十四首，每一首的上下片末句，如果我們歸納分析它們的平仄，就可以發現十四首上下片總共二十八句的詞句中，除了「雙雙金鷓鴣」、「無憀獨倚門」、「憑闌魂欲銷」等三句採用近體詩的「平平仄仄平」的格律之外，其他的「弄妝梳洗遲」、「雁飛殘月天」、「玉釵頭上風」等等二十五句，皆作「仄平平仄平」，顯然這不是偶然的巧合，而是溫庭筠有意的安排。一定是溫庭筠講求音律曲度的結果。像這些地方，筆者以為都是將來我們研究溫庭筠詞時，要特別用心探究分析的重點。

最後，說到以寄託說詞的部分。過去從事文論研究的學者，談到古代詩歌理論的傳承時，常有人歸納為「緣情」和「言志」的兩個傳統。「緣情」之說，是指自由抒發性靈；「言志」之說，則指關係政教風化。最近楊明〈言志與緣情辨〉，認為用它來做為兩種對立觀念的標目是不對的。因為「志」、「情」二字之含義，須根據語言環境仔細判別，不可一見「志」字便說偏於理性或有關政

教，一見「情」字便說偏於感情或無關政教。^{（註8）}我個人覺得他的話說得不錯，但是中國詩歌理論發展史上，確實也存在主張自由抒情和主張關係政教的兩個傳統，所謂「緣情」、「言志」，不過是這兩個傳統的代稱或簡稱而已。你可以不贊成用這兩個詞語來作標目，但你卻不可否認確實有這兩個傳統存在。了解這個道理，再回來看溫詞在詞史上觀念的轉變，即可思過半矣。張惠言以前，很多人是以「緣情」之說來評論溫詞的；張惠言以後，則不少人在評論溫詞時，是用「言志」之說來闡言寄託，推尊詞體，比擬風騷之義。你認為哪一種說法比較可取呢？

譚獻有言：「作者未必是，讀者何必不是」，套用過去《詩經》研究者的話來說：作者有作者之義，編者有編者之義，讀者有讀者之義。對於同一篇作品，因為各人採取角度有所不同，當然也就會有不同的看法。鑑賞和研究二者，本來就各有各的好處。因此，不管是哪一種說法，只要言之有物，都有其價值。假使能夠合而為一，又圓融周到，當然更理想。孟子早就有所謂「以意逆志」、「知人論世」的說法，詹安泰〈論寄託〉也說過：「論詞之不能蔑視寄託，斯固然矣。然一意以寄託說詞，而不考明本事，則易穿鑿附會」。^{（註9）}可想而知，他們都必定是針對一些憑空臆造、穿鑿附會的說詩者而發的。如何在讀其詞

---

8. 楊明〈言志與緣情辨〉，見《三千年文香，中國詩歌之傳統與創新》（韓國：中國語文研究會‧高麗大學校中文科，2005年10月）頁124-40。

9. 見詹安泰《詹安泰詞學論集》（汕頭：汕頭大學出版社，1997）頁219-35。

的同時，論其世，知其人，筆者以為這是未來研究溫庭筠的人，更要努力的方向。

　　對此，筆者也願意再舉一二例證，加以說明。例如歷來談論溫庭筠的人，大多以《舊唐書》等等傳記資料為據，說溫庭筠「士行塵雜」、「恃才傲物」，往往人云亦云，不作進一步的探討，就鄙薄其為人，以為溫庭筠沒有屈子的身世，作品哪裏會「寄託」什麼言外之意。事實上，這些說法如果沒有經過考證，就不夠客觀。我們試看溫庭筠的〈書懷百韻〉（註10），讀到「經濟懷良策，行藏識遠圖」等等的句子，應該可以了解，溫庭筠確實曾以經濟自期，希望有所樹立，因而《舊唐書》才會說他「初至京師，人士翕然推重」之類的話。這樣的人，為什麼後來會被批評為「士行塵雜，不修邊幅」呢？李商隱〈聞著明凶問哭寄飛卿〉一詩也說：「昔嘆讒銷骨，今傷淚滿膺」，什麼事情會讓李義山「嘆讒銷骨」呢？這些其實都有待我們作進一步的了解才能確定的。

　　萬文武的《溫庭筠辨析》一書，賞析溫詞的部分，我覺得並無什麼過人之處，但他對於溫庭筠生平事迹及其悲涼心事的辨析，卻有不少值得我們思考的地方。我並不是同意萬文武所說的「溫庭筠不是一個薄行無檢幅的人，而是一個品德堅貞、有著高尚情操的人」，我只是覺得萬文武所作的一些辨析，例如下面的話：

---

10. 此詩見《溫飛卿詩集》卷六，原題〈開成五年秋，以抱疾效野，不得與鄉計偕至王府。將議遲適，隆冬自傷，因書懷奉寄殿院徐侍御，察院陳、李二侍御，回中蘇端公，鄠縣韋少府，兼呈袁郊、苗紳、李逸三友人一百韻〉。

溫庭筠的難能可貴，還在於儘管他歷盡不平，卻仍然是以國是為重，以實現他的政治抱負為念，絲毫不考慮他個人的利害得失。所以他才是那樣的感嘆「舊臣頭鬢霜雪早，可惜雄心醉中老」、「無因奏韶濩，流淚對幽篁」、「徒然委搖蕩，惆悵春風時」。這些悲壯沉鬱的詩句，卻深刻地表示了他對不能實現自己政治抱負的苦痛。一直到他五十九歲，受盡波折，浪蕩江湖，沒沒以終之前，還寫了〈贈蜀將〉，用「今日逢君倍惆悵，灌嬰韓信盡封侯」，來表示對自己的惋惜。

晚唐的文學史上，有一個奇妙的現象，就是兩位為令狐綯所憎惡的人溫庭筠和李商隱，都是寫相思之情的藝術大師，這絕非歷史的偶然。這正是因為黨禍之故，使他們不敢言，而骨鯁在喉，以他們的耿介，又不能不言，所以就曲曲彎彎地借男女之私以表白之。（註11）

這些說法不一定對，但都值得重新檢討。我一直以為，要深入了解溫庭筠，必須先對他的生平事迹，重作探究。

同樣的道理，要正確而深刻的了解溫詞，必須先辨析與其詞有關的資料。例如：第一章緒論中所曾談到的，溫庭筠到過蜀中以及溫詞傳入西蜀的問題。

早期研究《花間集》及溫氏生平的人，常常忽略溫庭

---

11. 見萬文武《溫庭筠辨析》（西安：陝西人民出版社，1992。）頁100-05。

筠到過蜀中的事實。（註12）現在經過陳尚君等人的考索，
（註13）我們根據《溫飛卿詩集》卷四的〈贈蜀將〉（註14）、
〈利州南渡〉和卷八的〈旅泊新津卻寄一二知己〉等等作
品，知道溫氏確曾入蜀。利州即今四川廣元縣，新津即今
四川新津縣。另外，在《溫飛卿詩集·附錄三》〈上學士
舍人啟二首〉中，也可以看到以下的這些文字：「某步類
壽陵，文慚渙水。登高能賦，本乏材華；獨立聞詩，空尊
詣道。在蜀郡而惟希狗監，泝河流而未及龍門」，讀起
來，「在蜀郡」句，應非只是用典，藉楊得意之薦司馬相
如，來希冀有人推薦而已，而確實是人在蜀中的口氣。

　　至於溫詞何以能夠傳入西蜀，推究起來，原因當然
有幾種可能。例如溫氏既然曾經到過蜀中，其詩詞傳播該
地，自是順理成章之事；例如晚唐兵荒馬亂之際，避禍
西蜀的伶工文士，不在少數，溫詞隨之傳入，當然不無

---

12. 早期研究《花間集》如祈懷美《花間集研究》（台灣師大碩士論文，1959），研究溫庭筠生平如夏承燾《唐宋詞人年譜·溫飛卿繫年》（上海：上海古籍出版社，1979），都沒有提到溫庭筠曾經入蜀事迹。
13. 見陳尚君《唐代文學論叢》（北京：中國社會科學出版社，1997年10月）。
14. 施蟄存在〈讀溫飛卿詞札記〉（上海：中華文史論叢第八輯，1978）中，根據〈贈蜀將〉一詩題下自注：「蠻入成都，頻著功勞」認為此詩當作於咸通三年（八六二）。此詩七律，頭聯云「十年分散劍閣秋，萬事皆從錦水流」，足見所贈，蓋為十年前劍閣分別之蜀將。施蟄存之說如果可靠，那麼上推十年，即大中七年（八五二）前後，則此詩之寫作年月，亦即溫氏入蜀之時。更巧合的是，這也就是「大中初，宣宗愛唱〈菩薩蠻〉」，而令狐綯請代作詞進呈不久之後的事情。

可能。可是溫詞之被《花間集》收錄，筆者一直以為與其子、壻及其孫溫顗等人關係最為密切。

溫庭筠有子女各一。子名溫憲，亦以詩名，事迹見《唐才子傳》、《唐詩紀事》等書。據陳尚君等人考證，溫憲生於會昌元年（八四一）。咸通中（八六〇－八七四），與張喬、鄭谷等人合稱「十哲」。昭宗時，仕至郎中。女嫁段安節。安節即溫庭筠好友段成式之子。段安節事昭宗，乾寧中（八九四－八九七）任國子司業。元祐元年（九〇四）與昭宗同為朱全忠所弒。段安節跟溫庭筠一樣，都知曉音律，對音樂很有研究，著有《樂府雜錄》一書。根據該書序文自署「朝議大夫守國子司業上柱國」，可知成書年代當在乾寧年間。此時距李唐之亡，不過十年左右而已。我們知道古人對祖先父兄至為尊崇，以克紹先業為榮，溫庭筠之子、壻，保存其著作，傳播其詩詞，自是無可懷疑之事。

尤其是溫庭筠的孫子溫顗，不但入蜀，而且還曾仕前蜀高祖，官至常侍。孫光憲《北夢瑣言》卷二十即云：

> 有溫顗者，乃飛卿之孫，憲之子。仕蜀，官至常侍。無它能，唯以隱僻繪事為克紹也。中間出官，旋遊臨邛，欲以此獻於州牧，為謁者拒之。

另外，《十國春秋》卷四二也有一些資料可以參考。從這些資料中，可以看出溫顗曾仕前蜀。天祐四年（九〇七），王建在唐朝亡後，據蜀稱帝，就是所謂前蜀高祖。

當時唐室衣冠之族、伶工文士避難在蜀者很多，王建多加禮用。與溫庭筠並稱「溫、韋」的韋莊，就是在這時候，為王建掌書記，籌畫典章制度的。溫顯雖然官小一點，但和韋莊仍然是同事。因此，溫庭筠和韋莊的詞，何以能夠流傳西蜀，同樣被選入《花間集》，也就不待辯而自明了。

下編

第一章

溫庭筠〈菩薩蠻〉十四首合注彙評

[題嵩]　　昔好溫詞，每讀前人時賢相關論著，輒為蒐集。日久積多，已盈篋笥。近為附於溫詞研究專著之後，以病目爰請助理代為輯錄若干，以供讀者參考。錄竟，鮮加更動，唯披閱一過，略為詮次，間附按語。幸讀者有以教之。吳宏一識於丙戌（2006）仲春。

〈菩薩蠻〉之一

小山重疊金明滅，鬢雲欲度香腮雪。懶起畫蛾
眉，弄妝梳流遲。　　照花前後鏡，花面交相
映。新帖繡羅襦，雙雙金鷓鴣。

【注釋】

1.小山重疊金明滅

　⑴小山，屏山也。其另一首「枕上屏山掩」，可證。「金
　　明滅」三字狀初日生輝與畫屏相映。　（俞平伯《讀詞
　　偶得》，上海：開明書店，1934年）

　⑵小山：屏山也。金：日光也。屏山之上，日光動盪，
　　故明滅也。溫庭筠〈郭處士擊甌歌〉云：「晴碧烟滋
　　重疊山，羅屏午掩桃花月。」又〈歸國謠〉：「曉屏
　　山斷續。」皆其證。一說：小山：謂髮也，言雲鬢高
　　聳，如小山之重疊也。陳陶詩：「低叢小鬢膩鬟鬌，碧
　　牙鏤掌山參差。」陸游詩：「遠山何所似？髮鬌千髻
　　綠。」皆其證。金：鈿釵之屬。　（華鍾彥《花間集
　　註》，長沙：商務印書館，1935）

　⑶小山為小山屏之簡稱，亦即屏山。古代屏與床榻相
　　連，屏上多畫金碧山水，亦有逕作山字形者。　（鄭因
　　百騫師《詞選》，台北：中華文化出版事業委員會，
　　1952）

　⑷「小山」即屏山，也就是帷屏。古時的帷屏，或繡山
　　水，或繡花鳥，往往安置在床榻的前面。　（佘雪曼
　　《佘雪曼詞學演講錄》，香港：雪曼藝文院，1955）

⑸這句說：床頭屏風上雕畫着重重叠叠的小山，太陽照上面，金光閃閃灼灼。　（胡雲翼選注《唐宋詞一百首》，北京：中華書局，1961）

⑹小山：小山屏的簡稱，即屏山，也就是帷屏。古時候以屏拖帳，所以屏山多指屏帳而言，屏山上又常畫金碧山水，或畫花鳥。金明滅：日光照射到屏山上的圖案，忽明忽暗的閃耀着光芒。　（姜尚賢編著《唐宋名家詞新選》，台南：姜尚賢出版社，1967年8月）

⑺唐代有所謂小山眉。隔夜的眉黛，有深淺之分，故說「小山重叠」。　（李榮德等《唐宋詩詞選析》，香港：文苑書屋，1976）

⑻小山：小山屏之簡稱，亦稱屏山，此處指帷屏而言。古人帷屏與床榻相連，屏上多畫金碧山水，亦有逕作山字形者。日光照耀，山形忽明忽暗，故曰金明滅。（陳弘治《唐宋詞名作析評》，台北：文津出版社，1976）宏一按：此用鄭騫先生注。

⑼小山為小山屏之簡稱，亦即屏山，古代屏與床榻相連，屏上多畫金碧山水，亦有逕作山字形者。　（張夢機、張子良選注《唐宋詞選注》，台北：華正書局股份有限公司，1977年12月）宏一按：此亦取鄭騫先生之說而未注明。

⑽小山：近有兩說，或以為「眉山」，或以為「屏山」，許昂霄《詞綜偶評》：「小山，蓋指屏山而言」，說是。若「眉山」不得云「重叠」。金明滅：承上屏山，指初日光輝映着金色畫屏。或釋為「額

黃」、「金釵」，恐未是。　（俞平伯《唐宋詞選釋》，北京：人民文學出版社，1979）

⑾小山：小山二字，注家多誤解。或謂「山」為「屏山」，則所謂「金明滅」者，指屏上之畫，金碧相映耳，句意似通。然按以全文，則辭意不屬。全詞寫美人妝裏，如「鬢」，如「顋」，如「眉」，如「面」，皆不外此，如首句單說屏風，幾於全不相關矣。或謂「小山」謂「眉」，似近情理；但兩眉何至「重疊」？若謂「重疊」屬「金」，則古人無以黃畫眉者。況下文又提及「蛾眉」，飛卿詞筆，何至窘複如是？按、詞中以「山」狀物者有四：曰「山屏」亦曰「屏山」；曰「山眉」，並曰「眉山」；曰「山枕」，亦曰「枕山」；曰「山額」，亦曰「額山」。此處「小山」謂「山額」也。飛卿詩〈照影曲〉云：「黃印額山輕為塵」。又〈菩薩蠻〉詞：「蕊黃無限當山額。」一用「山額」、一用「額山」，皆謂美人之額耳。至於所謂「金明滅」，唐宋人以黃塗額，略似今日之印度女妝。飛卿詩：「柳風吹盡眉間黃」，又「額黃無限夕陽山」，又牛嶠〈女冠子〉：「額黃侵膩髮」可證。又毛熙震〈女冠子〉：「脩蛾慢臉，不語檀心一點——小山妝。」蓋當時婦人眉間點黃，詞人或用「金」，或用「檀」，或用「蕊」，皆狀其黃耳。李後主〈一斛珠〉：「晚妝初過，沈檀輕注些兒個。」李珣〈浣溪沙〉：「翠鈿檀注助容光」，皆謂眉間之黃。又周邦彥〈瑞龍吟〉：「侵晨淺約宮

黃」，用「點」，用「注」，用「約」，可知層層塗
染為一圓點，正中最濃，四周漸勻漸淡，詞中「重
疊」二字，可得的解。至於「小山」之「小」字，初
看似尚未安，實則古人審美，以婦人小額為美，如王
鼎〈一半兒曲〉：「鴉翎般水髻似刀裁，小顆顆芙蓉花
額兒窄。」可知前人重視「窄額」，若寬顙隆額，則
偉丈夫矣。　（蕭繼宗評點校注《花間集》，台北：台
灣學生書局，1981）

⑿小山：指屏風。金明滅：金色的陽光照在屏風上，忽
亮忽暗，閃爍不定。　（唐圭璋、潘君昭、曹濟平著
《唐宋詞選注》，北京：北京出版社，1982）

⒀「小山」指畫的眼眉像遠處的山。重疊：古時婦女貼
額黃（一種黃金色的脂粉），然後畫眉，所以說重
疊。金明滅：額黃有明有暗，已經不勻淨了。　（王延
齡選注《唐宋詞九十首》，天津：新蕾出版社，1985
年5月）

⒁小山：指屏山，即屏風。金明滅：屏上彩繪閃爍的樣
子。　（張燕瑾、楊鍾賢撰《唐宋詞選析》，天津：天
津人民出版社，1985年7月）

⒂小山：小山屏之簡稱，亦稱屏山，古人帷屏與床榻相
連，屏上多畫山水，亦有逕作山字形者。金明滅：旭
日照映，山形忽明忽暗也。金，指金黃色之陽光，即
旭日。　（王熙元等編《詞曲選注》，台北：台灣學生
書局，1985）

宏一按：此亦有用鄭騫先生之注者。因百師之影響台

灣詞學界，由此可見一斑。

(16) 小山句：沈從文《中國古代服飾研究》謂這句「正是當時婦女頭上金銀牙玉小梳背在頭髮間重疊閃爍的情形。」許昂霄《詞綜偶評》則謂「小山，蓋指屏山。」句意當為朝陽映於金色畫屏，時隱時見。此兩說皆通，似以前說為勝。　（李誼《花間集注釋》，成都：四川文藝出版社，1986年6月）

(17) 小山，一種眉式的簡稱。按，此謂額黃因睡覺而脫落不整。　（劉斯翰《溫庭筠詩詞選》，香港：三聯書局，1986）

(18) 小山：形容隆起的髮髻。唐・陳陶〈西川座上聽金五雲唱歌〉：「舊樣釵篦淺淡衣，元和梳洗青黛眉。低叢小鬢膩鬟髻，碧牙鏤掌山參差。」皆以山形喻髮髻。昔人釋為屏風，於義未合。金：指釵鈿等首飾。明滅，形容光影忽明忽暗，閃爍不定。　（徐培均評注《唐宋詞小令精華》，鄭州：中州古籍出版社，1987）

(19) 小山：屏風上繪的山景。金：金色的曙光。明滅：日光浮動，忽明忽暗，閃爍不定。又解：小山謂髮形高聳，金謂頭上妝飾品。又夏盛選本（宏一按、指夏承燾、盛靜霞選注之《唐宋詞選》，1959）解：唐代女子畫眉，有一種叫「小山眉」，隔夜的眉黛有深淺，好像山峰重疊。唐代的婦女喜歡在額上塗黃色，叫做「額黃」，隔了一夜，黃色有明有暗，所以說「金明滅」。　（沈祥源、傅生文注《花間集新注》，南昌：

江西人民出版社，1987）

⒇ 小山謂小屏山也。古代屏與床榻相連，屏上多畫金碧山水，亦有逕作山字形者。一說小山謂眉也。《天寶遺事》，明皇幸蜀，命畫工作十眉圖。《海錄碎事》云：「十眉圖，一鴛鴦，二小山。金謂日光。一說畫眉作黃色如金也。」《詞品》云：「北周天元帝令宮人黃眉黑妝，其風流於後世。」　（巴壺天《唐宋詩詞選》，台北：東大圖書股份有限公司，1990年12月）
宏一按：巴氏取鄭騫先生等人之說而皆未注明。

㉑ 小山，眉妝明目，晚唐五代盛行。一說，小山即屏山，屏風。金明滅：金，指唐代婦女眉際妝飾間之「額黃」。明滅，時隱時顯。這裏指額黃的忽隱忽顯。　（葉桂剛、王貴元主編《中國古代十大詞作精品賞析》（上），北京：北京廣播學院出版社，1992）

㉒ 小山：指屏風。金明滅：形容陽光照在叠折的屏風上，忽明忽暗，閃爍不定。一說，小山指眉額，金指畫眉作金色，亦可通。　（吳熊和、蕭瑞峰編著《唐宋詞精選》，南京：江蘇古籍出版社，1992）

㉓ 小山句：前人對「小山」有三種解釋：一種認為是指黃額眉妝，明人楊慎持此說（見下文〔評說〕引《詞品》卷二）今人夏承燾亦云：「小山，是指眉毛（唐明皇造出十種女子畫眉的式樣，有遠山眉、三峰眉等等，小山眉是十種眉樣之一），『小山重叠』即指眉暈褪色。『金』是指額黃（在額上塗黃色叫『額黃』，這是六朝以來婦女的習尚）。『金明滅』是說

褪了色的額黃有明有暗」（《唐宋詞欣賞》）。第二
種解釋認為是指屏風，清人許昂霄謂「小山，蓋指屏
山而言」（《詞綜偶評》）。俞平伯亦謂此句「指初
日光輝映着金色畫屏」（《唐宋詞選釋》）。第三種
解釋認為指婦女髮上的髮梳，沈從文《中國古代服飾
研究》謂這句「正是當時婦女頭上金銀牙玉小梳背在
頭髮間重叠閃爍的情形。」以上三種說法中似以第一
種為勝。因為這一句解為對女子眉暈褪色、面帶殘妝
的描寫，與下文的「懶起畫蛾眉」聯繫最緊密，正好
引出「弄妝梳洗遲」的結論。一首詞就是一個整體，
上下文之間不可能全無關係，此詞開頭兩句與後兩句
之間本有着內在的聯繫，這就是「小山」句寫女子眉
妝褪色，引出下文的「懶起畫蛾眉」，而「鬢雲」句
寫女子鬢髮散落，則與「弄妝梳洗遲」相呼應。　（王
新霞選注《花間詞派選集》，北京：首都師範大學出
版社，1993年9月）

宏一按：王氏之說「內在的聯繫」，頗獲我心。

(24) 小山重叠：唐代女子流行畫眉十種式樣，稱十種眉，
其二為小山眉，又稱遠山眉。由於是宿妝，經過一夜
輾轉無眠，眉黛已狼藉，有深有淺，猶如山峰重迭。
金明滅：唐時女子在額上塗黃色，叫作額黃，隔了一
夜，額黃或濃或淡，故曰明滅。溫庭筠〈南歌子〉
「臉上金霞細」，亦以「金」狀女子顏面。牛嶠〈女
冠子〉「額黃侵膩髮」，則是盛妝之貌。　（吳熊和、
沈松勤選注《唐五代詞三百首》，長沙：岳麓書社，

1994年1月）

㉕小山：眉妝之名目，為唐明皇造出的十種眉樣之一
　式。有關小山的解說有多種，一指屏山，一指山枕，
　一指頭飾，通看全詞，恐都不確。重，重複。疊，相
　當於壓眉壓額之壓字，有皺起意。金，指額黃。（吳
　彬、馮統一《唐宋詞卷》，杭州：浙江文藝出版社，
　1994年1月）

㉖小山重疊：喻指美人的眉色重疊不齊。金明滅：指她
　額上的黃粉殘缺不全，有明有暗（唐代婦女流行在額
　上畫黃色梅花圖案來裝飾，叫「額黃」）。有人認為
　這句是寫屏風上畫面的景象，但這一解釋難與下文聯
　繫起來。（楊光治編注《歷代好詞評析》，廣州：花
　城出版社，1995年4月）

㉗小山重疊：雙眉微壓。小山：小山眉。宋葉廷珪《海
　錄碎事》：「唐明皇令畫工畫〈十眉圖〉，一曰鴛鴦
　眉，二曰小山眉，……」毛熙震〈女冠子〉：「修蛾
　慢臉（古義，眼部），不語檀心一點，小山妝。」金
　明滅：指額黃的殘跡。額黃，唐時貴家女子用花蕊研
　末製成的一種黃色香料，塗在眉間額上，以增美觀。
　梁簡文帝蕭綱〈戲贈麗人〉：「同安環裏撥，異作額
　間黃。」（朱鑑珉選注《溫庭筠韋莊馮延巳李煜詩詞
　精選》，太原：山西古籍出版社，1995年10月）

㉘唐時女子畫眉流行十種式樣，稱十種眉，其二為小山
　眉，又稱遠山眉。由於是宿妝，經過一夜輾轉無眠，
　眉黛已狼藉，有深有淺，猶如山峰重疊。金明滅：唐

時女子在額上塗黃色，叫作「額黃」，隔了一夜，額
黃濃淡不均，故曰明滅。　（趙仁珪主編《唐五代詞
三百首譯析》，長春：吉林文史出版社，1997年1月）

⒆「小山」句——寫女子的隔夜殘妝。小山：女子畫眉
的樣式之一。小山重疊：眉暈褪色。金：額黃，在額
上塗黃色。金明滅：褪色的額黃明暗不勻。　（于翠玲
注《花間集、尊前集》，北京：華夏出版社，1998年1
月）

⒇「小山」句：形容女子隔夜的殘妝。唐代女子畫眉，
有一種叫「小山眉」，隔夜的眉黛有深淺，好像山峰
重迭。唐代婦女喜歡在額上塗黃色，叫做「額黃」，
隔了一夜，黃色有明有暗，所以說「金明滅」。沈從
文《中國古代服飾研究》謂這句詞「正是當時婦女頭
上金銀牙玉小梳背在頭髮間重疊閃爍的情形」，也為
一說。　（周殿龍、樊遠生主編《詞綜》，呼和浩特：
遠方出版社，1998年2月。）

(31)小山：唐代女子畫眉，有一種叫「小山眉」，隔夜的
眉黛有深淺，好像山峰重迭。金明滅：唐代婦女喜歡
在額上塗黃色，叫做「額黃」，隔了一夜，黃色有明
有暗，所以說「金明滅」。　（鄧紹基、周秀才、侯光
復主編《溫庭筠李煜》，大連：大連出版社，1998年3
月。）

(32)小山：屏風上的山水畫景。金明滅：唐代已有金碧山
水畫，「金」為塗在屏山上的顏色。明滅：日光透過
窗紗照在畫屏上忽明忽暗之狀。　（羅斯寧、羅鎮邦選

注《歷代詞三百首》，廣州：中山大學出版社，1998
年8月）

(33) 小山：唐代女子畫眉的一種樣式。楊慎《丹鉛續錄·
十眉圖》：「唐明皇令畫工畫十眉圖。一曰鴛鴦眉，
又名八字眉；二曰小山眉，又名遠山眉。」重疊：形
容蹙眉之狀。金：指額黃。六朝至唐代的女子，喜歡
用黃色塗於眉際以為妝飾。明滅：指額黃褪色，濃淡
不勻。　（孔範今主編《全五代詞釋注》，西安：陝西
人民出版社，1998年10月）

(34) 小山：屏山，指床前的屏風。或解釋為屏風上所畫的
山景，或認為「小山」是形容隆起的髮髻。明滅：形
容光影閃爍不定。　（安平秋、楊忠、楊錦海主編，
程郁綴選注《唐宋詞卷》，北京：京華出版社，1998
年，12月）

(35) 小山：髮髻。金明滅：指插在髮髻上的金背小梳在晨
光中閃爍不定。據沈從文《中國古代服飾研究》，中
晚唐時，吐蕃髮式流行，婦女多梳高聳的椎髻，上
插若干花釵梳子作為裝飾，所插的小梳子數量多少不
等，多的竟在十把以上，半月形的梳子背在髻上，重
重疊疊，時人以此為美。在小山似的髮髻上，梳背重
迭而閃爍，本詞開頭先寫髮髻與頭飾，當是因為這一
道風景光線最強，引人注目。一說小山指眉式，小山
重迭指眉暈褪色，金則指額黃（在額上塗黃色，是六
朝以來婦女風習），金明滅指褪色的額黃有明有暗。
此說似不可通，最明顯的問題是「重疊」二字無從解

釋。本詞一二兩句寫的都是「弄妝梳洗」的成果，提到前面來寫，以示強調；不應理解為梳洗以前的情狀。另一說謂小山指屏風，不佳，亦無從解釋「重疊」二字。　（費振剛主編，徐俠、顧農著《花間派詞傳》，長春：吉林人民出版社，1998。）

宏一按：此說常宗豪早已發之。見本書第二章析論。

(36) 小山：即室內屏山，多在枕旁，亦稱枕屏、枕障，用來遮掩睡態。前人多不解為何物，今出土文物有之。重疊，指屏山曲折之形。金明滅，形容屏山上金光閃爍不定。　（徐培均選注《婉約詞萃》，上海：上海華東師範大學出版社，2000年7月）

(37) 小山：眉妝之名，即小山眉。重疊：此指不斷蹙眉。重，多次，頻繁。疊，蹙眉。金明滅：額黃忽隱忽現。金，指婦女眉際間的額黃。　（蘭世雄編注《婉約詞》，合肥：安徽人民出版社，2001）

(38) 小山：指繪有山型圖案的屏風。一說形容女子隆起的髮髻，或指女子彎彎的眉毛。金明滅：形容陽光照在屏風上金光閃爍的樣子。一說描寫女子頭上插戴的飾金的小梳子重疊閃爍的情形，或指女子額上塗成梅花圖案的額黃有所脫落而或明或暗。　（劉尊明著《溫庭筠韋莊詞選》，上海：上海古籍出版社，2002年6月）

(39) 小山：指屏山，即屏風。金明滅，金色的陽光照在屏風上，忽亮忽暗，閃爍不定。一說小山指眉毛，隔夜的眉痕走了樣，因稱「小山重疊金明滅」。　（邱鎮京著《唐宋詞鑑賞》，台北：文津出版社，2002年7月）

⑷小山：床榻屏風上的畫景。明滅：日光透過窗紗照射屏山陰陽顯晦之狀；一說，小山指眉額，金指額黃，意為頭天晚上畫好的眉額早上起來已是有深有淺。（錢國蓮、項文惠、毛曉峰選注《花間詞全集》，北京：當代世界出版社，2002年9月）

⑷小山：應指屏山，即屏風。古代居室內有一種小型屏風稱「枕屏」，屏上飾有畫景，亦稱「畫屏」；立在床前枕畔，其狀若高低曲折之山巒。溫詞〈菩薩蠻〉（其十一）：「枕上屏山掩」；〈南歌子〉：「鴛枕映屏山」，可證。一說：小山，應是指眉。唐時女子畫眉流行十種式樣，稱「十種眉」，「小山眉」是其中一種，又稱「遠山眉」。另一說：小山，指婦女頭上的髮梳。沈從文《中國古代服飾研究》謂此句「正是當時婦女頭上金銀牙玉小梳背在頭髮間重疊閃爍的情形。」以上三說皆通，似以第一說為勝。明滅：或明或滅。金明滅：形容陽光照在曲折如山形的畫屏上，或明或暗，光彩生輝。（張紅編著《溫庭筠詞新釋輯評》，北京：中國書店，2003年1月）

2.鬢雲欲度香腮雪
　⑴第二句寫未起之狀。古之帷屏與床榻相連。「鬢雲」寫亂髮，呼起全篇弄妝之文。（俞平伯《讀詞偶得》）
　⑵鬢——額角邊的頭髮。這句寫躺在床上的姿態：用「雲」來比方鬢髮，用「雪」來比方香腮，用「欲度」來形容鬢髮鬆動要遮住香腮的樣子。（胡雲翼選

注《唐宋詞一百首》）

⑶鬢：鬢髮蓬鬆如雲的樣子，是形容髮絲的撩亂。腮：
是面頰；雪，是形容面頰的白嫩。 （姜尚賢著《唐宋
名家詞新選》）

⑷《詞綜偶評》：「猶言鬢絲撩亂也。」「度」字含有飛
動之意。 （俞平伯《唐宋詞選釋》）

⑸鬢雲：烏黑如雲的鬢髮。度：遮過。這句是寫鬢髮幾
乎遮住雪白的臉頰，形容睡醒時頭髮的蓬亂。 （唐圭
璋、潘君昭、曹濟平著《唐宋詞選注》）

⑹鬢雲：像朵雲一樣的髮鬢。欲度：髮鬢亂飛的樣子。
香腮雪：臉上擦的粉。這兩句是描寫一個歌女晨妝零
亂的情形。 （王延齡選注《唐宋詞九十首》）

⑺鬢雲欲度：猶言鬢絲撩亂。度，含有飛動意。 （王熙
元等編《詞曲選注》）

⑻鬢雲：《詞綜偶評》：「猶言鬢絲撩亂也。」《樂府
詩集》卷四六〈讀曲歌〉：「花釵芙蓉髻，雙鬢如浮
雲。」盧元贊〈酴醾詩〉：「柳花貪眠鬢雲鬆。」香腮
雪：按通常詞序應作「香雪腮」，狀美人之面既香且
白。李後主〈搗練子〉（雲鬢亂）：「斜托香腮春筍
嫩。」一作春腮雪。 （李誼著《花間集注釋》）

⑼鬢雲：形容鬢髮濃密如雲。 （吳熊和、蕭瑞峰編著
《唐宋詞精選》）

⑽「小山」二句：寫美人嬌臥 未起時情狀。上句詠美
人髮間金背小梳閃爍情景。沈從文云：「中晚唐時，
婦女髮髻效法吐蕃，作『蠻鬢椎髻』式樣，或上部如

一棒錐，側向一邊，加上花釵梳子點綴其間。」「當時於髮髻間使用小梳有用至八件以上的」，「當成裝飾，講究的用金、銀、犀、玉或牙等材料，露出半月形梳背，有的多到十來把。」「『小山重叠金明滅』，即對當時婦女髮間金背小梳而詠」，「所形容的，也正是當時婦女頭上金、銀、牙、玉小梳背在頭髮間重叠閃爍情形。」（《中國古代服飾研究》）王建〈宮詞〉：「玉蟬金雀三層插，翠髻高聳綠鬢虛；舞處春風吹落地，歸來別賜一頭梳。」可證。小山，形容隆起的髮髻。一說，指屏山，即屏風。金，指日光。鬢雲：秀髮如雲，《樂府詩集》卷四六〈讀曲歌〉：「花釵芙蓉髻，雙鬢如浮雲。」度，形容鬢腳延伸向臉頰，逐漸輕淡，如雲影輕度狀。韓偓〈意緒〉：「銀絲千條度虛閣。」香腮雪，即香雪腮、雪白的香腮，因與「滅」相叶而變換詞序。腮，臉頰。（黃進德選注《唐五代詞選集》，上海：上海古籍出版社，1993年2月）

(11)「鬢雲」句：猶言鬢絲散亂也。度：動詞，指鬢髮飄動。唐時女子把髮盤成髻，鬢盛如雲。睡後髮亂下垂，故曰「欲度」。雪：比喻臉面雪白。（吳熊和、沈松勤選注《唐五代詞三百首》）

(12)鬢雲：形容女子鬢髮蓬鬆。（陳邦炎主編《詞林觀止》，上海：上海古籍出版社，1994年4月）

(13)鬢雲：許昂霄《詞綜偶評》：「猶言鬢絲撩亂也。」度，越過，有飛動意。句謂亂髮垂於面頰，寫隔夜殘

妝。 （周實編著《古今詞選一百調》，長沙：岳麓書社，1994年7月）

⑭鬢雲：寫像雲朵似的亂髮。欲度：有飛動之意，點出美人鬢髮鬆亂的睡態。香腮雪：雪白的面頰。 （谷聞編注《婉約詞》，西安：西安大學出版社，1994年12月）

⑮鬢雲：像雲那樣蓬鬆的鬢髮。度：遮掩。香腮雪：形容頰腮雪白。 （楊光治編注《歷代好詞評析》）

⑯「鬢雲」句：鬢髮散亂，遮掩了兩腮。鬢雲：鬢髮如雲。古樂府〈讀曲歌〉：「花釵芙蓉髻，雙鬢如浮雲。」度，指遮掩。香腮雪：「香雪腮」的倒裝。以香雪喻腮，寫女子之面既白且香。 （朱鑑珉選注《溫庭筠韋莊馮延巳李煜詩詞精選》）

⑰鬢雲：形容鬢髮濃黑如雲。度：度過，這裏含有飛動意。香腮雪：指婦人的臉又香又白。這句寫睡起時鬢髮蓬亂下垂，幾乎遮住了雪白的臉腮。 （嚴迪昌、朱淡文、歐陽忠偉編《中華古詞觀止》，上海：學林出版社，1995年12月）

⑱「鬢雲」句：猶言鬢絲散亂。鬢雲：唐時婦女挽髻作環如雲之狀。度：動詞、指鬢髮飄動。睡後髮亂下垂，故曰「欲度」。雪：比喻臉面雪白。 （趙仁珪主編《唐五代詞三百首譯析》）

⑲香：雪本作「春」，非。 （五代後蜀趙崇祚輯，房開江、崔黎民譯《花間集》，貴陽：貴州人民出版社，1997年5月）

⒇鬢雲：鬢髮甚多，像烏雲一樣。度，動詞，含有飛動的意思。香腮雪：膚色甚白，用雪來形容香腮。這句話說女子耳際的亂髮披到臉上。　（鄧紹基、周秀才、侯光復主編《溫庭筠李煜》）

3.懶起畫蛾眉

⑴懶起——懶洋洋地起床。蛾眉——細長彎曲的眉毛。（胡雲翼選注《唐宋詞一百首》）

⑵蠶蛾觸鬚長而彎細，像美人的眉毛，引伸代稱為美人。《詩經・衛・碩人》：「蝤首蛾眉，巧笑倩兮。」（姜尚賢編著《唐宋名家詞新選》）

⑶蛾眉本作娥眉，《詩・衛風・碩人》：「蝤首蛾眉」，《疏》：「言如蝤首蛾眉，指其體之所似也。」陳奐《詩毛氏傳疏》引《詩小學》云：「蛾眉古作娥眉，王逸注《離騷》云：『蛾，眉好貌。』顏師古注《漢書》，始有形若蠶蛾之說，夫蠶蛾之眉，與首異物，類乎鳥之有毛角者，人眉似蠶角，其醜甚矣，安得云美哉，此千年之誤也。娥者，美好輕揚之意，《方言》：『蛾，好也，秦晉之間好而輕者謂之娥』，《大招》：『娥眉曼只』枚乘〈七發〉：『皓齒娥眉』云云。」按據此則蛾眉為娥之借字，後遂用蛾眉為美人之稱。　（張夢機、張子良選注《唐宋詞選注》）

⑷蛾眉：女子細而長的眉毛，中國古代長期以來以此為美。唐代元和以後一度流行濃闊的「蛾翅眉」，不久

仍復流行細長彎曲之傳統眉式。 （費振剛主編，徐
俠、顧農著《花間派詞傳》）

4.弄妝梳流遲

⑴弄妝──化妝。遲──慢慢地。 （胡雲翼選注《唐宋
詞一百首》）

⑵磨蹭擺弄地梳妝着，慢騰騰，意遲遲。以上兩句是形
容心情不好。 （王延齡選注《唐宋詞九十首》）

⑶弄妝句：《全唐詩》卷四九四施肩吾〈夜宴曲〉：
「碧窗弄妝梳流晚。」弄妝：弄姿，即修飾儀容。
晉·趙景真〈與嵇茂齊書〉：「弄姿帷房之裏。」
（李誼《花間集注釋》）

⑷「懶起」二句：寫美人起身並開始梳妝。蛾眉，有兩
種。一、細長而彎曲若蠶娥之觸鬚然。古已有之。
《詩·衛風·碩人》：「齒如瓠犀，螓首蛾眉。」流
行至天寶末。白居易〈上陽白髮人〉：「小頭鞋履窄
衣裳，青黛點眉眉細長。世人不見見應笑，天寶末年
時世妝。」二、較濃闊，即所謂「蛾翅眉」。為元和
以後時新眉式。張籍〈倡女詞〉：「輕鬢叢梳闊掃
眉。」元稹〈恨妝成〉：「凝翠暈蛾眉，輕紅拂花
臉。」白居易〈時世妝〉：「烏膏注唇唇似泥，雙
眉畫作八字低。」文宗大和六年（832）六月有詔：
「改革」「婦人高髻險妝、去眉開額」風俗，一仍貞
元中舊制（參見《唐會要》卷三十一「輿服上·雜
錄」），眉式遂變。溫庭筠〈南歌子〉：「倭墮低

梳髻，連娟細掃眉。」　可參証。此當指前一種。弄
妝，修飾儀容。施肩吾〈夜宴曲〉：「碧窗弄妝梳洗
晚。」　（黃進德《唐五代詞選集》）

(5)弄妝：修飾儀容。施肩吾〈夜宴曲〉：「碧窗弄妝梳
洗晚。」　（朱鑑珉選注《溫庭筠韋莊馮延巳李煜詩詞
精選》）

宏一按：「起」而曰「懶」，「妝」而曰「遲」，美
人之心情，蓋可知矣。諸家之注，多有可取。

5.照花前後鏡

(1)對鏡簪花，乃屬常事，惟欲瞻顧後影，故必用前後雙
鏡。　（華鍾彥《花間集註》）

(2)梳妝的時候，前後用兩個鏡子對照。　（胡雲翼選注
《唐宋詞一百首》）

(3)這句指梳妝時對鏡簪花，用前後雙鏡。　（唐圭璋、潘
君昭、曹濟平著《唐宋詞選注》）

(4)前後照花鏡。花：指鏡子。古時鏡子用銅鑄成，一面
磨光照人，一面鑄有花鈫，俗稱「棱花鏡」。前後
鏡：用兩個鏡子「打反鏡」，可以看到頭的後面。
（王延齡選注《唐宋詞九十首》）

(5)照花句：對鏡簪花，用前後雙鏡對照以瞻顧後影。
（王新霞選注《花間詞派選集》）

6.花面交相映

(1)鏡子裏映照着人臉，也映着頭上插戴的花，互相比賽
美麗。　（胡雲翼選注《唐宋詞一百首》）

⑵這裏寫「打反鏡」，措詞簡明。 （俞平伯《唐宋詞選釋》）

⑶這句說在前鏡後鏡中看到人面與花面交映生姿的情況。 （唐圭璋、潘君昭、曹濟平著《唐宋詞選注》）

⑷花面：頭上的花與美人的面。《玉台新詠》卷七皇太子〈林下妓〉：「花與面相宜。」 （李誼《花間集注釋》）

⑸「照花」二句：寫簪花臨鏡，顧影自憐。花面：指頭上的花和美人的面。梁蕭統〈林下作妓〉詩：「泉將影相得，花與面相宜。」唐代婦女頭上戴真牡丹、芍藥，或羅帛作生色花。 （黃進德《唐五代詞選集》）

⑹「照花」兩句：謂插戴花朵後，「打反鏡」照看，花面相映。唐·崔護〈遊城南〉：「去年今日此門中，人面桃花相映紅。」此既寫其如花美貌，亦有命薄如花之意。 （周實編著《古今詞選一百調》）

7.新帖繡羅襦

⑴貼：明巾箱本作帖，著也。襦：短衣也。上衣為襦，古詩〈日出東南隅〉云：「緗綺為下裙，紫綺為上襦。」 （華鍾彥《花間集註》）

⑵貼：平也；即熨貼之意。 （鄭騫《詞選》）

⑶貼——盤繡。羅襦——絲綢的短襖。 （胡雲翼選注《唐宋詞一百首》）

⑷貼：是熨貼的意思。指平展的衣裳。作「新帖」。繡：作「着綺」。羅襦：羅紗製成短襖。 （姜尚賢編

著《唐宋名家詞新選》）

(5)新貼：貼，一作「帖」字，熨貼之意。羅襦：羅衣。
　短衣曰襦。　　（陳弘治《唐宋詞名作析評》）

(6)「帖」，「貼」字通，和下文金鷓鴣的金字遙接，即
　貼金，唐代有這種工藝。「襦」，短衣。（俞平伯
　《唐宋詞選釋》）

(7)帖：熨也。杜甫〈白絲行〉「美人細意熨貼平」，字
　作貼，義同。　　（蕭繼宗評點校注《花間集》）

(8)帖：通「貼」，即貼金。繡羅襦：繡花的羅襖。
　　（唐圭璋、潘君昭、曹濟平著《唐宋詞選注》）

(9)新的短襖。新貼：新繡製的。在衣面上縫繡上圖案花
　飾叫貼。繡羅襦：繡花絲羅的短襖。　　（王延齡選注
　《唐宋詞九十首》）

(10)「新帖」句：錦繡羅襖上，又繡貼了新圖案。襦，短
　襖。帖，即貼，唐代用金線繡好花樣，然後再貼繡在
　衣服上，謂之貼金。　　（張燕瑾、楊鍾賢撰《唐宋詞選
　析》）

(11)貼：一作帖，熨貼之意。襦：《說文》衣部：「襦，
　短衣也。」段注：「按襦若今襖之短者。」　　（王熙元
　等編《詞曲選注》）

(12)帖：帖著。《宋書·朱齡石傳》：「剪紙方一寸，帖
　著舅枕。」羅襦：絲羅短衣。《說文解字》：「短衣
　曰襦，自膝以上。按襦若今襖之短者。」〈古詩〉：
　「紫綺為上襦。」杜甫〈新婚別〉：「羅襦不復
　施。」　　（李誼《花間集注釋》）

(13)新帖句——帖：貼金，用金線繡好花樣，再貼縫在衣服上。襦：短上衣。古樂府詩〈陌上桑〉：「湘綺為下裙，紫綺為上襦。」（沈祥源、傅生文注《花間集新注》）

(14)帖：通「貼」，即「貼金」，與下句中的「金」字遙接。（吳熊和、蕭瑞峰編著《唐宋詞精選》）

(15)貼，指堆綾、貼絹法，以彩色綾絹照圖案需要剪好後釘在衣料上。襦：短襖。《說文》：段注引《急就篇》顏注：「短衣曰襦，自膝以上。」（黃進德《唐五代詞選集》）

(16)貼：熨貼。王建〈田侍郎歸鎮〉詩：「熨貼朝衣抱戰袍。」（吳熊和、沈松勤選注《唐五代詞三百首》）

(17)帖：指把金線繡成的花樣貼縫在衣服上。襦：短上衣。（陳邦炎主編《詞林觀止》）

(18)帖：這裏當指「縫綴」。羅襦：絲羅短衣。襦：上衣。古詩〈日出東南隅〉：「緗綺為下裙，紫綺為上襦。」（朱鑑珉選注《溫庭筠韋莊馮延巳李煜詩詞精選》）

(19)帖繡：《花庵詞選》作「着綺」。帖，即貼。襦：短衣，短襖。（五代後蜀趙崇祚輯，房開江、崔黎民譯《花間集》）

8.雙雙金鷓鴣

(1)金鷓鴣：以金線繡成之鷓鴣也，言鷓鴣之雙雙，喻己身之不偶，則怨在其中矣。（華鍾彥《花間集註》）

(2) 鷓鴣──形狀像斑鳩的一種鳥。這一行寫短襖上用金
　　線盤繡成鷓鴣的花紋。　（胡雲翼選注《唐宋詞一百
　　首》）

(3) 金鷓鴣：鳥名，是指羅襦上用金線繡成的圖案。其鳥
　　似鶉而大，背蒼灰白，有紫斑點，腹前有白圓點，其
　　鳴聲如說：「行不得也哥哥。」　（姜尚賢編著《唐宋
　　名家詞新選》）

(4) 鷓鴣鳥名，紫赤色，腹黃。俗謂其鳴曰行不得也哥
　　哥，此言衣飾。《說文》：短衣曰襦，自膝以上，即
　　今之短襖也。　（巴壺天《唐宋詩詞選》）

(5) 鷓鴣：鳥名，似鶉而大，背蒼灰白，有紫斑點，腹前
　　有白圓點，其鳴聲如曰：「行不得也哥哥。」　（陳弘
　　治《唐宋詞名作析評》）

(6) 金鷓鴣：指羅襦上有金箔貼成的鷓鴣花紋。　（唐圭
　　璋、潘君昭、曹濟平著《唐宋詞選注》）

(7) 衣服上新貼繡的金色鷓鴣鳥雙雙成對兒。更襯托出了
　　人的孤單。　（王延齡選注《唐宋詞九十首》）

(8) 金鷓鴣：指新貼繡在羅襖上的金線繡的鷓鴣鳥圖案。
　　（張燕瑾、楊鍾賢撰《唐宋詞選析》）

(9) 鷓鴣：鳥名。似鶉而大，背蒼灰白，有紫斑點，腹前
　　有白圓點，其鳴聲如曰：「行不得也哥哥。」　（王熙
　　元等編《詞曲選注》）

(10) 雙雙句：謂羅襦上用金線繡的鷓鴣鳥，以此喻閨人之
　　孤獨自憐。　（李誼《花間集注釋》）

(11) 雙雙句：謂羅襦上有金色成雙的鷓鴣花紋，反襯出女

子的孤獨。鷓鴣：鳥名。羽毛大多以黑白兩色相雜，頭頂棕色，腳橙黃色至紅褐色。 （王新霞選注《花間詞派選集》）

⑿金鷓鴣：用金線盤繡而成的鷓鴣鳥圖案。雙鷓鴣與鴛鴦同，取成雙成對之義。 （吳熊和、沈松勤選注《唐五代詞三百首》）

⒀金鷓鴣：指襦上的繡金色的鷓鴣鳥圖案。鷓鴣：鳥名。又唐時有〈鷓鴣曲〉，伴曲而舞，謂之鷓鴣舞，舞伎身上多貼鷓鴣鳥圖案。 （王洪（木齋）著《唐宋詞評譯》）

⒁「新帖」二句：意思是說在短襦上用金線繡成鷓鴣鳥的圖案。帖同「貼」，即繡貼。唐代用金線繡好花樣，然後再繡上衣服上，謂之貼金。羅襦，絲綢的短襦。金鷓鴣，指新繡貼在羅襦上的金線繡的鷓鴣鳥圖案。 （邱鎮京著《唐宋詞鑑賞》）

【彙評】

1.宋

⑴王灼：菩薩蠻，《南部新書》及《杜陽雜編》云：大中初，女蠻國入貢，危髻金冠，纓絡被體，號菩薩蠻隊。遂制此曲。當時倡優李可及作菩薩蠻隊舞，文士亦往往聲其詞。大中，乃宣宗紀號也。《北夢瑣言》云：宣宗愛唱菩薩蠻詞，令狐相國假溫飛卿新撰密進之，戒以勿泄，而遽言於人，由是疏之。 （王灼：《碧雞漫志》，據唐圭璋《詞話叢編》，台北：廣文書局，1966）

2.明

(1)楊慎：唐詞有〈菩薩蠻〉，不知其義。按小說，開元
中南詔入貢，危髻金冠，瓔珞被體，故號菩薩鬘，因
以製曲。佛經戒律云：「香油塗身，華鬘被首」是
也。白樂天〈蠻子朝〉詩曰：「花鬘抖擻龍蛇動」，
是其證也。今曲名「鬘」作「蠻」，非也。　（楊慎
《升庵詩話》，據丁福保輯《歷代詩話續編》，北
京：中華書局）

(2)楊慎：後周天元帝令宮人黃眉黑妝，其風流於後世。
虞世基〈詠袁寶兒〉云：「學畫鴉黃半未成。」此煬
帝時事也。至唐猶然。駱賓王詩：「寫月圖黃罷，
淩波拾翠通。」又盧照鄰詩：「纖纖初月上鴉黃。」
「鴉黃粉白車中出。」王翰詩：「中有一人金作
面。」裴慶餘詩：「滿額蛾黃金縷衣。」溫庭筠詞：
「小山重疊金明滅。」又「蕊黃無限當山額」，又
「撲蕊添黃子，呵花滿翠鬟」，又「臉上金霞細，
眉間翠鈿深。」牛嶠詞：「額黃侵膩髮，臂釧透紅
紗。」張泌詞：「蕊黃香畫帖金蟬。」宋陳去非〈臘
梅〉詩：「智瓊額黃且勿誇。眼明見此風前葩。」智
瓊，晉代魚山神女也。額黃事不見所出，當時必有傳
記，而黃妝實自智瓊始乎。今黃妝久廢，汴蜀妓女以
金箔飛額上，亦其遺意也。　（楊慎著、王幼安校點：
《詞品》，香港：商務印書館，1961）

(3)湯顯祖：茇花間者，額以溫飛卿〈菩薩蠻〉十四首，
而李翰林一首為詞家鼻祖，以生不同時，不得劌入。

今讀之，李如藐姑仙子，已脫盡人間煙火。溫如芙蓉
浴碧，楊柳挹青，意中之意，言外之言，無不巧雋而
妙入。珠碧相耀，正是不妨並美。 （湯顯祖評點《花
間集》）

3.清

(1)許昂霄：（小山重叠金明滅）小山蓋指屏山而言。
（鬢雲欲度香腮雪）猶言鬢絲撩亂也。（照花前後
鏡，花面交相映）承上梳妝言之。（新帖繡羅襦）帖
疑當作貼，《花庵》選本作「着」。 （許昂霄《詞綜
偶評》，據唐圭璋《詞話叢編》）

(2)李調元：溫庭筠喜用纍冪及金鷓鴣、金鳳凰等簾字，是
西崑積習。金皆衣上織金花紋，纍冪，今垂縷也。
（李調元《雨村詞話》，據唐圭璋《詞話叢編》）

(3)張惠言：此感士不遇也。篇法仿佛長門賦，而用節節
逆叙。此章從夢曉後領起。「懶起」二字，含後文情
事。「照花」四句，《離騷》「初服」之意。 （張惠
言《詞選》（四部備要），北京：中華書局，1957）

(4)譚獻：懶起畫蛾眉旁批「起步」。 （周濟、譚獻撰
《譚評詞辨宋四家詞選》，台北，廣文書局，1962）

(5)陳廷焯：飛卿詞全祖《離騷》，所以獨絕千古。〈菩
薩蠻〉、〈更漏子〉諸闋，已臻絕詣，後來無能為
繼。 （陳廷焯《白雨齋詞話》，據唐圭璋《詞話叢
編》）

(6)陳廷焯：所謂沈鬱者，意在筆先，神餘言外，寫怨夫

思婦之懷，寓孽子孤臣之感，凡交情之冷淡、身世之飄零，皆可於一草一木發之，而發之又必若隱若見，欲露不露，反復纏綿，終不許一語道破，匪獨體格之高，亦見性情之厚。飛卿詞如「懶起畫蛾眉，弄妝梳洗遲」無限傷心，溢於言表。　（陳廷焯《白雨齋詞話》，據唐圭璋《詞話叢編》）

(7)陳廷焯：溫麗芊綿，已是宋、元人門徑。　（陳廷焯《雲韶集》，據屈興國校注《白雨齋詞話足本校注》，濟南：齊魯書社，1983年11月）

(8)張德瀛：飛卿「小山重叠」，〈柏舟〉寄意也。詞有與風詩意義相近者，自唐迄宋，前人鉅製，多寓微旨。　（張德瀛《詞徵》，據唐圭璋《詞話叢編》）

4.民國以來

(1)劉毓盤：右溫庭筠〈菩薩蠻〉詞。按張惠言《茗柯詞選》曰：「溫氏〈菩薩蠻〉，皆感士不遇之作。」細味之，良然。　（劉毓盤《詞史》，上海：上海書店，1931年）

(2)王國維：固哉皋文之為詞也！飛卿善〈菩薩蠻〉、永叔〈蝶戀花〉、子瞻〈卜算子〉，皆興到之作，有何命意，皆被皋文深文羅織。　（王國維《人間詞話》，據唐圭璋《詞話叢編》）

(3)任中敏：常州派謂溫庭筠之〈菩薩蠻〉與《離騷》同一宗旨，但考溫氏並無屈原之身世，而此詞又無切實之本事，則新繡羅襦，雙雙金鷓鴣，絕非《離騷》初

服之意。僅不過因鷓鴣雙飛，製襦之人，興起自身孤獨之感耳。與上文弄妝遲懶花面交映之旨實一貫。此就全詞之措詞，可以定其意境者也。　（任中敏《詞曲通義》，香港：商務印書館，1964）

⑷吳世昌：「小山」，或謂指「眉山」，或謂指「屏山」，或謂指屏上之畫景，按各說均誤。「小山」，山枕也。枕平放，故能重疊，「屏山」、「畫景」豎立，豈能重疊？如何疊法？豈得「金明滅」？下接「鬢雲度腮」，可見猶藉枕未起，若已起床離枕，則髮不能度腮。次韻又加「懶起」二字，証其未起。若為「屏山」、「畫景」，則與下文「鬢雲」及「懶起」均不相干矣，只有作「山枕」解，方能全首貫通。山枕之名《花間集》屢見，如「山枕上，私語口脂香」。「金明滅」者，謂枕上金線之花紋隨蠐首之轉側而時可見時不可見。此金線與下文「金鷓鴣」同，參見「若恨年年壓金線，為他人作嫁衣裳。」「新帖繡羅襦」。「帖」通「貼」，或以「貼」與下文「金」字遙接，解為「貼金」。亦誤。按「貼」，穿緊身衣也，與下文「金」無涉。羅襦上本有金線繡成之金鷓鴣也。穿緊身衣用「貼」字描摹盡矣。古代風流女子穿貼身衣，見《清平山堂話本》「蔣淑貞」條。今人評服飾，猶有衣服「貼身」或「不貼身」之語。若云「貼金」，用金箔如何「貼」法？用糨糊貼？用膠汁貼？不掉下來麼？即使不掉下來，「金箔」經得起在身上折磨麼？

此詞全首寫睡時、懶起、梳妝、着衣全部情景，如畫幅逐漸展開，如電影冉冉映演，動中見靜，靜中有動。而或以為此詞乃見枕屏而引動離情，可見「枕屏」說害人不淺。又謂金明滅，牽動別久之思，因夢見離人而起，離愁別恨，縈繞筆底云云，真是無中生有，詞中人未做夢，解詞者卻夢囈連篇。復有人謂此詞乃一貴族少婦，從大清早起身，在太陽射進來的窗前梳妝，顧影自憐，感到獨處深閨的苦悶云云，如此增字解經，亦不足為訓。　（吳世昌《詞林新話》，北京：北京出版社，1991）

宏一按：請讀者參閱本書第二章之析論。此不贅言。

〈菩薩蠻〉之二

水精簾裏頗黎枕，暖香惹夢鴛鴦錦。江上柳如
煙，雁飛殘月天。　　藕絲秋色淺，人勝參差
剪。雙鬢隔香紅，玉釵頭上風。

【注釋】

1.水精簾裏頗黎枕

　(1)水精：即水晶也，用以為簾。李白詩：「卻下水晶
　　簾，玲瓏望秋月。」《本草》：「玻璃本作頗黎，其
　　瑩如水，其堅如玉，故名水玉。」華鍾彥《花間集
　　註》。

　(2)「水精」即水晶，「頗黎」即玻璃。這類華貴的妝飾
　　品，在古代都是從大秦國帶回來的。　（佘雪曼《佘雪
　　曼詞學演講錄》。）

　(3)水精：即水晶。《晉書・大秦國傳》：「玻璃為牆
　　壁，水精為柱礎。」頗黎：即玻璃。李時珍說：「本
　　作頗黎，頗黎，國名也。其瑩如水，其堅如玉，故名
　　水玉。」（《本草綱目》）　姜尚賢編著《唐宋名家詞
　　新選》。

　(4)李白〈玉階怨〉：「卻下水精簾」，李商隱〈偶
　　題〉：「水紋簟上琥珀枕」，表示光明潔淨的境界和
　　這句相類。「頗黎」即玻瓈、玻璃。　（俞平伯《唐宋
　　詞選釋》）

　(5)頗黎：亦作玻瓈，即玻璃。《本草・玻璃》釋名，頗
　　黎，水玉。時珍曰：「本作頗黎，國名也，其瑩如

水，其堅如玉，故名水玉。與水精同名。」《玄中記》：「大秦國有五色頗黎，以紅色為貴。」《梁四公記》：「扶南人來賣碧頗黎，鏡內外皎潔，向明視之，不見其質。」《鐵圍山叢談》：「御庫有頗黎母，乃大食所貢。」韓愈〈遊青龍寺〉詩：「二三道士席其間，靈液屢進頗黎盌。」李商隱詩：「唱盡陽關無限疊，半杯松葉凍頗黎。」（蕭繼宗評點校注《花間集》）

(6)玻璃，一作珊瑚。極寫簾枕的雅潔。（中國社會科學院文學研究所編《唐宋詞選》，北京：人民文學出版社，1981）

(7)水晶簾：形容簾之精美。沈佺期〈古歌〉：「水晶簾外金波下。」此處代指帳。玻璃枕：描寫枕之雅潔。溫庭筠〈春江花月夜〉：「玻璃枕上聞天雞。」一作珊瑚枕。（李誼《花間集注釋》）

(8)水精、頗黎：都是唐時從西域傳入的名貴的玉石。水精簾，水晶簾，用珠串成的珠簾。頗黎枕，用碧玻璃做成的玉枕。兩者皆極華貴。（吳熊和、沈松勤選注《唐五代詞三百首》）

(9)水精：《歷代詩餘》作「水晶」。頗黎：即玻璃。《金奩集》、《唐五代詞》作「珊瑚」。指狀如水晶的石頭。頗黎枕即指一種玉質的枕頭。（鄧紹基、周秀才、侯光復主編《溫庭筠李煜》）

2.暖香惹夢鴛鴦錦
　(1)鴛鴦錦：衾帳之屬也。（華鍾彥《花間集註》）

⑵鴛鴦錦：錦衾上繡有鴛鴦鳥的圖案。 （姜尚賢編著《唐宋名家詞新選》）

⑶鴛鴦錦：指有鴛鴦圖象的錦被。崔豹《古今注》卷中：「鴛鴦，水鳥，鳧類也。雌雄未嘗相離，人得其一，則一思而至死，故曰匹鳥。」古時繡織品上多以鴛鴦圖案喻男女恩愛之情。如陳後主〈烏棲曲〉：「合歡襦薰百合香，床中被織兩鴛鴦。」《全唐詩》卷八九六歐陽炯〈菩薩蠻〉（曉來中酒和春睡）：「日高猶未起，為戀鴛鴦被。」 （李誼《花間集注釋》）

⑷暖香句：這裏說鴛鴦錦被中，既香且暖，最易引人入夢境。惹：逗引，撩起。《花間集》詞中用「惹」字共25處，多為此意。鴛鴦：水鳥名，常成對共游，羽毛美麗，故人們常用鴛鴦來比喻配偶。《文選·古詩十九首》：「文綵雙鴛鴦，裁為合歡被。」錦：錦緞，此處指錦被。 （沈祥源、傅生文注《花間集新注》）

⑸「水精」二句：寫臥室的雅潔、精美。水精，即水晶。宋之問〈明河篇〉：「雲母帳前初泛濫，水晶簾外轉逶迤。」頗黎，同玻璃。古代所謂玻璃，大抵指天然水晶石一類，有各種顏色，非後世人工所造者。《本草綱目》「金石部」卷八：「頗黎，國名也。其瑩如水，其堅如玉，故名水玉。」又曰：「出南番，有酒色、紫色、白色，瑩澈與水精相似。」《舊唐書·西戎傳》載，波斯出琥珀、瑪瑙、玻瓈、琉璃等。頗黎枕，一作「珊瑚枕」。鴛鴦錦，指繡有鴛鴦

圖案的錦被，以喻男女恩愛之情。《開元天寶遺事》卷下：「五月五日，明皇避暑遊興慶池，與妃子晝寢於水殿中。宮嬪輩憑欄倚檻，爭看二鸂鶒戲於水中。帝時擁貴妃於綃帳內，謂嬪宮曰：「爾等愛水中鸂鶒，爭如我被底鴛鴦？」《古詩十九首》之十八：「文綵雙鴛鴦，裁為合歡被。」（黃進德主編《唐五代詞選》）

(6)鴛鴦錦：繡有鴛鴦圖形的錦被，歐陽炯〈菩薩蠻〉：「日高猶未起，為戀鴛鴦被。」錦：「錦被」的縮語。（朱鑑珉選注《溫庭筠韋莊馮延巳李煜詩詞精選》）

(7)暖香：謂燃着的香爐。楊慎云：「王右丞詩：『楊花惹暮春』，李長吉詩：『古竹老梢惹碧雲』，溫庭筠詞：『暖香惹夢鴛鴦錦』，孫光憲詞：『六宮眉黛惹春愁』，用『惹』字凡四，皆絕妙。」（《升庵詩話》卷五）。（鄧紹基、周秀才、侯光復主編《溫庭筠李煜》）

(8)惹夢，引人入夢。惹，逗引。鴛鴦錦：指繡着鴛鴦的錦被。「鴛鴦」，含有「合歡」之義，意同《古詩·客從遠方來》：「文綵雙鴛鴦，裁為合歡被。」（張紅編著《溫庭筠詞新釋輯評》）

宏一按：佘雪曼云以上二句，原寫枕衾，着一「惹」字，筆頭一轉，幻化出一幅美人春困的素描。妙哉斯言。又，劉斯翰云以上二句，寫室中情景，以枕衾暗示兩人共寢情事，亦可備一說。

3.江上柳如煙

　⑴「江上」句：指江畔柳色朦朧，如一片綠色的雲煙。
　　（鄧紹基、周秀才、侯光復主編《溫庭筠李煜》）

4.雁飛殘月天

　⑴張惠言曰：「『江上』以下，略叙夢境。人勝參差，
　　玉釵香隔，夢亦不得到也。」按實非是。俞平伯先生
　　云：「飛卿之詞，每截取可以調和諸物象，而雜置一
　　處，聽其自然融合，在讀者心眼中，仁者見仁，智者
　　見智。」斯言得之。「江上」二句：乃叙時景，謂初
　　春破曉時候也，故下文有藕絲人勝之句。　（華鍾彥
　　《花間集註》）

　⑵殘月：一作殘日。　（姜尚賢著《唐宋名家詞新選》）

　⑶張惠言《詞選》評注：「『江上』以下，略叙夢
　　境」，後來說本篇者亦多採用張說。說實了夢境似亦
　　太呆，不妨看作遠景，詳見《讀詞偶得》。　（俞平
　　伯《唐宋詞選釋》）

　⑷以上兩句：寫夢境，暗示夢中人遠出未歸。古人常從
　　雁聯想到遠行的人。一說這兩句寫女主人夢醒時見到
　　的樓外朦朧景色，也可通。　（中國社會科學院文學研
　　究所編《唐宋詞選》）

　⑸江上兩句：寫閨人醒來所見初春破曉之景。張惠言
　　《詞選》則認為：「『江上』以下，略叙夢境。」亦
　　係一說。柳如煙：白居易〈隋堤柳〉：「柳色如煙
　　絮如雪。」殘月天：唐・齊己〈角〉：「殘月雪霜

天。」　（李誼著《花間集注釋》）

⑹江上兩句：張惠言《詞選》謂：「『江上』以下，略叙夢境。」後人多採此說。俞平伯則認為：「說實了夢境似亦太呆，不妨看作遠景」（《唐宋詞選釋》）。又云：「飛卿之詞，每截取可以調合諸印象而雜置一處，聽其自然融合，在讀者心眼中仁者見仁，智者見智，不必問其脈絡神理如何如何，而脈絡神理按之則儼然自在。……即以此言，簾內之清穠如斯，江上之芊眠如彼，千載以下，無論識與不識，解與不解，都知是好言語矣」（《讀詞偶得》）。　（王新霞選注《花間詞派選集》）

⑺殘月：《花庵詞選》作「殘日」。　（五代後蜀趙崇祚輯，房開江、崔黎民譯《花間集》）

5.藕絲秋色淺

⑴藕絲秋色：謂所著之衣淺黃淡綠色也。　（華鍾彥《花間集註》）

⑵藕絲：彩色名，指衣裳。李賀〈天上〉詩：「粉霞紅綬藕絲裙。」　（姜尚賢編著《唐宋名家詞新選》）

⑶藕絲：狀其衣裳。溫氏〈歸國謠〉：「舞衣無力風斂，藕絲秋色染」可證。　（陳弘治《唐宋詞名作析評》）

⑷當斷句，不與下「人勝參差剪」連。藕合色近乎白，故說「秋色淺」，不當是戴在頭上花勝的顏色。這裏藕絲是借代用法，把所指的本名略去，古詞常見。如

溫庭筠另首〈菩薩蠻〉「畫羅金翡翠」，不言帷帳；李璟〈山花子〉「手捲真珠上玉鉤」不言簾。這裏所省名詞，當是衣裳。作者另篇〈歸國謠〉：「舞衣無力風斂，藕絲秋色染」，可知。李賀〈天上謠〉：「粉霞紅綬藕絲裙。」（俞平伯《唐宋詞選釋》）

(5)藕絲：李賀〈天上謠〉詩：「粉霞紅綬藕絲裙。」王琦《集解》：「粉霞，藕絲，皆當時彩色名。」（蕭繼宗評點校注《花間集》）

(6)藕絲：藕絲色，淺紅。秋色：又稱秋香色，淡赭。這句描寫衣裳的顏色。古詩詞中寫女子穿藕絲色衣裳的很多，如溫庭筠〈歸國謠〉詞：「舞衣無力風斂，藕絲秋色染。」元稹〈白衣裳〉詩：「藕絲衫子藕絲裙。」（中國社會科學院文學研究所編《唐宋詞選》）

(7)此句謂女主人公穿着淺淡的藕花色絲衣。「藕絲」為借代用法，參作者另篇〈歸國謠〉「舞衣無力風斂，藕絲秋色染」及李賀〈天上謠〉「粉霞紅綬藕絲裙」可知。（吳熊和、蕭瑞峰編著《唐宋詞精選》）

(8)藕絲句：寫女子衣裳的顏色。藕絲：藕絲色，白中透出淺淺的紫色。元稹〈白衣裳〉二首：「藕絲衫子柳花裙。」秋色：又稱秋香色，淡赭色。俞平伯謂：「過片以下，妝成之象」（《讀詞偶得》）。（王新霞選注《花間詞派選集》）

(9)藕絲：純白色的絲。秋色淺：喻衣色淡雅。（吳熊和、沈松勤選注《唐五代詞三百首》）

⑽藕絲：青白色，這裏指衣裳。 （陳邦炎主編《詞林觀止》）

⑾藕絲：一種色彩，淺黃近乎白。又因藕成熟於秋季，故將此色稱為「秋色」。這句寫詞中女主人公衣衫顏色的淡雅。 （嚴迪昌、朱淡文、歐陽忠偉編《中華古詞觀止》）

⑿謂所穿之衣為淺黃淡綠色。 （趙仁珪主編《唐五代詞三百首譯析》）

⒀「藕絲」句：描寫衣裳的顏色。藕絲：即藕絲色，色淺紅；秋色：即秋香色，色淡赭。兩色相近，故擬為比喻。 （彭玉平編著《唐宋名家詞導讀》）

⒁「藕絲」句：藕成熟於秋季，故將淡紫近白的藕合色稱作「秋色」，又轉而用這色彩來代替藕合色絲綢做成的衣裳，此處即指此衣服。 （丁炳貴編著《婉約詞與豪放詞鑑賞》，成都：四川大學出版社，2000年7月）

⒂藕絲：指藕絲色，一種淺淡柔和的色調，近乎白色。李賀〈天上謠〉：「粉霞紅綬藕絲裙」，王琦《匯解》：「粉霞，藕絲，皆當時彩色名。」葉蔥奇注：「藕絲即純白色。」元稹〈白衣裳〉：「藕絲衫子柳花裙」。秋色：與秋時相應的顏色。古以五色、五行配四時，秋為金、其色白，故指白色。或謂：「秋色」指秋香色，一種介乎黃與綠之間淡雅柔和的色調，亦可通。這裏借「藕絲秋色」，寫人的衣裳素雅。 （張紅編著《溫庭筠詞新釋輯評》）

6.人勝參差剪

⑴人勝：即彩勝，婦女以為首飾。梁宗懍〈荊楚歲時記〉：「人日剪彩為勝，故稱人勝。」（華鍾彥《花間集註》）

⑵人勝：人形的首飾物。李商隱〈人日〉詩：「鏤金作勝傳荊俗，剪綵為人起晉風。」參差：長短不齊的樣子。《詩經·周南》：「參差荇菜，右左流之。」（姜尚賢編著《唐宋名家詞新選》）

⑶「勝」：花勝，以人日為之，亦稱「人勝」。《荊楚歲時記》：「正月七日為人日，……翦綵為人，或鏤金薄（箔）為人以貼屏風，亦戴之頭鬢，又造華勝以相遺。」花勝男女都可以戴；有時戴小幡，合稱幡勝。到宋時這風俗猶存，見《夢粱錄》、《武林舊事》「立春」條。（俞平伯《唐宋詞選釋》）

⑷人勝：為人形之首飾物也。《荊楚歲時記》正月七日為人日，剪彩為人，或鏤金薄為人勝，以貼屏風，亦戴之頭鬢。（蕭繼宗評點校注《花間集》）

⑸人勝：綴於釵上的人形裝飾品。勝是古代婦女的一種首飾。據《荊楚歲時記》記載，正月七日為「人日」，婦女們剪彩為人形，或鏤金箔為人形，戴在鬢上，或貼在屏風上。參差：這裏是形容人勝剪裁得精巧，輪廓分明。（中國社會科學院文學研究所編《唐宋詞選》）

宏一按：「參差」未必形容剪裁精巧，或借喻美人心不在焉，故剪裁失度也。

(6)製作人勝，不必定在人日。如此詞云：「江上柳如煙，雁飛殘月天。」此並非正月七日景物。　（劉斯翰《溫庭筠詩詞選》）

(7)人勝句——意思是剪成參差不齊的彩勝戴在頭上。人勝：即彩勝、花勝。《荊楚歲時記》：「正月七日為人日，……翦綵為人，或鏤金薄為人以貼屏風，亦戴之頭鬢。」這裏是指頭上的妝飾品。李商隱〈人日詩〉：「鏤金作勝傳荊俗，剪綵為人起晉風。」參差剪：剪成長短不一樣的樣子。

(8)人勝：舊俗人日（正月初七）剪綵人形，作為婦女首飾。　（吳熊和、沈松勤選注《唐五代詞三百首》）

(9)人勝：又稱花勝，古代婦女的雀形首飾。　（陳邦炎主編《詞林觀止》）

(10)人勝：女子頭上飾物。古代以正月初七日為人日，此時女子剪彩紙為人形，或鏤刻金箔為人形，把它貼在屏風上，也戴在頭鬢；又造花勝互相贈送，稱之為人勝。參差：形容人勝的形態大小不一。　（徐培均選注《婉約詞三百首》，杭州：浙江古籍出版社，1998年7月）

宏一按：俞平伯云「人勝」一詞，非泛泛之筆，與「雁飛殘月天」有關。薛道衡〈人日詩〉：「人歸落雁後，思發在花前」，不特有韶華易度之感，深閨幽怨，亦即於藕斷絲連中輕輕逗出。俞氏之言，可啟讀者心眼。

7.雙鬢隔香紅

⑴香紅：謂鮮花也。雙鬢簪花，故曰隔。 （華鍾彥《花間集註》）

⑵香紅：指花，即以之代花。着一「隔」字，兩鬢簪花，光景分明。 （俞平伯《唐宋詞選釋》）

⑶隔：分開。香紅：代指鮮花。這句說，兩鬢簪着芬芳的紅花。 （中國社會科學院文學研究所編《唐宋詞選》）

⑷雙鬢句：兩鬢簪花為頭所隔。雙鬢：樂府〈讀曲歌〉「雙鬢如浮雲。」香紅：指花。齊己〈放猿〉：「野桃山杏摘香紅。」 （李誼《花間集注釋》）

⑸香紅：指鮮花。兩鬢簪花，中有距離，故曰「隔」。 （徐培均評注《唐宋詞小令精華》）

⑹香紅：花之代稱。一說，香紅指女主人公之臉頰。 （楊曉榕著《唐宋詞選》，香港：中華書局，1991年10月）

⑺隔香紅：簪花於兩鬢，中隔臉頰，故云。香紅，代指花。齊己〈放猿〉：「野桃山杏摘香紅。」 （黃進德選注《唐五代詞選集》）

⑻「雙鬢」句：謂兩鬢簪花。香紅，花的代稱，一說香紅指人面。 （吳熊和、沈松勤選注《唐五代詞三百首》）

⑼香紅：指代香豔的紅花。一云指美人粉面。 （劉尊明著《溫庭筠韋莊詞選》）

宏一按：「香紅」為晚唐五代習用語，除上引「野桃

山杏摘香紅」外，他如韋莊〈更漏子〉：「落花香露紅」，鹿虔辰〈臨江仙〉：「清霞注香紅」，皆其證。

8.玉釵頭上風

⑴風：顫動。韓偓〈安貧〉：「手風慵展八行書、眼暗休尋九局圖。」溫庭筠〈春旛〉詩：「玉釵風不定，香步獨徘徊。」是其例。　（華鍾彥《花間集註》）

⑵旛勝搖曳，花氣搖蕩，都在春風中。作者〈詠春旛〉詩：「玉釵風不定，香步獨徘徊」，意境相近。（俞平伯《唐宋詞選釋》）

⑶玉釵句：頭上所戴玉釵，因人走動而生風。溫庭筠《溫飛卿詩集》卷三〈詠春旛〉詩：「玉釵風不定，香步獨徘徊。」　（李誼《花間集注釋》）

⑷玉釵句：指女子走路時，頭上的玉釵綴着人勝，隨之搖曳生風。溫庭筠〈春旛〉詩：「玉釵風不定，香步獨徘徊。」俞平伯謂「末句尤妙，着一風字，神情全出，不但兩鬢之花氣往來不定，釵頭旛勝亦顫搖於和風駘蕩中」（《讀詞偶得》）。　（王新霞選注《花間詞派選集》）

【彙評】

1.明

⑴楊慎：王右丞詩「楊花惹莫春」，李長吉詩「古竹老梢惹碧雲」，溫庭筠「暖香惹夢鴛鴦錦」，孫光憲「六宮眉黛惹春愁」，用惹字凡四，皆絕妙。　（楊慎

《升庵詩話》，據《叢書集成初編》，長沙：商務印書館，1939）

(2)田藝蘅：詩中用惹字，有有情之惹，有無情之惹。惹，絓也，亂也，引著也。隋煬帝「被惹香黛殘」，賈至「衣冠身惹御爐香」，古辭「至今衣袖惹天香」，溫庭筠「暖香惹夢鴛鴦錦」，孫光憲「眉黛惹春愁」，皆有情之惹也。王維「楊花惹暮春」，李賀「古竹老梢惹碧雲」，皆無情之惹也。（田藝蘅《留青日札》，《續修四庫全書》，上海：上海古籍出版社，1995）

(3)徐士俊：「藕絲秋色染」，牛嶠句也。「染」、「淺」二字皆精。（據卓人月《古今詞統》，《續修四庫全書》（明崇禎刻本））

2.清

(1)張惠言：「夢」字堤，「江上」以下略叙夢境。「人勝參差」、「玉釵香隔」，言夢亦不得到也。「江上柳如煙」是關絡。（張惠言《詞選》）

(2)吳衡照：飛卿〈菩薩蠻〉云：「江上柳如煙，雁飛殘月天。」〈更漏子〉云：「銀燭背繡簾垂，夢長君不知。」〈酒泉子〉云：「月孤明，風又起，杏花稀。」作小令不似此著色取致，便覺寡味。（吳衡照《蓮子居詞話》，據唐圭璋《詞話叢編》）

(3)譚獻：於「江上柳如煙」句旁批「觸起」。」（周濟撰、譚獻評《譚評詞辨末四家詞選》）

(4)陳廷焯：夢境淒涼。（陳廷焯《詞則》，上海：上

海古籍出版社，1984）

⑸陳廷焯：「江上柳如煙，雁飛殘月天。」飛卿佳句
也。好在是夢中情況，便覺綿邈無際。若空寫兩句，
景物意味便減。悟此方許為詞，不則即金氏所謂「雅
而不豔，有句無章」者矣。　（陳廷焯《白雨齋詞
話》，據唐圭璋《詞話叢編》）

⑹陳廷焯：「楊柳岸曉風殘月」，從此脫胎。「紅」字
韻，押得妙。　（陳廷焯《雲韶集》，據屈興國校注
《白雨齋詞話足本校注》）

⑺孫麟趾：何謂渾？如「淚眼問花花不語，亂紅飛過鞦
韆去。」「江上柳如煙，雁飛殘月天。」「西風殘照
漢家陵闕。」皆以渾厚見長者也。詞至渾，功候十分
矣。　（孫麟趾《詞逕》，據唐圭璋《詞話叢編》）

3.民國

⑴李冰若：「暖香惹夢」四字與「江上」二句均佳，但
下闋又雕繢滿眼，羌無情趣。即謂夢境有柳煙殘月之
中，美人盛服之幻，而四句晦澀已甚，韋相便無此種
笨筆也。　（李冰若《栩莊漫記》，見李冰若《花間集
評注》）

宏一按：此詞寫美人春困，藉臥室及服飾之美，寫別
後寂寞之情。上片造句婉麗，固不易解。張惠言曰：
「『江上』以下，略敘夢境。」而俞平伯則推衍陳

廷焯之說，以為不必呆看文字，不妨看作遠景，所謂
「簾內之清穩如斯，江上之芊眠如彼，千載以下，無
論識與不識，解與不解，都知是好言語矣。」筆者知
其為好言語，然亦有意試作一解如下：

《溫飛卿詩集》卷五有〈瑤瑟怨〉一詩云：

> 冰簟銀床夢不成，碧天如水曉雲輕。
> 雁聲遠過瀟湘去，十二樓中月自明。

此詩寫深秋月夜，美人夢既不成，無以慰相思之情，
故益覺床蓆冰冷。此時遙望窗外，則碧空如洗，雲淡
月明，但見鴻雁南下瀟湘而去。美人忽起聯想：玉郎
此際或亦正在十二樓中對月相思耶？

　　此詩情境迷人，蓋可與此首上片四句合讀。水
精之簾，玻璃之枕，益之以繡有鴛鴦圖案之衾帳，室
內陳設之美、暖香之意，蓋可想見。「惹夢」二字，
正寫「夢不成」也。「江上柳如煙，雁飛殘月天」二
句，亦如俞平伯所謂寫遠望之景，非叙夢境。俞氏引
薛道衡詩：「人歸落雁後，思發在花前。」尤足啟人
心目。唯「人勝」之製，未必定在人日，此猶吃粽未
必定在端午也。又，「江上柳如煙，雁飛殘月天」二
句所寫，景色實非正月七日時節所宜有，故歷來論者
多解此首為人日之作，恐誤。

〈菩薩蠻〉之三

蕊黃無限當山額，宿妝隱笑紗窗隔。相見牡丹
時，暫來還別離。　　翠釵金作股，釵上雙蝶
舞。心事竟誰知，月明花滿枝。

【注釋】

1.蕊黃無限當山額

⑴蕊黃：即額黃也。因似花蕊，故以為名。古者女妝常
　點額黃。李義山詩：「壽陽公主嫁時妝，八字宮眉捧
　額黃。」山額：謂額間之高處。溫庭筠詩：「雲鬟幾
　迷芳草蝶，額黃無限夕陽山。」　（華鍾彥《花間集
　註》）

⑵「蕊黃」是黃色花粉，唐代的女人，用來塗在眉和額的
　中間，圓如滿月。　（佘雪曼《佘雪曼詞學演講錄》）

⑶蕊黃：指黃色的花粉，用來妝飾面頰的。李賀詩：
　「宮人面靨黃。」當山額：即額頭，眉上髮下的部
　分。李商隱詩：「壽陽公主嫁時妝，八字宮眉捧額
　黃。」（姜尚賢編著《唐宋名家詞新選》）

⑷蕊黃：謂黃如花蕊之色。山額：見前「小山」注。
　（蕭繼宗評點校注《花間集》）

⑸蕊黃：謂色黃如花蕊，此指眉妝。《升庵詩話》卷十
　〈黃眉墨妝〉：「後周靜帝令宮人黃眉墨妝，至唐猶
　然。觀唐人詩詞，如『蕊黃無限當山額』，又『額黃
　無限夕陽山』，……其證也。」李商隱〈酬崔八早梅
　有贈兼示之作〉：「兒時塗額借蜂黃。」山額：溫庭

筠〈照影曲〉:「黃印額山輕為塵。」 （李誼著《花間集注釋》）

(6)蕊黃句——蕊黃:額黃,因色如花蕊,故也稱蕊黃。六朝時,婦女打扮時,額間塗黃,唐五代時,還存此習。無限:沒有界限,言黃色已模糊不清了。山額:舊稱眉為遠山眉,眉上額間故稱山額。或曰:額間的高處。 （沈祥源、傅生文注《花間集新注》）

(7)「蕊黃」句:謂以黃粉塗飾面額。明田藝蘅《留青日札》卷二十一「額黃」:「額上塗黃,漢宮妝也。」《西神脞說》則謂:「婦人勻面,惟施朱傅粉而已。至六朝乃兼尚黃。」（《五代詩話》卷四引）梁簡文帝〈戲贈麗人詩〉:「同安鬟裏撥,異作額間黃。」山額:指眉額。 （黃進德選注《唐五代詞選集》）

(8)蕊黃句:形容女子的黃額眉妝。蕊黃:色黃如花蕊,指額黃（六朝以來婦女習尚在額上塗黃色）。李商隱〈無題〉二首:「壽陽公主嫁時妝,八字宮眉捧額黃。」山額:亦稱額山,額間之高處。溫庭筠詩:「額黃無限夕陽山。」 （王新霞選注《花間詞派選集》）

(9)山額:唐代女子喜歡在額頭上塗黃色,叫做「額黃」。這裏是描寫女子的額妝。如牛嶠詞:「額黃侵髮膩」。 （鄧紹基、周秀才、侯光復主編《溫庭筠李煜》）

(10)蕊黃:六朝婦女施於額上的黃色塗飾。此「黃」,蓋用花蕊研製成的黃粉。稱「額黃」,又稱「蕊黃」、

「鴉黃」。唐時仍有。其制起於漢時。張先〈漢宮春〉：「漢家宮額塗黃。」溫庭筠〈懊惱曲〉：「蕊粉染黃那得深。」無限：沒有界限，指蕊黃顏色中間濃周圍漸淡，分界不明顯。山額：指額頭。　（張紅編著《溫庭筠詞新釋輯評》）

宏一按：此句即宿妝已殘之意。

2.宿妝隱笑紗窗隔

(1)宿妝：即舊妝。　（姜尚賢編著《唐宋名家詞新選》）

(2)宿妝：梁・劉緩〈鏡賦〉：「訝宿妝之猶調，笑殘黃之不正。」岑參〈醉戲竇子〉：「宿妝嬌羞偏髻鬟。」隱笑：何遜〈輕薄篇〉：「相看獨隱笑。」（李誼著《花間集注釋》）

(3)宿妝：隔夜妝。梁・劉緩〈鏡賦〉：「訝宿妝之猶調，笑殘黃之不正。」此接上句寫殘妝猶存。隱笑：淺笑。謂隔着紗窗，似見隱約一笑。　（王新霞選注《花間詞派選集》）

(4)宿妝：隔夜之舊妝。隱笑：隱藏其笑容。紗窗：蒙有薄紗之窗。常借指女子之閨房。　（孔範今主編《全五代詞釋注》）

(5)宿：隔夜為宿。宿妝：指隔夜的妝飾。猶舊妝、殘妝。岑參〈醉戲竇子美人〉詩：「朱唇一點桃花殷，宿妝嬌羞偏髻鬟。」隱笑：隱沒、不露笑意；這是怨淡的表情。元慎〈寄吳士矩端公五十韻〉：「隱笑甚艱難，斂容還見剋。」　（張紅編著《溫庭筠詞新釋輯

評》）

宏一按：「宿妝」與「新妝」相對。宿妝即舊妝未卸
之意。以上二句蓋寫初見時之印象。

3.相見牡丹時

⑴牡丹時：謂春三月下旬。言相見之遲，相別之速，
與《離騷》中美人遲暮之意同。　（華鍾彥《花間集
註》）

⑵牡丹時：牡丹春末開花，故以之借指暮春時節。白居
易〈賣花〉：「帝城春欲暮，喧喧車馬度。共道牡丹
時，相隨賣花去。」（李誼著《花間集注釋》）

⑶牡丹時：牡丹開花之時。謂暮春三月。晏殊〈浣溪
沙〉：「三月和風滿上林，牡丹妖豔值千金。」
（張紅編著《溫庭筠詞新釋輯評》）

4.暫來還別離

⑴暫來句：喻相會之短暫。戴叔倫〈織女詞〉：「難得
相逢容易別」和張笈〈寄元宗簡〉「暫時相見還相
送」，與此意相近。　（李誼著《花間集注釋》）

⑵相見二句：華鍾彥謂此二句「言相見之遲，相別之
速，與《離騷》中美人遲暮之意同。」（《花間集
注》卷一）。牡丹時：牡丹在春末開花，故以之指暮
春時節。還：讀若「旋」。旋，速也。　（王新霞選注
《花間詞派選集》）

⑶暫來：初來、才來、剛來。　（吳熊和、沈松勤選注
《唐五代詞三百首》）

⑷還（音旋）：迅速；立即。《漢書‧董仲舒傳》：
「此皆可以還至而（立）有效者也。」顏師古注：
「還讀曰旋。旋，速也。」張紅編著《溫庭筠詞新釋
輯評》。

5.翠釵金作股

⑴婦女的首飾，用翡翠做成的。　（姜尚賢編著《唐宋名
家詞新選》）

⑵翠釵金作股：用金子作股的翡翠頭釵。　（陳弘治《唐
宋詞名作析評》）

⑶股：釵，以金作二股扭成之。　（蕭繼宗評點校注《花
間集》）

⑷翠釵：以翡翠鑲嵌的釵。金作股：指以金鑄就的釵上
分支。白居易〈長恨歌〉：「釵留一股合一扇，釵擘
黃金合分鈿。」蝶雙：一作「雙蝶」，誤倒。　（黃進
德選注《唐五代詞選集》）

⑸翠釵：以翡翠鑲嵌的金釵。股：釵腳。　（吳熊和、沈
松勤選注《唐五代詞三百首》）

⑹翠釵：謂翠玉鑲嵌之金釵，是插於髮鬢的精美首飾。
股：釵的組成部分，俗稱釵腳。釵由兩股合成，古
代情侶分別時常常掰釵為二，各執一股，以當臨別
念物。白居易〈長恨歌〉：「釵留一股合一扇，釵擘
黃金合分鈿。」蝶雙舞：釵頭上的飾物，形似雙蝶
飛舞。一作雙蝶舞。　（張紅編著《溫庭筠詞新釋輯
評》）

6.釵上雙蝶舞

⑴雙蝶：釵頭之所飾也。韓偓詩：「水晶鸚鵡釵頭顫，
　　斂袂佯羞忍笑時。」 （華鍾彥《花間集註》）

⑵雙蝶：作「蝶雙」。 （姜尚賢編著《唐宋名家詞新
　　選》）

⑶蝶雙舞：指釵頭的裝飾，形似雙飛的蝴蝶。 （王新霞
　　選注《花間詞派選集》）

⑷「釵上」句：翠釵上的金飾，或作雙蝶，或作鳳凰。
　　（吳熊和、沈松勤選注《唐五代詞三百首》）

7.心事竟誰知

⑴心事：謝靈運〈擬魏太子鄴中集徐幹詩序〉：「徐幹
　　少無宦情，有箕潁之心事。」謝朓〈新亭諸別范零
　　陵〉：「心事俱往矣，江上徒離憂。」 （李誼著《花
　　間集注釋》）

8.月明花滿枝

⑴溫庭筠詩：「心許故人知此意，古人知者竟誰人？」
　　意與此合。 （華鍾彥《花間集註》）

⑵末句即所謂「花好月圓」之意，用以反襯人之別離，
　　更覺情意難堪。 （劉斯翰《溫庭筠詩詞選》）

⑶「心事」二句：為全詞點晴之筆。李漁云：「有似淡
　　語妝濃詞者，別是一法。如「心事竟誰知，月明花滿
　　枝」之類是也。此等結法最難，非負雄才具大力者不
　　能。」（《窺詞管見》）。 （鄧紹基、周秀才、侯光
　　復主編《溫庭筠李煜》）

(4)這兩句說主人公心事重重,自朝至暮,自己無法調節控制。將梳妝與感情的起伏變幻聯繫起來寫,交錯進行,反復切割,是溫詞常用的手法,這并非詞意不貫,而表明溫詞在技巧上的刻意追求。 (費振剛主編,徐俠、顧農著《花間派詞傳》)

【彙評】

1.明

(1)楊慎:後周靜帝令宮人黃眉墨妝,至唐猶然。觀唐人詩詞,如「蕊黃無限當山額」,又「額黃無限夕陽山」,又「學盡鴉黃半未成」其證也。 (楊慎《升庵詩話》,據丁福保《歷代詩話續篇》)

2.清

(1)李漁:有以淡語收濃詞者,別是一法。內有一片深心,若草草看過,必視為強弩之末,又恐人不得其解,謬謂前人煞尾原不知盡用全力,亦不必盡顧上文,儘可隨拈隨得,任我張弛。效而為之,必犯銳始懈終之病。亦為饒舌數語。大約此種結法,用之憂怨處居多,如懷人、送客、寫憂、寄慨之詞,自首至終,皆訴淒怨,其結句獨不言情,而反述眼前所見者,皆自狀無可奈何之情,謂思之無益,留之不得,不若且顧目前。而目前無人,止有此物,如「心事竟誰知,月明花滿枝」、「曲中人不見,江上數峰青」之類是也。此等結法最難,非負雄才具大力者不能。即前人亦偶一為之。學填詞者,慎勿輕效。 (李漁

《窺詞管見》，據唐圭璋《詞話叢編》）

(2)張惠言：提起，以下三章本入夢之情。（張惠言《詞選》）

(3)《西神脞說》：婦人勻面，古惟施朱傅粉而已。六朝乃兼尚黃。《幽怪錄》：「神女智瓊額黃。」梁簡文帝詩：「同安鬟裏撥，異作額間黃。」溫庭筠詩：「額黃無限夕陽山。」又詞：「蕊黃無限當山額。」牛嶠詞：「額黃侵髮膩。」此額妝也。北周靜帝令宮人黃眉墨妝。溫詩：「柳風吹盡眉間黃。」張泌詞：「依約殘眉理舊黃。」此眉妝也。段成式《酉陽雜俎》所載，有黃星靨。遼時，燕俗婦人有顏色者，目為細娘。面塗黃，謂為佛妝。溫詞：「臉上金霞細。」又「粉心黃蕊花靨，」宋彭汝礪詩：「有女夭夭稱細娘，真珠絡髻面塗黃。」此則面妝也。（見李冰若《花間集評注》）

3.民國以來

(1)李冰若：以一句或二句描寫一簡單之妝飾而其下突接別意，使詞意不貫，浪費麗字，轉成贅疣，為溫詞之通病。如此詞翠釵二句是也。（李冰若《栩莊漫記》）

(2)謝弗：雌黃就是美麗、黃色的砷硫化物（出自"auripigmentum"），西方畫家也將這種顏料稱作「王黃」，而在中國由於人們發現它與「雄黃」（realgar）有關，所以將它叫做「雌黃」。在煉丹術

士玄妙的隱語中，雌黃被稱為「神女血」或「黃龍血」。他們認為「舶上來如『嚛血』者上，湘南者次之。」雌黃又稱「金精」，正如石青被稱作「銅精」一樣，稱雌黃為「金精」，是因為他們認為雌黃與礦物學上的黃金有關。至少早在公元五世紀時，這種精美的顏料就已經從扶南和林邑輸入了中國，所以它又被稱為「昆侖黃」。因此，對於從敦煌帶來的那宛若金黃的絹畫，我們也就不會感到驚訝了。在唐代，商彌附近的地區以盛產雌黃、葡萄著稱，但是我們不知道這裏的出產當時是否輸入了唐朝境內。

正如我們在文學作品中了解到的那樣，在唐朝婦女中最普遍流行的時尚是使用「額黃」。當時塗抹額頭最常用的顏料似乎是一種類似天然一氧化碳的鉛黃，但是很可能有時也使用金黃色的砷——雖然砷與鉛顏料一樣，保留時間過長對皮膚有害。就像青色和黑色一樣，黃色對出身高貴的婦女的面部化妝是完全合適的。類似這樣的時尚，有些是從外國起源的，一方面它們的出現立即觸發了詩人們歡愉的情感，同時也激起了有些詩人的憤慨。白居易在〈時世妝〉這首詩中，表達了他對九世紀初年的化妝和流行髮式的看法，以下是阿瑟·韋利的譯文（譯按：此從原文）：「時世妝，時世妝，出自城中傳四方。時世流行無遠近，腮不施朱面無粉。烏膏注唇唇似泥，雙眉畫作八字低。妍媸黑白失本態，妝成盡似含悲啼。圓鬟無鬢堆髻樣，斜紅不暈赭面狀。昔聞被髮伊川中，辛有見

之知有戎。元和妝梳君記取，髻堆面赭非華風。」
（〔美〕謝弗著、吳玉貴譯《唐代的外來文明》，北
京：中國社會科學出版社，1995年8月）

宏一按：古人有云：「女為悅己者容」，此詞寫美人
憶舊惜別之情。今良人「暫來還別離」，而美人宿妝
已殘，新妝未理，故值月明花開之時，憶隔窗隱笑之
事，實不勝今昔惆悵之感。

〈菩薩蠻〉之四

翠翹金縷雙鸂鶒，水紋細起春池碧。池上海棠
梨，雨晴紅滿枝。　　繡衫遮笑靨，煙草粘飛
蝶。青瑣對芳菲，玉關音信稀。

【注釋】

1.翠翹金縷雙鸂鶒

(1)鸂鶒：音谿尺，一作鸂式鳥，水鳥也，又名紫鴛鴦，
　　形較大。翠翹：鸂鶒之尾。金縷：鸂鶒之紋。此以
　　鸂鶒之成雙，興閨人之獨處也。　（華鍾彥《花間集
　　註》）

(2)翠翹：婦人的首飾。《山堂肆考》：「翡翠鳥尾上長
　　尾毛曰翹，美人首飾如之，因名翠翹。」韋應物詩：
　　「麗人綺閣情飄飄，頭上鴛釵雙翠翹。」鸂鶒：水鳥
　　名，似鴛鴦而稍大，其色多紫，故又稱為紫鴛鴦。在
　　這裏是指金雀釵，亦是婦人的首飾。　（姜尚賢編著
　　《唐宋名家詞新選》）

(3)翠翹：《山堂肆考》云：「翡翠鳥尾上長尾毛曰翹，
　　美人首飾如之，因名翠翹。」鸂鶒：水鳥名，似鴛鴦
　　而稍大，其色多紫，故又稱紫鴛鴦。此指金釵之作鸂
　　鶒形者。　（陳弘治《唐宋詞名作析評》）

(4)翠翹：婦人之髮飾。《山堂肆考》：「翡翠鳥尾上長
　　尾毛曰翹，美人首飾如之，因名翠翹。」鸂鶒：水鳥
　　名。陳藏器《本草》：「鸂鶒，水鳥，形如小鴨，毛
　　有五采。謝靈運〈鸂鶒賦〉：覽水禽之萬類，信莫麗

於鸂鶒。」此謂金飾水鳥之形。 （蕭繼宗評點校注
《花間集》）

(5)翠翹句：長尾金羽的鸂鶒鳥成雙成對，以喻閨人獨處
之淒寂。翠翹：《山堂肆考》：「翡翠鳥尾上的長
毛曰翹，美人首飾如之，因名翠翹。」《楚辭·招
魂》：「砥室翠翹，掛曲瓊些。」此處指鸂鶒之長
尾。鸂鶒：又名紫鴛鴦。《爾雅翼·釋鳥》：「鸂鶒
亦鴛鴦之類，其色多紫。」陳藏器《木草》：「鸂
鶒，水鳥。形如小鴨，毛有五色。」謝惠連〈鸂鶒
賦〉：「覽水禽之萬類，信莫麗乎鸂鶒。」唐·劉
兼：〈蓮塘霽望〉：「萬疊水紋羅乍展，一雙鸂鶒繡
初成。」 （李誼《花間集注釋》）

(6)「翠翹」句：以首飾上金絲編就的鸂鶒之成雙作對
反襯少婦深閨獨處的淒寂。翠翹：翡翠翹，婦女首
飾名。《事物紀原》卷三：「《實錄》曰：自燧人
之始，婦人束髻，舜加首飾，文王又加翠翹、步搖
也。」《山堂肆考》：「翡翠鳥尾上長尾毛曰翹，美
人首飾如之，因名翠翹。」白居易〈長恨歌〉：「花
鈿委地無人收，翠翹金雀玉搔頭。」金縷，金絲。
《鹽鐵論·散不足》：「今富者黼黻狐白鳧翥，中者
罽衣金縷，燕鼠各代黃。」鸂鶒，水鳥名。《本草綱
目》「禽部」卷四十七：「按杜台卿〈淮賦〉云：鸂
鶒，其游於溪也，左雄加雌，群伍之亂，似有式度
者，故《說文》又作溪式鳥，其形大於鴛鴦，而色多
紫，亦好並游，故謂之紫鴛鴦也。」 （黃進德選注

《唐五代詞選集》）

(7)翠翹句：水池中翠尾金羽的鸂鶒成雙成對。翠翹，翠鳥尾上的長毛。金縷：本指金絲，此指水鳥金色的羽毛。鸂鶒：水鳥名，形大於鴛鴦，而色多紫，水上偶游，故又稱之紫鴛鴦。（俞平伯謂鴛鴦乃「金雀釵也。上二首皆以妝為結束，此則以妝為起筆，可悟文格變化之方」《讀詞偶得》）可備一說。（王新霞選注《花間詞派選集》）

(8)翠翹：婦女首飾；屬釵、簪一類。《山堂肆考》：「翡翠鳥尾上的長毛曰翹，美人首飾如之，因名翠翹。」韋應物〈長安道〉詩：「麗人綺閣情飄飄，頭上鴛釵雙翠翹。」金縷：金絲。此指精美的翠翹上飾有金絲造成的鸂鶒。鸂鶒：一種水鳥，狀似鴛鴦，其色多紫，又名紫鴛鴦。常在水中成雙偶游。唐代珠寶飾品和各種婦女首飾，常表現為花、鳥形象。〈菩薩蠻〉（其十）：「寶函鈿雀金鸂鶒。」可證。（張紅編著《溫庭筠詞新釋輯評》）

2.水紋細起春池碧

(1)水紋：池上泛起之漣漪。杜牧〈江上偶見〉絕句：「水紋如縠燕參差。」春池：韋應物〈題鄭弘憲遺愛草堂〉：「春池含苔綠。」（李誼《花間集注釋》）

3.池上海棠梨

(1)海棠梨，即海棠也。昔人於外來之物品每加「海」字，猶今日對舶來品，多加一「洋」字也。（俞平伯

《讀詞偶得》）

(2)海棠梨：即棠梨也。海：古謂中國四面環海，常有海內海外遠來之意。《荊楚歲時記》：「驚蟄後花信風，一候桃花，二候棠梨。」 （華鍾彥《花間集註》）

(3)海棠梨：植物名，即海棠。薔薇科，落葉亞喬木，高丈餘。春月出長梗著花，其蕾朱赤色，開則外面半紅半白。內面粉紅色，頗豔麗，花後結小圓實。 （姜尚賢編著《唐宋名家詞新選》）

(4)海棠梨：即海棠。昔人於外來之品物每加「海」字，猶今人對於舶來品多加一「洋」字。 （陳弘治《唐宋詞名作析評》）

(5)海棠梨：即海棠，植物名，亦名野梨，薔薇科。王周〈宿疎陂驛〉詩：「秋染棠梨半夜紅，荆州東望草平空。」 （蕭繼宗評點校注《花間集》）

(6)海棠梨：即海棠花。 （趙仁珪主編《唐五代詞三百首譯析》）

(7)海棠梨：此即海棠花。一作棠梨，開白花，如是，則與下句「紅滿枝」抵牾，故不從。 （房開江、崔黎民譯《花間集》）

(8)海棠梨：即棠梨，一名甘棠，俗稱野梨。 （劉尊明著《溫庭筠韋莊詞選》）

(9)海棠梨：一種果木。果圓形或卵圓形。又名海紅。李時珍《本草綱目·果二·海紅》：「《飲膳正要》果類有海紅，不知出處，此即海棠梨之實也。狀如木瓜

而小，二月開紅花，實至八月乃熟。」　（張紅編著
《溫庭筠詞新釋輯評》）

4.雨晴紅滿枝

　⑴指紅色花朵開滿枝頭。　（姜尚賢編著《唐宋名家詞新
　　選》）

　⑵池上兩句：謂海棠梨樹花紅滿枝。海棠梨：《本草綱
　　目》卷三零：「飲膳正要果實有海紅，不知出處，此
　　即海棠梨之實也。狀如木瓜而小，二月開紅花，實至
　　八月乃熟。」韓偓〈見花〉：「肉紅宮錦海棠梨。」
　　紅滿枝：狀其花盛。孟雲卿〈寒食〉：「二月江南花
　　滿枝。」　（李誼《花間集注釋》）

　⑶「池上」二句：點明時令季節。海棠梨：即棠梨；一
　　名甘棠；俗稱野梨。《本草綱目》「果部」卷三零：
　　「《飲膳正要》果類有海紅，不知出處，此即海棠
　　梨之實也。狀如木瓜而小，二月開紅花，實至八月乃
　　熟。」韓偓〈以庭前海棠梨花一枝寄李十九員外〉：
　　「二月春風盪漾時，旅人虛對海棠梨。」　（黃進德選
　　注《唐五代詞選集》）

5.繡衫遮笑靨

　⑴靨：乙接切，口輔之微渦也。楊慎《丹鉛雜錄》：
　　「唐韋固妻少為盜所刃，傷靨，以翠掩之。女妝遂有
　　靨飾。」杜甫詩：「名花留賓靨，蔓草見羅裙。」
　　（華鍾彥《花間集註》）

　⑵繡衫：即刺繡的春衫。笑靨：即面頰旁邊的酒渦。

《淮南子·說林》：「靨輔在頰則好。」曹植〈洛神賦〉：「明眸善睞，靨輔承權。」魏承班〈木蘭花〉：「一雙笑靨嚬香藥。」（姜尚賢編著《唐宋名家詞新選》）

(3)繡衫：彩繡之衫。溫庭筠〈屈拓枝〉：「繡衫金騕褭。」笑靨：笑時面頰上露出的酒渦兒。伏知道〈為王寬與婦義安公主書〉：「輕扇初開，欣看笑靨。」梁簡文帝〈擬古詩〉：「眼語笑靨迎來情，心懷心想甚分明。」一作婦女之面飾。韋莊〈嘆落花〉：「西子去時遺笑靨，謝娥行處落金鈿。」（李誼著《花間集注釋》）

(4)笑靨：笑時面頰上露出的酒渦兒。梁簡文帝〈擬古詩〉：「眼語笑靨迎來情，心懷心想甚分明。」作者〈牡丹〉之二：「欲綻似含雙靨笑。」（黃進德選注《唐五代詞選集》）

(5)笑靨：笑時面頰上的酒渦。又指古時婦女貼在臉上的裝飾品。明·楊慎《詞品》卷二：「靨飾」條云：「《說文》：『靨，頰輔也。』〈洛神賦〉：『明眸善睞，靨輔承權。』自吳宮有獺髓補痕之事，唐韋固妻少時為盜刃所刺，以翠掩之，女妝遂有靨飾。其字二音，一音琰，一音葉。溫飛卿詞：『繡衫遮笑靨，煙草粘飛蝶。』此音葉。又云：『粉心黃蕊花靨，黛眉山兩點。』此音琰。」（王新霞選注《花間詞派選集》）

(6)靨：古時婦女面部的裝飾。《升庵新集》：「《說

文》：『靨，頰輔也。』〈洛神賦〉：『靨輔承
權』。自吳宮有獺髓補痕之事，唐韋固妻少時為盜刃
所刺，以翠掩之，女妝遂有靨飾。」 （鄧紹基、周秀
才、侯光復主編《溫庭筠李煜》）

6.煙草粘飛蝶

　(1)粘：泥炎切，音拈，黏之俗字。附着也，熏染也，楊
　　維楨詩：「香粘金革登憶徵兜。」是其例。 （華鍾彥
　　《花間集註》）

　(2)煙草：泛指花草。 （蕭繼宗評點校注《花間集》）

　(3)煙草：形容茂盛之草。溫庭筠〈春曉曲〉：「乳燕雙
　　雙拂煙草。」 （李誼著《花間集注釋》）

　(4)煙草：形容草盛。黏：貼合。漢王褒〈僮約〉：「黏
　　雀張鳥，結網捕魚。」 （黃進德選注《唐五代詞選
　　集》）

　(5)煙草：春草茂盛貌。 （王新霞選注《花間詞派選
　　集》）

　(6)煙草：即陽春的景色如煙之意。 （丁貴炳編著《婉約
　　詞與豪放詞鑑賞》，成都：四川大學出版社，2000年7
　　月）

7.青瑣對芳菲

　(1)青瑣：指華貴之家。芳菲，謂美好時節。周祈《名
　　義考》：「青瑣，即今之門有亮隔者，刻鏤為連瑣
　　文也。以青塗之，故曰青瑣。」 （華鍾彥《花間集
　　註》）

⑵芳菲：指花草的芳香，亦以稱花草。陸游詩：「門前喚擔買芳菲。」瑣訓連環，古人門窗多刻瑣文，青瑣，即宮門。（姜尚賢編著《唐宋名家詞新選》）

⑶青瑣：謂門。《漢書·元后傳》注：青瑣，以青畫戶邊鏤中。師古曰：青瑣者，刻為連瑣文，而青塗之也。（蕭繼宗評點校注《花間集》）

⑷青瑣句：——青瑣：古代門上的雕花妝飾。杜甫〈秋興〉八首之五：「一臥滄江驚歲晚，幾回青瑣點朝班。」周祈《名義考》：「青瑣，即今之門有亮隔者，刻鏤為連瑣文也，以青塗之，故曰青瑣。」芳菲：花草芬芳繁盛。（沈祥源、傅生文注《花間集新注》）

⑸青瑣，古時宮門上的一種裝飾，琢成連環的花紋而塗以青的顏色，所以叫青瑣，就是指宮門。後來也借用泛指深院的門。（萬文武《溫庭筠辨析》，西安：陝西人民出版社，1992年7月）

⑹青瑣：刻鏤連瑣紋塗上青色的窗子。明周祈《名義考》：「青瑣，即今門之有殼隔者，刻鏤為連瑣文也。以青塗之，故曰青瑣。」沈約〈登臺望秋月〉：「散朱座之弈弈，入青瑣而玲瓏。」芳菲：花草。謝朓〈休沐重還道中〉：「賴此盈尊酌，含景望芳菲。」（黃進德選注《唐五代詞選集》）

⑺青瑣：原指門上青色的圖案花紋。《漢書·元后傳》：「曲陽侯根，驕奢僭上，赤墀青瑣。」顏師古注：「青瑣者，刻為連瑣文而以青塗之也。」後亦借

指宮門。這裏指家門。芳菲：「芳菲時節（春節）」
的縮語。顧敻〈酒泉子〉：「芳菲時節看將度，寂寞
無人還獨語。」　（朱鑑珉選注《溫庭筠韋莊馮延巳李
煜詩詞精選》）

(8)青瑣：刻有青色連瑣花紋的門，泛指第宅豪華的富貴
之家。此指主人公居處。芳菲：指花草繁盛之芳春美
景。　（孔範今主編《全五代詞釋注》）

8.玉關音信稀

(1)玉關：玉門關也。汲古閣本作玉門。指遠人所在之
地。　（華鍾彥《花間集註》）

(2)玉關：即玉門關。在此泛指塞外。李白詩：「長風幾
萬里，吹度玉門關。」吳孜詩：「玉關信使斷，借問
不相諳。」　（姜尚賢編著《唐宋名家詞新選》）

(3)玉門：玉門關也。在今甘肅省敦煌縣之西，陽關之西
北。　（蕭繼宗評點校注《花間集》）

(4)玉關：即玉門關。《太平寰宇記》：「玉門關在沙州
壽昌縣西南一百八十里。」此代指遠人之所在。梁・
吳孜〈春閨怨〉：「玉關信使斷，借問不相諳。」一
作玉門。　（李誼著《花間集注釋》）

(5)玉關──玉門關，今甘肅省敦煌縣西北，唐時西邊重
鎮。唐五代閨情詩詞，寫婦人思念久戍邊疆的征夫，
常用「玉門」、「玉關」這個詞，泛指邊遠的國土。
李白詩有「秋風吹不盡，總是玉關情」之句。　（沈祥
源、傅生文注《花間集新注》）

(6)玉關：即玉門關。古玉門關在今甘肅省敦煌縣西北，
　為漢唐以來西部要塞。借指遙遠的地方。賀鑄〈搗
　練子〉：「寄到玉關應萬里，戍人猶在玉關西。」
　（張紅編著《溫庭筠詞新釋輯評》）

【彙評】

1. 民國以來

(1)姜亮夫：首句寫人，以首飾之水鳥，類連而引出下文一
　段寫情之作！ （姜亮夫《詞選箋注》，上海：北新書
　局（鉛印本），1933年）

(2)俞平伯：鸂鶒，鴛鴦之屬，金雀釵也。上二首皆以妝
　為結束，此則以妝為起筆，可悟文格變化之方。「水
　紋」以下三句，突轉入寫景，由假的水鳥，飛渡到春
　池春水，又說起池上春花的爛漫。此種結構正與作者
　的〈更漏子〉「驚塞雁，起城烏，畫屏金鷓鴣，」同
　一奇絕。「水紋」句初聯上讀，頃乃知其誤。金翠首
　飾，不得云「春池碧，」一也。飛卿〈菩薩蠻〉另一
　首「寶函鈿雀金鸂鶒。沈香閣上吳山碧。」兩句相連
　而絕不相蒙，可以互證，二也。海棠梨，即海棠也。
　昔人於外來之品物每加「海」字，猶今日對於舶來貨
　品，多加一「洋」字也。
　上云「鸂鶒，」下云「春池，」非僅屬聯想，亦寫美
　人遊春之景耳。於過片云「繡衫遮笑靨」乃承上「翠
　翹」句；「煙草黏飛蝶」乃承上「水紋」三句。「青
　瑣」以下點明春恨緣由，「芳菲」仍從上片「棠梨」

生根，言良辰美景之虛設也。其作風猶是盛唐佳句。
璅訓連環，古人門窗多刻鏤璅文，故曰璅窗，曰青璅
者宮門也，此殆宮詞體耳，說見下。　（俞平伯《讀詞
偶得》）

(3)劉永濟：此亦十四首之一。此首追敘昔日歡會時之情
　景也。上半闋描寫景物，極其鮮豔，襯出人情之歡
　欣。下半闋前二句補明歡欣之人情。後二句則以今日
　孤寂之情，與上六句作對比，以見芳菲之景物依然，
　而人則音信亦稀，故思之而怨也。　（劉永濟《唐五代
　兩宋詞簡析》，上海：上海古籍出版社，1981）

宏一按：此首前六句追敘舊時芳春歡會情狀。上片借
景言情，穠豔之至。換頭二句補寫動作，宛在目前。
末二句筆勢一轉，以「青璅」對「芳菲」，以「玉關
音信稀」對上文「雙鸂鶒」等句。於十四首中，與第
一首結構相似，而別具一格。劉永濟所言極是。

〈菩薩蠻〉之五

杏花含露團香雪，綠楊陌上多離別。燈在月朧
明，覺來聞曉鶯。　　玉鈎褰翠幕，妝淺舊眉
薄。春夢正關情，鏡中蟬鬢輕。

【注釋】

1.杏花含露團香雪

⑴杏花開後多白色，故云香雪。團：凝聚也。　（華鍾彥
《花間集註》）

⑵杏花句：謂杏花團聚，色白似雪，香味芬芳。劉兼
〈春夜〉：「杏花滿地堆香雪」。溫庭筠〈春江花月
夜〉：「萬枝破鼻團香雪。」　（李誼著《花間集注
釋》）

⑶杏花開後多白色，故云香雪。團：凝聚也。　（巴壺天
《唐宋詩詞選》）

宏一按：此全用華鍾彥注。

⑷「杏花」句：謂杏花含露凝聚，色白而香。以此點
明時節。劉兼〈春夜〉：「杏花滿地堆香雪」作者
〈杏花〉：「紅花初綻雪花繁，重叠高低滿小園。」
（黃進德選注《唐五代詞選集》）

⑸團香雪：杏花因含露而凝聚，香味濃郁，色澤潔白。
作者的兒子溫憲後來作〈杏花〉詩有句云：「團雪上
晴梢」，運用乃父意象。　（徐俠、顧農著《花間派詞
傳》）

2.綠楊陌上多離別

　(1)由景物之芳菲，透出時光之娟好；由一般之離別，想
　　到自己之獨居。　（華鍾彥《花間集註》）

　(2)綠楊陌：指種有楊柳的道路。《三輔黃圖》卷之六：
　　「灞橋，在長安東，跨水作橋。漢人送客至此橋，折
　　柳贈別。」以後相沿成習。白居易〈離別難〉：「綠
　　楊陌上送行人，馬去車回一望塵。」　（李誼著《花間
　　集注釋》）

　(3)綠楊陌：種有楊柳的道路。古人因柳諧「留」音，
　　故有折柳贈別的習俗。　（王新霞選注《花間詞派選
　　集》）

3.燈在月朧明

　(1)月朧明：唐五代詞中數見，如顧敻〈浣溪沙〉「小紗
　　窗外月朧明」，薛昭蘊〈小重山〉「玉階華露滴，月
　　朧明」，乃唐時俗語，疑朧與籠通，即照着之意，猶
　　「煙籠寒月水籠沙」之籠也，不必作朦朧講。籠有籠
　　罩籠蓋之意，月光籠罩，則是明月，非朦朧的月色。
　　求之於古，則潘岳詩「歲寒無與同，朗月何朧朧」，
　　此處之朧朧，即明朗之意。　（浦江清〈詞的講解〉，
　　載《國文月刊》35-38期（1945年5-9月），上海：開明
　　書局）

　(2)月朧明：月色朦朧。唐・李九齡〈荊溪夜泊〉：「水
　　煙疏碧月朧明。」一作月籠明。　（李誼著《花間集注
　　釋》）

⑶燈在句：言屋內殘燈尚明，屋外月色朦朧。 （王新霞選注《花間詞派選集》）

⑷朧：殘月微明貌。玄本作「隴」，雪本作「籠」。李一氓校曰：「皆誤。」 （五代後蜀趙崇祚輯，房開江、崔黎民譯《花間集》）

⑸月朧明：月色朦朧。一說指月光明朗。 （劉尊明著《溫庭筠韋莊詞選》）

4.覺來聞曉鶯

⑴覺來：溫庭筠〈贈隱者〉：「覺來春鳥聲。」 （李誼著《花間集注釋》）

⑵「燈在」二句：倒敘初醒見聞。燈在：謂殘燈尚在。月朧明，月色朦朧。唐李九齡〈荊溪夜泊〉：「點點漁燈照浪清，水煙疏碧月朧明。」下句與金昌緒〈春怨〉：「打起黃鶯兒，莫教枝上啼。啼時驚妾夢，不得到遼西。」取意略同。 （黃進德選注《唐五代詞選集》）

⑶「燈在」二句：倒敘初醒時的見聞。月朧明，月色朦朧。 （吳熊和、沈松勤選注《唐五代詞三百首》）

5.玉鈎褰翠幕

⑴褰：音牽，扯起。 （華鍾彥《花間集註》）

⑵褰：勾攬也。 （蕭繼宗評點校注《花間集》）

⑶玉鈎句：謂玉鈎掛起翠幕。李煜〈臨江仙〉（櫻桃落盡春歸去）：「玉鈎羅幕，惆悵暮煙垂。」翠幕：翠綠色的帷幕。庾信〈詠屏風〉詩二十四首：「金

鉤翠幕懸。」褰：提、扯。《詩經・鄭風・褰裳》：
「褰裳涉溱」，「褰裳涉洧。」　（李誼著《花間集注
釋》）

(4)褰，通攐，引起，即從下牽引上來的意思。　（萬文武
《溫庭筠辨析》）

(5)玉鉤：玉製的簾鉤。羅隱〈簾〉：「疊影重紋映畫
堂，玉鉤銀燭共瑩煌。」褰：扯起。《詩・鄭風・褰
裳》：「褰裳涉溱」，「褰裳涉洧。」翠幕：翠綠色
的帷幕。晉潘尼〈三月三日洛水作詩〉：「朱軒蔭蘭
皋，翠幕映洛眉。」舊眉：猶宿妝。　（黃進德選注
《唐五代詞選集》）

(6)褰：撩起，揭起（衣服、帳子等）。幙：同幕，翠
幙，翠綠色的帷幕，晉潘岳〈藉田賦〉：「青壇蔚其
岳立兮，翠幕黵以雲布。」宋柳永〈望海潮〉詞：
「煙柳畫橋，風簾翠幕，參差十萬人家。」元本高明
《琵琶記・報告戲情》：「秋燈明翠幕，夜案覽其
編。」　（鄧紹基、周秀才、侯光復主編《溫庭筠李
煜》）

(7)玉鉤：玉製的掛鉤；或謂對掛鉤的美稱。褰：牽，扯
起掛起。翠幕：翠綠色的帳幕。柳永〈望海潮〉：
「煙柳畫橋，風簾翠幕。」　（張紅編著《溫庭筠詞新
釋輯評》。

6.妝淺舊眉薄

(1)淺眉為濃豔之反。舊眉：指宿妝。　（華鍾彥《花間集

註》）

(2)舊眉：昨日所畫之眉。晨起猶是宿妝，故曰薄。
（浦江清〈詞的講解〉）

(3)妝淺句：謂薄塗口脂、淡掃眉黛。 （李誼著《花間集
注釋》）

(4)玉鈎二句：玉鈎上掛起了翠綠色的帷幕，閨中人起身
梳妝，見鏡中宿妝已淺、舊眉已薄。此寫其一夜情思
纏綿之狀。 （王新霞選注《花間詞派選集》）

(5)妝淺：謂妝飾淺淡。舊眉：即宿眉，指隔天的眉妝。
薄：淺；謂眉妝淡褪。 （張紅編著《溫庭筠詞新釋輯
評》）

7.春夢正關情

(1)春夢：杜牧〈簾〉：「沉沉伴春夢。」關情：情思牽
繫。梁簡文帝〈美女篇〉：「佳麗盡關情。」 （李誼
著《花間集注釋》）

(2)關情：情思牽繫。陸龜蒙〈又酬襲美次韻詩〉：「酒
香偏入夢，花落又關情。」 （朱鑑珉選注《溫庭筠韋
莊馮延巳李煜詩詞精選》）

(3)春夢：春日之夢。關情：動心，牽動情懷。關，牽
繫。王安石〈菩薩蠻〉：「何物最關情，黃鸝三兩
聲。」 （張紅編著《溫庭筠詞新釋輯評》）

8.鏡中蟬鬢輕

(1)崔豹《古今注》：「魏文帝宮人有莫瓊樹，製蟬鬢，
縹緲如蟬。」謂鬢如蟬翼也。輕：猶言縹緲。言曉妝

之時，正關情於昨宵春夢，故對鏡作蟬鬢，極為縹緲也。（華鍾彥《花間集註》）

⑵蟬鬢，攏鬢如蟬翅之狀，此是輕妝。輕，亦薄也。（浦江清〈詞的講解〉）

⑶蟬鬢：《古今注》：「魏文帝宮人莫瓊樹，始製為蟬鬢，望之縹緲如蟬翼然。」（陳弘治《唐宋詞名作析評》）

宏一按：見華鍾彥注。

⑷蟬鬢：婦女之鬢梢，薄如蟬翼。《古今注‧雜蟲》：「魏文帝宮人絕所愛者有莫瓊樹，乃製蟬鬢，望之縹緲如蟬，故曰蟬鬢。」（蕭繼宗評點校注《花間集》）

⑸蟬鬢：指鬢髮。崔豹《古今注》卷下：「魏文帝宮人絕所愛者有莫瓊樹，……乃製蟬鬢，縹緲如蟬，故曰蟬鬢。」溫庭筠〈詠春幡〉：「蟬鬢覺春來。」（李誼著《花間集注釋》）

⑹《古今注》：「魏文帝宮人莫瓊樹，始製為蟬鬢，望之縹緲如蟬翼然。」（巴壺天《唐宋詩詞選》）

宏一按：此注全同陳弘治注文。唯巴氏乃陳氏師，或師徒相承，不可全以出版年代論先後。

⑺「春夢」二句：講對鏡梳妝，關情夢斷。關情，情思牽繫。鄭谷〈哭進士李洞二首〉之二：「自聞東蜀病，唯我獨關情。」蟬鬢：見敦煌曲子詞〈南歌子〉（斜隱朱簾）注。輕，薄。（黃進德選注《唐五代詞選集》）

(8)春夢二句：春夢牽動着閨人別後的情思，使她容顏憔悴，鏡中映出梳妝後的蟬鬢又薄又輕。蟬鬢：古代婦女的一種髮式。崔豹《古今注》卷下：「魏文帝宮人絕所愛者有莫瓊樹，……乃製蟬鬢，縹緲如蟬，故曰蟬鬢。」（王新霞選注《花間詞派選集》）

(9)蟬鬢：古代婦女的一種髮式，馬縞《中華古今注》卷中記魏文帝宮人莫瓊樹「始製為蟬鬢，望之縹緲如蟬翼，故曰蟬鬢。」（嚴迪昌、朱淡文、歐陽忠偉編《中華古詞觀止》）

(10)蟬鬢：古代婦女的一種髮式，將鬢角梳理得向外張開縹緲如蟬翼。輕：薄。本句寫主人公晨妝非常細緻，這與春夢有關，有「女為悅己者容」之意。（費振剛主編，徐俠、顧農著《花間派詞傳》）

(11)蟬鬢：形容髮型梳整得很美觀，鬢髮薄如蟬翼。崔豹《古今注》（卷下）；魏文帝宮人莫瓊樹「製蟬鬢，縹緲如蟬翼，故曰蟬鬢。」蕭繹〈登顏園故閣〉詩：「妝成理蟬鬢，笑罷斂蛾眉。」輕：即「薄」。亦形容蟬鬢之輕盈秀美。南朝梁范靜妻沈氏〈映水曲〉：「輕鬢學浮雲，雙蛾擬似月。」（張紅編著《溫庭筠詞新釋輯評》）

【彙評】

1.明

(1)湯顯祖：碧紗如煙隔窗語，得畫家三昧，此更覺微遠。（湯顯祖評點《花間集》）

2.清

(1)陳廷焯：夢境迷離。（陳廷焯《詞則》）

(2)陳廷焯：「春夢正關情，鏡中蟬鬢輕。」凄涼哀怨，
真有欲言難言之苦。（陳廷焯《白雨齋詞話》，據唐
圭璋《詞話叢編》）

3.民國

(1)俞平伯：「杏花」二句亦似寫夢境，而吾友仍不謂
然，舉「含露」為證，其言殊誤。夫入夢固在中夜，
而其夢境何妨白日哉。然在前章則曰「雁飛殘月
天，」此章則曰「含露團香雪，」均取殘更清曉之
景，又何說耶？故首二句是從遠處泛寫，與前謂「江
上」二句忽然宕開同，其關合本題，均在有意無意之
間。若以為上文或下文有一「夢」字，即謂指此而
言，未免黑漆了斷紋琴也。以作者其他菩薩蠻觀之，
歷歷可證。除上所舉「翠翹」、「寶函」兩則外，
又如「鳳凰相對盤金縷。牡丹一夜經微雨。」殆較
此尤奇特也。更有一首，其上片與此相似，全文如
下：「牡丹花謝鶯聲歇，綠楊滿院中庭月。相憶夢難
成，背窗燈半明。」一樣的講起夢來，既可以說牡
丹，為甚麼不可以說杏花？既可以說院中楊柳，為甚
麼不可以說上陌上楊柳呢？吾友更曰，飛卿〈菩薩
蠻〉中只「閒夢憶金堂，滿庭萱草長，」是記夢境。
「燈在，」燈尚在也，「月朧明，」殘月也；此是在
下半夜偶然醒來，忽又朦朧睡去的光景。「覺來聞曉

鶯，」方是真醒了。此二句連讀，即誤。「玉鈎」句
晨起之象。「妝淺」句宿妝之象，即另一首所謂「臥
時留薄妝」也。對鏡妝梳，關情斷夢，「輕」字無理
得妙。　（俞平伯《讀詞偶得》）

宏一按：此首亦寫春日懷人之情。首二句寫春雖好而
花將殘，以襯映人已去而情猶濃。唐圭璋《唐宋詞簡
釋》云：「換頭兩句，言曉來妝淺眉薄，百無聊賴，
亦懶起畫眉弄妝也。」又云：「末兩句，十字皆陽聲
字，可見溫詞聲韻之響亮。」於我心有戚戚焉。

〈菩薩蠻〉之六

玉樓明月長相憶，柳絲裊娜春無力。門外草萋萋，送君聞馬嘶。　　畫羅金翡翠，香燭銷成淚。花落子規啼，綠窗殘夢迷。

【注釋】

1.玉樓明月長相憶

　(1)玉樓明月，並助相思，張若虛詩：「誰家今夜扁舟子，何處相思明月樓。」（華鍾彥《花間集註》）

　(2)玉樓本道家語，謂神仙所居，古人每以北里豔游，比之高唐洛水，不啻仙緣，故此所謂玉樓者即青樓、秦樓之比，詩人所用之詞藻也。云「長相憶」者，此章言美人晨起送客，曉月朧明，珍重惜別，居者憶行者，行者憶居者，雙方的感情均在其內。曹子建詩：「明月照高樓，流光正徘徊」，在行者則此景宛然，永在心目，能不相念，在居者則從此樓居寂寞，三五之夕，益難為懷。故此句單立成一好言語，兩面有情。（浦江清〈詞的講解〉）

　(3)玉樓句：謂明月高照玉樓，更急切思念不歸之遠人。曹植〈七哀詩〉：「明月照高樓，流光正徘徊。上有愁思婦，悲嘆有餘哀。」玉樓：華麗的樓。李白〈雙燕窩〉：「玉樓珠閣不獨棲。」此處代指思婦所住之閨樓。長相憶：杜甫〈夢李白〉二首：「故人入我夢，明我長相憶。」（李誼著《花間集注釋》）

　(4)玉樓：本為道家語，謂神仙所居之處；而古人每以北

里豔游比之高唐，不啻仙緣，故玉樓者亦用為青樓妓
館之比；亦指華麗高樓。 （王洪（木齋）著《唐宋詞
評譯》）

宏一按：此用浦江清之注解，惜未注明。

2.柳絲裊娜春無力

⑴褭：與裊同。裊娜：猶婀娜也。 （華鍾彥《花間集
註》）

⑵裊娜：搖曳貌。《抱朴子·君道》：「甘露淋漉以霄
墮，嘉穗裊娜而盈箱。」白居易〈別柳枝〉：「兩枝
楊柳小樓中，裊娜多年伴醉翁。」裊娜，一作嬝嫋。
春無力：溫庭筠〈郭處士擊甌歌〉：「千里春風正無
力。」 （李誼著《花間集注釋》）

⑶裊娜：形容草木的柔弱細長。李白〈侍從宜春苑〉
詩：「池南柳色半青青，縈煙裊娜拂綺城。」 （徐培
均評注《唐宋詞小令精華》）

⑷裊娜：枝條柔弱細長貌。李白〈侍從宜春苑奉詔賦龍
池柳色初青聽新鶯百囀歌〉：「池南柳色半青青，縈
煙裊娜拂綺城。」春無力：寫柳絲柔軟，兼寫人的失
情失緒。 （黃進德選注《唐五代詞選集》）

⑸裊娜：輕柔細長的樣子。雪本作「嬝嫋」。 （五代後
蜀趙崇祚輯，房開江、崔黎民譯《花間集》）

3.門外草萋萋

⑴草萋萋：形容草之茂盛。古人常以萋萋芳草比喻思遠
懷人的意緒。《楚辭·招隱士》：「王孫游兮不歸，

春草生兮萋萋。」唐樂府〈蓋羅縫〉：「出門腸斷草
萋萋。」（李誼著《花間集注釋》）

(2)草萋萋：本來是「芳草茂盛」的意思。自從淮南小山
〈招隱士〉：「王孫游兮不歸，春草生兮萋萋」之句
一出，詩人詞人常以「萋萋芳草」比喻思念遠人的一
種意緒，如秦觀〈憶王孫〉：「萋萋芳草憶王孫，柳
外樓高空斷魂。」（朱鑑珉選注《溫庭筠韋莊馮延巳
李煜詩詞精選》）

4.送君聞馬嘶

(1)「門外」二句：《楚辭‧招隱士》：「王孫游兮不
歸，春草生兮萋萋。」此由現時景，追憶送別時景。
語意相關。（華鍾彥《花間集註》）

(2)送君句：溫庭筠〈贈知音〉：「窗裏謝女青娥斂，門
外蕭郎白馬嘶。」（李誼著《花間集注釋》）
宏一按：王維〈送別〉：「春草明年綠，王孫歸不
歸」，李白〈送友人〉：「揮手自茲去，蕭蕭班馬
鳴」，白居易〈賦得古原草送別〉：「又送王孫去，
萋萋滿別情」，此皆婦孺通曉之名句，亦可與此溫詞
二句互相參証。

5.畫羅金翡翠

(1)畫羅：《舊五代史‧王衍傳》：「時宮人皆衣道服，
頂金蓮花冠，衣畫雲霞，望之若神仙。」可見當時衣
帳之屬，有繡有畫。魏承班〈菩薩蠻〉：「羅衣隱
約金泥畫」即其例。畫亦可解為花紋。金翡翠：花紋

也。（華鍾彥《花間集註》）

(2)金翡翠：言羅帳上所繪之金色翡翠也。翡翠，動物名，屬鳥類鳴禽類。《本草綱目》李時珍曰：「《爾雅》謂之鷸，出交、廣、南越諸地云云，或云前身翡，後身翠；或云雄為翡，其色多赤，雌為翠，其色多青。」（張夢機、張子良選注《唐宋詞選注》）

(3)畫羅句：謂羅上畫有金色翡翠鳥，以喻思婦之孤寂。畫羅：張笈〈倡女詞〉：「畫羅金縷難相稱。」金翡翠：《禽經》注：「翡翠，狀如鴉鵒，而色正碧，鮮縟可愛。飲啄於澄瀾回淵之側，尤惜其羽，日濯於水中。」又《異物志》：「翠鳥形如燕，赤而雄曰翡，青而雌曰翠，其羽可以飾帷帳。」《全唐詩》卷二五四常袞〈晚秋集賢院即事寄徐薛二侍郎〉：「綴簾金翡翠。」（李誼著《花間集注釋》）

(4)此句寫女郎思倦而睡，故和衣而忘脫。（劉斯翰《溫庭筠詩詞選》）

(5)羅：指羅幃。翡翠：鳥名，一稱翠雀。《異物志》：「翠鳥形如燕，赤而雄曰翡，青而雌曰翠，翡大於群，其羽可以飾幃帳。」香燭：古代製燭多摻以香料，故云。（黃進德選注《唐五代詞選集》）

(6)畫羅句：謂羅帳上繪有金色的翡翠鳥。翡翠：《異物志》：「翠鳥形如燕，赤而雄曰翡，青而雌曰翠，其羽可以飾帷帳。（王新霞選注《花間詞派選集》）

(7)畫羅：飾有圖案的帷帳。金翡翠：用金線繡成的翡翠鳥圖形。（陳邦炎主編《詞林觀止》）

⑻羅：絲織帷帳，質地較薄，花紋美觀雅致。金翡翠：
翡翠為鳥名，翠鳥科，常見為藍翡翠，其羽毛碧綠
中透出金屬光澤，故稱金翡翠。 （谷聞編注《婉約
詞》）

⑼畫羅：繡有花紋的絲羅床帳。金翡翠：即床帳上所繡
翠鳥花紋。 （朱鑑珉選注《溫庭筠韋莊馮延巳李煜詩
詞精選》）

⑽「畫羅」句：畫有金色翡翠鳥的羅帳。此句寫回到房
中就寢。 （徐培均選注《婉約詞三百首》）

6.香燭銷成淚

⑴俞平伯先生云：「古之燭多參以香料，故云香燭。」
杜牧詩：「蠟燭有心還惜別，替人垂淚到天明。」皆
詩人假物言志之義。 （華鍾彥《花間集註》）

⑵淚：謂燭淚，燃蠟下滴如淚。庾信〈對燭賦〉「銅荷
承淚蠟。」 （蕭繼宗評點校注《花間集》）

7.花落子規啼

⑴子規：即杜鵑，鳥名，春晚悲啼。 （蕭繼宗評點校
注《花間集》）

⑵子規：《埤雅‧釋鳥》：「杜鵑，一名子規。苦啼，
啼血不止。一名怨鳥。夜啼達旦，血漬草木。凡始皆
北向，啼苦則倒懸於樹。」李白〈聞王昌齡左遷龍標
尉遙有此寄〉：「楊花落盡子規啼。」 （李誼著《花
間集注釋》）

8.綠窗殘夢迷

⑴綠窗：代指閨人居室。張祜〈落花〉：「驚殺綠窗紅
粉人。」（李誼著《花間集注釋》）

⑵綠窗：即綠紗窗，代指女子的居處。迷，迷惘、癡
迷。（黃進德選注《唐五代詞選集》）

⑶綠窗：唐宋貴家婦女喜歡在春夏之季貼綠色窗紗。
李紳〈鶯鶯歌〉：「綠窗嬌女字鶯鶯，金雀婭鬟年
十七。」這裏代指女子的居處。（朱鑑珉選注《溫庭
筠韋莊馮延巳李煜詩詞精選》）

【彙評】

1.清

⑴張惠言：「玉樓明月長相憶」，又提。「柳絲裊
娜」，送君之時。故江上柳如絲，夢中情境亦爾。七
章「欄外垂絲柳」、八章「綠楊滿院」」、九章「楊
柳色依依」、十章「楊柳又如絲」，皆本此「柳絲裊
娜」言之。明相憶之久也。（張惠言《詞選》）

⑵譚獻：首句「玉樓明月長相憶」旁批「提」。第七句
「花落子規啼」旁批「小歇」。（周濟撰、譚獻評
《譚評詞辨宋四家詞選》）

⑶陳廷焯：低回欲絕。（陳廷焯《詞則》）

⑷陳廷焯：「花落子規啼，綠窗殘夢迷」又「鸞鏡與花
枝，此情誰得知」，皆含深意。此種詞，弟自寫性
情，不必求勝人，已成絕響。後人刻意爭奇，愈趨愈
下，安得一二豪傑之士，興之挽回風氣哉。（陳廷焯

《白雨齋詞話》，據唐圭璋《詞話叢編》）

(5)陳廷焯：音節淒清。字字哀豔，讀之魂銷。 （陳廷
焯《雲韶集》，據屈興國校注《白雨齋詞話足本校
注》）

(6)況周頤：姚令威〈憶王孫〉云：「毿毿楊柳綠初低。
淡淡梨花開未齊。樓上情人聽馬嘶。憶郎歸。細雨春
風濕酒旗。」與溫飛卿「送君聞馬嘶」各有其妙，正
可參看。 （況周頤《蕙風詞話》，據唐圭璋《詞話叢
編》）

2.民國

(1)李冰若：前數章時有佳句而通體不稱，此較清綺有
味。 （李冰若《栩莊漫記》）

宏一按：十四首之中，屢言「月」、「柳」。「月」
寫相思，「柳」寫送別，俱與懷人有關。唐圭璋《唐
宋詞簡釋》有云：「每當玉樓有月之時，總念及遠
人不歸，今見柳絲，更添傷感；以人之思極無力，故
覺柳絲搖漾亦無力也。」語頗雋永，唯「柳絲裊娜嬌
無力」之句，係寫柳條長垂，已屆暮春矣。此與下文
「草萋萋」、「花落子規啼」前後呼應，皆用以點明
春殘花落之意。十四首中往往如此。

〈菩薩蠻〉之七

鳳凰相對盤金縷，牡丹一夜經微雨。明鏡照新
妝，鬢輕雙臉長。　　畫樓相望久，欄外垂絲
柳。音信不歸來，社前雙燕迴。

【注釋】

1.鳳凰相對盤金鏤

(1)鳳凰相對：衣上花紋也。金鏤：金線也。　（華鍾彥
《花間集註》）

(2)此章寫別後憶人。「鳳凰」句，竟不易知其所指。
或是香爐之作鳳凰形者，李後主詞「爐香閒裊鳳凰
兒」。「金鏤」指鳳凰毛羽，猶前章之「翠翹金縷雙
鸂鶒」也。或指香煙之絲縷。或云，「金鏤」指繡
衣，鳳凰，衣上所繡，鄭谷〈長門怨〉：「閑把羅衣
泣鳳凰，先朝曾教舞霓裳。」不知孰是。　（浦江清
〈詞的講解〉）

(3)金鏤：凡以金線盤結，曰「金鏤」，或「鏤金」。
（蕭繼宗評點校注《花間集》）

(4)鳳凰句：指衣上盤繡有雙雙金鳳凰，喻閨人的孤獨。
迺賢〈題美人織錦圖〉：「雙鳳回翔金鏤細。」溫庭
筠〈春愁曲〉：「颼颼掃尾雙金鳳。」　（李誼著《花
間集注釋》）

(5)鳳凰相對：指衣上花紋。盤金鏤：盤押着金線。
（朱鑑珉選注《溫庭筠韋莊馮延巳李煜詩詞精選》）

(6)「鳳凰」句：用金絲線盤繡在衣上的鳳凰相對相飛的

圖案。盤：盤錯，此指盤繡。金縷：指金色絲線。
（五代後蜀趙崇祚輯，房開江、崔黎民譯《花間
集》）

(7)鳳凰句：指衣上用金線繡着成雙成對的鳳凰鳥的圖
案。盤，盤錯，盤繞。這裏指盤繡在衣料上。　（劉尊
明著《溫庭筠韋莊詞選》）

(8)鳳凰句：指金絲盤繡成、兩兩對稱的鳳凰形狀飾物。
這種飾物唐代流行，主要是用於頭飾。盤，用彩線鑲
繡。金縷，金絲。〈菩薩蠻〉（其四）：「翠翹金縷
雙鸂鶒」，可供參考。　（張紅編著《溫庭筠詞新釋輯
評》）

宏一按：此句不僅寫衣上所繡鳳凰，成雙結對，而且
線縷盤結交錯，暗示情意堅固不可分解。

2.牡丹一夜經微雨

(1)「牡丹」句：為插句狀詞，言狀成如牡丹之經微雨
也。白居易詩：「玉容寂寞淚闌干，梨花一枝春帶
雨。」足供佐證。　（華鍾彥《花間集註》）

(2)「牡丹」句接得疏遠，參看〈憶秦娥〉講解中趁韻之
法。歌謠之發句及次句有此等但以韻腳為關聯之句
法。另說，「牡丹」非真實之牡丹花，亦衣上所繡，
「微雨」是啼痕。　（浦江清〈詞的講解〉）

(3)牡丹句：以牡丹經雨即敗，喻閨人的憔悴。元稹〈鶯
鶯詩〉：「牡丹經雨泣殘陽。」湯評：「眼前景，非
會心人不知。」　（李誼著《花間集注釋》）

⑷「牡丹」句：說女子妝成之後如牡丹經雨那樣美。這一句的藝術表現手法，與白居易〈長恨歌〉：「玉容寂寞淚闌干，梨花一枝春帶雨」略同。（朱鑑珉選注《溫庭筠韋莊馮延巳李煜詩詞精選》）

⑸「牡丹」句：多解為喻人妝成之嬌美，實與後面詞意「鬢輕雙臉長」不洽，況接句為「明鏡照新妝」，形容「新妝」當為其句之後。此句應與首句相連，皆為繡案，乃鳳凰牡丹圖。（五代後蜀趙崇祚輯，房開江、崔黎民譯《花間集》）

⑹牡丹句：形容頭上插的牡丹花，像經過一夜微雨潤澤一樣鮮豔。唐宋時女子常梳一種高髻，以花朵（紙花、絹花或鮮花）插於髻上，稱花髻。唐人尤重牡丹，用牡丹花飾於髻上顯示其嬌媚與富貴。（張紅編著《溫庭筠詞新釋輯評》）

3.明鏡照新妝

⑴明鏡：梳妝用的銅鏡。《全唐詩》：卷三八二張籍〈白頭吟〉「揚州青銅作明鏡。」（李誼著《花間集注釋》）

⑵唐人所用之鏡，為黃銅所製，因氧化作用，過一段時間鏡面就會變得灰蒙蒙的。那時有一行手藝人，專門為婦女把灰蒙蒙的鏡面磨光，剛剛磨製過的鏡子特別明亮，故稱為「明鏡」。（張紅編著《溫庭筠詞新釋輯評》）

宏一按：古人梳妝多用銅鏡。此句以「鏡」之

「明」、「妝」之「新」點明閨女晨起妝成之美，不必拘泥字面解釋何謂「明鏡」、「新妝」。

4.鬢輕雙臉長

(1)鬢輕：謂鬢薄也。雙臉：言左邊臉右邊臉，即左右腮也。溫詞〈歸國謠〉：「雙臉，小鳳戰篦金颭豔。」即其例。晏小山〈山查子〉：「輕勻兩臉花，淡掃雙眉柳。」所云兩臉，蓋即因此而作。雙臉長：謂人瘦也。或云長猶美也，意亦可通。（華鍾彥《花間集註》）

(2)明鏡兩句：謂朝妝難掩已損之容顏。……鬢輕：鬢薄。溫庭筠〈太子西池〉二首：「鬢輕全作形。」雙臉：《樂府詩集》卷七九〈石州〉：「啼多雙臉穿。」（李誼著《花間集注釋》）

(3)鬢輕：鬢薄。雙臉：即「兩腮」。元稹〈鶯鶯傳〉：「久之乃至。……垂鬟接黛，雙臉銷紅而已。」（朱鑑珉選注《溫庭筠韋莊馮延巳李煜詩詞精選》）

(4)鬢輕：指鬢髮稀薄。臉長：謂人瘦。（孔範今主編《全五代詞釋注》）

(5)鬢輕：鬢薄，也是憔悴的表現之一。雙臉長：眼臉變長，疲憊焦慮之態。（費振剛主編，徐俠、顧農著《花間派詞傳》）

(6)鬢輕：謂鬢髮輕盈，或指鬢髮稀薄。雙臉長：臉形瘦長，形容憔悴。（劉尊明著《溫庭筠韋莊詞選》）

(7)鬢輕：鬢薄。〈菩薩蠻〉（其五）：「鏡中蟬鬢

輕」，可供參考。雙臉：雙頰。《集韻・琰韻》：
「臉，頰也。」雙臉長：謂人消瘦而臉長。或謂以臉
長為美，此不取。……原來這雙臉見「長」，是隱含
着女子的苦苦相思。她默默地、長久地等待心上人，
但心上人遲遲不歸，難對人言，雖然依舊打扮，更換
漂亮的「新妝」，但日見消瘦變長的雙頰，已經表明
了忍隱的苦痛，這使人不由想到「衣帶漸寬終不悔，
為伊消得人憔悴」（柳永〈鳳棲梧〉）的詞句。（張
紅編著《溫庭筠詞新釋輯評》）

宏一按：華鍾彥謂「雙臉長」，即「人瘦」之意，諸
家多採其說，以為有形容憔悴之意。唯華氏又謂：
「雙臉長」之「長」，「猶美也，意亦可通。」則諸
家多不贊同。實則上句既言「明鏡照新妝」，華氏之
說，自有其道理，不可輕棄。「新妝」與下句「鬢輕
雙臉長」相應，「鬢輕」即鬢如蟬翼之意，亦妝成之
美。釋「新妝」為「雖然依舊打扮，更換漂亮的『新
妝』」，未必為確解。

5.畫樓相望久

(1)畫樓：《樂府詩集》卷七九〈陸州曲〉：「畫樓終日
閉。」此指以畫裝飾之樓，閨人所居之處。（李誼著
《花間集注釋》）

(2)畫樓——閨樓。（于翠玲注《花間集、尊前集》）

(3)畫樓：謂華麗的樓。（孔範今主編《全五代詞釋
注》）

(4)畫樓：指以畫裝飾之樓，此指閨人所居處。　（錢國蓮、項文惠、毛曉峰選注《花間詞全集》）

宏一按：「相望久」三字，乃全首關鍵句，不可輕易看過。

6.欄外垂絲柳

(1)「畫樓」兩句：倚樓而望，唯見柳絲，但添愁緒。（李誼著《花間集注釋》）

宏一按：此句寫憑欄所見，寓絲柳已垂而行人未歸之意。故下文云「音信不歸來，社前雙燕迴」。

7.音信不歸來

(1)「意信」，《彊村叢書》本作「音信」，是。《四印齋》本誤，當據改。　（浦江清〈詞的講解〉）

(2)音信：鄂本作「意信」，誤。　（五代後蜀趙崇祚輯，房開江、崔黎民譯《花間集》）

(3)音信：王本作「意信」。　（鄧紹基、周秀才、侯光復主編《溫庭筠李煜》）

8.社前雙燕迴

(1)鷰：與燕同，《格物總論》：「燕，春社來，秋社去，故謂之社燕。」又名社客。史達祖〈雙雙燕〉云：「過春社了，度簾幕中間，去年塵冷。」當即本此。　（華鍾彥《花間集註》）

(2)燕以春社日來，秋社日去。曰「雙燕迴」，見人之幽獨，比也。　（浦江清〈詞的講解〉）

(3) 社：謂祭社神之日也。《荊楚歲時記》：「社日、四鄰並結宗社，宰牲牢，為屋於樹下。先祭神，然後享其胙。」《正字通》：「立春後五戊為春社。」王駕〈社日〉詩：「桑柘影斜春社散。」社前，謂春社之前也。　（蕭繼宗評點校注《花間集》）

(4) 音信兩句：以音信不傳及春社雙歸燕喻己之孤獨。社前：社日之前。《荊楚歲時記》：「社日，四鄰並結宗會社，牲醪，為屋於樹下。先祭神，然後享其胙。」分春社與秋社，春社在立春後，秋社在立秋後。又《文昌雜錄》：「燕子以春社來，秋社去，謂之社燕。」唐·朱存〈烏衣巷〉：「舊時簾幕無從覓，只有年年社燕歸。」　（李誼著《花間集注釋》）

(5) 社前：社日之前。社日，古時祭祀土神的日子，分春社、秋社。分別在立春、立秋後的第五個戊日。燕為候鳥，春社來，秋社去，故又稱社燕。　（孔範今主編《全五代詞釋注》）

(6)「欄外垂柳絲」、「社前雙燕迴」，寫女子痴望已久，惟見柳絲、雙燕；不見人歸。這裏的柳和燕，都是情感世界的象徵物，這種手法在溫詞中屢見，如〈菩薩蠻〉第六首：「柳絲裊娜」，寫送君之時；第十首：「楊柳又如絲」，抒發相思的隱痛；第八首：「燕飛春又殘」，第九首「楊柳色依依，燕歸君不歸」，都是以柳、燕來烘托閨中的離愁別緒。因此，「柳絲」、「雙燕」這般風景的描繪，其寫實的成分已經淡化，低垂的柳絲、雙飛的春燕，無一不在惹

起、象徵春天女子的春怨。除以「絲」喻「思」外，又特在「燕」字前標一「雙」字，更反襯出女子的孤獨和淒楚。　（張紅編著《溫庭筠詞新釋輯評》）

宏一按：諸家注解，重在「社」字，實則此句重在「雙燕」。社，固指春社，呼應上文「欄外垂絲柳」，見春之已去，柳之已垂，然而行人未歸，芳心無主，故於閨中人而言，鳳凰相對，空盤金鏤，社燕成雙，音信全斷，更增惆悵。

【彙評】

1.明

(1)湯顯祖：「牡丹」句，眼前景，非會心人不知。
（湯顯祖評點《花間集》）

2.民國以來

(1)李冰若：飛卿慣用金鷓鴣、金鸂鶒、金鳳凰、金翡翠諸字以表富麗，其實無非繡金耳。十四首中既累見之，何才儉若此。本欲假以形容豔麗，乃徒彰其俗劣，正如小家碧玉初入綺羅叢中，只能識此數事，便矜羨不已也。此詞「雙臉長」之「長」字，尤為醜惡，明鏡瑩然，一雙長臉，思之令人發笑。故此字點金成鐵，純為湊韻而已。　（李冰若《栩莊漫記》）

(2)胡國瑞：溫詞中還有許多通體結構晦澀，較難捉摸的地方，其所以令人感到晦澀的原因，乃是他的辭藻濃麗，這也是他的一個重要的特點。由於辭藻過分濃麗，使他在內容和形式的關係上後者壓倒前者，往往

以非常繁縟的辭藻體現極為微小的意思，如「新貼繡
羅襦，雙雙金鷓鴣」只不過形容羅襦上的花繡；「翠
釵金作股，釵上雙蝶舞」（〈菩薩蠻〉第三首）只是
寫一個金釵；「鳳凰相對盤金縷，牡丹一夜經微雨」
（〈菩薩蠻〉第七首）前面九個字只是描寫金線繡的
鳳凰相對盤繞牡丹的衣上花飾；這類情況，還可舉出
很多。至於金、玉、繡、錦、鳳凰、翡翠之類，更是
觸目皆是，這些富貴氣重太重太多的珍麗物色，確實
有時令人感到煩膩。　　（胡國瑞〈論溫庭筠詞的藝術風
格〉，見《文學遺產》增刊第六輯，1958）

(3)謝弗：但是在中國，就如同在其他地區一樣，中世紀
時盛行的是金銀細絲工藝製品，而不是古代的粒面工
藝製品。從唐朝的工藝品中，我們可以看到一種美麗
的金髮簪，上面鑲着珍珠、綠松石以及其他的貴重寶
石，這種髮簪大多都是用金銀絲工藝製成的。

金粉在唐朝顏料彩飾方面具有重要的作用。在敦煌發
現的卷軸畫中，就已經使用了金粉；而在用綠紙剪裁
的蓮花瓣上也發現了金粉，這些花很可能是在佛教散
花儀式上使用的；另外還有一把鍍金包頭的劍鞘，劍
鞘的表層是檀香木，上面是用金粉描繪的花、鳥、雲
彩。

鍍金可能是唐朝的發明；在九世紀的幾首詩中，都曾
經提過鍍金。鍍金──以及足赤金──被應用於大件器
物的裝飾，比如，婦女的化妝盒，駱駝形狀的酒壇以
及劍鞘的附件等等，都有實物傳世。當然，在珠寶首

飾品和各種各樣的婦女梳妝用具中，也有許多是用黃
金製作的，如髮簪、梳子、冠冕以及手鐲等，都用黃
金製作。金鳥，尤其是被牽強附會地稱作「鳳凰」的
神鳥，是當時婦女們使用的流行飾物，這種飾物主要
是用於頭飾。直到現在，我們仍然可以見到類似對稱
的，表現為蝶形的箍條構成的，帶有花卉圖案和葉狀
渦卷形花樣的王冠；還有呈現飛昇狀的金製的阿布沙
羅斯──它很可能是繫在婦女的衣服上的；另外還有梳
子，梳子的頂部是用黃金製成的，表現為葉形渦卷花
樣，梳子上用凸紋刻畫了一頭波斯風格的躍立的雄獅
形象。　　（〔美〕謝弗著、吳玉貴譯《唐代的外來文
明》）

(4)袁行霈：這首詞從細處入筆，先寫那思婦衣服上繡
物，用金線繡的一對鳳凰，襯托着微雨洗過的牡丹，
何等鮮豔！而這是從明鏡中看到的，同時也照見了蓬
鬆的鬢髮和俊俏的面龐。上闋寫了梳妝，下闋再寫佇
望。她登樓倚欄，佇望良久，柳綠了，燕歸了，她所
等的人卻還不見回來。這首詞的構思很像王昌齡的
〈閨怨〉：「閨中少婦不知愁，春日凝妝上翠樓。忽
見陌頭楊柳色，悔教夫婿覓封侯。」只是把抒情都改
作描繪，又把「凝妝」二字加以渲染，用一半的篇幅
去寫「凝妝」的那個「妝」。這個膨脹了的細節（突
出寫一對鳳凰），和全詞有機地聯繫着。　　（袁行霈
〈溫詞的藝術研究〉，載《學術月刊》（1986年2
期），上海：人民出版社）

(5)朱鑑珉：詞的上片，寫閨中女子的曉妝，而喻之以「牡丹一夜經微雨」。「雙臉長」一語，言人之憔悴。下片，寫因為遠行人的「音信不歸來」，且久久佇立。只見樓外柳絲又綠，春天又來了，又以「社前雙燕迴」一句反襯女子的孤獨。那一番相思相憶，盡在言外。（朱鑑珉選注《溫庭筠韋莊馮延巳李煜詩詞精選》）

(6)房開江、崔黎民：作者在表現思婦怨情時，起見「鳳凰相對」的圖案，結見「雙燕迴」的景象，一前一後，反襯思婦孤獨之狀，愁苦之情，格外深婉。（五代後蜀趙崇祚輯，房開江、崔黎民譯《花間集》）

(7)孔範今：此首起句言閨中之人清晨着裝時，因見衣服上盤繡的雙雙金鳳凰，而興起孤獨之感。牡丹花經雨後即敗，故次句以牡丹經微雨，喻自己之紅顏難駐。三、四句補充第二句，言妝成之後對鏡自照，只見鬢輕臉長，雖新妝亦難掩玉容之消損，故有次句之人老珠黃、自憐憔悴之嘆。湯顯祖評曰：「『牡丹』句眼前語，非會心人不知。」（湯評本《花間集》卷一）下片寫其獨坐無聊，遂倚樓而望，「久」字見出企盼之切。而唯見楊柳如絲，但添空負良晨美景之愁緒，社燕雙歸，倍感獨處空閨之淒涼，所思之人非但不歸，且連音信亦不傳，則主人公內心之哀怨自在言外。（孔範今主編《全五代詞釋注》）

(8)劉尊明：此首寫思婦望遠懷人之情。上片寫晨起妝扮

之景象，下片抒登樓望歸之情懷。　（劉尊明著《溫庭筠韋莊詞選》）

宏一按：溫庭筠〈歸國遙〉有云：「雙臉，小鳳戰篦金颭艷。舞衣無力風斂，藕絲秋色染。」寫美人顏色服飾之態，可與此詞上片合看（「牡丹一夜經微雨」與「藕絲秋色染」俱可指舞衣上所繡之圖案）；〈更漏子〉有云：「虛閣上，倚欄望，還似去年惆悵。春欲暮，思無窮，舊歡如夢中。」可與此詞下片合看（「垂絲柳」、「雙燕迴」即「春欲暮」之意）。上片寫梳妝，下片寫佇望，又與〈夢江南〉之「梳洗罷，獨倚望江樓」可以合看。

〈菩薩蠻〉之八

牡丹花謝鶯聲歇，綠楊滿院中庭月。相憶夢難
成，背窗燈半明。　翠鈿金壓臉，寂寞香閨
掩。人遠淚闌干，燕飛春又殘。

【注釋】

1.牡丹花謝鶯聲歇

(1)牡丹花謝：喻春天已過。參見本卷溫庭筠〈菩薩蠻〉
　　（蕊黃無限當山額）注。鶯聲歇：溫庭筠〈苦楝
　　花〉：「院裏鶯歌歇。」（李誼《花間集注釋》）

(2)「牡丹」句：喻指春殘。裴潾〈長安牡丹〉：「長安
　　豪貴惜春殘，爭賞新開紫牡丹。」作者〈苦楝花〉：
　　「院裏鶯歌歇，牆頭舞蝶孤。」（黃進德選注《唐五
　　代詞選集》）

2.綠楊滿院中庭月

(1)中庭月：照於中庭之月。張祜〈秋日宿簡寂觀陸先生
　　草堂〉：「竹廊影過中庭月。」（李誼《花間集注
　　釋》）

(2)中庭：庭院之中。中庭月：謂照滿庭院之月色。張
　　先〈木蘭花〉：「中庭月色正清明，無數楊花過無
　　影。」（張紅編著《溫庭筠詞新釋輯評》）

3.相憶夢難成

(1)夢難成：謂難以入夢。唐・佚名〈閨情〉：「千回萬
　　轉夢難成，萬逾千回夢裏驚。」（李誼《花間集注

釋》）

(2)相憶二句——意思是由於相思之切，難以入夢，眼前唯
見窗背的燈光搖搖晃晃，半明半暗，更覺孤淒。《花
間集》中，用「背」字二十四處，多數是「背靠」之
意；但有時也可作「閉」、「掩」之類的動詞解，如
張泌〈浣溪沙〉「繡屏愁背一燈斜」，毛熙震〈菩薩
蠻〉「小窗燈影背」等。　（沈祥源、傳生文注《花間
集新注》）

(3)夢難成：猶言難以入睡。唐佚名〈閨情〉：「千回萬
轉夢難成，萬逾千回夢裏驚。」　（黃進德選注《唐五
代詞選集》）

4.背窗燈半明

(1)《詩·伯兮》：「焉得諼草，言樹之背」。《毛
傳》：「背，北堂也。」按背，猶北也，杜甫〈堂
成〉詩：「背郭堂成蔭白茅。」即其證。一曰，背
窗，謂人面背窗也。毛熙震〈菩薩蠻〉：「小窗燈影
背。」是也。　（華鍾彥《花間集註》）

(2)背窗：李商隱〈燈〉：「雨夜背窗休。」　（李誼《花
間集注釋》）

(3)背窗：北窗。杜甫〈堂成〉：「背郭堂成蔭白茅，綠
江路熟俯青郊。」背：北。　（朱鑑珉選注《溫庭筠韋
莊馮延巳李煜詩詞精選》）

(4)背窗：即北窗。一說是人面背窗，皆可通。　（趙仁珪
主編《唐五代詞三百首譯析》）

(5)背窗：背向着窗。李商隱〈燈〉：「雨夜背窗休。」
一說謂北窗，北本從背，亦可通。　（張紅編著《溫庭
筠詞新釋輯評》）

宏一按：浦江清〈詞的講解〉一文，解釋此句，又引
述溫庭筠〈酒泉子〉：「背蘭釭」、〈更漏子〉：
「紅燭背，繡簾垂，夢長君不知」、顧敻〈甘州
子〉：「山枕上，燈背臉波橫」、尹鶚〈臨江仙〉：
「紅燭半條殘焰短，依稀暗背銀屏」、毛熙震〈菩薩
蠻〉：「小窗燈影背」、顧敻〈木蘭花〉：「背帳猶
殘紅蠟燭」等等，謂上述例句中之「背」，「皆言燈
燭之背，是唐時俗語。臨睡時燈燭未熄，移向屏帳之
背，故曰背。」並加推測：「或唐時之燈，有特殊
裝置，睡時不使布明，可以扭轉，故曰背，今不可
曉。」浦氏之說，頗有參考價值。

5.翠鈿金壓臉

(1)翠鈿：頭飾。壓臉：遮臉。　（華鍾彥《花間集註》）

(2)翠鈿兩句：玉容消損，只得獨處閨房以鈿遮臉。翠
鈿：以翠玉金華鑲嵌的首飾。《說文解字》：「鈿，
金華也。」《六書故》：「金華為飾，田田然。」江
淹〈西洲曲〉：「門中露翠鈿。」金壓臉：《太平廣
記》：卷一五九引《續幽怪錄》：韋固之妻，三歲時
為人所刺，眉間留有刀痕，故「常貼一花鈿，雖沐浴
閑處，未嘗暫去」。這裡係化用此事。壓：遮掩。金
壓臉，一作金靨臉。　（李誼《花間集注釋》）

⑶翠鈿:綠色的花鈿。花鈿:又名花子、媚子,施眉
心。起源於南北朝時宋武帝女壽陽公主的梅花妝(參
見無名氏〈魚游春水〉注)。唐代花鈿,將剪成的
花樣貼在額前以為面飾。用以剪花鈿的材料有金箔、
紙、魚腮骨、鰣鱗、茶油花等多種。剪成後用魚鰾膠
或呵膠黏貼。花鈿用紅色者居多,用綠色者曰翠鈿。
金壓臉:蓋謂以黃粉敷面。壓,一作「靨」。 (黃進
德選注《唐五代詞選集》)

⑷翠鈿壓臉:唐時貴家女子喜用綠色「花子」粘在眉
心,以增美觀。劉禹錫〈觀柘枝舞〉:「垂帶復纖
腰,安(粘)鈿當嫵媚。」朱鑑珉選注《溫庭筠韋莊
馮延巳李煜詩詞精選》。

⑸金壓:《玄覽齋》本作「金靨」。 (鄧紹基、周秀
才、侯光復主編《溫庭筠李煜》)

⑹翠鈿:嵌有翠玉的金首飾。金壓臉,即所謂「靨
飾」,指女子戴在面頰上的一種花狀飾物。楊慎《詞
品·二》:「唐韋固妻,少時為盜刃所刺,以翠掩
之,女妝遂有靨飾。」壓:掩飾。此句謂以翠鈿遮
臉,不欲使人見其憔悴容貌。 (孔範今主編《全五代
詞釋注》)

⑺鈿:花鈿,又名花子、媚子、施眉心,古代婦女面頰
上的一種妝飾。唐代婦女多用金箔、彩紙等剪成花樣
貼在額前以為妝飾。花鈿所用材料的顏色多為紅色,
用綠色者稱之為翠鈿。 (劉尊明著《溫庭筠韋莊詞
選》)

(8)翠鈿句：金翠珠寶製成的首飾鬆墜下來，壓到臉部。翠鈿，用金翠珠寶等製成花朵形的首飾，即花鈿。江淹〈西洲曲〉：「門中露翠鈿。」白居易〈長恨歌〉：「花鈿委地無人收」一說，指翠靨，靨飾，此不取。壓，遮掩。 （張紅編著《溫庭筠詞新釋輯評》）

宏一按：浦江清〈詞的講解〉一文，解釋此句云：「翠鈿，即花鈿，唐代女子點於眉心。金壓臉，疑即金靨子，點於兩頰者，孫光憲〈浣溪沙〉：『膩粉半粘金靨子』是也。」頗足參考。

6.寂寞香閨掩

(1)香閨：閨房。韋莊〈秦婦吟〉：「回首香閨淚盈把。」 （李誼《花間集注釋》）

7.人遠淚闌干

(1)《詩‧東門之墠》：「其室則邇，其人則遠。」淚闌干：舊解以為淚滴闌干，非是。蓋淚痕界面，如闌干也。白居易詩：「玉容寂寞淚闌干。」又「夢啼粧淚紅闌干。」韋莊〈天仙子〉：「淚界蓮腮兩線紅。」皆其例證。 （華鍾彥《花間集註》）

(2)淚闌干：淚縱橫也。蔡琰〈胡笳〉：「歎息欲絕兮淚闌干。」白居易〈長恨歌〉：「玉容寂寞淚闌干，梨花一枝春帶雨。」 （蕭繼宗評點校注《花間集》）

(3)淚闌干：眼淚縱橫貌。白居易〈長恨歌〉：「玉容寂寞淚闌干」。 （李誼《花間集注釋》）

8.燕飛春又殘

【彙評】

1.清

(1)張惠言：「相憶夢難成」，正是「殘夢迷」情事。
　（張惠言《詞選》）

(2)陳廷焯：領略孤眠滋味。逐句逐字，淒淒側側，飛卿
　大是有心人。（陳廷焯《雲韶集》）

(3)陳廷焯：三章云「相見牡丹時」，五章云「覺來聞曉
　鶯」。此云「牡丹花謝鶯聲歇」言良晨已過，故下云
　「燕飛春又殘」也。（陳廷焯《詞則》）

(4)況周頤：花間至不易學。其蔽也，襲其貌似，其中空
　空如也。所謂麒麟楦也。或取前人句中意境，而紆折
　變化之，而雕琢、勾勒等弊出焉。以尖為新，以纖為
　豔，詞之風格日靡，真意盡漓，反不如國初名家本色
　語，或猶近於沉著、濃厚也。庸詎知花間高絕，即或
　詞學甚深，頗能闖兩宋堂奧，對於花間，猶為望塵卻
　步耶！（況周頤《蕙風詞話》，據唐圭璋《詞話叢
　編》）

宏一按：燕子春社來，秋社去。燕歸時節，亦即花落
春殘之暮春矣。況且燕燕于飛，一向雙雙對對，故易
動人愁思。此首即由此起興。

〈菩薩蠻〉之九

滿宮明月梨花白，故人萬里關山隔。金雁一雙飛，淚痕沾繡衣。　　小園芳草綠，家住越溪曲。楊柳色依依，燕歸君不歸。

【注釋】

1.滿宮明月梨花白

⑴《爾雅‧釋宮》云：「宮謂之室，室謂之宮。」〈釋文〉：「古者貴賤同稱宮，秦漢以來，惟王者所居稱宮焉。」此宮字當用古義，非王者所居之專稱。溫庭筠〈舞衣曲〉云：「不逐措王卷象床，滿樓明月梨花白。」是其佐證。此叙民間女子事，故下文云，故人遠隔也。（華鍾彥《花間集註》）

⑵滿宮句：謂滿院的明月和梨花交相輝映。溫庭筠〈舞衣曲〉：「滿樓明月梨花白。」滿宮：猶滿室，引申為滿院。《爾雅‧釋宮》云：「宮謂之室，室謂之宮。」〈釋文〉：「古者貴賤同稱宮」。此處即指一般宅院。（李誼《花間集注釋》）

⑶滿宮：猶滿院。宮，此指一般民居。《爾雅‧釋宮》云：「宮謂之室；室謂之宮。」疏云：「古者貴賤所居皆得稱宮」一說，特指宮苑。（黃進德選注《唐五代詞選集》）

⑷宮：室。滿宮：滿院子。全句指明月與梨花融為一色。（費振剛主編，徐俠、顧農著《花間派詞傳》）

2.故人萬里關山隔

⑴故人：所思之人。〈古詩為焦仲卿妻作〉：「悵然
遙相望，知是故人來。」關山：泛指邊塞之地。江
淹〈恨賦〉：「紫臺稍遠，關山無極。」江總〈閨
怨篇〉：「願君關山及早度，念妾桃李片時妍。」
（李誼《花間集注釋》）

3.金雁一雙飛

⑴劉貢父《中山詩話》云：「金雁，箏柱也。」謂離
懷至深，彈箏以寫之也。或曰：金雁首飾也，楊萬
里詩：「珠襦玉匣化為土，金雁銀鳧亦飛去。」即
其例。竊疑雁：當指遠人書信；金：言其貴重。杜
甫詩：「家書抵萬金。」是也。　（華鍾彥《花間集
註》）

⑵指衣上繡紋。　（俞平伯《唐宋詞選釋》）

⑶金雁：此指遠人書信。司空曙〈燈花〉三首之一：
「幾時金雁傳歸信，剪斷香魂一縷愁。」　（黃進德選
注《唐五代詞選集》）

⑷金雁句：唐宋貴族婦女衣飾用物，多用金線鑲繡成各
種花鳥紋飾，增加美觀。此謂衣上用金線繡成雙雁形
紋飾。或謂金雁為「箏柱」、「書信」，可備一說，
此不取。繡衣：彩繡的絲綢衣服。古代貴者所服。
《左傳・閔公二年》：「（衛懿公）與夫人繡衣。」
（張紅編著《溫庭筠詞新釋輯評》）

4.淚痕沾繡衣

　⑴金雁二句——見明月、梨花而念及故人。宮：《經典
　　釋文》：「古者貴賤同稱宮，秦漢以來，惟王者所居
　　稱宮焉。」這裏的宮，即一般住宅之意，非指皇宮。
　　關山：泛指途中的山山水水，原意是關塞和山岳。
　　（沈祥源、傅生文注《花間集新注》）

5.小園芳草綠

　⑴小園：唐・呂從慶〈小園〉：「小園春色麗。」芳
　　草：香草。《楚辭・離騷》：「何所獨無芳草兮。」
　　〈古詩〉：「蘭澤多芳草。」　（李誼《花間集注
　　釋》）

6.家住越溪曲

　⑴借西施之美，以自況也。王維詩：「誰憐越女顏如
　　玉，貧賤江頭自浣紗。」即其例。　（華鍾彥《花間集
　　註》）
　⑵「越溪」即若耶溪，北流入鏡湖，在浙江紹興。相傳
　　西施浣紗處。本詞疑亦借用西施事。或以為越兵入吳
　　經由越溪，恐未是。杜荀鶴〈春宮怨〉：「年年越溪
　　女，相憶采芙蓉。」亦指若耶溪。　（俞平伯《唐宋詞
　　選釋》）
　⑶越溪：謂若耶溪，西施浣紗處。　（蕭繼宗評點校注
　　《花間集》）
　⑷越溪：即若耶溪，北流入鏡湖。相傳為西施浣紗處。
　　此句用西施之典，自況其美。王維〈西施詠〉：「朝

為越溪女，暮作吳宮妃。」曲：河道曲折處。　（張紅編著《溫庭筠詞新釋輯評》）

7.楊柳色依依

　⑴依依：茂盛貌。《詩經・小雅・采薇》：「昔我往矣，楊柳依依。」燕歸，一作雁歸。　（李誼《花間集注釋》）

8.燕歸君不歸

　⑴上片寫宮廷光景；下片寫若耶溪，女子的故鄉。結句即從故人的懷念中寫，猶前注所引杜荀鶴詩意。「君」蓋指宮女，從對面看來，用字甚新。柳色如舊，而人遠天涯，活用經典語。　（俞平伯《唐宋詞選釋》）

　⑵楊柳兩句：謂柳長燕歸卻不見遠人回來。　（李誼《花間集注釋》）

　⑶「燕歸」句：從古人的懷念中寫。君，指女子。一說特指宮女。燕，一本作「雁」，誤。　（黃進德選注《唐五代詞選集》）

【彙評】

1.明

　⑴湯顯祖：興語似李賀，結語似李白，中間平調而已。　（湯顯祖評點《花間集》）

2.清

　⑴陳廷焯：結句即七章「書信不歸來」二語意，重言以

申明之。音更促，語更婉。　（陳廷焯《詞則》）

(2)陳廷焯：淒豔是飛卿本色。從摩詰「春草年年綠」化
出。　（陳廷焯《雲韶集》，據屈興國校注《白雨齋詞
話足本校注》）

3. 民國以來

(1)浦江清：或謂溫庭筠之〈菩薩蠻〉為宮詞者，此論非
也，辨已見前。通常所謂宮詞如王建宮詞、花蕊夫人
宮詞之類，指記叙宮闈中瑣事，描寫宮中美人之生
活者。至飛卿所寫乃娼樓之女，蕩子之妻，歷來樂府
中通用之題材，有關於女性而已，不涉宮闈中事，故
不能稱之為宮詞。此處「滿宮明月梨花白」句，稍起
疑問，前已言之，古者宮室通稱，不必指帝王所居，
而梵宇道觀亦均可稱宮，飛卿另有〈舞衣曲〉，其結
句云「滿樓明月梨花白」，與此僅差一字，今云「滿
宮」，是文人變換詞藻，不可拘泥。此章如詠宮中美
人，則不應有「故人萬里關山隔」之句，豈必如劉無
雙王仙客之故事乎，此不可通者也。

頃細思其事，更進一解。蓋飛卿所製實為教坊及北里
之歌曲。教坊中之妓女常應節令入宮歌舞。崔令欽
《教坊記》云：「妓女入宜春院謂之內人，亦曰前頭
人，常在上前。」妓女，係指教坊中一般妓女，其入
宜春院者謂之內人，指教坊妓女之甄選入居宮苑中
者。惟此類妓女數額有限，其餘多數妓女則留居左右
兩教坊，可通稱為教坊中人，或兩院人，遇宮中宴慶
或月令承應亦徵入宮中歌舞。《教坊記》云：「進點

戲日，內伎出舞，教坊人惟得舞〈伊州〉、〈五天重來〉，不離此兩曲，餘盡讓內人也。」又云：「內妓歌則黃幡綽讚揚之，兩院人歌則幡綽輒訾訛之。」知教坊人或兩院人與內妓或內人有別，惟同為歌舞之伎，又幼時同在教坊學習歌舞則一也。今飛卿此章所寫之妓，其已入宜春院中為內妓，或僅為教坊兩院中人，所不可知，要之均可有入宮歌舞之事，如此則所謂「滿宮」者或實指宮苑而言。

首句託物起興。見梨花而忽憶故人者，「梨」字借作離別之「離」，樂府中之諧音雙關語也。夫明月之下，若梅若杏，若桃若李，芳菲滿園，何必獨言梨花，此詞人之剪裁，從梨花而觸起離緒，乃由語言之本身引起聯想也。故人者即舊情人，教坊姊妹自有婚配，亦可有情人，如《教坊記》所載，「裴承恩妹大娘善歌，兄以配竿木侯氏，又與長入趙解愁私通」之類，不一而足，與其他宮中美人不同。

「金雁」從「關山」帶出，雁而曰金，豈非秋之季候於五行屬金，謂金雁者猶言秋雁乎？曰，梨花非秋令之物，不應作如此解。或云，金雁即舞衣上所繡，猶之第一章之「新貼繡羅襦，雙雙金鷓鴣」，「金雁一雙飛」言舞袖之翩翻，亦猶鄭德輝詠舞之曲「鷓鴣飛起春羅袖」也。此可備一說。另解，金雁者言箏上所設之柱，箏柱成雁行之形，故曰雁柱，亦有稱金雁者，溫飛卿〈詠彈箏人〉詩云：「鈿蟬金雁今零落，一曲〈伊州〉淚萬行」，與此詞意略同。以此解為最

勝。崔氏《教坊記》有云「平人女以容色選入內者，教習琵琶、三絃、箜篌、箏等者謂擖彈家。又云：「開元十一年初制〈聖壽樂〉，令諸女衣五方色衣以歌舞之，宜春院女教一日便堪上場，惟擖彈家彌月不成，至戲日，上令宜春院人為首尾，擖彈家在行間，令學其舉手也。」今飛卿此詞所寫，殆擖彈家之彈箏者也。

此章上下兩片，隨意捏合，無甚關聯。「小園芳草綠」之「小園」，與「滿宮明月梨花白」之「滿宮」是否為一地，抑兩地，不可究詰。由小園芳草之綠，憶及南國越溪之家，意亦疏遠，參看〈憶秦娥〉講解中所論以韻腳為關聯之句法。「家住越溪曲」暗用西施典故，用一歷世相傳美人之典故，見此妓容貌端麗，亦為一美女子。「楊柳色依依，燕歸君不歸」，是敷衍陳套語。「君」字已見前解，為女子所想念之對方，亦即上片中之「故人」也。 （浦江清〈詞的講解〉）

⑵蕭繼宗：結語未嘗不佳，後人響效，遂成濫套。 （蕭繼宗評點校注《花間集》）

⑶吳世昌：飛卿〈菩薩蠻〉：「滿宮明月梨花白，故人萬里關山隔。金雁一雙飛，淚痕沾繡衣。小園芳草綠。家住越溪曲。楊柳色依依。燕歸君不歸。」有見此詞開首曰「滿宮」，即以為上片寫宮廷光景，進而以為「君」指宮女，並讚之為「用字甚新」云。按「宮」蓋泛指房屋，若必欲泥為宮殿，則「故人」非

帝王不可，與下片「小園」亦不相稱。以「君」為宮女，尤妄。宮女豈容久出不歸？謂之「用字甚新」，謬矣。　（吳世昌《詞林新話》）。

(4)張以仁：這裡的「家」字與上文的「宮」字造成醒目的對比，也正是這種手法。自秦以後，「宮」字在一般情況中，不以稱謂民宅。這就區別為兩個場境：上片言現況，過片兩句卻是陳述往事。「家住越溪曲」，「住」字是用的過去式，而這句卻是全詞之眼。比照第十四首的「吳宮」（「故國吳宮遠」），這裡顯然係以越女自況，實暗擬西施，正是自矜其國色。夫國色而孤處，備受冷落，傷今懷舊，其無奈可知。　（張以仁〈溫庭筠菩薩蠻詞的聯章性〉，林玫儀主編《詞學研討會論文集》，台北：中央研究院中國文哲研究所籌備處，1996年6月）

宏一按：此詞於十四首之中，頗為奇特。「越溪」為西施浣紗處，而上片「滿宮」、「關山」、「金雁」云云，又似與「宮怨」有關。俞平伯《唐宋詞選釋》云：「上片寫宮廷光景，下片寫若耶溪，女子的故鄉。」又說末句之「君」，「蓋指宮女」。其說可參。

〈菩薩蠻〉之十

寶函鈿雀金鸂鶒，沉香閣上吳山碧。楊柳又如
絲，驛橋春雨時。　　畫樓音信斷，芳草江南
岸。鸞鏡與花枝，此情誰得知。

【注釋】

1.寶函鈿雀金鸂鶒

(1)函：匣也，套也，故有劍函、鏡函、枕函諸名。此當
作枕函解，韓偓詩：「羅帳四垂銀燭背，玉釵敲着枕
函聲。」鈿雀：釵也。金鸂鶒，釵頭所飾也。枕函之
旁，有墮釵，謂初起也。李義山詩：「水紋簟上琥珀
枕，傍有墮釵雙翠翹。」是其例。　　（華鍾彥《花間集
註》）。

(2)寶函鈿雀：以珠玉螺背之屬鏤嵌器物曰鈿。鸂鶒：水
鳥名，似鴛鴦而稍大，其色多紫，故又稱紫鴛鴦。金
鸂鶒為金屬所製鸂鶒形之香爐，如云金鴨、金獸。
　　（鄭騫《詞選》）

(3)「寶函」句：寶函，指華麗的枕頭。鈿是嵌金。鈿
雀、金鸂鶒是枕頭上的裝飾。鸂鶒，水鳥名，大於鴛
鴦，色紫，又稱紫鴛鴦。　　（夏承燾、盛靜霞選注《唐
宋詞選》，北京：中國青年出版社，1959）

(4)金鸂鶒：為金屬所製鸂鶒形之香爐也。鸂鶒：鳥名，
《文選》左思〈吳都賦〉：「鸂鶒鷛渠鳥」，劉注：
「鸂鶒，水鳥也。」此鳥形稍大於鴛鴦而色多紫，故
有紫鴛鴦之稱，見《本草綱目》。　　（張夢機、張子良

選注《唐宋詞選注》）

宏一按：此用鄭騫先生《詞選》注。

(5)鈿雀：金華也。鈿雀，以金作雀形為首飾也。曹植詩
「頭上金雀釵」，白居易詩：「翠翹金雀玉搔頭」，
又飛卿〈更漏子〉：「金雀釵」義同。　（蕭繼宗評點
校注《花間集》）

(6)寶函：華美的枕頭。鈿雀：金釵。鸂鶒：水鳥名。兩
者都是枕頭上的裝飾。　（唐圭璋、潘君昭、曹濟平著
《唐宋詞選注》）

(7)寶函句：謂枕旁尚有鈿雀、金鸂鶒等飾物，指閨人早
晨初醒或初起也。寶函：本指珍貴的函套。如王筠
〈國師草堂寺知者約法師碑〉：「開寶函之奧典。」
此處係指枕函。鈿雀：嵌金之雀形首飾。段成式〈柔
卿解籍戲呈飛卿〉三首：「出意桃鬟一尺長，金為鈿
鳥簇釵梁。」　（李誼著《花間集注釋》）

(8)寶函句——寫閨婦起床不久，枕套上還留有首飾。寶
函，華美的枕套。金鸂鶒：鈿雀、金鸂鶒均為枕頭上
的妝飾。　（沈祥源、傅生文注《花間集新注》）

(9)寶函：華貴的枕頭。函：枕函，枕頭。鈿雀：飾有孔
雀形象的金釵。鸂鶒：水鳥名，俗稱紫鴛鴦。金鸂
鶒，亦指釵上飾物。　（徐培均評注《唐宋詞小令精
華》）

(10)「寶函」，此謂枕函。「鈿雀」，釵也。「鸂鶒」，
水鳥也。大於鴛鴦而色多紫，故有紫鴛鴦之稱。「金
鸂鶒」，釵頭所飾。枕函之旁，有墮釵，謂初起也。

李義山詩：「水紋簟上琥珀枕，傍有墮釵雙翠翹。」
（巴壺天《唐宋詩詞選》）

(11)寶函：華貴的枕頭，用以概指室內陳設之精緻。函，此指枕函。司空圖〈楊柳枝〉：「偶然枕上捲珠簾，往往長條拂枕函。」韓偓〈聞雨〉：「羅帳四垂紅燭背，玉釵敲着枕函聲。」鈿雀：似指枕函上飾有平磨螺鈿製成的孔雀形象的圖案。鈿，指用薄如蟬翼的貝殼製作的傳統工藝。金鸂鶒：指釵上飾物。用李商隱〈偶題〉：「水紋簟上琥珀枕，傍有墮釵雙翠翹」詩意，意謂枕旁有落下的金釵在，以追敘昔日閨帷生活。（黃進德選注《唐五代詞選集》）

(12)寶函：指鑲嵌着珠玉的華麗的匣子，首飾匣之類。函，即匣子、封套，如妝函、枕函等。鈿雀：金銀珠寶製成的雀形首飾。歐陽炯〈西江月〉：「鈿雀穩簪雲髻綠，含羞時想佳期。」鈿，嵌金。金鸂鶒：謂造形為水鳥鸂鶒的金首飾。鸂鶒，又名「紫鴛鴦」，常成雙成對地在一起。〈菩薩蠻〉（其四）：「翠翹金縷雙鸂鶒」注，可供參考。一說金鸂鶒，指一種形似水鳥鸂鶒的香爐，常置帳邊。顧夐〈虞美人〉詞：「小金鸂鶒沉煙細，膩枕堆雲髻。」亦可通。（張紅編著《溫庭筠詞新釋輯評》）

2.沉香閣上吳山碧

(1)閣：明巾箱本作關。義不可通。疑關為閣之譌。故據《全唐詩》改。沉香：閣名也。此言閨中人早起梳

掠，登沉香閣而望吳山，則山已碧矣，春已深矣。
（華鍾彥《花間集註》）

⑵沉香閣：《開天遺事》：楊國忠用沉香為閣，檀香
為欄。按：閣如今世櫃、架之類，所以貯物者也。
（鄭騫《詞選》）

⑶沉香閣：是用沉香木做窗戶、欄杆之類的閣。這裏指
那個住在沉香閣上的女子，看到吳山青了。　（夏承
燾、盛靜霞選注《唐宋詞選》）

⑷沉香閣：是用沉香木做窗戶、欄杆之類的閣。這裏指
那個住在沉香閣上的女子，看到吳山青了。　（羅淇編
選《中國歷代詞選》，香港：上海書局，1962）

宏一按：香港、台北所出版羅淇之《歷代詞選》，全
係盜印夏承燾等人著作，不可不辨。

⑸沉香閣：《開天遺事》：楊國忠用沉香為閣，檀香
為欄。按：閣如今世櫃、架之屬，所以貯物者也。
（張夢機、張子良選注《唐宋詞選注》）

宏一按：此用鄭騫先生《詞選》注。

⑹沉香閣：《開元天寶遺事》：「楊國忠用沉香為閣，
檀香為欄，以麝香、乳香篩土，和為泥飾壁，每木芍
藥盛開之際，聚賓客於閣上賞花焉。」一說「閣」為
貯物之架，則「吳山」為小屏矣，亦通。　（蕭繼宗評
點校注《花間集》）

⑺沉香句——在沉香閣上看見了吳山碧色，春意盎然。沉
香閣：泛指華貴的樓閣。李白〈清平調〉之三：「解
釋春風無限恨，沉香亭北倚欄杆。」吳山：泛指江蘇

浙江一帶的山丘。白居易〈長相思〉：「流到瓜洲古渡頭，吳山點點愁。」（沈祥源、傅生文注《花間集新注》）

(8)吳山，有兩處，一在山西平陸縣北，自上及下，七山相連，為中條山重要通道之一；一在浙江杭州市西湖東南，左帶錢塘江，右瞰西湖，為杭州名勝。此處當指後者。（萬文武《溫庭筠辨析》）

(9)沉香閣：泛指用料考究的亭閣。王仁裕《開元天寶遺事》卷下：「（楊）國忠又用沉香為閣，檀香為欄，以麝香、乳香篩土和為泥飾壁，每於春時木芍藥盛開之際，聚賓友於此閣上賞花焉。」沉香，名貴的香木。《南方草木狀》：「交趾有蜜香樹，欲取其香，伐之經年，其根幹枝葉各有別色也。木心與節堅黑沉水者為沉香。」《法苑珠林》引《南州異物誌》曰：「沉水香出日南，欲取當先斫壞樹，着地積久，外自朽爛，其心至堅者置水則沉，名曰沉香。」（黃進德選注《唐五代詞選集》）

(10)沉香句：言閨人登樓遙望，從沉香閣上看到吳山青了，春天來了。沉香閣：用貴重的沉香木造成的樓閣。極言閣之精美。吳山：又名胥山。在浙江杭州市西湖東南。左帶錢塘江，右瞰西湖，為杭州名勝。白居易〈長相思〉：「吳山點點愁。」（王新霞選注《花間詞派選集》）

(11)沉香閣：王仁裕《開元天寶遺事》卷下：「（楊）國忠又用沉香為閣，檀香為欄，以麝香、乳香篩土和為

泥飾壁，每於春時木芍藥盛開之際，聚賓友於此閣上賞花焉。」此處係泛指巧麗的亭閣。吳山：一稱胥山。《新唐書・地理志》：「左界大江，右瞰太湖，峰巒相續，總曰吳山。」謝朓〈和伏武昌登孫權故城〉：「鵲起登吳山，鳳翔凌楚甸。」（李誼著《花間集注釋》）

(12)沉香：名貴木材。此喻樓閣的珍貴。吳山：泛指吳地（江南地區）之山。（徐培均評注《唐宋詞小令精華》）

(13)《開天遺事》：楊國忠用沉香為閣，檀香為欄。按閣如今世櫃、架之類，所以貯物者也。（巴壺天《唐宋詩詞選》）

宏一按：此用鄭騫先生《詞選》注。

3.楊柳又如絲

(1)又如絲：言外之意指情人業已經分手經年。（費振剛主編，徐俠、顧農著《花間派詞傳》）

4.驛橋春雨時

(1)「楊柳」兩句：古時騎馬傳遞公文，叫做驛傳，中途有休息的地方，叫驛，或驛站。驛橋是驛站附近的橋。這兩句是回憶從前在驛橋與愛人分別。（夏承燾、盛靜霞選注《唐宋詞選》）

(2)「楊柳」兩句：古時騎馬傳遞公文，叫做驛傳，中途有休息的地方，叫驛，或驛站。驛橋是驛站附近的橋。這兩句是回憶從前驛橋與丈夫分別。（羅淇編選

《中國歷代詞選》）

宏一按：此抄錄夏氏之著，說見上。下略。

⑶驛：古時供傳遞公文的人或來往官員暫住、換馬的處
所。這兩句說看到山轉青，柳垂絲，不禁回想起從前
和愛人在驛橋分別的一幕。　（唐圭璋、潘君昭、曹濟
平著《唐宋詞選注》）

⑷「楊柳」兩句：別君經年春又至也。又如絲：枚乘
〈柳賦〉：「吁嗟弱柳，流如亂絲。」古詩〈梁州
曲〉：「漢家宮裡柳如絲。」驛橋：驛旁之橋。徐
鉉〈又絕句寄題毘陵驛〉：「為向驛橋風送月。」
（李誼著《花間集注釋》）

⑸「楊柳」二句：謂與君離別經年春又至。驛橋：驛站
旁邊的橋。驛，古代騎馬傳遞公文、換馬休息之所。
（黃進德選注《唐五代詞選集》）

5.畫樓音信斷

⑴音信斷：李白〈大堤曲〉：「天長音信斷。」　（李誼
著《花間集注釋》）

⑵音信斷：指得不到情人的消息。　（費振剛主編，徐
俠、顧農著《花間派詞傳》）

6.芳草江南岸

⑴芳草：《楚辭·招隱士》：「王孫游兮不歸，春草
生兮萋萋。」是說看到芳草，就聯想到王孫（指愛
人），還未回來。後代採用這種寫法的作品很多。宋
代林逋有〈點絳唇〉，亦是詠春草抒別情。末三句

說：「王孫去，萋萋無數，南北東西路。」這裡兩句
也寫她在樓上看見岸邊春草萋萋，想起愛人遠出不
歸，音訊斷絕。　（唐圭璋、潘君昭、曹濟平著《唐宋
詞選注》）

(2)芳草句：湯評：「『沉香』、『芳草』句，皆詩中
畫。」江南岸：元稹〈別李十一五絕〉：「來時見我
江南岸，今日送君江上頭。」　（李誼著《花間集注
釋》）

7.鸞鏡與花枝

(1)此言花枝照鏡，辜負芳春，顧影自憐。劉宋劉敬叔
《異苑》載：「罽賓王有鸞，三年不鳴。夫人曰：
『聞鸞見影則鳴』，乃縣鏡照之，中宵一奮而絕。」
故後世稱為鸞鏡。　（華鍾彥《花間集註》）

(2)劉敬叔《異苑》載：「罽賓王有鸞，三年不鳴。夫人
曰：『聞鸞見影則鳴』，乃縣鏡照之，中宵一奮而絕
（氣絕）。故後世稱為鸞鏡。」因此用「鸞鏡」有別
恨的含意。　（夏承燾、盛靜霞選注《唐宋詞選》）

(3)鸞鏡：李商隱〈李衛公〉詩：「鸞鏡佳人舊會稀」，
又陳後宮詩：「侵夜鸞開鏡」，馮浩注引范泰〈鸞鳥
詩序〉：「罽賓王獲彩鸞鳥，欲其鳴而不能致，夫
人曰：『嘗聞鸞鳥見其類而後鳴，可縣鏡以映之』，
王從其言，鸞睹影悲鳴，哀響中宵，一奮而絕。」
　（張夢機、張子良選注《唐宋詞選注》）

(4)鸞鏡：《藝文類聚》卷九十載范泰〈鸞鳥詩序〉說，

昔罽賓王獲一鸞鳥，三年不鳴。其夫人曰：「嘗聞鸞鳥見其類而後鳴，何不縣鏡以映之。」鸞睹形悲鳴，哀響中宵，一奮而絕。」詩詞中用鸞鳥含有自傷之意。這句是說對鏡自照，色貌如花，可形單影隻，空度芳春。　（吳熊和、蕭瑞峰編著《唐宋詞精選》）

(5)鸞鏡：妝鏡。劉宋劉敬叔《異苑》載：「蜀賓王有鸞，三年不鳴。夫人曰：『聞鸞見影則鳴。』乃縣鏡照之，中宵一奮而絕。」故後世稱鏡子為鸞鏡。古代一種銅鏡背面有鸞鳥的圖案，亦稱鸞鏡。詩詞中詠鸞鏡，常寓有相思、顧影自憐意。　（張紅編著《溫庭筠詞新釋輯評》）

8.此情誰得知

(1)「鸞鏡」兩句：是說看見自己鏡中的容貌和花枝並美，但一想到自己的青春正像花枝一樣短暫，頓時又愁悶起來，而這種愁悶又有誰知道呢。　（夏承燾、盛靜霞選注《唐宋詞選》）

(2)「鸞鏡」兩句：謂如花之人顧影自憐，其苦楚唯有己知。鸞鏡：《太平御覽》卷九一六引范泰〈鸞鳥詩序〉：「罽賓王結罝峻卯之山，獲一鸞鳥，甚愛之。欲其鳴而不能致，乃飾以金樊，享以珍饈，對之愈戚，三年不鳴。夫人曰：『聞鳥見其類而後鳴，可縣鏡以映之。』王從其言，鸞睹形感興，慨焉悲鳴，哀響中宵，一奮而絕。故後世稱為鸞鏡。」白居易〈太行路〉：「何況如今鸞鏡中，妾顏未改君心改。」誰

得知：杜牧〈舊游〉：「非郎誰得知。」 （李誼著《花間集注釋》）

(3)鸞鏡二句：照影自憐，苦憶之情，無人知曉。鸞鏡，背面刻有鸞鳥圖案的妝鏡。鸞，傳說中鳳凰的一類的鳥。枝，諧「知」。語本《說苑·越人歌》：「山有木兮木有枝，心悅君兮君不知。」 （劉尊明著《溫庭筠韋莊詞選》）

【彙評】

1.明

(1)湯顯祖：「沉香」、「芳草」句，皆詩中有畫。 （湯顯祖評點《花間集》）

2.清

(1)張惠言：「鸞鏡」二句，結。與「心事竟誰知」相應。 （張惠言《詞選》）

(2)譚獻：「寶函」句旁批「追敘」。「畫樓音信斷」旁批「指點今情」。「鸞鏡」句旁批「頓」。 （周濟撰、譚獻評《譚評詞辨宋四家詞選》）

(3)陳廷焯：只一「又」字，含多少眼淚。沉鬱。 （陳廷焯《詞則》）。

(4)陳廷焯：「鸞鏡與花枝，此情誰得知」皆含深意。此種詞第寫性勝，不必求勝人，已成絕響，後人刻意爭奇，愈趨愈下，安得一二豪傑之士，與之挽回風氣哉。 （陳廷焯《白雨齋詞話》，據唐圭璋《詞話叢編》）

(5)陳廷焯：只一「又」字，有多少眼淚。音節淒緩。——
凡作香奩詞，音節愈緩愈妙。 （陳廷焯《雲韶集》，
據屈興國校注《白雨齋詞話足本校注》）

3.民國以來

(1)浦江清：寶函者，奩具，盛鏡、釵、耳環、脂粉之
盒，嵌寶為飾。鈿雀，釵也，鏤金以為各樣花式曰
鈿，鈿雀是金釵，上有鳥雀之形為飾。鸂鶒，鴛鴦之
屬。上言鈿雀，下言金鸂鶒，實只一物，蓋「鈿雀」
但說金釵之上有鳥飾者，至「金鸂鶒」方特說此鳥飾
之為一對鴛鴦也。

首句「寶函鈿雀金鸂鶒」，託物起興。鸂鶒，興而比
也。下接「沉香閣上吳山碧」，意甚疏遠，亦韻的
傳遞作用。以詞意言之，則首句言女子所用之奩具
及飾物，次句寫女子所居之樓及樓外之景。《天寶遺
事》：「楊國忠嘗用沉香為閣，檀香為欄檻，以麝香
乳香篩土和為泥飾閣壁，每於芍藥盛開之際，聚賓於
閣上賞花焉。禁中沉香之閣，殆不侔此壯麗也。」小
說所載如此，知唐明皇時宮中及楊國忠宅皆有沉香之
閣。今溫飛卿詞中所云，乃文人之誇飾，不過言樓居
之精美，非真有沉香之閣矣。「吳山碧」是樓外所見
之景，吳地諸山，概可稱為吳山。此詞上片言「吳山
碧」，下片言「芳草江南岸」，假定此詞之背景在吳
地。只要一首詞中所設之地點不互相衝突，是可以單
立者，但並不能據此以謂其餘十三首所寫皆吳地之女

子，亦不可因其餘所寫背景或在長安，遂嫌此首之不相稱也。飛卿在長安時好游北里，其後至揚州，又多作冶游，見《舊唐書》本傳。至此十數章〈菩薩蠻〉則泛泛為教坊及北里中人製歌曲，非特為某妓而作。另說，吳山指屏風，飛卿〈春日〉詩：「一雙青瑣燕，千萬綠楊絲，屏上吳山遠，樓中朔管悲。」

「楊柳又如絲，驛橋春雨時」，寫景如畫。句法開宕，與「江上柳如煙，雁飛殘月天」絕類，皆晚唐詩之格調也。

上片言樓內樓外，下片接說人事。言畫樓外見樓中之人，此女子憑樓盼遠，但見江南芳草萋萋，興起王孫不歸之感歎，故曰「音信斷」。單說「畫樓音信斷」可有兩義，一意是說畫樓中人久無音信到來，是男子想念女子的話，一意是說遠人的音信久不到畫樓，是女子想念男子的話，今此詞中所說是後面一層意思。鸞鏡亦寶函中之物，鏡背有鸞鳳之花紋，故曰鸞鏡。此句遠承第一句，脈絡可尋，知此女子晨起理妝，對鏡簪花插釵而憶念遠人。詩詞不照散文的層次說，因詩詞的語言要顧到語言本身的銜接，不照意義的承接也。枝、知同音雙關語，例見《詩經》及《說苑‧越人歌》，飛卿於此〈菩薩蠻〉中兩用之，皆甚高妙，已見前「心事竟誰知，月明花滿枝」句之箋釋。飛卿熟悉民歌中之用語，樂府之意味特見濃厚，《白雨齋詞話》特稱賞此兩句，謂含有深意，初不知深意之究竟何在，蓋陳氏但從直覺體味，尚未抉發語言之祕奧

耳。（浦江清〈詞的講解〉）

⑵唐圭璋：此首，起句寫人妝飾之美，次句寫人登臨所見春山之美，亦「春日凝妝上翠樓」之起法。「楊柳」兩句承上，寫春水之美，彷彿畫境。曉來登高騁望，觸目春山春水，又不能已於興感。一「又」字，傳驚歎之神，且見相別之久，相憶之深。換頭，說明人去信斷。末兩句，自傷苦憶之情，無人得知。以美豔如花之久，而獨處淒寂，其幽怨深矣。「此情」句，千回百轉，哀思洋溢。（唐圭璋《唐宋詞簡釋》，上海：上海古籍出版社，1981）

⑶溫飛卿的特色就正在於他不曾清楚地告訴你是甚麼。例如他還有「寶函鈿雀金鸂鶒，沉香閣上吳山碧」的句子，「函」即枕函，古代的枕函材料都是硬的，而且內部空心，故而名曰「函」。「寶函」也者，是說這個寶枕上有金玉螺鈿的裝飾，「鈿雀」接在「寶函」之後，很可能是說「枕函」上用螺鈿鑲嵌出雀鳥的形狀，再加上「金鸂鶒」，給人一種寶函上既有鈿雀又有金鸂鶒的印象。這其實有些繁複，在標舉名物時顯得沒有層次，當然，這只是一種可能。還有另一種可能就是「金鸂鶒」不是在寶函上的裝飾，而是香鑪。後蜀詞人顧敻有詞云：「繡緯香斷金鸂鶒」（〈河傳〉），說在那美麗的繡花的緯幕之後，金鸂鶒中焚的香已經燃盡。所以金鸂鶒明顯的是指香鑪。中國古代香鑪以銅做成，一般有兩種形狀，一種是獸形，李清照的詞「香冷金猊」（〈鳳凰台上憶吹

簫〉）可以為證。另一種是鳥形，有人謂之為「金鴨」。飛卿這詞中的「金鷓鴣」便是一種鳥狀的香爐。而後面一句他所寫的「沉香閣上吳山碧」，沉香閣也有兩種可能，一便是樓閣的「閣」，就如同那唐玄宗陪楊貴妃賞牡丹花的沉香亭一樣，同是建築中的亭閣。另一種可能是像《開元天寶遺事》中所記述的，楊國忠等貴戚之家「以沉香為閣」，這種「閣」則並非建築，而是一種放置東西的架格。「沉香閣上吳山碧」，如果以沉香閣為樓閣之類的建築而言，就是說你站在沉香閣上遠眺外面青碧色的吳山，這是一種解釋。而若以沉香閣是室內精美的格架之類的傢俱而言，則「吳山碧」便是在此架上用以裝飾的山水圖樣。　（葉嘉瑩《唐宋名家詞賞析 1》，台北：大安出版社，1988）

(4)巴壺天：此首，起句寫人妝飾之美，次句寫人登臨所見春山之美，亦「春日凝妝上翠樓」之起法。「楊柳」兩句承上，寫春水之美，彷彿畫境。曉來登高騁望，觸目春山春水，又不能已於興感。一「又」字，傳驚嘆之神，且見相別之久，相憶之深。換頭，說明人去信斷。末兩句，自傷苦憶之情，無人得知。以美豔如花之久，而獨處淒寂，其幽怨深矣。「此情」句，千回百轉，哀思洋溢。　（巴壺天《唐宋詩詞選》）

宏一按：此與唐圭璋《唐宋詞簡釋》文字全同。以助理錄供讀者參考對照，故存而不刪。

　　宏一按：此首兩句一組，環環相扣，係大開大闔之
筆。說見第五章〈餘論〉。

〈菩薩蠻〉之十一

南園滿地堆輕絮，愁聞一霎清明雨。雨後卻斜陽，杏花零落香。　　無言勻睡臉，枕上屏山掩。時節欲黃昏，無憀獨倚門。

【注釋】

1.南園滿地堆輕絮

　⑴南園：溫庭筠〈醉歌〉：「唯恐南園風雨作。」此處泛指南圃。輕絮：李商隱〈江東〉：「今日春光太漂蕩，謝家輕絮沈郎錢。」（李誼著《花間集注釋》）

　⑵南園：泛指花草園林。這裏沒有實際的方位意義。輕絮：柳絮。（朱鑑珉選注《溫庭筠韋莊馮延巳李煜詩詞精選》）

2.愁聞一霎清明雨

　⑴霎：色押切，小雨也。（華鍾彥《花間集註》）

　⑵清明雨：「清明雨」三字成為一個詞藻，在詩人的語言中，除了「小雨」、「大雨」、「暴雨」之外，尚有一種雨，名曰「清明雨」。到底如何是「清明雨」，讀者自能想像，蓋當寒食清明之際，春光明媚之時，一陣小雨，密密濛濛，收去十丈軟塵，換來一片新鮮的空氣，然而柳絮沾泥，落成紅塵，使人感着春光將老，引起傷春的情緒，這「清明雨」三字就可以帶來這個想像。（浦江清〈詞的講解〉）

　⑶一霎：猶言一陣。霎為極短暫之時間。（陳弘治《唐宋詞名作析評》）

(4)一霎：一陣子。清明雨：清明時節的濛濛細雨。清
明是二十四節氣之一，在四月四日、五日或六日。
（中國社會科學院文學研究所編《唐宋詞選》）

(5)一霎清明雨：《全唐詩》卷八九八馮延巳〈蝶戀花〉
（六曲欄干偎碧樹）：「紅杏開時，一霎清明雨。」
（李誼著《花間集注釋》）

(6)一霎：猶言一陣，指極短暫的時間。鄭谷詩：「一
霎菱荷雨，幾回簾幕風。」 （郭明進編著《抒情詞
選》，台北：郭明進發行，1989）

3.雨後卻斜陽

(1)卻：反，還。 （李誼著《花間集注釋》）

(2)卻：猶倒、反。司空圖〈河湟有感〉：「漢兒盡作胡
兒語，卻向城頭罵漢人。」 （黃進德選注《唐五代詞
選集》）

(3)卻：張相《詩詞曲語辭匯釋》：「卻，猶正也。於語
氣加緊時用之。」晏殊〈踏莎行〉：「一場愁夢酒醒
時，斜陽卻照深深院。」 （張紅編著《溫庭筠詞新釋
輯評》）

4.杏花零落香

(1)杏花零落：吳融〈憶街西新居〉：「杏花零落雨蘼
蘼。」 （李誼著《花間集注釋》）

5.無言勻睡臉

(1)勻：均也。韓愈〈詠雪〉詩：「片片勻如剪，紛紛碎

若挼。」凡睡眠初醒，血氣和調，故顏色勻也。《楚辭・湘夫人》：「沅有芷兮澧有蘭，思公子兮未敢言。」劉楨詩：「念子沉心曲，長嘆不能言。」惟其無言，故思之至也。　（華鍾彥《花間集註》）

(2)勻：勻拭。「勻睡臉」，謂午後小睡，睡起脂粉模糊，又加勻拭。張泌〈江城子〉：「睡覺起來勻面了，無箇事，沒心情。」牛嶠〈菩薩蠻〉：「愁勻紅粉淚，眉剪春山翠。」牛希濟〈酒泉子〉：「夢中說盡相思事，纖手勻雙淚，去年書，今日意，斷人腸。」　（浦江清〈詞的講解〉）

(3)勻：勻拭。這句說，午睡醒來重新勻整面容。　（中國社會科學院文學研究所編《唐宋詞選》）

(4)勻：均勻，引申為擦拭、勻整。言睡眠方醒，擦拭面部，以調和血氣。或言「勻面」即傅粉，如敦煌詞〈拋球樂〉：「蛾眉不掃天生緣，蓮臉能勻似早霞」，亦可通。（徐培均評注《唐宋詞小令精華》）

(5)勻：用手搓臉使脂粉勻淨。馮延巳〈江城子〉：「睡覺起來勻面了，無個事，沒心情。」晏幾道〈木蘭花〉：「畫眉勻臉不知愁，殢酒熏香偏稱小。」勻臉，猶勻面。　（吳熊和、沈松勤選注《唐五代詞三百首》）

(6)勻睡臉：勻一勻臉上的脂粉。一解作「凡睡眠初醒，血氣和調，故顏色勻也。」（見華鍾彥《花間集注》卷一）勻，抱村本《尊前集》作「彈」。　（五代後蜀趙崇祚輯，房開江、崔黎民譯《花間集》）

(7)無言：默默無語。勻：動詞。婦女面部化妝，敷
（粉）或描（眉）都叫勻。此指在面龐上略敷脂粉，
而未着意化妝。元稹〈生春〉詩：「手寒勻面粉，鬟
動倚簾風。」張先〈醉垂鞭〉：「朱粉不深勻，閑花
淡淡春。」（張紅編著《溫庭筠詞新釋輯評》）

6.枕上屏山掩
(1)屏山：見前小山注。古人床端枕畔，輒施屏幛，屏上
或鑲石，或張畫，故曰屏山。（蕭繼宗評點校注《花
間集》）
(2)屏山：屏風。這句寫床邊有屏風遮擋。（中國社會科
學院文學研究所編《唐宋詞選》）
(3)無言兩句：寫思婦晝眠初醒時的情景。白居易〈吳宮
辭〉：「睡臉初開似剪波。」（李誼著《花間集注
釋》）

7.時節欲黃昏
(1)時節：時間名詞，與「時下」、「眼下」同。（吳熊
和、沈松勤選注《唐五代詞三百首》）

8.無憀獨倚門
(1)憀：與聊同。（華鍾彥《花間集註》）
(2)無憀：猶言無聊，憀，賴也。（蕭繼宗評點校注《花
間集》）

【彙評】

1.清

　⑴張惠言：此下乃叙夢。此章言黃昏。　（張惠言《詞
　　選》）

　⑵譚獻：「雨後卻斜陽」句旁批「餘韻」。「無憀獨倚
　　門」句旁批「收束」。總評：「以士不遇賦讀之，最
　　確。（周濟撰、譚獻評《譚評詞辨宋四家詞選》）

2.民國

　⑴王國維：溫飛卿〈菩薩蠻〉：「雨後卻斜陽，杏花
　　零落香。」少游之「雨餘芳草斜陽。杏花零落燕泥
　　香。」雖自此脫胎，而實有出藍之妙。　（王國維《人
　　間詞話》，據唐圭璋《詞話叢編》）

　　宏一按：俞陛雲《唐宋詞選釋》有云：「十四首中，
　　言及楊柳者凡七，皆托諸夢境。風詩托興，屢言楊
　　柳，後之送客者，攀條贈別，輒離思黯然，故詞中言
　　之，低回不盡，其托於夢境者，寄其幽渺之思也。」
　　實則此首寫黃昏夢醒所見，非叙夢境。張惠言所謂
　　「此下乃叙夢」，乃指下章而言，非此首也。

〈菩薩蠻〉之十二

夜來皓月才當午，重簾悄悄無人語。深處麝煙
長，臥時留薄妝。　　當年還自惜，往事那堪
憶。花露月明殘，錦衾知曉寒。

【注釋】

1.夜來皓月才當午

⑴《六書分類》謂：「午，上象天體半覆，下象中直，
　明午時應天之中也。」此指月在中天言。　（華鍾彥
　《花間集註》）。

⑵午：指月在中天，午夜時分。　（趙仁珪主編《唐五代
　詞三百首譯析》）

⑶皓月：明月。午：此指午夜。古代計時法將一天一
　夜分為十二時辰，午時相當現在計時法所指11點至13
　點。午時日在中天，因稱日中為午，并以此類推，亦
　指月正中天（現在23點至1點）時為午夜。宋高似孫
　《緯略・五夜》：「所謂午夜者，為半夜時如日之
　午也。」《隋書・律曆志》：「月兆日光，當午更
　耀。」　（張紅編著《溫庭筠詞新釋輯評》）

2.重簾悄悄無人語

⑴夜來兩句：謂閨人長夜無夢之寂寥。當午：指月在中
　天。《隋書・律曆志》：「月兆日光，當午更耀。」
　韓偓〈想得〉：「寒食花枝月午天。」重簾：簾之重
　重。古〈子夜吳歌〉：「重簾持自障。」無人語：寂
　寥無聲。晉〈子夜秋歌〉：「中宵無人語。」　（李誼

著《花間集注釋》）

⑶夜來二句：謂閨婦長夜無眠，孤寂難耐。當午：月在中天。《隋書·律曆志》：「月兆日光，當午更耀。」重簾，層層叠叠的簾帷。彊村本《尊前集》作「重門」。（黃進德選注《唐五代詞選集》）

3.深處麝煙長

⑴深處：承上重簾言。（華鍾彥《花間集註》）

⑵麝煙，焚麝香之煙縷。（浦江清〈詞的講解〉）

⑶「深處」承上「重簾」來，指簾帷的深處。「麝煙」，一作「麝煤」，都指燭花。其指香墨另是一義。以香料和油脂製燭，叫「香燭」。作者另篇〈菩薩蠻〉：「香燭銷成淚。」「麝煙」、「麝煤」是另一種說法。薛昭蘊〈浣溪沙〉：「麝煙蘭燄簇花鈿」，可互證。（俞平伯《唐宋詞選釋》）

⑷麝煙：謂眉黛也。（蕭繼宗評點校注《花間集》）

⑸深處句：承「重簾」而來，係指簾帷深處。麝煙長：指麝煙裊娜繚繞。李白〈連理枝〉二首：「香爐麝煙濃。」麝煙，一作麝香、麝煤。」（李誼著《花間集注釋》）

⑹「麝香」、「麝煤」，或以為指「燭花」，誤。此皆指熏爐加麝香所起之煙。（吳世昌《詞林新話》）

⑺「深處」句：承「重簾」而來，指簾帷深處。麝煙長，謂香煙繚繞。麝煙，火爇麝香所散發出的煙。成彥雄〈夕〉：「臺榭沉沉禁漏初，麝煙紅燭透蝦

鬚。」一說，指燭花。薛昭蘊〈浣溪沙〉：「麝煙蘭
燄簇花鈿。」亦可通。　（黃進德選注《唐五代詞選
集》）

(8)煙：雪本作「香」。麝煙：焚麝香發出的煙。唐皮日
休〈醉中先起李縠戲贈走筆奉酬〉詩：「麝煙苒苒生
銀兔，蠟淚漣漣滴繡闈。」五代成彥雄〈夕〉詩：
「臺榭沉沉禁漏初，麝煙紅蠟透蝦鬚。」宋黃庭堅
〈次韻奉答廖袁州懷舊隱之詩〉：「詩題怨鶴與驚
猿，一幅溪藤照麝煙。」煙長：形容香煙縷縷，繚繞
飄飛。　（鄧紹基、周秀才、侯光復主編《溫庭筠李
煜》）

4.臥時留薄妝

(1)薄妝者與濃妝相對，謂濃妝既卸，猶稍留梳裹，脂粉
勻面。古代婦人濃妝高髻，梳裹不易，睡時稍留薄
妝，支枕以睡，使鬢髮不致散亂。　（浦江清〈詞的講
解〉）

(2)薄妝：淡雅妝束。沈約〈麗人賦〉：「鳴瑤動翠，來
脫薄妝。」杜牧〈偶呈鄭先輩〉：「不語亭亭儼薄
妝。」　（李誼著《花間集注釋》）

(3)薄妝：猶淡妝，與濃妝豔抹相對而言。　（黃進德選注
《唐五代詞選集》）

(4)臥時：雪本作「夢魂」。薄妝：淡妝。　（五代後蜀趙
崇祚輯，房開江、崔黎民譯《花間集》）

(5)薄妝：淡妝。沈約〈麗人賦〉：「垂羅曳錦，鳴瑤動

翠；來脫薄妝，去留餘膩。」　（張紅編著《溫庭筠詞新釋輯評》）

5.當年還自惜

⑴當年：指少年、妙年。　（吳熊和、沈松勤選注《唐五代詞三百首》）

6.往事那堪憶

⑴以上兩句：是女主人公的內心獨白。　（費振剛主編，徐俠、顧農著《花間派詞傳》）

7.花露月明殘

⑴花落：或作花露。　（華鍾彥《花間集註》）

⑵這裏不必紀實，猶李存勗〈憶仙姿〉（〈如夢令〉）「殘月落花煙重」。或校「花落」作「花露」，恐非。　（俞平伯《唐宋詞選釋》）

⑶花露：花上露滴。一作「花落」。月明：指月亮；月光。殘：指殘月，謂將落的月亮。白居易〈客中月〉：「曉隨殘月行，夕與新月宿。」　（張紅編著《溫庭筠詞新釋輯評》）

8.錦衾知曉寒

⑴張惠言《詞選》評：「此自臥時至曉，所謂『相憶夢難成』也。」　（俞平伯《唐宋詞選釋》）

⑵花落兩句：月已殘，夜將盡，錦衾不耐曉寒，喻閨人通宵未眠。張惠言《詞選》評：「此自臥時至曉，

所謂相憶夢難成也。」花落一作花露。月明殘：後
唐莊宗〈如夢令〉（曾宴桃源深洞）：「殘月落花煙
重。」　（李誼著《花間集注釋》）

⑶錦衾：乃指衾中之人。　（吳世昌《詞林新話》）

⑷花露二句：寫破曉前的景況、感受。花露：謂花上露
濃。錦衾，錦緞被子。　（黃進德選注《唐五代詞選
集》）

【彙評】

1.清

⑴張惠言：此自臥時至曉，所謂「相憶夢難成」也。
　（張惠言《詞選》）

⑵陳廷焯：「知」字淒警，與「愁人知夜長」同妙。
　（陳廷焯《詞則》）

2.民國以來

⑴李冰若：〈菩薩蠻〉十四首中，全無生硬字句而復饒
綺怨者，當推「南園滿地」，「夜來皓月」二闋。餘
有佳句而無章，非全璧也。　（李冰若《栩莊漫記》）

⑵蕭繼宗：婦人夜寢必卸妝，所以養顏。前結用一
「留」字，言外謂猶有所待也。換頭不勝追惜，末以
「知曉寒」作結，空虛之感，以極婉曲之辭達之，庶
幾溫柔敦厚之遺。　（蕭繼宗評點校注《花間集》）

宏一按：末二句總扣上文。「花露月明殘」句，

「露」一作「落」，與上片首二句互為呼應，蓋寫花落月明之夜，獨宿懷人之情。「花露」更點明已臨清曉。「錦衾知曉寒」，則與上片「深處麝煙長，臥時留薄妝」二句相應，亦與換頭二句所謂「當年」、「往事」緊扣，此「知曉寒」之由也。第六首總批曾云，十四首之中，言「月」者俱寫相思，與懷人有關。驗之信然！

〈菩薩蠻〉之十三

雨晴夜合玲瓏日，萬枝香裊紅絲拂。閑夢憶金
堂，滿庭萱草長。　　繡簾垂簉簉，眉黛遠山
綠。春水渡溪橋，憑欄魂欲銷。

【注釋】

1.雨晴夜合玲瓏日

　⑴《本草》：「夜合：即合昏也。」（亦作合橿）周處
　　《風土記》：「合昏，槿也，華晨舒而昏合。」又謂
　　之合歡花。（華鍾彥《花間集註》）

　⑵夜合者，一名合歡，亦曰合昏。木似梧桐，枝甚柔
　　弱，葉似皂莢槐等，極鈿而繁密，互相交結，每一風
　　來，輒自相解，了不相牽綴。其葉至暮而合，故曰夜
　　合。五月花發，紅白色，瓣上茗絲茸然。俗稱絨樹，
　　一名馬纓花。（浦江清〈詞的講解〉）

　⑶夜合：花名，即合歡。唐彥謙〈無題〉詩：「夜合庭
　　前花正開，輕羅小扇為誰裁？」（蕭繼宗評點校注
　　《花間集》）

　⑷夜合：亦名合歡，夏季開花，色淡紅，古時常以之贈
　　人，謂可消怨合好。《藝文類聚》卷八九引《本草
　　經》：夜合「味甘平，生川谷，安五臟，和心志，令
　　人歡樂無憂，久服輕身明目。」元稹〈鶯鶯傳〉詩：
　　「夜合帶煙籠曉日。」玲瓏日：《漢書·楊雄傳》
　　注：「晉灼曰：玲瓏，明見貌。」唐·汪極〈奉試麥
　　壟多秀色〉：「日布玲瓏影。」（李誼著《花間集注

釋》）

⑸夜合：合歡花的別稱，又稱合昏。周處《風土記》：「合昏，槿也，華晨舒而昏合。」日：彊村本《尊前集》作「月」。　（五代後蜀趙崇祚輯，房開江、崔黎民譯《花間集》）

⑹夜合：合歡的別名。亦稱馬纓花。落葉喬木，羽狀復葉，小葉對生，夜間成對相合，故稱「夜合花」。花淡紅色，合瓣花冠，雄蕊多條。元稹〈夜合〉詩云：「綺樹滿朝陽，融融有露光。……葉密煙蒙火，枝低繡拂墻。」玲瓏曰：日光明徹貌。《文選‧楊雄甘泉賦》李善注引晉灼曰：「玲瓏，明見兒也。」南朝宋鮑照〈中興歌〉（之四）：「白日照前窗，玲瓏綺羅中。」日，一作月。　（張紅編著《溫庭筠詞新釋輯評》）

2.萬枝香褭紅絲拂

⑴合昏花紅色。拂：垂也。褭：浮動貌。　（華鍾彥《花間集註》）

⑵萬枝句：形容夜合花枝條褭娜，香味四溢，紅絲下垂。香褭：亦作香嫋。《佩文韻府》：卷四七引林逋詩：「紅藥香褭似相迎。」　（李誼著《花間集注釋》）

⑶香褭：香氣繚繞。褭，繚繞。唐劉商〈姑蘇懷古送秀才下第歸江南〉詩：「天香靜褭金芙蕖。」紅絲：指夜合花。因其花蕊多條，呈紅絲狀，即蘇軾〈過

高郵寄孫君孚〉詩：「可憐夜合花，春枝散紅茸」之「紅茸」。拂：飄動。 （張紅編著《溫庭筠詞新釋輯評》）

3.閑夢憶金堂

⑴金堂：華麗之居。古歌云：「入金門，上金堂。」是也。」 （華鍾彥《花間集註》）

⑵閑夢：溫庭筠〈初秋寄友人〉：「閑夢正悠悠。」金堂：〈古歌〉：「入金門，上金堂。」唐・李部〈游九疑黃庭觀〉：「玉殿斜臨漢，金堂迥架煙。」 （李誼著《花間集注釋》）

4.滿庭萱草長

⑴萱草或作蕿草，亦作諼草。《詩・伯兮》：「焉得諼草，言樹之背。」《毛傳》：「諼草令人忘憂。」此言夢到金堂，見萱草滿庭，真令人忘憂也。以無憂之境，託之夢中，其憂益可見矣。何遜〈為衡山侯與婦書〉：「始知萋萋諼草，忘憂之言不實。」與此同屬反面見意。 （華鍾彥《花間集註》）

⑵萱草：即萱花，一名宜男，一名忘憂花，草本，五月抽莖開花，有紅黃紫三色，六出四垂，朝開暮蔫，至秋深乃盡。《詩・衛風》：「焉得諼草，言樹之背」，諼草謂即萱草，背，北堂，婦人所居。 （浦江清〈詞的講解〉）

⑶萱草：亦作諼草，草木植物，傳說它能使人忘憂。《詩經・衛風・伯兮》：「焉得諼草，言樹之背。」

《毛詩》：「諼草令人忘憂。」《經典釋文》：「諼本又作萱。」嵇康〈養生論〉：「合歡蠲忿，萱草忘憂。」梁武帝〈古意〉：「云是忘憂物，生在北堂陲。」（李誼著《花間集注釋》）

(4)萱草：植物名，俗稱金針菜、黃花菜，多年生宿根草木，其根把大。葉叢生，狹長，背面有棱脊。古人以為種植此草可以使人忘憂，因稱忘憂草。漢蔡琰〈胡笳十八拍〉：「對萱草兮憂不忘，彈鳴琴兮何傷。」《文選・謝靈運西陵遇風獻康樂詩》：「積憤成疢痗，無萱將如何。」清李漁《慎鸞交・痴盼》：「又幾天無眠，怎得個忘憂草似萱。」（鄧紹基、周秀才、侯光復主編《溫庭筠李煜》）

(5)萱草：多年生草本植物，葉子條狀披針形，花橙紅色或黃紅色。古人以為此草可以令人忘憂。梁簡文帝〈聽夜妓〉：「合歡蠲忿葉，萱草忘憂條。」（張紅編著《溫庭筠詞新釋輯評》）

5.繡簾垂簶籙

(1)簶籙：與流蘇雙聲，意同，簾之穗也。溫詞〈歸國謠〉：「翠簾寶釵垂簶籙。」是其例。（華鍾彥《花間集註》）

(2)簶籙，下垂貌，李長吉〈春坊正字劍子歌〉：「挼絲團金懸簶籙。」（浦江清〈詞的講解〉）

(3)簶籙：同簶籙，下垂貌。李賀〈春坊正字劍子歌〉：「挼絲團金懸簶籙。」（蕭繼宗評點校注《花間

集》）

(4)繡簾句：謂繡簾上垂掛有簾縬。繡簾：彩繡之簾。岑參〈玉門關將軍歌〉：「暖屋繡簾紅地爐。」累縲：同累縲，流蘇也。李賀〈春坊正字歌〉：「挼絲團金懸累縲」《雨村詞話》卷一：「溫庭筠喜用『累縲』及『金鷓鴣』、『金鳳凰』等麗字，是西昆積習。金，皆衣上織金花紋。累縲，今垂纓也。」（李誼著《花間集注釋》）

(5)累縲：纓絡之類，繫於簾底如垂纓。南唐馮延巳〈鵲踏枝〉：「楊柳千條珠累縲，碧池波縐鴛鴦浴。」（鄧紹基、周秀才、侯光復主編《溫庭筠李煜》）

(6)累縲：下垂的穗子，流蘇一類的妝飾物。《雨村詞話》：卷一：「累縲今垂纓也。」（張紅編著《溫庭筠詞新釋輯評》）

6.眉黛遠山綠

(1)古代婦人以黛畫眉，故曰黛眉。《雲麓漫鈔》：「前代婦人以黛畫眉，故見於詩詞，皆云，眉黛遠山，今人不用黛而用墨。按墨譜，周宣帝令外婦人以墨畫眉，禁中方得施粉黛，則知墨填眉始於後周。」白居易〈新柳〉詩：「須教碧玉羞眉黛。」羅虬詩：「臉紅眉黛入時妝。」（蕭繼宗評點校注《花間集》）

(2)眉黛句：《西京雜記》卷二：「（卓）文君姣好，眉色如望遠山，臉際常若芙蓉」，故時人效畫遠山眉。（李誼著《花間集注釋》）

⑶眉黛——畫眉用黛色，稱「眉黛」。白居易〈新柳〉
詩：「須教碧玉羞眉黛。」據《西京雜記》說：司
馬相如妻卓文君姣好，臉際常若芙蓉，眉黛如望遠
山，時人效畫「遠山眉」。後來謂女子眉美為「遠山
眉」。　（沈祥源、傅生文注《花間集新注》）

⑷眉黛：以黛色畫的眉。李商隱〈代贈〉：「總把春山
掃眉黛，不知共得幾多愁。」遠山綠：指眉黛顰時之
美。又，遠山眉為古時眉式之一種，與小山眉並為入
時之妝。　（五代後蜀趙崇祚輯，房開江、崔黎民譯
《花間集》）

⑸眉黛：古代女子用黛畫眉，因稱眉為眉黛。遠山：
《西京雜記》卷二：「文君（卓文君）姣好，眉色如
望遠山。」後因以「眉山」形容女子秀麗的雙眉。韋
莊〈謁金門〉：「遠山眉黛綠」。　（張紅編著《溫庭
筠詞新釋輯評》）

7.春水渡溪橋

⑴渡：雪本作「度」。　（五代後蜀趙崇祚輯，房開江、
崔黎民譯《花間集》）

8.憑欄魂欲銷

⑴魂欲銷：謂魂將離體。《全唐詩》卷八七九孫光憲
〈更漏子〉（燭熒煌）：「慵就寢，獨無憀，相思魂
欲銷。」（李誼著《花間集注釋》）

⑵銷：消散。魂欲銷：謂靈魂欲離開肉體；形容極其哀
愁。後蜀顧敻〈河傳〉詞：「倚欄橈，獨無憀。魂
銷。」（張紅編著《溫庭筠詞新釋輯評》）

【彙評】

1.清

(1)李調元：溫庭筠喜用「纍纍」及「金鷓鴣」、「金鳳凰」等類字，是西崑積習。金皆衣上織金花紋。纍纍，今垂縷也。」（李調元《雨村詞話》，據唐圭璋《詞話叢編》）

(2)張惠言：此章正寫夢。「垂簾」、「憑欄」皆夢中情事，正應「人勝參差」三句。（張惠言《詞選》）

(3)陳廷焯：「繡簾」四語，婉雅，叔原「夢中慣得無拘檢，又踏楊花過謝橋」。聰明語，然語近於輕薄矣。（陳廷焯《詞則》）

2.民國

(1)蕭繼宗：首句「日」字，微嫌趁韻，餘亦平平。皋文聯串諸章，癡人說夢。（蕭繼宗評點校注《花間集》）

宏一按：張惠言《詞選》卷一評上章「夜來皓月才當午」一首，曾云「此自臥時至曉，所謂『相憶夢難成』也。」則知末句「花落（一作露）月明殘，錦衾知曉寒。」係夢醒嘆喟之語。而評此首又云「此章正寫夢。垂簾、憑欄，皆夢中情事。」果如所言，下片四句寫垂簾、憑欄，皆為夢中情事，則上文「閑夢憶金堂，滿庭萱草長」，豈非夢中之夢乎？張氏以聯章看待飛卿〈菩薩蠻〉十四首，故不免有牽強附會處。

〈菩薩蠻〉之十四

竹風輕動庭除冷，珠簾月上玲瓏影。山枕隱穠
妝，綠檀金鳳凰。　　　兩蛾愁黛淺，故國吳宮
遠。春恨正關情，畫樓殘點聲。

【注釋】

1.竹風輕動庭除冷

(1)庭除：謂庭階也。曹攄〈思友人〉詩：「密雲翳陽
景，霖潦淹庭除。」（蕭繼宗評點校注《花間集》）

(2)竹風：拂竹之風。李賀〈十二月樂辭〉：「復宮深殿
竹風起。」庭除：庭前階下。劉兼〈對鏡〉：「風送
竹聲侵枕簟，月移花影過庭除。」（李誼著《花間集
注釋》）

(3)竹風：從竹林間吹來的風；給人以清涼之感。蘇軾
〈西齋〉詩：「褰衣竹風下，穆然中微涼。」庭除：
庭前階下。泛指庭院。除，階。《漢書‧王莽傳下》
顏師古注：「除，殿階之道也。」劉兼〈對鏡〉：
「風送竹聲侵枕簟，月移花影過庭除。」（張紅編著
《溫庭筠詞新釋輯評》）

2.珠簾月上玲瓏影

(1)珠簾：珍珠綴成或飾有珍珠之簾。杜牧〈為人題
贈〉：「月落珠簾捲，春寒錦幕深。」（李誼著《花
間集注釋》）

(2)珠簾：珍珠綴成或飾有珍珠的簾幕。杜牧〈為人題
贈〉：「月落珠簾捲，春寒錦幕深。」（黃進德選注

《唐五代詞選集》）

(3)「珠簾」句：「月上珠簾玲瓏影」的倒裝。珠簾：珍珠串成或綴有珍珠的簾子。《晉書‧苻堅載記》：「堅自平諸國之後，國內殷實，遂示人以侈，懸珠簾於正殿，以朝群臣。」玲瓏影：這裏指月影。（朱鑑珉選注《溫庭筠韋莊馮延巳李煜詩詞精選》）

(4)珠簾：珍珠綴成的簾子。《西京雜記》卷二：「昭陽殿織珠為簾，風至則鳴，如珩珮之聲。」玲瓏：明徹貌；形容月色澄朗透明。李白〈玉階怨〉：「卻下水晶簾，玲瓏望秋月。」（張紅編著《溫庭筠詞新釋輯評》）

3.山枕隱穠妝

(1)山枕：言枕之如山也。溫詞〈更漏子〉：「山枕膩，錦衾寒。」馬祖常詩云：「山枕藉雲潤，水簞疑冰輕。」皆其例。隱：倚也。《孟子》：「隱几而臥。」趙注：「隱倚其几而臥也。」（華鍾彥《花間集註》）

(2)山枕：枕頭之繡有山形圖案或作山字形者。（陳弘治《唐宋詞名作析評》）

(3)山枕：枕形如山，亦曰枕山，附見前小山注。（蕭繼宗評點校注《花間集》）

(4)山枕句：謂豔麗之閨人倚枕而臥。山枕：枕形如山也。王學初《李清照集校注》卷一〈浣溪沙〉（淡蕩春光寒食天）注：「山枕，蓋作凹形，兩端突起如山

也，故名。」孫蕙楠〈榴枕賦〉云：「體非一變，姿稱難學，蜿若蟠虬，翩似交鶴，氤氳雲霧，旁成山岳。」殆即山枕之形象描繪。濃妝：華麗的妝飾，此指閨人。白居易〈鹽商婦〉：「飽食濃妝倚柂樓，兩朵紅腮花欲綻。」（李誼著《花間集注釋》）

(5)山枕句——閨婦憑倚着山枕，她的濃妝已經淡薄。山枕：枕形邊高中凹，如山形，故稱「山枕」。隱：藏，這裏是隱沒的意思，臥時濃妝已模糊不清了。又：「隱」作「倚憑」講，《孟子・公孫丑》：「隱几而臥。」趙歧注：「隱，倚也。」這裏說閨婦倚憑在枕頭上，亦通。　（沈祥源、傅生文注《花間集新注》）

(6)山枕句：謂盛妝的閨婦倚枕而臥。山枕：枕作凹形，兩端突起如山，故名。孫蕙楠〈榴枕賦〉：「體非一變，姿稱難學，蜿若蟠虬，翩似交鶴，氤氳雲霧，旁成山岳。」殆即山枕之形象寫照。隱，倚。詳見〈南歌子〉（斜隱朱簾）注。濃妝：濃豔的妝飾，此指盛飾的閨婦。白居易〈鹽商婦〉：「飽食濃妝倚柂樓，兩朵紅腮花欲綻。」　（黃進德選注《唐五代詞選集》）

宏一按：黃氏注文，每採李誼之說。

(7)山枕句：言豔妝的女子倚枕閑臥。山枕：謂枕頭中間微凹，枕形如山。隱：憑倚。《孟子》：「隱几而臥。」趙注：「隱，倚其几而臥也。」濃妝：代指濃妝的人。　（王新霞選注《花間詞派選集》）

⑻山枕：即枕頭。古時枕頭多以木、瓷等製成，兩端翹起，中間凹下，其形似山，故名。隱：憑依；憑靠。《楚辭‧九章‧悲回風》朱熹集注：「隱，依也。如隱几之隱。」濃豔：豔麗的妝飾。（孔範今主編《全五代詞釋注》）

⑼山枕：枕頭。古時枕頭多用木、瓷製作，中間微凹，兩端突起，其形如山，故名。隱：倚。《孟子‧公孫丑》：「隱几而臥。」趙歧注：「隱，隱其几而臥也。」濃妝：華麗的妝飾；此借指濃妝之人。（張紅編著《溫庭筠詞新釋輯評》）

4.綠檀金鳳凰

⑴綠檀：枕之質也；金鳳凰，枕之紋也。（華鍾彥《花間集註》）

⑵綠檀：香木之一，鑲金為首飾。（蕭繼宗評點校注《花間集》）

⑶綠檀句──綠色的檀香枕，飾以金色鳳凰。（沈祥源、傅生文注《花間集新注》）

⑷綠檀，女人頭面的代稱。韓偓〈余作探使因而有詩〉：「黛眉印在微微綠，檀口消來薄薄紅。」（萬文武《溫庭筠辨析》）

⑸綠檀：承山枕言，謂山枕底色深如紫檀。金鳳凰：承穠妝言，指首飾金鳳凰。（黃進德選注《唐五代詞選集》）

⑹綠檀句：俞平伯謂「綠檀」，承山枕言，檀枕也；

「金鳳凰」承濃妝言，金鳳釵也；描寫明豔。（《讀詞偶得》）（王新霞選注《花間詞派選集》）

(7)綠檀：綠色的檀香枕。檀，香木名。木材極香，可製器物，亦可入藥。檀枕，蓋指以檀香木製作之枕。一說，檀香是一種香料，古人常將其置於枕內，稱為檀枕。金鳳凰：枕上鑲繡成金絲鳳凰的花紋。舊時枕頭有函套，用布帛等做成，上面多有精工繡花。（張紅編著《溫庭筠詞新釋輯評》）

5.兩蛾愁黛淺

(1)蛾：形容美人之眉毛。（陳弘治《唐宋詞名作析評》）

(2)兩蛾：猶雙眉。張祜〈惠尼童子〉：「不似俗家諸姊妹，朝朝畫得兩蛾青。」愁黛淺：愁眉不展。吳融〈玉女廟〉：「愁黛不開山淺淺。」（李誼《花間集注釋》）

(3)兩蛾：猶雙眉。古代常以秋天飛蛾的觸鬚來比喻女人眉之纖細，謂「蛾眉」。〈菩薩蠻〉（其一）：「懶起畫蛾眉」，可作參考。愁黛：愁眉。一種細而曲折的眉妝。《後漢書·梁冀傳》：「壽色美而善為妖態，作愁眉。」李賢注：「愁眉者，細而曲折」。黛，女子畫眉的顏料，亦用作眉的代稱。淺：謂眉妝淺淡。（張紅編著《溫庭筠詞新釋輯評》）

6.故國吳宮遠

(1)吳宮：指自己懷念之所在。《楚辭》所云：「每一顧

而流涕,歎君門之九重。」此之謂也。　（華鍾彥《花間集註》）

(2)吳宮：指吳館娃宮而言。吳地習俗以美女為娃,吳王夫差納西施,建館娃宮以居之,後世以吳宮借稱美人所居之所。　（陳弘治《唐宋詞名作析評》）

(3)故國：故鄉。《魏書・袁飜傳》：「望他鄉之阡陌,非故國之池林。」吳宮：喻華麗之居,與上首「閑夢憶金堂」之金堂的寓意相同。張惠言《詞選》：「青瑣、金堂、故國、吳宮,略露寓意。」　（李誼《花間集注釋》）

(4)故國句——借西施之口喻自己懷念故國之情。吳宮：此春秋時吳國的王宮,在今江蘇蘇州一帶。　（沈祥源、傅生文注《花間集新注》）

(5)「兩蛾」二句：言思鄉情切,愁眉不展。兩蛾,猶雙眉。蛾,指代蛾眉。參見溫庭筠〈菩薩蠻〉（小山重疊）注。黛,青黑色顏料,古代女子以螺子黛、銅黛畫眉,謂之眉黛。螺子黛,舊題顏師古《隋遺錄》：「殿腳女爭效為長蛾眉,宮吏日給螺子黛五斛,號為蛾綠。螺子黛出波斯國,每顆直十金。後徵賦不足,雜以銅黛給之。」梁蕭綸〈代舊姬有怨〉：「怨黛舒還斂,啼妝拭更垂。」故國：此指故鄉。杜甫〈上白帝城〉：「取醉他鄉客,相逢故國人。」吳宮,指代蘇州。　（黃進德選注《唐五代詞選集》）

(6)故國：故鄉。曹松〈送鄭谷歸宜春〉：「無成歸故國」。吳宮：春秋時吳王的宮殿（在今江蘇蘇州）；

泛指吳國故地江南一帶。此處暗用西施入吳典故，謂絕美女身在深宮，遠離江南故鄉。　（張紅編著《溫庭筠詞新釋輯評》）

7.春恨正關情

(1)春恨：猶春愁。杜牧〈不飲贈官妓〉：「誰憐佳麗地，春恨卻淒淒。」　（李誼著《花間集注釋》）

8.畫樓殘點聲

(1)畫樓殘點，天將明矣。　（俞平伯《讀詞偶得》）

(2)點：謂更點。　（蕭繼宗評點校注《花間集》）

(3)殘點聲：程大昌《演繁露》：古以銅壺滴漏計時，把一夜分為五更，一更分為五點，擊點或擊鐘報時。此處指殘漏更點之聲，謂即將破曉。從陳師道詩「鄰雞接響作三鳴，殘點連聲殺五更」可證。　（李誼著《花間集注釋》）

(4)殘點聲——漏壺計時的滴水之聲。殘：將盡；漏盡更殘，即天將曉時。漏壺是古代計時的器具，銅製成，分播水、受水兩部，播水壺分二至四層，均有小孔，可以漏水，最後流入受水壺，受水壺中有立箭標，標上分一百刻，箭隨蓄水上升，露水的多少從刻度可見，用以表示時間。詩詞中多用「刻漏」、「漏點」、「更漏」、「漏聲」等。　（沈祥源、傅生文注《花間集新注》）

(5)殘點聲：指殘漏更點之聲，猶言即將破曉。點，古報時數。以銅壺滴漏計時，把一夜分為五更，一更

分為五點。宋程大昌《演繁露》四：「點者，則以
下漏滴水為名，每一更又分為五點也。」宋陳師道
〈早起〉：「鄰雞接響作三鳴，殘點連聲殺五更。」
（黃進德選注《唐五代詞選集》）

(6)殘點聲：古以銅壺滴漏計時，把一夜分為五更，一
更分為五點，擊點或擊鐘報時。此處指殘漏更點之
聲。俞平伯謂「畫樓殘點，天將明矣。」（《讀詞偶
得》）（王新霞選注《花間詞派選集》）

(7)殘點聲：古以銅壺滴漏計時，把一夜分為五更，第五
更（天將破曉時）稱殘更。此謂天將破曉時銅壺滴漏
的點滴聲。俞平伯《讀詞偶得》：「畫樓殘點，天將
明矣。」（張紅編著《溫庭筠詞新釋輯評》）

【彙評】

1.明

(1)湯顯祖：十四調中如「團」字、「留」字、「冷」
字，皆一字法。如「惹夢」、如「香雪」，皆二字
法。如「當山額」、如「金靨臉」，皆三字法。
四五六字皆有法，解人當自知之，不能悉記。（湯顯
祖評點《花間集》）

2.清

(1)張惠言：此言夢醒。「春恨正關情」與第五章「春夢
正關情」相對雙鎖，「青瑣」、「金堂」、「故國吳
宮」，略露寓意。（張惠言《詞選》）

(2)陳廷焯：「春恨」二語是兩層：言春恨正自關情，況

又獨居畫樓而聞殘點之聲乎！（陳廷焯《雲韶集》）

(3)陳廷焯：飛卿〈菩薩蠻〉十四章，全是變化楚騷，古今之極軌也。徒賞其芊麗，誤矣。（陳廷焯《白雨齋詞話》，據唐圭璋《詞話叢編》）

(4)陳廷焯：纏綿無盡。（陳廷焯《詞則》）

(5)陳廷焯：飛卿〈菩薩蠻〉，古今絕詞，難求嗣響。蒿庵諸詞，幾於上掩古人，惟〈菩薩蠻〉十三章，雖窮極高妙，究不能出飛卿之右。蓋詞各有極，既振其蒙矣，又何加焉！後人為此調者，本諸《風》、《騷》，參以溫、韋，無害大雅，便算合作，更欲駕飛卿上之，則不能也。余曾賦兩闋云：「翡幬翠幄深深處，畫屏金雀雙雙舞。鸞鏡照花枝，低回攏鬢絲。

敢將脂粉棄，和合時宜未。寂寞倚闌干，小窗春夢殘。」「翡幬」二語，言托根之厚。「鸞鏡」二語，言修飾之工，即《離騷》「內美修能」意。不棄脂粉，委曲求全，寂寞夢殘，言所遇之卒不合也。次章云：「江南春信歸來早，江南紅豆相思老。心緒落花知，流鶯故故啼。捲簾天正遠，不見西飛燕。隔院自笙歌，劇憐春恨多。」「流鶯故故啼」，即汪彥章所謂：「無奈這一隊畜生何也。」結言歡戚不同。二詞於伊鬱中饒蘊藉，厚之至也。」（陳廷焯著、屈興國編《白雨齋詞話足本校注》）

3.民國以來

(1)蔡嵩雲：看人詞極難，看作家之詞尤難。非有真賞之

眼光，不易發見其真意。有原意本淺，而視之過深者。如飛卿〈菩薩蠻〉，本無甚深意，張皋文以為感士不遇，為後人所譏是也。有原意本深，而視之過淺者，如稼軒詞多有寓意，後人但看其表面，以為豪語易學是也。自來評詞，尤鮮定論。派別不同，則難免入主出奴之見。往往同一人之詞，有揚之則九天，抑之則九淵者。如近世推崇屯田、夢窗，而宋末張玉田《詞源》，則非難備至，即其一例。至於學識敷淺，則看詞見解失真，信口雌黃，何異扣槃捫燭，目碔砆為寶玉，認騏驥作駑駘，更不值識者一哂矣。偏見多蔽，陋見多謬，時人論詞，多有犯此病者。　　（蔡嵩雲《柯亭詞論》，據唐圭璋《詞話叢編》）

(2)陳匪石：詞固言情之作，然但以情言，薄矣。必須融情入景，由景見情。溫飛卿之〈菩薩蠻〉，語語是景，語語即是情。馮正中〈蝶戀花〉亦然。此其味所以醇厚也。然求之北宋，尚或有之；求之南宋，幾成〈廣陵散〉矣。　　（陳匪石《舊時月色齋詞譚》，陳匪石編著，鍾振振校點《宋詞舉》，江蘇古籍出版社，2002年4月）

(3)吳梅：唐至溫飛卿，始專力於詞。其詞全祖風騷，不僅在瑰麗見長。陳亦峯曰：「所謂沉鬱者，意在筆先，神餘言外。寫怨夫思婦之懷，寓孽子孤臣之感，凡交情之冷淡，身世之飄零，皆可於一草一木發之，而發之又必若隱若現，欲露不露，反復纏綿，終不許一語道破。匪獨體格之高，亦見性情之厚。」此數語

惟飛卿足以當之。學詞者，從「沉鬱」二字著力，則一切浮響膚詞，自不繞其筆端，顧此非可旦夕期也。飛卿最著者，莫如〈菩薩蠻〉十四首，大中時，宣宗愛〈菩薩蠻〉，丞相令狐綯，乞其假手以進，戒令勿他泄，而遽言於人，由是疏之。今所傳〈菩薩蠻〉諸作，固非一時一境所為，而自抒性靈，旨歸忠愛，則無弗同焉。張皋文謂皆感士不遇之作，蓋就其寄託深遠者言之，即其直寫景物，不事雕繢處，亦復絕不可追及。如「花落子規啼，綠窗殘夢迷。」「楊柳又如絲，驛橋煙雨時。」「鸞鏡與花枝，此情誰得知」等語，皆含思悽婉，不必求工，已臻絕詣，豈獨以瑰麗勝人哉。（《詞苑叢談》載宣宗時，宮嬪所歌〈菩薩蠻〉一首云，在《花間集》外，其詞殊鄙俚，如下半疊云：「風流心上物，本為風流出。看取薄情人，羅衣無此痕。」決非飛卿手筆，故趙選不取）至其所創各體，如〈歸國遙〉、〈定西番〉、〈南歌子〉、〈河瀆神〉、〈遐方怨〉、〈訴衷情〉、〈思帝鄉〉、〈河傳〉、〈蕃女怨〉〈荷葉杯〉等，雖亦就詩中變化而出，然參差緩急，首首有法度可循，與詩之句調，絕不相類。所謂解其聲，故能製其調也。彭孫遹《詞統源流》，以詞之長短錯落，發源於三百篇。飛卿之詞，極長短錯落之致矣，而出辭都雅，尤有怨悱不亂之遺意。論詞者必以溫氏為大宗，而為萬世不祧之俎豆也，宜哉。　（吳梅《詞學通論》，上海：商務印書館，1933）

(4)俞平伯:「竹風」以下說入晚無憀,憑枕閒臥,隱當讀如「隱几而臥」之隱。「綠檀」承山枕言,檀枕也;「金鳳凰」承濃妝言,金鳳釵也;描寫明豔。「吳宮」明點是宮詞,昔人傅會立說,謬甚。其又一首「滿宮明月梨花白」可互證。歐陽炯之序花間曰:「自南朝之宮體,扇北里之倡風」此二語詮詞之本質至為分明。溫氏〈菩薩蠻〉諸篇本以呈進唐宣宗者,事見《樂府紀聞》,其述宮怨,更屬當然。末二句不但結束本章,且為十四首之總結束,韻味悠然無盡。畫樓殘點,天將明矣。 (俞平伯《讀詞偶得》)

(5)浦江清:俞平伯云:「隱當讀如隱几而臥之隱。」「綠檀金鳳凰」即承上山枕而言。檀木所製,綠漆,鳳凰花紋。「故國吳宮遠」用西施之典故,不必指實,猶上章之「家住越溪曲」也。「春恨正關情」僅換一字,此十數章本非連接敘一人一事,故亦不妨重復。前章言晨起,故曰春夢,此章尚未入睡,故云春恨。春恨者,春閨遙怨也。畫樓殘點,天將明矣,見其心事翻騰,一夜未睡,故鄉既遠,彼人又遙,身世萍飄,一無着落,不勝淒涼之感。飛卿特以此章作結,不但畫樓殘點,結語悠遠,而且自首章言晨起理妝,中間多少時日風物之美,歡笑離別之情,直至末章寫夜深入睡,是由動而返靜也。 (浦江清〈詞的講解〉)

(6)浦江清:〈菩薩蠻〉為唐代教坊及北里之小曲,飛卿逐絃管之音,為此側豔之詞,是以文詞施貼於音律

者，今唐宋詞曲之音奏雖久亡，惟有平仄律可以考見，則據飛卿之詞，除小數之例外，〈菩薩蠻〉之律應為如下之方式。

仄平平仄平平仄。仄平仄仄平平仄。平仄
仄平平。仄平平仄平。
仄平平仄仄。平仄平平仄。平仄仄平平。
仄平平仄平。

其五七言之句法，較之五七言律詩中之平仄律稍有不同。韋莊以下所作之〈菩薩蠻〉則較飛卿之律又有出入矣。

飛卿製曲，其題材取歷世相傳樂府中通用之題材，遠繼古詩「清清河畔草」之篇，近取南朝〈子夜〉〈懊儂〉之歌，詞中之人則為娼樓之女，蕩子之妻，亦有可指為教坊之妓者，或教坊之妓入宮為內人者。要之題材空泛，不能特指為宮詞。十數章亦非一妓一人之事。

以觀點而論，則描繪女子之語句，與女子自己抒情之口吻，夾雜調融而出，在客觀描寫與主觀抒情之間，此種寫法，確然不合邏輯，但詞曲往往如此，因製詞者是文人，而歌唱者是女子，且不但歌唱，又往往帶舞蹈，若現身說法者然。中國之藝術，有共同之特點，如山水畫之不講透視，詞曲之不論觀點，皆不合科學方法，而為寫意派之作風。如飛卿之迷離悅惱，讀者覺其難解，張惠言輩遂以夢境兩字了之。要之詞曲比詩又不同，皆因與音樂歌舞相拍合之故，其一則

描寫、敘事、抒情三者融成一片，故而難明，其二則
語言本身之承接，音律之連鎖常重於意義之承接也。

張惠言以〈長門賦〉比擬之，其失有二，一則題材並
非宮怨，二則十四章非通連成一大結構者，前論已辨
明之。此十四章如十四扇美女屏風，各有各的姿態。
但細按之，此十四章之排列，確有匠心，其中兩兩相
對，譬如十四扇屏風，展成七疊。不特此也，章與章
之間，亦有蟬蛻之痕跡。首章言晨起理妝，次章言春
日簪花，皆以樓居及服飾為言，此兩章自然成對，意
境相同，互相補足。三章言相見牡丹時，四章言春日
遊園，三章有「釵上雙蝶舞」之句，四章言「煙草粘
飛舞」，亦相關之兩扇屏風也。而二三兩章之間有
「雙鬢隔香紅，玉釵頭上風」，與「翠釵金作股，釵
上雙蝶舞」作為蟬聯之過渡。第五章言「杏花含露團
香雪，綠楊陌上多離別」，第六章言「玉樓明月長相
憶，柳絲裊娜春無力」，意境相同，而其下即寫離別
情事，此兩章成為一疊。第七章「牡丹一夜經微
雨」，第八章「牡丹花謝鶯聲歇」，亦互相關聯者。
而六七之間，以「玉樓明月長相憶」與「畫樓相望
久」、「柳絲裊娜春無力」與「欄外垂柳絲」作為蟬
聯之過渡也。九章「小園芳草綠，家住越溪曲」，十
章「畫樓音信斷，芳草江南岸」，九章「楊柳色依
依」，十章「楊柳又如絲」，此兩章互相綰合。十一
章「時節欲黃昏，無憀獨倚門」，十二章「夜來皓月
才當午，重簾悄悄無人語」，亦自然銜接。而十章與

十一章之間，一云「驛橋春雨」，一云「一霎清明雨」，亦不無蟬蛻之過渡。第十三章「雨晴夜合玲瓏日」，第十四章「珠簾月上玲瓏影」，第十三章「眉黛遠山綠」，第十四章「兩蛾愁黛淺」，此兩章自然成對。而第十二與十三章之間則以「重簾悄悄」與「繡簾重累累」作為蟬蛻。由此言之，則連章之說亦未可厚非，但作者若不經意而出此。其中所叙既非一人一日之事，謂為相連成一整篇即不可，蓋歌者歌畢一章，再歌一曲，正如剝蠒抽絲，不覺思緒之蟬聯不盡耳。如〈菩薩蠻〉可以作為隊舞之曲，則此十四章自適宜於連章歌唱者，南朝之〈子夜歌〉亦連章歌唱者，如今《樂府詩集》所存不免殘缺雜亂，惟如首章之「冶容多姿鬌，芳香已盈路」，次章之「芳是香所為，冶容不敢當」，自然成對，兩兩相合，蓋亦出於男女酬唱之民歌。飛卿〈菩薩蠻〉之兩兩成對，其淵源甚遠，於此可見樂府之傳統，讀者不可不察焉。（浦江清〈詞的講解・後記〉）

(7) 蕭繼宗：湯臨川極言「字法」，矜為創獲。至謂「當山額」與「金靨臉」皆三字法，不知「山額」為一詞，「當」字謂「蕊黃」正著於「山額」之中；「金靨臉」三字，則「靨」為「壓」字之訛，「靨臉」已不成語，乃夸言為「字法」，令人失笑。張皋文謂「青瑣」、「吳宮」，「略露寓意」，「寓意」云何？始終不敢明說，閃爍其辭，伎倆可憎。陳亦峰謂後結意有兩層，其見甚足。然原文明甚，正不待亦峰

沉思深玩，而後得之也。

右〈菩薩蠻〉十四首，未必飛卿一時之作，不過以同調相從，彙結於此，實無次第關連。且飛卿此調，未必止於十四首，趙氏亦止就存者編錄耳。而張皋文以「聯章詩」眼光，勉強鉤合，若自成首尾者。繪影繪聲，加枝添葉，一若飛卿身上之三尸蟲，能為作者說明心曲，而又不敢真正明說，可笑孰甚！海綃之說夢窗，同一伎倆，誤人實甚，故不惜辭而闢之。　（蕭繼宗評點校注《花間集》）

(8)汪東：按《杜陽雜編》云：「大中初，女蠻國貢雙龍犀霞錦，其國人危髻金冠，瓔珞被體，故謂之菩薩蠻。當時倡優遂制〈菩薩蠻〉曲，文士亦往往效其詞。」又《北夢瑣言》云：「宣宗愛唱〈菩薩蠻〉詞，令狐相國假飛卿新撰密進之。」蓋其時新聲流播，上下咸好斯制，而飛卿遂以擅場。然集中十餘首未必皆一時作，故辭意有重復。張皋文比而釋之，以為前後映帶，自成章節，此則求之過深，轉不免於附會穿鑿之病已。　（汪東〈唐宋詞選・評語〉，載《詞學》第2輯（1983年），上海：華東師範大學出版社）

(9)吳世昌：亦峰云：「飛卿〈菩薩蠻〉十四章，全是變化楚騷。」飛卿自寫少女情態，與楚騷何涉？　（吳世昌《詞林新話》）

(10)張以仁：相關詞彙時出現於十四詞中，彼此映照：如首闋「照花前後鏡，花面交相映」，次闋則言「雙鬢隔香紅」，同是戴花，而著一「隔」字，以暗示別

離；三闋言「相見牡丹時」，七闋言「牡丹一夜經微雨」，八闋則「牡丹花謝鶯聲歇」矣；又如用「宮」字，九闋言「滿宮明月梨花白，故人萬里關山隔」，十四闋則言「兩蛾愁黛淺，故國吳宮遠」，皆懷念舊時宮院，然九闋宮不名「吳」，從下文「家住越溪曲」，知懷念者為越女；十四闋不言「越女」，而明言所懷念者為「吳宮」，互相補足。乃至十四闋之「遠」字，與九闋之「萬里」等字樣，亦皆呼吸相應也。篇章之針縷如此緻密也！且各類詞彙趨向相同：如由花開至花落，相聚至別離，歡笑至啼哭，希望至絕望……等。

十四首可依序串連其意：首闋「晚妝喻愛」、次闋「晨起示別」、其三「新別初念」、其四「惜春懷遠」、其五「感夢自憐」、其六「玉樓長憶」、其七「期待無望」、其八「深夜苦思」、其九「自矜無奈」、其十「音斷望絕」、十一「心灰意冷」、十二「悔往傷今」、十三「閒夢紓懷」、十四「綿綿春恨」。十四詞表面寫一女子與其所戀自相聚，而別離，而企盼，而等待，而失望乃至絕望之過程，其間偶有一時之興奮，片刻之憧憬，終則夢想破滅而成悲恨，前後呼應，整體環連。　（張以仁〈溫庭筠菩薩蠻詞的聯章性〉）

宏一按：《花間集》固多傷春悲秋、懷人念遠之作，

然亦不乏歌詠世事滄桑、家國興亡之篇。其中亦間有
叙及吳王西施故事者。薛昭蘊〈浣溪沙‧傾國傾城恨
有餘〉、鹿虔扆〈臨江仙‧金鎖重門荒苑靜〉、歐陽
炯〈江城‧子晚日金陵岸草平〉等,皆其例。溫飛卿
〈菩薩蠻〉第九首及此首,所謂「滿宮明月梨花白,
故人萬里關山隔」、「小園芳草綠,家住越溪曲」,
所謂「兩蛾愁黛淺,故國吳宮遠」,皆不妨作如是
看。則《花間》之詞,正如前人所言,亦有「故國黍
離之感,不專為靡靡之音也。」

第二章
《尊前集》所補一首〈菩薩蠻〉

《尊前集》所補一首〈菩薩蠻〉

玉纖彈處真珠落，流多暗濕鉛華薄。香露泊朝
華，秋波浸晚霞。　　風流心上物，本為風流
出。看取薄情人，羅衣無此痕。

【注釋】

1.玉纖彈處真珠落

⑴玉纖句：指彈淚。古人彈淚，先用手指并攏掬淚，再用手指彈落。玉纖：喻指美人手指。《古詩十九首·青青河畔草》：「娥娥紅粉妝，纖纖出素手。」珍珠：這裏喻指淚滴。　（朱鑑珉選注《溫庭筠韋莊馮延巳李煜詩詞精選》）

⑵玉纖：潔白纖細貌。形容美人的手。孫光憲〈酒泉子〉：「玉纖澹拂眉山小，鏡中嗔共照。」歐陽修〈減字花木蘭〉：「慢捻輕攏，玉指纖纖嫩剝蔥。」彈：揮灑（淚水）。歐陽炯〈菩薩蠻〉（之四）：「倚屏彈淚珠。」真珠：即珍珠。形圓如豆，乳白色，有光澤，為珍貴的裝飾品，并可入藥。這裏比喻晶瑩的淚珠。　（張紅編著《溫庭筠詞新釋輯評》）

2.流多暗濕鉛華薄

⑴鉛華：白粉。曹植〈洛神賦〉：「芳澤無加，鉛華弗御。」李善注：「鉛華，粉也。」　（朱鑑珉選注《溫庭筠韋莊馮延巳李煜詩詞精選》）

⑵鉛華：亦作「鉛花」。婦女化妝的鉛粉。《文選·曹植洛神賦》：「芳澤無加，鉛華弗御。」李善注引張衡〈定情賦〉：「思在面為鉛華兮，患離塵而無光。」清納蘭性德〈菩薩蠻〉詞之二：「小屏山色遠，妝薄鉛華淺。」　（鄧紹基、周秀才、侯光復主編《溫庭筠李煜》）

⑶暗：猶言不知不覺。李珣〈望遠行〉詞（之一）：「貌逐殘花暗凋」。鉛華：鉛粉，婦女化妝用品。相傳古

代商紂王燒鉛錫做粉，故稱鉛粉。曹植〈洛神賦〉：
「芳澤無加，鉛華不御。」李善注：「鉛華，粉
也。」薄：淡。謂脂粉為淚水沖淡。 （張紅編著《溫
庭筠詞新釋輯評》）

3.香露浥朝華
 ⑴春露：形容眼淚。浥：沾濕。朝華：即朝花。 （趙仁
  珪主編《唐五代詞三百首譯析》）

4.秋波浸晚霞
 ⑴秋波：喻指美人的眼睛。朱德潤〈對鏡寫真〉：「兩
  面秋波隨彩筆，一奩冰影對鈿花。」 （朱鑑珉選注
  《溫庭筠韋莊馮延巳李煜詩詞精選》）
 ⑵秋波：指美女的眼睛。浸：原指泡在水中，此處指倒
  映在水中。此句形容眼皮紅腫，好像兩汪秋水倒映
  着紅紅的晚霞。 （趙仁珪主編《唐五代詞三百首譯
  析》）
 ⑶秋波：秋天明淨的水波。用來形容眼睛的清澈明亮。
  蘇軾〈百步洪〉詩：「佳人未肯回秋波」。晚霞：落
  日餘暉染紅的雲。比喻臉上的紅暈。張耒〈上元都
  下〉詩（之一）：「晚妝新暈臉邊霞。」 （張紅編著
  《溫庭筠詞新釋輯評》）

5.風流心上物
 ⑴風流：風情，又有「多情」義。花蕊夫人〈宮詞〉
  （其七五）：「年初十五最風流，新賜雲鬟便上

頭。」 （朱鑑珉選注《溫庭筠韋莊馮延巳李煜詩詞精
選》）

6.本為風流出

⑴風流：這裏指愛情。「本為風流出」的主詞是上文寫
到的「真珠」即淚水。 （費振剛主編，徐俠、顧農著
《花間派詞傳》）

7.看取薄情人

⑴看取：即看。 （鄧紹基、周秀才、侯光復主編《溫庭
筠李煜》）

⑵薄情：不念情義；負心。多用於男女情愛。 （張紅編
著《溫庭筠詞新釋輯評》）

8.羅衣無此痕

⑴此痕：淚痕。有淚無淚之分即有情薄情之別。 （費振
剛主編，徐俠、顧農著《花間派詞傳》）

【彙評】

1.清

⑴徐釚（1636-1708）：唐宣宗愛唱〈菩薩蠻〉，令狐丞
相托溫飛卿撰進。宣宗使宮嬪歌之，詞云：「玉纖彈
處真珠落，流多暗濕鉛華薄。香露滔朝花，秋波浸晚
霞。 風流心上物，本為風流出。看取薄情人，羅
衣無此痕。」又云：「南園滿地堆輕絮，愁聞一霎清
明雨。雨後卻斜陽，杏花零落香。 無言彈睡臉，

枕上屏山掩。時節欲黃昏，無憀獨倚門。」又云：
「夜來皓月才當午，重簾悄悄無人語。深處麝煙長，
臥時留薄妝。　　當年還自惜，往事那堪憶。花露月
明殘，錦衾知曉寒。」又云：「雨晴夜合玲瓏月，萬
枝香裊紅絲拂。閑夢憶金堂，滿庭萱草長。　　繡簾
垂籙簌，眉黛遠山綠。春水渡溪橋，憑欄魂欲消。」又
云：「竹風輕動庭除冷，珠簾月上玲瓏影。山枕隱穠
妝，綠檀金鳳凰。　　兩蛾愁黛淺，故國吳宮遠。春
恨正關情，畫樓殘點聲。」　（徐釚《詞苑叢談》，上
海：商務印務書館，1937）

(2) 張宗橚：《樂府紀聞》：「宣宗愛唱〈菩薩蠻〉令狐
綯假溫庭筠手，撰二十闋以進。戒勿泄，而遽言於
人。且曰：『中書堂內坐將軍。』以譏其無學也。由
是疏之。」橚按：飛卿〈菩薩蠻〉詞，《花間集》選
十四首，《全唐詩》所載十五首，俱不滿二十首之
數。今從《全唐詩》本。　（張宗橚輯《詞林紀事》，
上海：掃葉山房，1920）

(3) 吳衡照：飛卿〈菩薩蠻〉二十首，以《全唐詩》校
之，逸其四之一，未審《金荃詞》所載何如也？長洲
顧氏嗣立言所見宋板《金荃集》八卷，末《金荃詞》
一卷，而其刻飛卿詩則不及詩餘，益集外詩以傅合宋
本卷數，致使零篇賸句，幾與乾饌子同不傳，亦可惜
已。　（吳衡照《蓮子居詞話》，據唐圭璋《詞話叢
編》）

2.民國以來

(1)劉毓盤：右溫庭筠〈菩薩蠻〉詞，按張惠言《茗柯詞選》曰：「溫氏〈菩薩蠻〉皆感士不遇之作。」細味之，良然。（劉毓盤《詞史》）

(2)汪東：按《杜陽雜篇》云：「大中初，女蠻國貢雙龍犀霞錦，其國人危髻金冠，纓絡被體，故謂之菩薩蠻。當時倡優遂製〈菩薩蠻〉曲，文士亦往往效其詞。」又《北夢瑣言》云：「宣宗愛唱〈菩薩蠻〉詞，令狐相國假溫飛卿新撰密進之。」蓋其時新聲流播，上下咸好斯製，而飛卿遂以擅場。然集中十餘首未必皆一時作，故辭意有復重。張皋文比而釋之，以為前後映帶，自成章節，此則求之過深，轉不免於附會穿鑿之病也。（汪東〈唐宋詞選・評語〉）

(3)曾昭岷：此首始見《尊前集》，題溫作，《全唐詩》、《歷代詩餘》仍之。劉輯本、王輯本《金荃詞》、盧冀野〈溫飛卿及其詞詞錄〉亦據錄。溫庭筠〈菩薩蠻〉詞，《樂府記聞》有「令狐相公假手撰二十闋以進」之說。吳衡照《蓮子居詞話》卷一云：「以《全唐詩》校之，逸其四之一」，而興「未審《金荃詞》所載何如也」之歎。《尊前集》乃唐末選本，宋王灼《碧雞漫志》卷五、張炎《詞源》等皆稱《尊前》為「唐本」，其所錄唐末詞作之散佚者，如韋莊諸闋皆可據信。惟今所見者乃後人亂增亂改本，錄有溫庭筠〈菩薩蠻〉詞五首，首列此闋。北宋人輯《金奩集》，錄《尊前》不載之溫詞十五首，並注

云：「五首已見《尊前集》。」可證唐本《尊前》已載此詞，似可據作溫詞。然此詞鄙俗，與前十四闋不類，且為《花間集》所遺；《尊前》原本注云「一作袁國傳」，亦為尚有別本不作溫詞之證。是可疑也。姑繫此，俟考。《歷代詩餘》調下題作「淚」。（曾昭岷《溫韋馮詞新校》，上海：上海古籍出版社，1988）

參考書目舉要

傳統文獻

《毛詩正義》，卷1，《十三經注疏》本，台北：藝文印書館，1960。

《周禮注疏》，卷23，《十三經注疏》本，台北：藝文印書館，1960。

《詞選箋注》，臺北：廣文書局，1980。

《尊前集》，臺北：世界書局，1958，下。

《論語·八佾》，《十三經注疏》本，台北：藝文印書館，1960。

毛晉編《唐宋諸賢絕妙詞選》，《詞苑英華》本，明崇禎間虞山毛氏汲古閣刊清乾隆17年(1752)曲谿洪振珂校印本，台北國家圖書館藏。

王士禛口述，何世璂筆錄，《然鐙記聞》清詩話本，上海，醫學書局，1927。

王世貞《藝苑卮言》論詞之語。收入《詞話叢編》，北京：中華書局，1986年。

仇兆鰲，《杜詩詳注》評〈陪鄭廣文游何將軍山林十首〉，北京：中華書局1979。

朱熹《朱文公文集》卷39，台北：台灣商務印書館，1965。

朱彝尊，《曝書亭集》，臺北：臺灣商務印書館，40，1968。

成伯璵，《毛詩指說》，《四庫全書》本，上海：上海古籍出版社，1987。

周濟，《詞辨》，臺北：廣文書局，1962。

祝穆，《新編古今事類聚·續集》，卷23，北京：北京圖書館出版社，2005。

張琦，《宛鄰書屋古詩錄》清嘉慶二十年（1815）刻本，上海圖書館藏。

張惠言，《詞選》台北：世界書局，1956。

張廷華輯，《香艷叢書》，上海：和記中國圖書公司，1914。

陶宗儀，《輟耕錄》，卷9，台北：藝文印書館，1966。

陳廷焯，《白雨齋詞話》，臺北：臺灣開明書店，1954。

許昂霄，《詞綜偶評》，收入唐圭璋編，《詞話叢編》，增訂

本，北京：中華書局，1986。

劉勰，《文心雕龍‧比興》，《四庫全書》本，上海：上海古籍
　　出版社，1987。

葉廷珪，《海錄碎事》，收入（清）張玉書、陳廷敬、查士昇等
　　編，《佩文韻府》，台北：台灣商務印書館，1966。

趙師俠，《坦庵詞》，《宋六十名家詞》，台北：台灣中華書
　　局，1970。

趙崇祚編，（明）湯顯祖評本《花間集》，卷1，明萬曆庚申
　　四十八年（1620）刊本，台北國家圖書館藏。

戴震，《戴震集》，上海：古籍出版社，1980。

蔣士銓，《忠雅堂詩集》，卷13，《續修四庫全書》本，上海：
　　上海古籍出版社，1995。

近人論著

《唐宋詞鑑賞辭典》，上海：上海辭書出版社，1988。

王水照　等編，《日本學者中國詞學論文集》，上海：上海古籍
　　出版社，1991。

王熙元等，《詞曲選注》，台北：台灣學生書局1985。

王新霞，《花間詞派選集》，北京：北京師範學院出版社，
　　1993。

史雙元，〈「小山重疊金明滅」新說〉，《光明日報‧文學遺
　　產》，715，1986.9.23.。

呂新民、吳賢柱，《唐宋名家詞譯析》，貴陽貴州人民出版社，
　　1988。

沈從文，《中國古代服飾研究》，香港：商務印書館，1981.9。

沈祥源、傅生文，《花間集新注》，南昌：江西人民出版社，
　　1987。

沈祖棻，〈清代詞論家的比興說〉，《宋詞賞析》，上海：上海
　　古籍出版社，1980.3。

任訥，《詞曲通義》，香港：商務印書館，1964。

———，《敦煌曲初探》，上海：上海文藝聯合出版社，1954。

任中敏，《詞曲通義》，上海：商務印書館，1931。

朱自清，《詩言志辨》，上海：開明書店1947。

吳宏一，《詩經與楚辭》，台北：台灣書店，1998。

———，《清代詩學初探》，台北：學生書局，1986年1月再版本。

———，《白話詩經》，台北：聯經出版事業公司，1993。

———，《常州派詞學研究》，臺北：嘉新水泥公司文化基金會，1970；後收入《清代詞學四論》，臺北：聯經出版事業公司，1990。

———，〈朱彝尊文學批評研究〉，收入鄭因百先生八十壽慶論文集編委會，《文史論文集》，臺北：臺灣商務印書館，1985。

夏承燾，《唐宋詞論叢》，杭州：浙江古籍出版社，1997。

吳小如，《詩詞札叢》，北京：北京出版社，1988。

吳熊和，《唐宋詞通論》，杭州：浙江古籍出版社，1985。

——— 等編，《唐五代詞三百首》，長沙：岳麓書社，1994。

吳丈蜀，《詞學概說》，北京：中華書局，1983年。

吳 梅，《詞學通論》，上海：商務印書館，1933年。

———，《詞學通論》，臺北：臺灣商務印書館，1965年。

余毅恆，《詞筌》，臺北：正中書局，1943。

李冰若，《花間集評注》，臺北：鼎文書局，1974。

———，〈栩莊漫記〉，《花間集評注》，北京：人民文學出版社。

李誼，《花間集注釋》，成都：四川文藝出版社，1986。

周汝昌、宛敏灝等 編，《唐宋詞鑑賞辭典》，上海：上海辭書出版社，1988。

胡忌，《宋全雜劇本》，第2、3章，上海：古典文學出版社，1957.4。

冒廣生，《花間集校記》《同聲月刊》第2卷第2號（1942年2月出版）。該文後來收入《冒鶴亭詞曲論文集》，上海：上海古籍出版社，1992年8月初版。

俞陛雲，《唐五代兩宋詞選釋》，上海古籍出版社，1985。

俞平伯，《讀詞偶得》修訂本，上海：開明書店，1947，亦收入俞氏《論詩詞曲雜著》，上海：上海古籍出版社，1983。

———，《讀詞偶得》，上海：開明書店，1947。

唐圭璋，《唐宋詞簡釋》，上海：上海古籍出版社，1981。

———，《詞話叢編》，北京：中華書局，1986，增訂本，冊28。

施蟄存，〈讀溫飛卿詞札記〉，《中華文史論叢》，上海：上海古籍出版社，輯8，1978。

———，《詞籍序跋萃編》卷八，北京：中國社會科學出版社，1994年。

———，〈讀韋莊詞札記〉，《詞學》，輯1，上海華東師範大學1981。

徐扶明，〈明清女劇作家和作初探〉，《元明清戲曲探索》，杭州：浙江古籍出版社，1986.7。

徐培均，《唐宋詞小令精華》，鄭州：中州古籍出版社，1994。

徐育民，《唐五代詞評析》，太原：山西人民出版社，1987。

徐楓，《嘉道年間的常州詞派》，台北：雲龍出版社，2002.6。

張以仁，《花間詞論集》，臺北：中央研究院中國文哲研究所，1996。

陳弘治，《唐宋詞名作析評》，台北：文津出版社，1977。

陳如江，《唐宋五十名家詞論》，上海：華東師範大學出版社1992。

陳茂同，《中國歷代衣冠服飾制》，北京：新華出版社。

陳志明，《百家唐宋詞新話》，成都：四川文藝出版社，1989。

華連圃，《花間集注》，長沙：商務印書館，1935。

———，《花間集註》，鄭州：中州書畫社出版，1983。

曾昭岷 校訂，《溫韋馮詞新校》，上海：上海古籍出版社，1988。

黃進德，《唐五代詞選集》，上海：上海古籍出版社，1993。

詹安泰，〈論寄託〉，《宋詞散論》，廣州：廣東人民出版社，1980.11。

———，《詹安泰詞學論稿》，廣州：廣東人民出版社，1984。

傅庚生、傅光 編，《百家唐宋詞新話》，成都：四川文藝出版社，1989。

傅璇琮主編，吳彬、馮統一選注，《唐宋詞卷》，杭州：浙江文藝出版社，1994。

鄔國平，《清代文學批評史》，上海：上海古籍出版社，1995。

潘慎 編，《唐五代詞鑒賞辭典》，北京：燕山出版社，1991。

葉嘉瑩，〈溫庭筠詞概說〉，《淡江學報》，第1期，1958.8；
　　後又先後收入《迦陵談詞》，臺北：三民書局，1970；《迦
　　陵論詞叢稿》，上海：上海古籍出版社，1980。
———，《唐宋名家詞賞析1》，臺北：大安出版社，1988。
———，《中國詞學的現代觀》，臺北：大安出版社，1988。
萬文武，《溫庭筠辨析》，西安：陝西人民出版社，1992。
龍沐勛，《詞曲概論》，上海：上海古籍出版社，1980。
———輯，《大鶴山人詞話》附錄。《詞話叢編》，北京：中華
　　書局，1986。
———，《唐宋名家詞選》，上海：上海古籍出版社，1980。
劉揚忠、喬力、王兆鵬等主編，《唐宋詞精華分卷》，北京：朝
　　華出版社，1991。
劉斯翰 選注，《溫庭筠詩詞選》，香港：三聯書店，1986。
盧元駿，《詞選注》，台北中正書局1970。
錢鴻瑛，《唐宋名家詞精解》，太原：山西教育出版社，1994。
鍾應梅，《蕊園說詞》，香港：崇基學院華國學會，1968。
蕭繼宗，《評點校注花間集》，臺北：學生書局，修訂版，
　　1981。
顧學頡等，《唐宋詞鑑賞集》，北京：人民文學出版社，1983。
中田勇次郎 譯注，《詞選》，日本：弘文堂書房，昭和17
　　（1942）。
鄭因百師，《詞選》，臺北：中華叢書委員會，1952，初版；臺
　　北：中國文化大學，1982，重排本。
鄭憲哲，《花間集試論》，韓國：漢城大學，1979。
———，〈花間集考〉，《中國文學》，第6輯，韓國： 1979。
《文學遺產增刊》，北京：作家出版社，第6輯，1958。
汪東，〈唐宋詞選・評語〉，《詞學》，第2輯，上海：華東師
　　範大學。
朱德慈，〈季世愁吟，詞壇結響—常州詞派的現實關懷與裂變史
　　程〉《南京師範大學文學院學報》2003年第2期，南京：南
　　京師範大學2003。
唐圭璋、潘君昭 合撰，〈論溫韋詞〉，《南京師範學院學
　　報》，第1期，1962。

吳宏一，〈溫庭筠《菩薩蠻》「小山重疊金明滅」相關問題辨析〉，《中文學刊》，第1期，香港：香港中文大學1997.6。

───，〈溫庭筠菩薩蠻十四首的篇章結構〉，《中國文化研究所學報》，第7期，香港：香港中文大學，1998。

紀玲妹，〈論清代常州詞派女詞人的家族性特徵及其原因〉，《聊城師院學報》，第6期，山東：聊城大學2000。

陳新璋，〈古代詩詞比興手法的運用與評論〉，《華南師院學報》（社會科學版），第1期，廣州：1982.1。

陳水雲，〈常州詞派與近代詞學中的解釋學思想〉，《求是學刊》，第5期，哈爾濱：2002.10。

黃志浩，〈論常州詞派的比興理論〉，《江南大學學報》（人文社會科學版），第4期，無錫：2002.8。

───，〈論常州派詞統的形成〉，《南京師大學報》（社會科學版），第5期，2003.9。

───，〈論常州派詞學與經學之關係〉，《文學評論》，第1期，北京：2004.2。

曹濟平、何琰，〈歷史地辯證地認識常州詞派──兼評常州派尊體是「虛假」、「歪曲」說〉，《中國韻文學刊》，1，湘潭：1998。楊成孚，〈論中國古代詩詞的「男女比君臣」〉，《南開大學學報》，第6期，天津：1992.11。

張以仁，〈溫飛卿詞舊說商榷續〉，《中國文哲研究集刊》，創刊號，臺北：中央研究院中國文哲研究所1991.3。

───，〈溫飛卿詞舊說商榷〉，《臺大中文學報》，第3期，臺北：國立台灣大學中文系，1989.12.。

───，〈溫庭筠菩薩蠻詞張惠言說試疏〉，《中國文哲研究集刊》，第2期，臺北：中央研究院中國文哲研究所1992。

浦江清，〈溫庭筠「菩薩蠻」箋釋〉，《國文月刊》，35至38期，1945.5-9；後收入《浦江清文錄》，北京：人民文學出版社，1958.10。

徐旬，〈「畫屏金鷓鴣」與「和淚試嚴妝」──一篇常恨有風情〉，《文史知識》，第7期，1983。

常宗豪，〈「飛卿下語鎮紙」解〉，《中興大學文史學報》，第14期，臺中：1984.6.。

鄧新華，〈論常州詞派「比興寄托」的說詞方式〉，《寧夏大學學報》（人文社會科學版），第3期，銀川：2002.6。

遲寶東，〈常州士風與嘉道詞風──試論常州派詞學思想形成的文化動因〉，《天津社會科學》，第2期，天津：2001.4。

趙偉漢，〈杜甫入蜀以後的聯章詩〉，收入香港中文大學中文系編，《問學初集》，香港：1994。

中原健二 著，邵毅平 譯，〈溫庭筠詞的修辭〉，《東方學》，第65輯，東京：昭和58（西元1983.1）。

李東鄉，〈溫庭筠詞試論〉，《中國文學》，第4期，韓國：1977。

林麗儀，《花間集聯章詞研究》，香港：中文大學中文系學位論文，1996。

董俊珏，《張惠言研究》，蘇州：蘇州大學碩士學位論文，2003。

Baxter, Glen William, Hua-Chien Chi. "*Songs of Tenth-Century China: A Study of the First Tz'u Anthology*" Thesis-Harvard University, 1952.

索 引

人名索引

校 後 記

吳宏一

　　《溫庭筠〈菩薩蠻〉詞研究》一書，終於要出版了。在校對一過之後，觸感多端，因此作記。

　　我從小愛好詩詞，唯無良師指授，一切往往自行摸索，因而進境有限。一九六一年秋，入臺大中文系肄業，先後得鄭騫、葉嘉瑩諸師指點，得以略窺門徑。後來進了研究所，碩士、博士論文也以詞學、詩學為範圍。畢業之後，在臺大、東吳、中山、清華以至香港中大等校，講授詩詞課程，接觸的機會更多。逐漸發現頗有一些初學者，對於詞的「要眇宜修」，雖然雅好此道，卻不得其門而入。從閱讀到欣賞，從習作到研究，常常需人指導，才能知其奧妙。我不敢以專家自居，只是想到「聞道有先後」，對初學者而言，我浸淫既久，或有一日之長，如果我把自己讀書、研究的一些心得寫出來，供有興趣的讀者參考，或許不無意義。尤其當今之世，古學陵夷，異端爭鳴，初學者每每惑於歧異之說，茫然不知所從，或人云亦云，或積非成是，甚至有人未睹重要參考文獻，而已妄發議論。有鑑於此，很久以來，我一直想以溫庭筠〈菩薩蠻〉詞為例，寫一本研究示例的專著，一方面呈現自己研究詞學的一些心得，一方面提供初學者研究方法的參考。經過多年斷斷續續的努力，現在這本書終於要出版了。

　　不過，這本書從撰寫初稿到彙編出版的過程中，曾經經歷了一些波折。第二章討論溫詞字句的詮釋問題，最先完成。初稿成

於一九九七年，當時還在臺大任教，但卻發表於該年秋季出版的香港中文大學中文系《中文學刊》創刊號上。發表以後，曾引起台港一些學者的討論，有人很讚許我推論的方法和治學的態度，但也有人不同意我的結論。

第三章討論溫詞〈菩薩蠻〉十四首之間的組織結構，對於組詞和聯章的問題，做了比較詳明的分析。一九九八年在香港中文大學《中國文化研究所學報》發表之後，香港、大陸等地都有刊物轉載，算是得到了正面的肯定。其實，就我自己的感受來說，所謂「研究」，重在發現問題、解決問題，寫第二章和第三章，我同樣是就問題論問題，同樣抱持實事求是、不作調人的態度，所謂「得失寸心知」，哪些地方確然無疑，哪些地方尚待商榷，自己是了然於胸的。不論別人是褒是貶，我都以為有可供參考之處，不會有什麼反應。

此一專書的寫作，本來尚稱順利，可惜的是，從一九九九年開始，我因轉赴香港任教，屢獲香港研究資助局的資助，主持「清代詩話考述」、「清代文學年表長編」等等研究計畫，前後好幾年，忙於「為他人作嫁衣裳」，不得不暫時叫停。在香港這些獲得資助的研究計畫，對學校和院系在分配大學經費撥款時，大有幫助，因此校方系方都非常重視。可是，對我而言，因為執行這些研究計畫，不得不中輟了我原先的溫詞專書的寫作計畫。此亦計劃，彼亦計劃，得此失彼，真是禍福相依，想來也堪一笑。一直到二〇〇五年，香港浸會大學中文系舉辦「中國文學研究前沿的思考」國際學術研討會，邀我從唐宋以後文學觀念的演變，作一場主題演講，與我原訂要寫的溫庭筠詞究竟有無寄託的問題，正相契合，才能抽暇勉力寫成本書的第四章。文中有些觀

點發前人所未發，發表之後，頗得到一些朋友的鼓勵，也終於有了「不負辛勤」之感。

恰巧這時候，邀我擔任顧問的香港大學出版社，要為我出一本學術專著。因此二〇〇六年間，在與港大叢書主編商量之後，我就重新修訂已經發表的三篇論文，改寫原稿，成為本書的第二、三、四章，以求前後連貫，並且加寫了第一章和第五章，說明研究的緣起和研究的心得。另外，把自己多年蒐集的、用以做為立論依據的參考資料，列為下編，一併提供讀者參考。希望讀者了解文獻資料對研究的重要性。著書立說，最好要言之有據，而且要區分哪一種說法，誰最先提出，誰是承襲，否則就容易混淆是非高下了。因此下篇中有些資料看起來好像重複了，實際上正是想藉此說明某些見解誰先誰後，並非沒有意義。也因為這一點和港大叢書主編看法不同，所以我決定取回原稿，另行出版。

二〇〇七年，一個偶然的機緣，認識了北京中華書局的總編輯，承他好意，也曾擬將此書交給該局出版，但交稿之後才發現他們新出溫庭筠集增訂本，內容與我所收資料或有重複，因此不久即自行倩人取回。同樣是二〇〇七年，幾乎與北京中華書局同時，此書又由友人推薦給新竹清華大學出版社。清大出版社一切非常慎重，從寄稿審查到正式出版，前後時間達一年有餘。對我來說，這是一次難得的出版經驗。

最後，我要特別謝謝清大出版社的編輯，謝謝他們為本書所做的索引和參考書目舉要。沒有他們的催促和協助，這類繁瑣的工作，我是望而生畏的。

時為二〇〇九年三月二十日，是為後記。五月四日又補。

本書內容簡介

　　溫庭筠被推為倚聲填詞之祖，其代表作〈菩薩蠻〉十四首，稱美一時，流聲千載，而其詞句之難以求確解、結構之是否為聯章、內容之有無真寄託，歷來一再引起詞學研究者熱烈的討論。本書先從溫詞之成就及其在詞史上之地位說起，然後分別就其詞句詮釋、形式結構及內容寄託等三方面，作深入而詳細之分析，期使讀者對於詞之鑑賞、評論及研究，知所抉擇。簡而言之，此不僅為一本研究溫庭筠〈菩薩蠻〉詞之專書，也是一本有關詞學研究方法的示例的論著。

本書作者簡介

　　吳宏一，一九四三年生於台灣高雄。台大中文研究所博士。曾任台大中文系所教授、中央研究院文哲所籌備處主任、香港中文大學中文系講座教授、香港城市大學中文系講座教授。曾獲美國學術交流基金會資助，赴美訪問一年，並曾擔任新加坡教育部海外華文顧問；曾獲台灣國科會傑出研究獎、國家文藝獎（文學理論類）、香港研究資助局多次研究資助；曾主編國立編譯館中小學語文教科書，並擔任台、港、大陸等地多種學術期刊之編輯顧問。著有《清代詩學初探》、《清代詞學四論》、《清代文學批評論集》、《詩經與楚辭》、《儀禮鄉飲酒禮儀節簡釋》、《先秦文學導讀》、《中國文學鑑賞（唐詩、宋詞、元曲、明清小品）》等專書二十餘種，學術論文近百篇。除研究中國文學及古代文獻外，也從事文藝創作，作品曾被選入台灣、韓國、馬來西亞等地的語文教科書中。

國家圖書館出版品預行編目資料

《溫庭筠〈菩薩蠻〉詞研究》／吳宏一

新竹市清華大學出版社，民98(2009).09

面；15＊21 公分

參考書目：390　面

ISBN 978-986-84011-7-4（平裝）

1.(唐)溫庭筠 2.五代 3.詞論

852.4416　　　　　9800935

《溫庭筠〈菩薩蠻〉詞研究》

作　者：吳宏一

發行人：陳文村

出版者：國立清華大學出版社

社　長：唐傳義

地　址：新竹市光復路二段 101 號

電　話：03-5714337　03-5715131 轉 35050

傳　真：03-5744691

http://thup.et.nthu.edu.tw/

E-mail:thup@my.nthu.edu.tw

行政編輯：陳文芳

出版日期：民國 98 年 9 月(2009.9)初版

定　　價：平裝本新台幣 400 元

ISBN 78-986-84011-7-4

GPN 1009801423